中国当代文学史

建国より20世紀末までの作家と作品
文学思潮を軸にして

鄭 万 鵬 著

中山時子
伊藤敬一
藤井栄三郎　翻訳監修
李　玉　敬

白帝社

『中国当代文学史』
目　次

序 …………………………………… 謝冕	3
緒　論 ……………………………………	8
第 一 章： 建国文学 …………………………………	18
第 二 章： 十七年文学――悲惨と光栄 ………………	47
第 三 章： 傷痕文学――悲しみを超えて ……………	77
第 四 章： 「反思」文学――歴史の教訓 ………………	98
第 五 章： 張賢亮の直観的芸術 ………………………	126
第 六 章： 民族精神――王蒙小説の魂 ………………	150
第 七 章： 「尋根」文学――民族的文化意識の覚醒 …	172
第 八 章： 改革文学 …………………………………	200
第 九 章： 『平凡な世界』――中国農民第二次解放の歴史叙事詩 ……	232
第 十 章： 『白鹿原』――中国20世紀文学の総括 ……	259
第十一章： 民族主義思潮の勃興 ……………………	278
第十二章： 新現実主義 ………………………………	303
後　記 …………………………………………………	331
解　説 …………………………………… 伊藤敬一	332
監修・翻訳後記 ………………………… 伊藤敬一	337
中国当代文学重要作品年表 …………………………	339
『中国当代文学史』作家・作品索引 …………………	351

訳者・監修者紹介

訳者：

谷川　毅	名古屋経済大学助教授	序、第二章
藤井　宏	同志社大学非常勤講師	緒論、第一章
平松圭子	大東文化大学名誉教授	第三章
沈　小南	東京学芸大学非常勤講師	第四章
中島咲子	法政大学非常勤講師	第五章
小島久代	明海大学教授	第六章
大辻富実佳	お茶の水女子大学博士課程院生	第七章
南雲大悟	筑波大学博士課程院生	第八章
武永尚子	二松学舎大学教授	第九章
稲田直樹	東亜学院講師	第十章
伝田あつ子	早稲田大学非常勤講師	第十一章
布施直子	明海大学非常勤講師	第十二章

監修：

中山時子	お茶の水女子大学名誉教授
伊藤敬一	東京大学名誉教授
藤井栄三郎	京都産業大学名誉教授
李　玉敬	北京語言文化大学副教授

序
謝冕

　「当代文学」と呼ばれるこの文学研究分野は，その歴史的スパンから見るとすでに半世紀に達しており，しかもまのあたり半世紀を越えようとしているが，相変わらず「当代」である。これは学問分野をうち立てる面から言えば問題である。しかしこの問題の解決は個人のなし得るところではなく，学術界全体が共通の認識に到達する努力が必要である。私たちは現在，二つの事実に向かいあっており，いずれも軽視することのできないものである。ひとつは半世紀にわたる文学の発展の中で，当代文学が困難な，時には災難と言えるほどの過程を経たということである。幸いにも，この悪夢のような過程はすでに終わりを告げた。中国当代文学はついに艱難辛苦を経験し尽くした末に現在の「広々とした天地」に到達したのである。この半世紀の成果と教訓は大きな財産であり，また二十世紀文学遺産の一部でもあり，私たちが大切にするだけの価値を持っている。もうひとつは，この長い（現代文学史の三十年に比べれば，ずっと「長い」）スパンの文学についての研究もここ二十年の間に盛んな発展を見たということである。文学史，思潮史および様々な専門著作と選集の出版は，最大の繁栄ぶりである。これらの学術専著の出現に対して，その推薦紹介と研究については，当代文学研究の新たな課題だと認識すべきである。

　当代文学の研究著述が増えるとともに，学術的な新機軸の創出に対する人々の期待も高まった。いかにして数多くの同類の著作の中で自己の学問的個性をはっきりと示し，それを突出させて優勢に立つかが，人々の興味の在るところである。このような追求の中には，あれこれの問題も起こるであろうが，メリットとデメリットの間で，人々はなお新機軸創出の中に現れる問題に寛大に対応することが出来るであろう。

　鄭万鵬の著したこの文学史は，「全面」的であろうなどと心掛けてはお

らず，また他の著作とは違って特に歴史的時期区分を重視しているわけでもない．ただ当代文学五十年の発展の中で時代的特徴をそなえた，かつ重大な影響を生み出した文学上の事件や文学発展過程の節々を注意深く選び取って論述を加えている．たとえばこの本では「建国文学」の研究をたいへん重視し，「建国文学思潮」という概念（勿論，これは単に彼ひとりの意見であって，検討すべきところが無いわけではないが）を打ち出し，且つこれに対して新味ゆたかな概括を行い，それらの作品が「歴史の全体感をあらわし，激動と戦乱をつぶさに経験し尽くした中国人民の，安定した局面に対する心からの歓迎を表現した」と指摘している．このような立論と判断を，本書は展開して示していることが多く，これは正に作者の学問的勇気を証明するものである．

　私は鄭万鵬著『中国当代文学史』の出版を，この学問分野における研究の新しい成果だと考えている．鄭氏著の文学史は，副題が「世界文学の視野から」とあり，これはこの著作が類書に比べて内容により広いものを含み，読者の興味を引く格別に新味の有る本であることを表している．作者には外国文学研究の素養があり，比較の眼力によって世界文学の大きな視野の中に，中国当代文学を位置づけることが出来るのである．例えば中国当代文学における「傷痕文学」をソ連の「雪解け文学」，アメリカの「失われた世代」，日本の「戦後文学」等と平行して研究し，中国の読者の視野を広げてくれる．また例えば張賢亮の研究では，彼の直観芸術とベルグソンの「直観主義」を，そして彼の小説の構成，作家的激情の面ではミラン・クンデラの小説モデルやフロイト哲学等と比較をおこない，いずれも有意義な試みになっている．このようなグローバルな文化の視野，及び古い東洋文化と世界の現代文明を対照させようという願望は，中国当代文学の閉鎖的な状況を打破する面で，明らかに極めて貴重なものである．

　作者は本書において作家と作品を核心とした文学史の体系的な樹立に力を入れ，典型的なテキスト〔作家作品の特徴，本質を最もよく表した本文〕の解読を重視しており，他の文学史で重視されるような歴史時期区分及

び社会背景の叙述はわざとなおざりにしている。これらのテキストを分析するときには，注意深く作品の芸術的特徴と作家の精神的追求とを有機的につき合わせており，例えば趙樹理(チャオシューリー)の『登記』や王安憶(ワンアンイー)の『小鮑荘』の分析の中にこのような努力を見て取ることができる。本書全体を通じて重点が置かれているのは，作家と作品の精神的特徴の把握と分析である。これは作者の，文学は世を憂慮する意識を表現伝達するものだ，ということを重視する立場と関係が有る。作者はこれら一連の作家たちが中国士大夫階層における古来からの，社会の安危と，民衆の喜憂に対する深い関心に根差した憂慮の伝統を体現していると考えている。

　文学史には様々な書き方がある。一般的に言えば，文学史の作者は全ての文学状況を自分の本の中に書き入れようとし，数多くの文学現象と法則について全方位的な叙述を行う。人物の可否を判断し，時代の潮流への賛否を示す。この種の著作は往々にして人々に「全局の把握」という効果を得させる。また別の種類の著作があり，これも文学発展の全事実に立脚はしているが，しかしもっと作者自身の観点と立場を体現している傾向が強い。そのため作家や作品の取捨選択を行う時から，はっきりした意向を持っている。今，私たちが評論しているこの文学史の著作の特徴は，後者に近い。本書は全体的視野の叙述の中で，特別に関心のある文学事実を際立たせている。それは自己の著作の中において社会の興隆衰微，時代の進歩後退と緊密に連係を保って来た作家と作品の熱い情熱への関心に外ならない。本書は半世紀にわたる中国文学の精神発展の足跡をひたすら追い求め，幾つかの重大な文学事件の叙述をとおして，それを明らかにすることに成功している。疑いもなく，作者のこのような時代精神に対する関心が，本書の思想的重みを増している。

　各種の当代文学について総括したものの中で，本書は作者が自分の視角を持ち，且つ幾つかの面で新味を体現した本である。特に本書は世界文化の背景の中で，比較の眼光を以てこの半世紀の中国文学が生んだすべてを詳しく観察し得ている。これは大いに私たちの学問的視野を広げてくれた。しかし不十分なところもある。すべての面での周到さを追い

求めてはいないために，作家や作品を評価する際に，一方に気をとられて他方がお留守になったり，何かに重点を置き過ぎた時には，いささかバランスを失った現象も見受けられるのである。

1999年7月23日
北京大学中文系において

中国当代文学史

緒　論

　1951年の映画『武訓伝』に対する批判から，1956年の「胡風反革命集団」に対する批判まで，批判運動は連年絶えることなく，粛清の斧はすでに振り上げられようとしていたが，大多数の中国人民は，知識分子を含めて，30余年の戦乱と植民地の屈辱から脱け出したばかりなので，久方ぶりの統一，独立，大規模な建設といった当面の情勢をこの上なく大切に思っていた。彼らはこれらの吊るし上げ運動が自分に災いを及ぼそうなどとはまだ感じもせず，またさらに大きな粛正運動が踵を接してやって来ようなどとは思いもよらなかったのである。彼らは1949年から1956年というこの比較的安定を見た時期に在って，胸一杯の熱い思いと信念を抱いて，一つの新しい中国を建設しつつあった。「建国文学」はこのような社会背景の下に形作られたのである。
　何其芳（ホーチーファン）の叙情詩『我們最偉大的節日（我等の最も偉大な祝日）』，胡風（フーフォン）の叙情詩『時間開始了（時間は始まった）』，趙樹理（チャオシューリー）の短編小説『登記（結婚登記）』，長編小説『三里湾』，老舎（ラオショー）の三幕話劇〔新劇〕『龍鬚溝（ロンシューコウ）（北京のどぶ）』，王蒙（ワンモン）の長編小説『青春万歳』，曹禺（ツァオユー）の四幕話劇『明朗的天（明るい空）』，徐懐中（シューホワイチョン）の長編小説『我們播種愛情（我等愛情の種を播く）』，マラチンフ（瑪拉沁夫）の長編小説『茫茫的草原（広大なる草原）』（上），劉賓雁（リウビンイエン）の報告文学『在橋梁工地上（橋梁工事現場で）』，『本報内部消息』，王蒙（ワンモン）の短編小説『組織部来了個年軽人（組織部に一人の若者が来た）』等で構成される「建国文学」が表現したものは、統一，独立，建設の「三位一体」の思想であった。数十年にわたる内戦にピリオドを打ち実現した国家の統一を高らかに謳っている。我が祖国の版図のなんと広大なことよ／北京は雪が舞っているのに広州にはまだ鮮やかな花が咲いている／わたしは国中をあまねく歩いて回りたい／たとえ私の頭が何処の大地を枕にして眠ろうとも（何其芳『回答』）。中国人民は半植民地の屈辱から脱して，独

立を獲得したのちに，精神の面で立ち上がった現実を表現して，民族主義の力強い調べを奏でたのであった。「アメリカ人はなぜあんなに気前がいいのか？ 強盗はやたらに善心は起こさないものだが」,「文化侵略は奴らの 最も悪辣なやり方で，それは心を攻めて，あなたをあなた自身の敵にしてしまうのだ」(曹禺『明朗的天』)。

　建設は「三位一体」の思想の中心である。「建国文学」は建国初期の熱気天に立ち上る盛大な社会建設の情勢と強烈な建設の思想を反映した。『三里湾』の呈示したのは一幅の農村建設の絵であった。『青春万歳』が表現したのは建設事業に身を投じようとする熱い思いであった。一方『組織部来了個年軽人』を代表とする「干預文学」(社会に関与する文学)は主として幹部の中に存在する，建設事業に阻害となる好ましからぬ工作態度を暴露し，人に関する，人と人の関係の再建に関する思想を表現している。

　「建国文学」のこのような強烈な建設思想はある程度階級闘争理論と長期にわたる階級闘争の現実に対する告別となり，しかもそれは儒学を主体とする伝統文化と同じ流れを汲むものであった。階級闘争の学説は一種の外来文化であって，それは決して中国社会の構造と文化的伝統から自然に生まれたものではないのである。それが中国にもたらしたものは動揺と，紛争と，内戦であり——これは決して社会発展の正常な状態ではないし，また作家が社会に提供する「故郷」でもないのである。それゆえに，『三里湾』が描いたのは進んだ者と後れた者との間の矛盾であって階級闘争ではない。当時『三里湾』は地主の反革命破壊活動を描かず，敵味方の矛盾をおろそかにしている，と批評した人がいたが，趙樹理は自信に満ちて堂々と言った，そんなものは見かけなかったからだと。「建国文学」が体現した実務精神，人格の理想像及び倫理関係は，いずれも伝統文化との衝突としては表現されずに，その継承として表現されたのである。建国初期には，つまるところまだ大規模な批孔運動〔孔子批判の運動〕は繰り広げられてはいなかったし，全人民的な階級闘争もなおいまだ展開されず，まだ全国的な「内戦」も発動されてはおらず，まだ社

会に構造的破壊をもたらしていなかった。中国人民は自らの文化的理想に照らして社会主義を建設しようとしていたわけで, それゆえ, 建国初期の社会主義新文化は穏健, 寛容なものとして表現され, 中華伝統文化と融合し, 補い合う状態を呈していた。『三里湾』の中の王金生(ワンチンション)は, 建国初期の農村幹部の思想的資質としては, 儒家の「修平」〔修身齊家治国平天下〕的人格と同じ流れを汲むものを持っている。『青春万歳』は健全な人格理論を表現している。『我們播種愛情』は濃厚なチベットの雪国文化を描出し, 中華文化の異彩とりどりに現れる姿を表現した。

「建国文学」は満身稚気を放つ若さで, 且つ伝説の優曇華のように現れてすぐ散ってしまったのだが, しかしそれは中国当代文学の確固たる起点であり, 永遠の「精神の故郷」なのである。後日, 「傷痕文学」〔1976年10月の四人組追放から89年6月の天安門事件に至る「新時期」の中で, 76年10月から78年12月までの間に現れた, 文革の傷痕を描いた作品群を「傷痕文学」と呼び, 劉心武(リウシンウー)の短編『班主任(クラス担任教師)』, 盧新華(ルーシンホワ)の短編『傷痕』が代表作とされている〕がそれを精神の支柱にし, 「反思文学(反省思索の文学)」〔79年から84年末までの間, 曾て右派として批判された作家や紅衛兵世代の新人作家などが主となって発表した, 文革以前にまで遡って冷静に過去を反省し思索した作品群を「反思文学」と呼ぶ。魯周彦(ルーチョウイエン)の『天雲山伝奇』, 王蒙(ワンモン)の『胡蝶』などが有る。〕がそれを接続の起点として受け継いだ。『班主任(クラス担任)』の張(チャン)先生, 王蒙の小説中のボルシェヴィーキの主人公, 張賢亮(チャンシエンリアン)の描く許霊均(シューリンチュン), 『許茂和他的女児們(許茂(シューマオ)と娘たち)』の中の金東水, 許秀雲(チントンシヨイ シューシウユン)等々……「建国文学」の精神が彼らを支えて「文革」の「大災難」を乗り切らせ, 「大災難」が通り過ぎると, 彼らは即時建国初期の建設青写真の実現化に着手したのである。

「建国文学」は1957年のうちに早くも砕き折られる非運に遭った。
1957年の「反右派」闘争の中で, 中国の思想界, 文芸界は粛清の嵐に遭い, 中国当代文学は「厳冬」の季節に入った。1958年に提起された「革命的リアリズムと革命的ロマンチシズム」の両者の結合による創

作方法は，文学創作に「指令」を押しつけ，文学創作の法則に背いた。その後，階級闘争の極端化を実質とする教条主義が長期にわたって社会生活と社会思想を支配し，中国当代文学の「氷河期」を造り上げてしまった。10 年にわたる「文革」を加えると，実際には 50 年の中国当代文学は 20 年の「大厄」を経験しているのである。この期間，文学創作の自由の権利は剥奪され，文学自体も自覚的に自己の責任を確立することなく，長きにわたって盲従の状態に置かれ，独立性は殆ど失われ，浩然(ハオラン)の『艶陽天』(1964～1966) のような左傾路線の政治図解が「十七年」の体制の思想を反映した「圧巻」の作ということになって，出版当時と 10 年の「文革」の間にもてはやされたが，これこそ中国当代文学の「悲惨」というべきである。

「大厄」の期間中，趙樹理の『鍛煉鍛煉』，周立波(チョウリーポ)の『山郷巨変』，柳青の『創業史』等では，「両結合」の方法に基づいて創造した先進的人物の周辺に，もっと複雑な「中間人物」がまだ現れていない。「中間人物」は「両結合」の枠の中でのリアリズムの核心であった。それは中国の作家たちの農民への関心の具体的表現であり，文学精神の在りかであって，永久の生命力を有し，年を経ても腐敗しないリアリズムの「核心」なのである。

趙樹理は彼の長期にわたる農民への関心と，「真実を書く」リアリズムの原則の厳守によって，1958 年以来の憂慮の意識を一層強め始めた。1959 年の「万言書」であろうと，1960 年の『套不住的手(手袋をはめられない手)(パンユンフー)』，1961 年の『実干家潘永福(実践家潘永福)』，及び文化大革命の勃発によって未完成になった最後の作品『焦裕禄(チャオユールー)』であろうと，いずれも敢えて時弊にメスを入れ，向かい風に立ち向かって行く真理追究の精神，大きな禍が降りかかろうとしても些かも恐れを見せぬ作家の良心を表現している。

趙樹理を代表とするところの，「大災難」中に様々な方式で文学的責任を果たそうと頑張った作家たちは中国当代文学の「悲惨」の中での「光栄」を体現しているのである。

「大災難」が去った後に生まれた「傷痕文学」と「反思文学」は押し並べて破壊された「故郷」の修復，再建に眼を向けたものだと言ってよいだろう。廃墟に向かい合って，作家は歴史，社会，人生を考え，民族の過去，現在，そして未来を考えたのである。

　「傷痕文学」は民族の「大厄」から，また文学の「大厄」の中から出て来た文学である。「傷痕文学」は「文化大革命」の暗黒の現実を集中的に暴露し，「四人組」が実行したファシズム独裁が国家，人民に与えた創傷を白日の下に曝している。「傷痕文学」は「両結合」による創作方法の束縛を打ち破り，社会主義社会の中に生まれた悲劇を描き，「真実を描く」リアリズムの原則を真に実現したのであって，これは中国当代文学の最初の自覚であった。他民族の類似の文学思潮と比べると，中国の「傷痕文学」にはあのような意気消沈と，困惑自失あるいは極端な傾向は見られない。それは「文化大革命」の暗黒の現実を暴き出すとともに正義の力がその中での闘争に存在したことを描写している。「文化大革命」は「内戦」であって「外戦」ではない。中国人民は「至高無上」という掛け声に欺かれて外国に対する不義の戦争に参与して，外に対し「創傷」を与えたのではない。中国の「傷痕文学」が表現しているのは中国人民の理性，中国人民の浩然の正気である。

　「反思文学」は建国後30年という大きな時間的スパンの中で民族の歴史を「反思（反省思索）」している。「建設」を主調とした建国初期には，この国には「太平の治世」の気風が現れていたが，「階級闘争」を主調とする反右派闘争から「文化大革命」に至る中国社会は「乱世」の様相を呈していた。「反思文学」の歴史への「反思」は，主として「乱世」に対する「反思」であった。20年に及ぶ階級闘争の歴史は，あたかも一場の長々しい悪夢のようだった。こうした「反思」は，事実上階級闘争理論に対するその解消であり，階級闘争の歴史への徹底的な決別であった。中国当代の「反思文学」は全人民の思想解放運動と改革解放後の現実という拠り所を擁し，「新時期」を擁し，「今日」を擁している。『布礼（ボルシェビーキの挨拶）』，『天雲山伝記』，『芙蓉鎮』……いずれも「春之声」

を持っている。従って，それは社会進化のプロセスに対し，歴史に対して全体的な「反思」を行うとき，価値体系は比較的明晰であった。それは贅言無用と言う姿勢で階級闘争と決別したのである。

「反思文学」は「大災難」中および「大災難」が過ぎ去った後の人生のプロセスに対して「反思」を行うとき，「自由選択」の力を表現して見せている。中国人は自己のしっかりとした大地——精神の「故郷」を有している。彼らは帰るべき家が無いのではなく，したがって虚無に向かって歩むこともありえない。許霊均（シューリンチュン），章永璘（チャンユンリン），翁式含（ウォンシーハン）（『相見時難』），陸文婷（ルーウェンティン）（『人到中年』），孫少平（ソンシャオピン）（『平凡的世界』）等々……彼らは皆自由に苦難と責任を選択し，「大地」を選択したのである。これは九度死すとも悔い無き選択であり，「大地」に根で繋がっていることに対する価値体系の確立であった。「反思文学」はまた社会に向けて一つの切迫した重大な問題を提出したが，それはつまり社会は如何にして個人の人生の価値の実現のためにあるべき条件，良好な環境を提供するかということであった。

「反思文学」の作家が歴史，人生に対して行った「反思」は大部分が自身の経歴，体験の上に打ち立てられたものなので，創作の主体的意識は強くなっている。これは中国当代文学の一つの更に大きな自覚である。文学は災難によって打ち砕かれることは有り得ず，それは逆に災難の中で育まれるものなのである。「反思文学」は「大災難」の年代が育んだ果実であり，文学凶作の年月に対する補償なのである。但し忘れてはいけない。民族がこのために払った代価はあまりにも大きかったのである。

「改革文学」は「反思文学」と密接不可分である。この両種類の文学はほとんど同時に中国の文壇に存在した。「改革」は「反思」のより所であるとともに，また「反思」の結果でもあるのだ。

「傷痕文学」，「反思文学」と比較すると，「改革文学」は「今日」を描いた文学である。それは満身創痍の，廃墟のような現実，あらゆる荒廃したものが再興を待たれているのだが長年積った弊害の改め難い現実を描き，私たちの民族の前途と運命を改変する改革を描いて，強い憂慮の

意識を表現した。人類がこれまでに有する文学的経験とモデルを以てしては中国の「改革文学」は測りようが無いのである。これまでにこのような「大厄」に遭遇した民族，自ら「大厄」を製造した民族は極めて稀である。レフ・トルストイの描き出したロシアの貧窮と後れさえも，これと比べれば見劣りがする。だがそれとともに，世界でも中国の改革解放が創造したような奇跡は極めて稀である。トルストイはただロシアの1861年のあの「改革」に対する不安を表現できたに過ぎない。あの改革は西欧モデルの模倣であって，それがもたらしたものは社会の普遍的な貧窮と矛盾の激化であった。

「改革文学」の創作主体は，そばで観察しているのでもなく，また上から指摘するのでもなくて，内部にいて参加しているのである。作家は時には作品中で工場長や，農村生産隊長になったりまでしてこの改革の大事業に参加し，改革の道程や改革の深い意義を探求して，人間への，人間の生存状況への，生存の権利への関心を表現した。例えば何士光の『郷場上（郷村にて）』、張賢亮の『河的子孫』、路遥の『平凡的世界』等である。

「尋根文学（根源探求の文学）」は「改革文学」の後に続いて現れた。この二種類の文学はいずれも「建設」の文学に属する。「改革文学」は経済の面から手を付けた改革を反映することに力を入れ，「尋根文学」は文化建設に力を入れている。まさに「尋根文学」のリーダーである阿城が1985年に，「目前の国家の改革は，民生問題を解決することである。有識者は，それとともに文化面に努力しなければならない。」(阿城『又是一些話』、『中編小説選刊』 1985年第4期) と述べているとおりである。主要な「尋根文学」の作家たちは期せずして私たちの民族の生存状態の中にその人文価値を追求し，東洋文化の根源を探ろうとしたのである。「尋根文学」はモダニズムの自由な精神を露わにし，その主体意識は一層強烈になっている。小説が主として体現しているのは反映論ではなくて，表現論なのである。作家は民族の伝統文化，伝統美学の尊重と，追求を表現することに固執している。これは更に大きな解放的意義を有している。

「改革文学」と「尋根文学」はともに主流意識に対する否定なのである。前者は建国後50年代末期から始まった極端な階級闘争を特質とする左傾路線の下での経済制度、及びその上に営まれる正常ではない社会生活の否定だったのであり、後者は伝統文化を批判することを特質とする主流文化の否定だったのである。阿城(アーチョン)等の創作はある意味において一つの文化的断層の裂け目を縫合したものであった。『白鹿原』はまた私たちのために一幅の儒学政治下の倫理的社会の生活図を提供してくれた。「尋根文学」は中国当代文学に一つの新たな視角、階級闘争本位の文化的視角を越えた民族本位の文化的視角を提供したのだ。

「尋根文学」は民族の文化意識の覚醒を示している。

90年代の現実生活の中で生まれ育った「新現実主義」は、作品の中に現今の社会生活の様々な問題を浮かび上がらせている。工場は深刻な赤字で、しばしば閉鎖の瀬戸際に立たされる。労働者は職場にいても給料を支払ってもらえず、離職すればたちまち就職問題に直面する。幹部の腐敗──ひどい場合は集団的腐敗の問題……「新現実主義」は90年代の社会生活をありのままに描いた。これは一種のあらゆる方面に存在する真実であった。それは当時の各種の社会問題が一つに結び合って、改革、発展に対する妨害を形成していることを明らかにしたのである。

「新現実主義」は決して現実問題についての指摘明示だけに留まってはいなかった。「新現実主義」はスタンダール、バルザックを代表とする「批判的リアリズム」と同じものではない。「新現実主義」は社会生活中に存在する種々の問題を──極めて深刻で厳しい問題を含めて眼前の現実、既成の事実として書き上げ、それを正視している──それに妥協するのではなくて、それを解決する方法を探求しているのである。王火(ワンフォ)の『霹靂三年(チョウメイセン)』、周梅森の『中国製造』は両者とも私たちに向かって腐敗に反対し清廉を提唱して、行政機構を改革せよとの警告を発している。「新現実主義」はレフ・トルストイを代表とするリアリズムとある種の相似

点がある。これは一種の「探求的リアリズム」なのだ。

　「新現実主義」は現実の問題を暴露したが伝統を批判はしなかった。それは現実の問題を伝統の罪にしなかったのである。「新現実主義」の中に現れる中国人は，全体的意味において良知に富み，難関をくぐり抜けて行く偉大な力を内に秘めている。往々にして正にこうした平凡な庶民こそが，積極的な参与の精神を体現し，大義の行動——張平の『抉擇（選択）』，『十面埋伏』のような反腐敗の義挙を含めて——をやってのけるのである。「新現実主義」は当代における実存主義的意味において人間の価値を肯定した。これは一種の新人道主義なのである。

　「新現実主義」の探求している当今の社会問題に対する解決方法は，実際には一種の精神，ある一つの地域社会のメンバー全体が一緒に艱難を切り抜ける精神である。これは「新時期」における社会問題，社会的矛盾に直面して，探求した新しい解決方法——調停の方法である。

　これは「新時期」の方法である。「新現実主義」の意義は，作家が，現実生活に現れた大量の社会問題を，一種の「新しい」問題であって，決して「階級闘争」ではないと見てとり，そのゆえに「階級闘争」の方法によって解決することを拒み，「倫理的調停」を用いたという点に在る。これは東洋文化の伝統の体現である。中国当代の複雑な，曲折した歴史の進行過程が，90年代の「新現実主義」をして建国初期の「建国文学」よりももっと明晰に中華文化の精神を堅守させたのである。「新現実主義」作家が保持していたものはスタンダールや，バルザックのような階級観念，集団意識ではなくて，私たちのさらに大きな群体に対する，民族共同体に対する憂慮の意識なのである。「新現実主義」のある小説の本文は，形式はなおいかにも粗雑に見えるが，しかしそれは思潮としては，全体的なこのような内に対する民族発展の意識が，中国当代文学中に存在する対外的な民族独立の意識と一つになって，一つの強靭な民族主義思潮を形成しているのである。このことは中国当代文学が成熟に向かいつつあることを示している。「新現実主義」は盛んになり始めたばかりでまだまだこれからというところであるが，中華民族復興の兆しをはっき

りと示している。

　曲折と挫折，新生と発展を経て，中国当代文学はついに世紀の交わりの年に，その全き道程を完成したのである。

第一章
建国文学

　我が国は1949年の中華人民共和国成立以来，半世紀近くにも及んだ風雨荒れ狂う式の社会革命がどうやら一息つき，鳴り物入りの大々的な社会建設の時期に入った。梁漱溟(リアンシューミン)は1950－1951年の間にこう述べている。「四五十年前には救国の呼び声ばかりで，あの頃にはむしろ"建国"を言う人はいなかったものだ。ところがこの十年から二十年というものは，みんなが建国をとなえている……言い方の違いがやり方の違いを表しているのだ」(『中国建国之路』,『梁漱溟全集』第3巻　山東人民出版社　p.319)。1949年から1956年までの間，中国社会には大建設という局面が出現したが，それは革命と闘争に満ちた20世紀中国の歴史過程の最初のオアシスであった。我々は50年代初期という中国のこの歴史時期を称して「建国時期」と言うことが可能であろう。「建国時期」には建国精神を表した文学作品の一群が産み出され，豊富多彩な「建国文学」思潮が形成されたのである。

　1949年に打ち立てられたのは社会主義体制であった。社会主義は一種の新文化として「建国時期」には一定程度の「中節」〔『中庸』に見える語。儒家の最高道徳標準，哲学的境地である「中庸」に至る方法，精神を指す。「正確な標準によって調節する」の意。だが，極端をさける中間調節の意味合いも含んで使われるようなので，ここでは一般的な意味での「中庸」と解してよかろう〕の精神と穏健性を表していて，儒学を主体とする中華伝統文化とはいまだ対立を形作っておらず，「建国文学」の作家や作品は体制の思想とかなり大きな一致を見ており，一種の活力に富んだ社会主義文化を表現していた。

　「建国時期」の社会主義の新生活は，乱世と治世の繰り返しである中国史の社会における治世の様相を体現していた。それは長きにわたる不安

第一章　建国文学　　19

定と戦乱にピリオドを打ち，比較的安定した秩序を打ち立てたのであった。「建国文学」は当時社会にあまねく存在した治世の様相を反映していた。その一連の反映の過程の中で，あらゆる作家と作品は歴史的全体感〔著者の説明によれば，中国の過去，現在，未来の全歴史の一環として自分も在ると感じる，中国の全歴史との一体感〕を描出し，動揺と戦乱に飽き飽きした中国人民の安定した局面に対する心底からの歓迎を表現した。

　何其芳（ホーチーファン）（1912 – 1985）が1949年10月に「人民文学」創刊号に発表した叙情詩『我們最偉大的節日（私たちの最も大いなる祝日）』は，奔放，激越，壮大な気勢でもって，中国人民の苦難の歩みへの回顧を通して，また開国の大典における盛況の描写を通して，「私たちの最も大いなる祝日」を高らかに歌い上げ，壮大な歴史を背景に，新中国建国の偉大な意義をはっきりと示した。

　胡風（フーフォン）（1912 – 1985）の組詩『時間開始了（時間は始まった）』は一個の革命者である詩人の中華人民共和国の成立というこの「人類史上の偉大なる勝利」に対する歓呼と賛美をうたいあげている。その中の『歓楽頌（喜びの賛歌）』（1949年11月）は祖国の解放に対する歓呼であり，『勝利頌（勝利の賛歌）』（1950年1月）は開国大典の喜ばしい眺め，及び祖国と人民のうるわしき前途に対する願いをこめた祈りを表現している。「時間は前進しつつある／祖国は前進しつつある／人民は前進しつつある／進め。／進め。」

　趙樹理（チャオシューリー）（1906 – 1970）が1950年6月に完成した短編小説『登記（結婚登記）』は，依然として講釈調であったが，それでも取っ掛かりからもう語り手の口を通してこれが「新しい物語」であることを明言している。「今年の正月十五日」の「羅漢銭」の話から，30年前の「羅漢銭」にまつわる悲劇を引き出している。同じように「羅漢銭をめぐる同様の行為」をやった小飛蛾（シアオフェイオー）と艾艾（アイアイ）の母娘ふたりは，二つの世代のそれぞれの運命を体現しているのである。艾艾は母親の「羅漢銭騒ぎ」を繰り返しはしたが母親の結婚の悲劇は繰り返さなかった。小飛蛾も自分が夫に殴られたような事は「もう艾艾の世代に伝えてはならない」とわかっていたので

ある。趙樹理は自己抑制に厳しい講釈師のごとく，淡々と自分の「物語」を語って行く。全編を通じて新生活への賛美の言葉はひとつとして見当たらないが，それでも『小二黒結婚（小二黒の結婚）』の中の形を取らない重苦しさはここではすっかり拭い去られていて，明るく，よろこばしい心情が語り口から溢れ出ている。趙樹理のユーモアは「新しい物語」にはじめて用いられて，「北国のユーモア」が「南国のユーモア」に転化されているのである。

　　彼ら三人が村役場に入って行くと，民事主任はようやく手紙を書いたばかりで，墨汁入れの蓋さえまだされていなかった。民事主任は彼ら三人が一緒にいるのをみるといい顔をせず，艾艾と小晩のことはそっちのけで，もっぱら燕燕に向かって言った。「帰りなよ。結婚紹介状ならもう君の母さんに渡してある。」燕燕は言った。「わかってるわ。今度はこの二人に書いてやってよ。」主任は小晩と艾艾を横目でチラッと見て言った。「君たち二人か。」「おれたち二人です。」「自分のことも全く反省検討していないくせに」，小晩が言った「検討しましたよ。おれたち二人とも結婚したいんです。」主任は言った。「君たちは結婚したくないんじゃないのか。」艾艾が言った。「誰が結婚したくないっておっしゃるんですか。わたしの父ちゃんも母ちゃんもそう願ってるんです。」小晩が言った「おれのおやじもおふくろもそう願っているんです。」主任は言った「誰だ紹介者は。」燕燕が言った「わたしよ。」「君がなぜ紹介者になれるんだ。」「わたしがなぜ紹介者になっちゃいけないのよ。」「自分の評判がいいからって言うのか。」「評判がよくないのになんでわたしに紹介状を書いてくれたのよ。」主任は答えに詰まって癇癪を起こした。「いい加減にしろ。みんなろくなもんじゃない。」艾艾はこれではまだ駄目だと見て，主任にもう一言食ってかかった。「あんたの甥にとついだら立派なもんになるんでしょうね。」

三人の若者はみんな五叔母さんのことが嫌いだったので、わざと前の方に駆けて行って五叔母さんが追いつけないようにした。五叔母さんは疲れてハアハア息を切らせるばかりだ……ちょっと待っていると五叔母さんが追いついた。五叔母さんは区の門の辺りでちょっと見渡して言った。「なんで西王庄のあの子はまだ来ていないんだい。」……ちょうどこの時、受付室から子供が一人駆け出して来て五叔母さんに向かって叫んだ。「おばあちゃん、ぼくとっくに来てたよ。」その声は燕燕よりももっと甲高かった。燕燕がチラッと見ると、自分よりも頭一つ背が低く、黒くつやつやした髪の毛、真っ赤なかわいい頬っぺに、二つの小さな眼を子猫のようにぱっちりと見開き、むっちりした小さな手を真っすぐに伸ばすと、手の甲にはまだ小さなエクボが五つあった。燕燕は思った。「この子はまあまあなかなか見栄えはいいけど、でもまだおっぱいをしゃぶってるのが似合ってるよ、なんでもう結婚しようっていうの。」

　『登記』は新旧双方が衝突するのだが、「新世代」の方にまっとうに生きる美感が満ちている。歓びは彼らから生じ、ユーモアも彼らから生まれている。結末はやはり「政府が解決する」というモデルに拠ってはいるが、それでも「新世代」にはすでに自信が流露しており、内に実力を備えていて、打ち負かすことが出来ないことをはっきりと示しているのである。一方「旧世代」はすでに無力で、時代に合わない荒唐無稽なものになってしまっている。小説全編にわたって「新生活」がまさにはじまろうとしており、「旧生活」はしだいしだいに敗れ去って行くという歓ばしい気分に満ち溢れている。

　同じく1950年夏に発表された劇作『龍鬚溝(北京のどぶ)』は、鮮明な対比的構造を用いている。第一幕北京解放前。　第二幕　北京解放後。第三幕　1950年夏。その少し前に叙事詩『四世同堂』を書き終えていた老舎(1899-1966)は、高度の民族主義に基づいて新社会に対し鋭敏に同一化し〔新社会の思想と自己の思想との同一性を認め〕、「四世同堂」に

おける抗戦という「煉獄」を耐え抜いた後に新生を獲得した儒教文化の、時代と調和し世の中の役に立つという意識を表現している。『龍鬚溝』におけるどぶ川の悪臭と清澄とは、社会の混濁と清澄とを象徴している。趙(チャオ)老人、程瘋子(チョンフォンツ)および数多くの龍鬚溝べりの住民たちは、みなあますことなく見事な歴史感を表現していて、熱い心で新社会を賛美する。老舎は望外の喜びでもって祥子や「月牙児の人物たち」が、以前の「頭を垂れて」の暮らしから「頭を挙げて」暮らしはじめたのを見届け、程瘋子が数来宝〔即興のあほだら経〕を唱える姿を通して「国家安泰、万民安楽」の太平の盛世を称えている。

老舎は抗戦期に、伝統文化についても、民族主義についても新儒家に近い見解を得ている。建国初期には、また梁漱溟と時を同じくして新社会に対し鋭敏に自己の思想との同一性を認めている。

梁漱溟は1950年10月から1951年5月までの間に論著『中国建国之路』を著し、建国初年の顕著な政治的業績を最初に肯定している。

建国時期の政治的業績は主として建設の達成に在った。それは「建設」という思想の主導の下に獲得されたものであった。「建設」というのが建国時期の主旋律であった。これこそ穏健な社会主義の特徴を具現したものであり、建設を重んじる儒家精神と相通じるものであった。池田大作は中華民族は本質的に「平和と安泰」を目標とする「穏健主義者」であるといっている。(『展望二十一世紀——湯因比与池田大作対話録』国際文化出版公司　p.290)

『龍鬚溝』第三幕は一幅の熱気立ちのぼる社会建設の場面である。これは老舎が最初の長編小説『老張的哲学（張さんの哲学）』(1925)を創作して以来次第に形成されて行った社会的理想であった。その趣旨は清明〔公明正大〕と進歩に在った。老舎は1926年『趙子曰』の中で述べている。

　　車引きは口一杯の鮮血を焼けついた石畳の上にぱっと吐いて、死んだ。借金を取りたてる側と返す側とが胸を叩いて罵しり合い、ガンと

一発，相手は鼻血だらけになった。後頭部の禿げ上がった老婦人と粽売りが半銭銅貨一枚のために争い，老婦人は二里余り先まで届くような罵り声を張り上げてもまだ気が済まないようだ。市場では鱈売りが生臭さのたちこめた中で水で煮ただけの皿一杯の鱈肉を手づかみで食ってしまった。

　こういった混雑と不潔さもまた北京の端午の節句なのである。

　屠殺場は城外に移され，道路も改修されて土埃が立たないようになり，粽売りも蝿の糞をくっつけたまま売ることは許されなくなる，……こうすれば，詩人の北京はあるいは現実のものになり得るやも知れぬ。しかしながら，こうした改造は，ただ詩を作っているだけでなし得るものではないのだ。

　それゆえ1950年に悪ボスも姿を消し，臭いどぶ川の水も姿を消し，蝿も姿を消した清々しい「龍鬚溝の世界」を喜びに溢れて謳いあげたのも，至極もっともな事だったのである。

　王蒙(ワンモン)（1934－　）が1953年に書いた長編小説『青春万歳』は，鄭波(チョンポー)，楊薔雲(ヤンチアンユン)を代表とする女子高二年生を描いているが，彼女たちは歴史的全体感を持ち，旧社会が彼女たちの心に刻みつけた「苛酷な痕跡」を負っていて，他に類を見ない真摯な気持ちで，「これまで経験したことのない波瀾万丈の社会主義建設」の時代に踏み込んで行ったのである。四方八方から建設の声が彼女らを激励し，またせきたてる。一本の鋼管，組み立てた足場，などがすべてイメージとなり，シンボルとなって，これら未来の建設者たちに向かって強烈なメッセージを送り出すのである。王蒙の「建国時期」の作品の中には灯光や建築現場や，現場の労働者や，進みつつある建設に対する熱い思いが溢れ出ている。後日王蒙はこう言っている。「当代の"日々"の私への誘惑はそれは強烈なものだった。」（『傾聴着生活的声息』，『王蒙選集』第1巻　百花文芸出版社　p.16)　この「当代」というのは『青春万歳』の日から始まったのである。王蒙とその主人公たちを惹きつけているのはダイナミックな生活であり，生活の中に

ある進歩であった。映画『一定要把淮河修好（必ず淮河の改修を）』は鄭波，楊薔雲たちを陶酔させ，鞍山製鋼所のニュースは彼女たちを喜ばせ，奮い立たせる。一筋のバスの新路線，一棟の新しい住居ビル，一杯の油茶麺，ひとかけらのサチマ（薩其馬）〔一種の甘い揚げ菓子〕などはみな進歩の暗号となった。王蒙は語っている，「私は自分の小説が時間の進行の軌跡となればと願っている」(『傾聴着生活的声息』,『王蒙選集』第1巻　百花文芸出版社　p.16)

処女作『青春万歳』はつまりこの種の動態的な小説の美学を具現したものであった。『青春万歳』の中で，1952年の最後の一日の最後の授業の最後の十分間に，化学の先生がもう教科書を閉じようという時に，生徒達に向かって新しい年についての感想を述べはじめる。「来年——明日から，五ケ年計画が実行される，本当にだ。私は化学工学を学んだのだが，旧社会には工業を建設する場所などなかった。私はどれだけ新年を迎えたことだろう，だがどの年だって国家が富強になる希望を見せてはくれなかった。だが一九五三年は，本当だ。諸君，君たちは幸せだ。」『青春万歳』は社会主義建設が最高潮にさしかかった時にその入り口に立った若い学生たちが建設のために覚悟を決める熱い思いを描いている。ロシア語の授業，物理の授業，地質の授業……どれもみんな時代の印，時代の精神を分け与えてくれた。彼らは自らの手で新生活を「旧い廃墟の上」に打ち立てようとするのである。鄭波は黙々として天安門の前で国慶節の閲兵式の為に訓練中の戦車に向かってその決意を表明するのであった。

　　　わたしは勇猛果敢に学習しよう，大砲のように，戦車のように。

趙樹理が1955年に発表した長編小説『三里湾』は建国初期の農村社会の生活の広々とした写し絵である。

これは一幅の熱気天に立ちのぼる農村建設の絵である。それは作家が建国初期に自身の創作基地である山西省長治地区に帰り平順県川底村で農村の生活を体験した産物である。趙樹理は，土地を分け与えられた古

い世代と若い世代の農民が槐(えんじゅ)の老樹の下でいい暮らしが送れるようになることに関心を寄せていた。彼の理想は皆が共に豊かになることであった。彼は，解放後生まれ変わったが昔を忘れて我が身の金儲けばかりを考える幹部を批判し，同時にまた全体的大局を顧みず，社会的自覚も高くない農民を教育している。彼はこれらの事を先進と落後の矛盾対立として描き上げているのであって，階級闘争としてではない。ここにはいわゆる「二つの路線」の対持という情勢はなく，どちらが勝ってどちらが負けるという勝ち負けの問題はないのである。その後ある人が『三里湾』は地主の反革命破壊活動を描いておらず，敵味方の階級矛盾をなおざりにしていると批判したが，趙樹理は自信に満ちて堂々と言ったものだ。「そんなものは見かけなかったからですよ」(戴光中『趙樹理伝』北京十月文芸出版社 1987 年出版 p.389)。　趙樹理はまた 1957 年にこうも言っている。「もしかしたら私は今後地主の出てくる小説を一冊それだけにとりついて書くことがあるかもしれないが，ただし『三里湾』というこの本の中では，私はそれを考えに入れる気はなかった。」(趙樹理『談「花好月円」』,『中国電影』1957 年第 6 期)。

　『三里湾』の強烈な建設の思想は，建国初期の主旋律とテンポが合っていて,「民は食を以て天と為す」という先哲の遺訓と趣旨を同じくしている。秋の収穫，合作社拡張，合作社整理，水路開通は小説の縦糸であり，家での日々の暮らしが横糸である。「旗杆院」で会議を開いて研究するのは合作を組織し，生産を発展させることである。槐の老樹の下で有能な人々が研究吟味しているのは農業，副業，コスト，収入，水車，増産……幹部の王金生のノートに記されているのは「力を合わせて建設をする」という言葉であった。

　『三里湾』は一幅の正常に家で暮らす農村生活の風景画である。経済は相変わらず遅れており，物質的な面の生活は比較的貧しいが，それでも結婚や恋愛，家庭生活，農業労働，文化学習などによって構成される様々な農村風景は，生気に満ち溢れ，日々向上して行く様子を目のあたりに見せてくれる。これは初級農業合作社の段階で，土地の所有制度につい

て言えば，農民は土地の使用権を保持していた。彼らと土地および収穫との関係は密接で，それゆえに彼らが確信と張り合いを持っているのが描かれている。彼らは今日の三里湾を建設し，「明日の三里湾」の図面を引くのである（『三里湾』『趙樹理文集』第2巻　工人出版社　p.438)。

　小説は楽観的な息遣い，健康さ，ユーモラスな趣に溢れていて，理想的リアリズムの特徴を作品として体現している。

　「建国文学」のリアリズムは，その主流は理想的リアリズムであった。その依拠するところは主として数学的な計算的真実ではなくて，時代の趨勢に内在する未来に向かう真実であった。それが体現したものは科学を重視した知的思惟ではなく，東洋的悟性文化の特徴であった。この種の悟性は中国古代神話『愚公山を移す』の中の愚公に体現されているのであって智叟にではないのである。

　胡風が1951年に作った抒情詩『睡了的村荘這様説（眠った村はこのように語る）』は擬人法を用いているが，まず村に苦しかった昔を振り返らせている。「わたしの皮膚は厳寒と灼熱のなかで爛れ腫れあがったものだ／わたしの眼は恥ずかしさと屈辱のなかで焼けつき痛んだものだ／わたしの胃袋は飢餓のなかで打ち震え／わたしの心臓は憎しみのなかで血を滴らせたものだ」。その後で今度は村が面目を一新した現在を叙述している。「わたしの倒れた土塀はすっかり煉瓦が積みなおされ／わたしの破れた屋根は堅牢に修繕され／わたしの窓にはすっかり新しい紙が張られ」わたしは「満身の清潔さを身にまとって眠り／満身の喜びを身にまとって眠った」。「村」はまた自身の金色に輝く未来を展望している。「星のきらめく眼は／わたしを守り／大空のやさしく温かい腕は／わたしを抱擁し／大地の純潔の胸は／わたしを包み込み／祖国はわたしを守っていてくれる。」わたしは「村」であり，村は「わたし」に他ならないのであって，物と，わたしはすでに渾然一体となっている。詩全体は詩人が体験し，感じ取った人生の多重的感情を過去，現在，未来の三つの時間の中で叙述している。新中国建国初期に生活する「新中国人の誇りと幸福」（胡風『睡了的村荘這様説』"付記"）は全詩の主調なのである。そしてこの

第一章 建国文学

主調こそがまた深い歴史的全体感をそなえているのである。

『青春万歳』のボルシェビーキの少年たちの歴史的全体感もやはり悟性文化の表れである。「彼女たちは覚えていた。物価はどのように日に三度も上がり，飢餓の悪夢が家々一軒一軒に現れていたのかを。彼女らはお妾さんを抱いた腹の出た役人，お天道様の見ている真っ昼間に堂々と盗む盗賊，それからみんなの目の前で鉄道線路に身を横たえて自殺した教師などを見てきた」。「多難な過去」は彼女たちの心に深い傷痕をはっきりと刻み，「死んでしまった旧世界」は彼女たちに忘れ難い記憶をとどめた。それゆえに，新生活に対して彼女らは斬新な理解を有していた。新年の夜食のテーブルに並ぶ紅米の棗入り粥，蜂蜜カステラ，友人が新年の贈り物として持って来たトマト，などはすべて相対的，変動的意味を持っている。どれもみな「春の声」なのだ。

鄭波は1953年にある日の日記こう書いている。「このごろは，天気であろうと，日月星辰であろうと，花鳥虫魚であろうと，私のクラスメート，先生あるいは街を通り過ぎる一人の労働者であろうと，すべて私に一種の渾然一体となった感動を与える。私の心は燃え続け，燃え焦げるかのようだ。毎日数え切れない喜怒哀楽があった。最もか細いわずかな音さえ，わたしには雷鳴のごとく，戦いの太鼓のごとく，シンフォニーのごとくに聞こえるのだ」。鄭波の未来に対するごく朧げな感知は，クラス担任の袁先生によって明瞭に言い表されている。「国家の建設は始まったばかりで，私たちが夕べの集いを開く時も酸っぱいアンズを食べ砂糖水を飲むだけだけれど，それでも私たちは永久に楽しく，心暖まる思いで，生気溌刺しかも自信に満ちているのを感ずるのだ……」

王蒙は後日こう言っている。「二十歳の頃，生活や文学は私にとってはまるで天真爛漫な美しく清らかな少女のようなものであって，私の作品はこの少女に捧げた初恋の愛の詩だと言ってよいだろう」（『我在尋找什麼』，『王蒙選集』第4巻　百花文芸出版社　p.268)。『青春万歳』はつまり王蒙が新生活に捧げた「初恋の愛の詩」に属するものなのである。小説のヒロイン楊薔雲がボーイフレンドのところで小説『初恋』を見つけるの

はいわば一つの象徴なのである。

　青春の，未来の思想が「建国文学」の深層に横たわる主題である。「明日の三里湾」と同じく「繁栄隆盛の新中国」というものが，『青春万歳』の中では常に躍動しているのである。

　梁漱溟は1950年に建国初期の社会に対して自己の思想との同一性を認めているが，その依拠するところは東洋的な悟性哲学であった。彼はこれまで休む事なく一つの民族の「出発点もわからず方向性もない」ような「間の抜けた姿」を描いて来たが，それがその「生き生きとした姿」を描こうとしたのである（『東西文化及其哲学』，『梁漱溟全集』第1巻 p.353）。彼は1950－1951年の間にこう語っている。「過去何年かの間我々はずっと下り坂を歩いて来たが，これからは上り坂を歩くのだ」（『中国建国之路』梁漱溟全集第3巻　p.321）。

　「建国文学」は時代の趨勢に内在する真実を拠りどころとして建国初期の「上り坂を歩む」中国社会の生活を描いたのであった。これは「未来」を擁する社会生活であった。1955年サルトルがボーボワールと一緒に中国を訪問し，一ケ月半を過ごした。行く先々で，人々は彼に三つの事を話した。過去はどうであったか，今はどうか，更に十年，二十年たったらこの土地にはまたどんな重大な変化が起こる事だろうか……と。彼は，中国人が未来の遠い展望の話になるといつも，彼らの顔にはたちまち希望，自信，決心それに気力の輝きがぱっと表れるのに気づいた。中国訪問最後の夜，11月2日，彼は求めに応じて「人民日報」紙上に『新中国に対する私の所感』を発表したが，その中心思想は中国は未来に属しているというものであった。

　これと鮮明な対照をなすのは海外に移住した張愛玲（チャンアイリン）であった。彼女の長編小説『秧歌（田植え歌）』（1954）は大陸の農民が土地を分配されて以後，豊作の年にも相変わらず腹一杯食べる事ができないばかりか，以前の凶作の年にも及ばないありさまを描いている。解放された農民の田植え歌の中に感じ取ったのは「生命のむごい傷」であり，土地改革後の社会変革は「社会の沈没陥落」となっているのだ。張愛玲は1947年の田

舎での体験と海外で耳にした噂をもとにして1952年の大陸の生活を小説に編み上げたために，歴史の真実に背いてしまったのである。これは技術上の誤りではなくて，マッカーシー主義〔朝鮮戦争直前の1950年2月頃から米上院議員マッカーシーが強力に推進した大規模な反共「赤狩り」政策で，日本でも「マッカーシー旋風」と言われた〕の支配するアメリカの「報道」機構が「権限を授けた」〔けしかけた〕結果であった。

　文化建設もまた「建国文学」の建設というテーマの重要な中身であった。

　『登記』は婚姻法の宣伝に歩調を合わせたもので，趙樹理の「問題小説」の新しい典型であった。「婚姻法」は春に公布され，『登記』は春夏の境い目に書かれている。小説中の矛盾の解決法は婚姻法の公布を契機としている。「政府が解決する」というモデルに「政策」，「法律」という含意がもう一つ加わったのである。『登記』は感情——愛情という基盤の上に立つ自由な結婚の合理性を形象性豊かに表現している。小説の末尾にはこう書かれている。「みんなはこういう結婚のしかたはとてもいいという，みんなこう言うのだ。"ふたりはこれからはきっと仲睦まじくやっていくだろうし，小飛蛾があの時大工の張さんに殴られて半殺しにされたようなことは決して起こらないだろう。"」

　『龍鬚溝』のどぶ川の汚臭と清澄が反映しているのは社会の混濁と清澄であった。このシナリオが賛美しているのは民主的で平等な新社会であり，龍鬚溝の人々の心の中の長きにわたる抑圧はすっきりと漉いとられてしまったのである。彼らは期せずして異口同音に，新社会は「好い人間が頭をもたげ，人々はみんな同じ身分だ」と言っているのだ。

　『青春万歳』の主人公たちが建設のために準備したのは本質的には自己の全面的発展に対する準備であり，したがってそこには作家の人間の全面的発展に対する思想が表現されている。そこからは「ただいたずらに情熱とスローガンを振りかざすだけ」の「中身のない政治家」(『青春万歳』人民文学出版社1979年版　p.26) は生まれてこないし，またただ本を読むことが出来るだけで人間的にダメだ」とか (『青春万歳』人民文学出版

社1979年版 p.169),「点数だけに関心があって,魂には関心がないとか,つまり自分のことだけに関心があって,他のみんなのことには関心がない」(『青春万歳』人民文学出版社1979年版 p.171) ようないわゆる「個人主義者」も育たないのだ。それは「単に若者たちに祖国を建設する能力手腕を与えるだけではなく,若者たちの心に火をつけよ」(『青春万歳』人民文学出版社1979年版 p.327),そして彼らに「高尚な魂と強大な力」(『青春万歳』人民文学出版社1979年版 p.169) を身につけさせよと主張したのである。

『青春万歳』は作家の社会主義の「新しい人間」についての理想を表現している。このような「新しい人間」が個人と社会の「二元的対立」に終止符を打ち,両者の間の「調和」を実現するのである。「勉強のよくできる学生ほど,往々にして欠点が大きい」——こういう不調和な状態に鄭波はかつて一度は「恐れと惑い」を感じさせられたものだった。彼女は提起している。

　　　こんなでなくては……いけないのかしら。 解放前には物事はこんなだったかも知れないが,今,なぜ一人の人間を十全に発展させることができないのかしら。
　　　(『青春万歳』人民文学出版社1979年版 p.91)

　康濯(カンチュオ)(1920 – 1991) の短編小説『春種秋収(春種を蒔き,秋に穫り入れる)』(1954) は『我的両家房東(私の二人の大家さん)』(1946) の姉妹編というべきものである。小説はありふれた農村青年のカップルが「春の種蒔きと秋の穫り入れ」の農作業の全過程の中で愛情を確かなものにする物語であり,農村青年がいかにして個人の前途を新しい農村の建設事業に融和させるかという問題を反映している。 作品のリズムはおだやかであり,気分は陽気で,建国初期の農村の新しい気風への賛歌であった。

　陸文夫(ルーウェンフー)(1928 –) の『小巷深処(路地の奥)』(1956) は旧社会で娼婦だった紡績女工が新社会で新たに立派な人間として生まれ変わり,且つ

自身の人生を実現することを得た物語を描いている。路地の奥深くこの小さな花がもう一度花開いたことを通して、新社会の春風と陽光を表現し、人間の運命という意味において新しい生活環境を肯定している。

宗璞（ツァンプー）（女性 1928 – ）の短編小説『紅豆』(1957)と鄧友梅（トンヨウメイ）(1931 – ）の短編小説『在懸崖上（断崖にて）』(1956)はいずれも若者の愛情生活の描写を通して、人間の建設に関するテーマを表現している。主人公たちは微妙で苦痛なプロセスを経て、いずれも個人的感情や愛好の上にさらに倫理規範が存在することを認識するに至るのである。

何其芳の『回答』(1954)と郭小川（クオシアオチョウワン）(1919 – 1976)の『望星空（星空を仰ぐ）』は、抒情詩として、ともに個性、芸術に生きる人生、自我意識と社会的事業という両者の間の「調和」をいかに実現するか等についての思考を歌い上げている。前者は「最も偉大なる祝日」が過ぎた後の人生に対する思索であって、現実感に富んでおり、芸術的個性と客観的世界のバランスのとり難いことへの憂慮を表現している。「何処からか不思議な風が吹いて来て、私のマストを絶え間無く小刻みに震わす。私の心はこのように奮い立たされていて、甘美な思いがし、同時になにがしかの恐れも感じている。」「わたしの翼はこんなにも重く、まるで土ぼこりのようで、またなにか悲嘆の思いを秘めているようだ」。後者はロマンチシズムの色彩が強烈で、有限の人生の中に無限の意義を実現しようとする壮大な心情を表現している。「我々は地球と星空の間に回廊を渡し、地上の高殿楼閣を、広大な天上に移そう……人生は短い、ただ人類の二本の手だけが、宇宙に華やかな装いをしてやることが出来るのだ。世界よ、そこには、人が生きているから果てしない希望が有るのだ。」

人間に関するこのような理想は、他人との関係を重視する儒家の理想的人格の精神と通い合うところがある。

「建国文学」が表現した社会主義文化は、健全でしかも極端ではない性質を備えており、「建国時期」には大規模な孔子批判も繰り広げられてはいなかった。したがって建国文学は「中節」〔中庸〕を重んずる儒教文化とやや微妙な合流を実現したのである。

『三里湾』の中の農村経済建設は，農村の家庭文化，婚姻文化，人間関係，道徳観念等の面での建設を伴っている。

三里湾の党支部書記王金生（ワンチンション）は家では弟や妹たちの優しく温厚な兄さんである。彼は生活態度の良くない弟の嫁の小俊（シアオチュン）に対して説得し，教育することを主張する。彼は公認の道徳規範を遵守し，分家して事を済ますことはせず，家庭内関係の中で調停を実行する。そして彼を再も重要なかなめとした，勤勉で，質素で，仲睦まじい，親子孫の三代が暮らす一つの家庭を作り上げたのである。彼には物分かりがよく，働き者の父と，優しくて善良な母，農業技術の研鑽に秀でた「家ではゴロゴロ外では勤勉」な弟，純朴な家庭の気風を受け継いで一心に勉強にはげむ妹，そして苦労に耐え不平も言わず家事の切り盛りが上手な妻がいる。嫁と姑のごくありふれたちょっとした会話が，正常な家庭生活をいとなむ一幅の絵を描き出し，老人を大切にし子供を可愛がる家族の肉親愛を示していて作家に内在している家庭文化の観念がおのずと外に表れている。

　……金生の嫁さんはまた大勝（ターション）に向かって言った。「早く寝るのよ，お母ちゃんがクツ〔布靴〕を作ってあげるから。ほらあんたのこのクツから子スズメが顔を出してるわ（布靴のつま先から指が出ている）。」玉梅（ユーメイ）が笑って尋ねた。「大勝。あんた一足のクツを何日履いてるの。」この言葉が引き金となって金生の嫁さんが愚痴りはじめた。金生の嫁さんは言った。「玉梅ったら。クツを作る話が出て思ったんだけど，この子らを子供のない人たちにあげちゃおうって思うのよ。」玉梅が言った。「ホンとにあげるんなら，あたしが貰い手を探してあげるわ。黄大年（ホワンターニエン）のおかみさんなんか命と同じくらい子供を欲しがってるんだから。」そう言ってからまた大勝をからかった。「あんた黄大年さんについて行ったらどう。そうしたら毎日新しいクツが履けるわよ。」大勝は言った。「嫌だ，母ちゃん。」金生の嫁さんが言った。「ウソよ，ウソよ。おばちゃんはあんたをからかってるのよ。」こんどは玉梅に向かって，「こんなこまごました手仕事でも忙しくてたまらないのよ。三人

の子供のクツはどれも穴が開いてしまってるし、お義父さんやあんたの兄さんのクツだって秋の取り入れに履けない始末よ。何日か前、大きなクツ底を二足修繕したけど一針だって刺し子に縫う間なんてなかったのよ。明日あさっては臼を輾かなきゃならないわ。そうしないと穀物の刈り入れがすんだらすぐに、合作社の家畜は畑を犂き起こさなきゃならないでしょう。臼を輾く仕事を人間がやらなきゃならなくなるわ。そうこうしているうちに秋になり、大人も子供もみんな衣替えをしなけりゃならないでしょう。昼間はご飯作ったり、お母さんとふたり中庭で麻をなう仕事をしたり、サヤマメを打ったり、綿を摘んだり、菜っ葉を干したり……夜はまたこのチビさんらが早く寝てくれないので、この子らとヤイヤイ言いながらちょっとばかし針仕事をしてもどれほどもできやしないし、この子らが寝てからまた夜なべをしなきゃ。」玉梅が言った。「これからは、夜はあたしが嫂さんを手伝えるわ。嫂さん、まず大勝のクツを作るのをあたしに任せて下さればいいわ。」金生の嫁さんは言った。「あんた昼間は畑に出ているし、晩には勉強もしなければならないし、どこにそんな暇があるのよ。」玉梅が言った。「秋の取り入れの始まるこの四、五日、私たちの授業はろくに出来ないの。出席する人がだんだん少なくなって、今晩もまた出来なかったのよ。これからもますます駄目になるみたいだから、いっそ秋の取り入れがすんでからまた勉強するわよ。お嫂さん遠慮しないでよ。お嫂さんはあたしがこんなに大きくなるまで面倒を見てくれたんだから、少しはお嫂さんの手伝いぐらい出来なくちゃ。……」

王金生は村で農村建設に力を尽くしている。生産を発展させるのに適応した農民合作組織を作り上げ、みんなが一緒に豊かになることを実現する。そして開明的な道徳の気風、開明的な村の気風を建設し、三里湾を社会主義の新しい農村にするのだ。彼はすべて理論からではなく実際から出発し、これまで無理強いではなくて説得の方法を用いてきた、しかも主として事実によって農民を説得して来たのである。彼は自分には

厳しく他人には寛大である。彼を支配しているのは「食うか食われるか」を重視する闘争哲学よりも、むしろ調停や和解を喜ぶ中庸哲学である。彼は根っから農民であって、農民の広汎な擁護と支持を得ていた。まさに当時ある人が批評したとおり、『三里湾』で「繰り広げられる農民内部のあるいは彼らの心の中の矛盾はどれもそんなに深刻でも、尖鋭でもなく、矛盾はすべて比較的容易に解決されている。」(周揚『建設社会主義文学的任務』、『中国作家協会第二次理事会議（拡大）上的報告，発言集』人民文学出版社1956年版) しかも趙樹理はかつてこう述べたことがある。「農村の人物がもし少しでも実際的であるとしたら、彼に共産主義思想をくっつけるのは、どうも相応しくないように思われる。"光栄は党が私に与えたものだ"などという、その手の言葉は私は書かないのだ、そんなのは明らかに嘘っぱちである。効果を薄めてしまう。ソ連では作品を書く時いつも外部から誰か一人やって来て、それから共産主義思想を持つようになるのだが、まるでとってつけたようなもので、私は真似ようとは思わない。『小二黒結婚』には一人の党員も登場させなかったし、『三里湾』の支部書記も、彼の共産主義理論はほとんど書かなかった。一つの生産隊に社会主義をやろうという人が本当に一人いればたいしたものだ。だから私の作品は時として社会主義理論の反映が不十分で、その歩調は些かのろい。自分自身十分わかっていないので、すこしゆっくり書こうと思う」(戴光中『趙樹理伝』北京十月文芸出版社1987年版 p.366)。

王金生の建国初期の農村幹部としての思想の質は、儒家の「修平」〔修身斉家治国平天下〕の人格と同じ流れを汲むものである。

『三里湾』が具体的に表現した社会主義新文化は、中華伝統文化とある程度符合するところがある。梁漱溟は「中国建国之路」の中で「人心は文化にしたがう」のであり、「建国」の内包する意義は新文化を建設することに在り(『梁漱溟全集』第3巻 p.370-371)、しかも中国の伝統文化は「心の文化」に属するもので(『梁漱溟全集』第3巻 p.381)、中国人は「理性が早く開けた」から、その一切の輝きは「人心の表現」にある(『梁漱溟全集』第3巻 p.382)と述べている。 彼は建国後民族の復興は「問

違いなく人心の復興にかかっている。」(『梁漱溟全集』 p.383)と考えていて, 建国当初は「人の心がすっきりと理解でき」て「心を開いて力を出した」から, 孔子が言ったように「発奮して食を忘れ, 楽しんで以て憂いを忘る」という状態で,「前途はまだまだ遥かに遠い」が, 然しながら理想の文化は「すでに"体を具えて微か"〔内容はそなわっているがまだ規模がちいさい——孟子, 公孫丑〕に見えて来たのだ」(梁漱溟『中国建国之路』第3章『透出了人心』)と賞賛している。

「建国文学」は長期にわたる半植民地的地位から完全に脱却し, 自主独立を勝ち得たその時に誕生したのであり, その表す治世の精神は強烈な民族独立意識と, 民族の誇りを内包している。

『青春万歳』が描く主人公鄭波(チョンポー)の少年時代は不幸で, その最大の不幸は「アメリカ人の運転手」が作り出したもので, つまり西洋列強の「治外法権」が作り出したものである。小説は言う。

> 鄭波の家庭はごくありふれたものであった。彼女の父親は生涯下っ端の事務員で, 書類を書いたり写したり, ウンウンハアハア適当な受け答えをしているだけで, 誰も怒らせるような事はしなかったが, しかしまた誰もが軽蔑していた。
> 1949年12月, 鄭波が11歳の時, 彼女の父親は「同盟軍」のジープに轢かれて雪の上で死んだ。酒に酔って車をバックさせたアメリカ人の運転手は, あたりを一回りすると, 「OK」と一声叫んでずらかってしまったのである。

鄭波は『つまずくのがなんだ, 俺たちには骨があるのだ』を歌いながら成長し, 自覚を得, 信念を得たのである。彼女は比較的早くからアメリカのジョセフ・リー(李若瑟)神父が「よい人間ではない」ことを見抜いていたが, これは決して偶然ではなかった。

『青春万歳』はアメリカのカソリック教会が中国で開設したいわゆる「仁慈堂」が, 少年工を搾取し, 人身売買をし, そのせいで中国人の子供

がバタバタと沢山死ぬ羽目になってしまったことを暴露している。解放後も,ジョセフ・リー神父は相変わらず精神面で少女マリー・フー(呼瑪麗)に害毒を与え,彼女とクラスメートとの間を引き離し,彼女が長きにわたって自分の祖国のことを理解出来ないようにしてしまう。

『青春万歳』は解放後「仁慈堂」をシンボルとする米国の中国における文化侵略が基礎から揺らいで破綻する姿を描き,宗教の衣を被った「隠れた反革命分子」ジョセフ・リーが1953年春我が公安局によって逮捕されるまでのいきさつを描写している。

曹禺(ツァオユー)(1910-1996)が1954年に発表した話劇『明朗的天(明るい空)』も,そのテーマは反文化侵略にほかならない。

シナリオは解放前アメリカが北京で開いていた燕仁医院を舞台として,文化面での侵略と反侵略の格闘を繰り広げている。

侵略勢力を代表する米国の文化特務ジャクソンは始めから終りまで舞台に姿を現さない黒幕である。彼は北京解放前夜米国へひそかに逃げ帰ったのだが,しかしその害毒は依然として深刻に存在していた。ジャクソンの燕仁医院は老年労働者趙樹徳(チャオシュートー)の目の火傷の治療を拒絶したくせに,彼の妻の骨軟化症は進んで治療したがるのである。というのはジャクソンは彼女が希有ともいうべき軟骨標本となる骨格をもっているのに目をつけたからだ,そこで彼女に無理やり治療を受けさせ,残虐非道にも彼女を殺害してしまったのである。

「教務長」の江道宗(チアンタオツォン)は精神的な「骨軟化症」で,ジャクソンがいた時は甘んじて奴隷になっていた。ジャクソンがいなくなると,その代理人となり,あらゆる方策をめぐらして解放後も引き続き「アメリカの伝統」の維持に努めた。彼はアメリカの文化侵略の中国における落とし子である。

細菌学の専門家凌士湘(リンシーシアン)は人柄がまっすぐで,ヒューマニズムに富み,祖国を心から愛し,科学事業に志を立てている。北京解放前夜,彼は台湾に逃げることを拒絶し,またアメリカに行くことも拒んだ。彼は言う,

「一人の科学者として，私はやはり中国の科学者だ」と。しかし，「科学至上」論が彼の目を「火傷させ」ものを見えなくした。彼はジャクソンを「アメリカの科学を代表している」と考え，「世界には人を殺す科学はあっても，人を殺そうとする科学者はいない」と考えて，「細菌学者が細菌戦を行う」ことなど信じない。彼は明るい空の下で，「盲目」同然の生活を送っていたのだ。

　趙樹徳の妻の虐殺事件の真相が明るみに出され，また，この細菌学者の研究成果がジャクソンに剽窃されて細菌兵器の製造に用いられ，かつ朝鮮戦争の戦場で用いられたという既成事実が国内に伝わるにつれて，凌士湘は「人を殺す科学者がいる」ということようやく悟り，ジャクソンが文化特務で，死刑執行人であることをはっきりと知った。彼は自分が「盲目に等しく，暗闇の中で三十年働いていたようなものだ」と認識する。彼は痛恨の思いでこう語る。「私は口を開けば愛国愛国と言って来たが，しかし私自身のやった事はもはや国家に対しても，人民に対しても顔向けが出来ないことだった。」彼は努力して祖国のために，人民のために今後何十年も働くことによって，自分が以前何十年にわたって国の事を顧みなかった「罪」を償おうとするのである。

　凌士湘を代表とする知識分子の精神上の大変動は，中国において今世紀初頭から始まった中国文化と西洋文化の大論争の続きであった。科学の衣を着たジャクソンの文化侵略思想に惑わされた凌士湘は「科学」を自らの魂とし，技術文化と精神文化を混同し，「用」と「体」の顚倒を起こしてしまい，その結果この口を開けば愛国を唱える科学者は客観的に見れば侵略者の道具になってしまったのである。彼はシェークスピアの悲劇の主人公リア王同様，強情で独りよがりだったために，陰謀に両の眼を覆われ，愛と憎しみを顚倒させてしまって運命の非情な報復を受けたのである。同時に，私たちは凌士湘の身にもリア王と同様の理性の回復を目にするのである。彼は江道宗に向かって「あなたは何者か」，「あなたは何処の国の人間か」という質問を発するのだが，このことは彼が「科学」には，さらに「人間」の問題がある——これが法則だ——と悟った

ことを明らかにしている。この法則はまるで「運命」の様に高く君臨していて、誰もそれを無視することは出来ないのだ。

ちょうど趙樹徳の眼が視力を回復したのと同様に、凌士湘の精神も光を取り戻すことができ、明るい空を目にし、全国人民とともに明るい空の下で暮らすのだ。

『明るい空』は建国初期にあって、中国人民が国家の独立を得た後、精神的な面でも立ち上がった現実を表現している。劇中、病院解放後の院長董観山(トンコワンシャン)がずばり指摘している。「アメリカ人はなぜあんなに気前がいいのだ。強盗はやたらと善心を起こしたりしないものだと思うが」、「文化侵略は彼らのいちばん悪辣な手口で、あれは心の侵略だ、相手が自分を自分の敵にするようしむけるのだ」。『明るい空』は『四世同堂』の後を受け、今回もまた、今世紀初頭以来文壇に広がりはびこっていた盲目的な西洋模倣、全面的西洋化の気風をいっぺんに吹き飛ばし、民族主義の力強い調べを奏でたのである。

国家統一の思想もまた「建国文学」が表現する治世の精神の重要な枠組みであった。

建国以前、中国人民は分裂の苦しみをいやというほどなめて来た。梁漱溟は1950-1951年の間にこのように書いている。過去四十年のうちに、統一を見た月日は、恐らく三年にも足らないであろう、「なんと哀れなものではないか。」(梁漱溟『中国建国之路』第1章『建国之一大前提』)。それゆえ、建国後全中国人民は国家統一のありがたみを以前の倍も感じたのである。「統一と安定があってこそ、建設を口にすることが出来、建国事業を進めることが出来るのだ。」(同上)

『青春万歳』の青少年の主人公たちの押さえ難い幸福感も国家の統一から来ている。彼らが幸せにも春の陽光の下にやって来た時、そこに見たものは広大な祖国であった。祖国の果てしなさ、広大さは、彼らが感受したもろもろの体験の中に誇らしさを加えるものであった。

『明るい空』の中に現れているのも、明らかに見渡すかぎり果てしない大空である。「重慶から成都まで、成都から天水まで、天水から蘭州ま

で,蘭州から新彊まで,」(『明朗的天』,『曹禺文集』第4巻　中国戯劇出版社
p.103)それはちょうど何其芳(ホーチーファン)が同じ年に完成した詩作『回答』に書いているとおりである。

　　我が祖国の版図のなんと広大なことよ,北京では雪が舞っているのに,広州ではまだ鮮やかな花が咲いている。私は国中をくまなく歩いてみたい,たとえ私の頭がどこの大地を枕にして眠りに就こうとも。

『建国文学』の表現する統一の思想は,当然多民族の大家庭思想を含むことになる。ウランバーカン(烏蘭巴干1928－　)が1949～1956年の間に創作した『草原烽火』はコルチン草原で蒙漢両民族の人民が肩を並べて戦い,蒙古の王族の圧迫と日本帝国主義の侵略に反抗するさまを描き,幾年も打ち続く戦火の中で血と涙で結ばれた民族間の兄弟のような情誼を称えている。マラチンフ(瑪拉沁夫1930－　)が1956年に創作した長編小説『在茫茫的草原上』(果てしない草原にて)は、1945年日本投降後,内蒙古草原全体が沸き上がり,「民族熱」が一部の人たちに燃え上がったのを描いている。彼らは民族の「独立」を幻想し,少数の者たちは自分たちの「国家」を打ち立てる幻想まで抱いたのである。主人公のティムールは勇敢で,真っすぐなのだが,しかし丁度『静かなるドン』のジェリコの頭の中一杯に詰まっている「コザックの栄誉」と同様,ティムールは「民族熱」に浮かされており,「八路軍にモンゴル人はいない」という理由だけで,彼は「民族を復興する」理想を抱いて故郷に帰って来た。まさに作品の題名が示す如く,人々は果てしなき草原の上に民族解放,復興の道をさがし求めるのである。動乱,戦闘,裏切り,流血の苦難に満ちた闘争を経て,勇敢で純朴なモンゴル民族はついに民族解放の輝かしい道を歩みはじめるのである。小説の結末部を大きく占めている感情の表白はモンゴル族青年男女への賛歌であり,草原と祖国への熱い心をこめた歌声である。

マラチンフが1951年に創作した『コルチン草原の人々』は内蒙古人

民の解放後，祖国の大家庭の中における生活風景を映し出しており，彼らは主人公として新生活を創造し，大草原を守るのである。それはまさに小説の人物アムクーラン（阿木古朗）が言うように，『我々は祖国の辺境，美しい内蒙古を建設することが出来るのみならず，いかにしてそれを守るかを知っている。』

　徐懐中（シューホワイチョン）（1929－　）が1956年に完成させた『我們播種愛情』（私たちは愛の種を播く）は，ある農業技術普及センターの建設，発展を筋立ての中心として，兄弟たる各民族人民が手を携えて新チベットを建設するという輝かしい業績を反映している。時あたかもチベットの平和的解放の初期に当たり，チベットも全国各地同様，社会生活の多くの面で立ち遅れた状態に在ったが，そこで迎えたのが建設の高まりであった。小説の中で，工作委員会書記蘇易（スーイー）をはじめ農業技術普及センターの諸部隊，機関，学校から志願してチベットにやって来た人たちに至るまで，彼らはまるで『青春万歳』の主人公たちと同じように準備段階を完成させて建設の中に身を投じて来たのである。彼らは広い気持ちと，開放的な魂と豊かな感情をもち，辺境を故郷となし，すべての知識と心血をチベットというこの神秘の土地にそそぎ，自身の青春と人生をチベットの進歩と繁栄に捧げるのである。農業技術員雷文竹（レイウェンチュー）は幻想性豊かで，チベット高原のすべてが彼の強い興味と豊かな想像を引き起こした，彼はこの何万年もの間深い眠りを続けて来た処女地に北京，四川の種を播こうとする。

　これら内陸からやって来た人たち，彼らはチベットを——その神秘な大地から人情に厚い人々まで含めて——熱愛している。彼らはチベット民族を——チベット民族の制度，風俗，礼儀，宗教を——尊重する。農業技術普及センターは，生涯圧迫に反抗し，年老いて乞食に身を落としていたローチュ（洛珠）老人を引き取って，安穏な余生を送らせている。また彼らは，センター所長に切りつけて負傷させたランガ（郎加）を許してやり，しかも普及センターで彼に仕事を世話したのである。彼らはまた，コサンラム（格桑拉姆）と連帯し，カーサ（呷薩）活仏を尊重する。

活仏を新設のコンダー（更達）小学校の名誉校長に招聘したり、活仏を自動車道路開通の式典に招いたりした。彼らはチベット民族にトラクターを贈っただけでなく、兄弟民族としての友誼を送りとどけたのである。チベット高原に農作物の種を播いただけでなく、チベット民族の兄弟に対する、祖国という大家庭に対する熱い愛をも播いたのである。たった一年の間に、コンダーには喜ばしい変化が現れた、冬小麦と春小麦が成熟し、眩いばかりの黄金色は雁も舞い降りる場所が判からなくなるほどであった。ランガはついに期待に背かず、翻然と非を悟り、一連の義挙を土産に、農場に帰り生産隊の隊員となる。コサンラムも懐疑と、日和見から抜け出し、チベットの民衆に呼びかけて積極的に道路建設隊に協力し、開明的なチベット族の上層クラスの人士となった。

『我們播種愛情』は小説形式でもってチベット族を祖国という大家庭に紹介したものであるが、それは一幅のダイナミックなチベット社会の生活絵巻を見せてくれる。この世界の屋根に住む人々、彼らは畑を耕す時に牛の角に縄を結わえつけ、木の犂はほとんど真っすぐなのだ。牧畜民たちが子供を産む時には牛小屋に行く、なんでもこのようにして生まれた子供こそ「牛と同じように力持ちになれる」のだそうだ。青年男女が靴の紐を交換することは、最も厳粛な、決して悔いのないお互いの許し合いを意味している。甘くて強烈な裸麦の酒。袖口の長いきれを振りまわす三弦の舞。神聖なマニ塚。空中でハタハタと鳴る色とりどりの経文の幡(のぼり)。敬虔な五体投地。野太い声で唱えられる法名……作家は強烈な興味をもってこの濃厚な香りをもつ雪国文化を描写し、中華文化の異彩豊かな姿を表現した。小説は雪山、大雁を書き出しとし、「エピローグ」の第一句は再び雪山を描き、最後の一句でまた大雁を描き、祖国の新チベットに対する無言の祝福を発している。

この雪国文化の社会生活の絵巻の中で最も発達した意識はカーサ活仏の形象である。彼は十二歳の時からザシルンプ（扎什倫布）寺に行ってお経の勉強をした。七十余年にわたる研鑽のおかげで、彼は経文を通してチベットの古い歴史を細部に至るまで知り尽くし、明確に神を見通し、

また世の人々にとって大いに役立つ学問をたくさん身につけた。彼はチベット族同胞の宗教生活を指導するだけでなく、チベット民族の文化建設にも参与した。彼はコンダー小学校の名誉校長を兼任し、ラマ僧を学校に派遣してチベット語を教えさせた。彼は小学校が校舎を建てるのに進んで多額の寄付をした。活仏の手が人の頭をそっと撫でると、その人は生涯吉祥如意、何事もめでたく思いのままになるのだ。カーサ活仏は小説の中であの月の世界よりもなお神秘的なこの大地、神の土地を代表している。彼は二十余年ぶりに初めて寺院を出て、政府の会議に参加し、民族区域の自治問題を協議し、民族大家庭の和睦、統一を表明したが、これこそ現実の吉祥如意なのである。

李喬(リーチアオ)(1929－)の『醒了的土地(目覚めた土地)』(1956)、『早来的春天(早く来た春)』(1962)および『呼嘯的山風(吹きすさぶ山風)』(1965)より成る長編小説『歓笑的金沙江(歓びの金沙江)』は建国初期に彝族の人民が祖国の大家庭に帰って来るまでの複雑なプロセスを描いていて、解放後の涼山地区に起こった天地を覆すような変化を反映し、我が国の民族政策の勝利を表現したものである。

「建国文学」は誕生のその日から、現実に対する単純な賛歌ではなかった。それは多重にして単一ではない思惟として表現されている。それは治世の精神を表現するとともに、新社会の中に存在する——あるいは旧社会が残した、あるいは新社会に繁殖する——不健康な病根を暴露することにも意を用いており、中国の作家、文人の憂慮の伝統を体現している。

『龍鬚溝』の対比的構成とははっきりと異なり、『登記』は新旧両思想、二つの力を、ともに「新しい物語」の中に置いている。趙樹理が『登記』を書いた主旨は、「建国」後の「問題小説」を書くことにあった。小説の筋は「今年正月十五日」から始まる。衝突は「今年」——あるいは「今日」と言っていい——に起こっているのだ。

『登記』の中で婚姻の登記を許さないのは村の民事主任である。彼は表

向きは艾艾(アイアイ)の評判がよくないとしきりに言い立て，彼女と小晩(シアオワン)との登記をしてくれないのだが，なんとひそかに自分の甥のために艾艾の家に仲人を立てて縁談を持ちかけていたのである。村で彼のことをよく知る人たちは蔭であいつは「親切ごかしの猫っかぶり」だと言い，「うちの村では何事によらずあいつが首を突っ込んだ事は，言うとおりにしないかぎり，あいつの手から逃げられない」と言う。

　趙樹理はこのような公権を利用して私利を図る行為の弊害を目にして，この問題の解決に対する緊迫感を表現したのである。小説の末尾に書かれているのだが，区では村の民事主任は必ず艾艾と小晩の婚礼に出席しなければならないと決定する。婚礼の席で，艾艾と小晩はみんなの前で，「民事主任をまるまる二ケ月罵った」ことや，民事主任の「甥っこ路線」を罵ったことを面と向かって話した。区を代表して婚礼に出席していた区の分会委員書記はその場で，「罵ったのは正しい。」「村の民事主任は自分の甥っこに結婚紹介状を書いてやりたいので，君たちに紹介状を書いてくれなかった，これは彼が婚姻の自由に干渉したということです。中央人民政府が婚姻法を公布して以後，誰でもこのような行為を二度と行う者は，裁判所に送って罪を裁かなければならないのです。」と述べる。彼はさらに会場全体をちらりと見渡してから言った。「党員同志諸君，二人が罵ったのは正しいかどうか言ってほしい。我々の区や村でこの数年，婚姻問題でどれだけ処理を誤ったか，ちょっと調べてみようではないか。どれだけの人々が毎日毎日我々を罵っていることか考えてみたまえ。もしこれ以上誤りを正さなかったら，党内で処分を受けるのはさておき，大衆も我々を罵り倒すことだろう」。

　趙樹理が建国後に創作したこの最初の小説では，そのテーマは「幹部問題」に他ならない。『登記』は切実な憂慮の意識を表現し，建国後の新たな「趙樹理の方向」の基礎を定めたのだ——それは社会生活・政治生活における最も重大な問題をしっかりと指さしていた。

　蕭軍(シアオチュン)(1907－1988)が1954年に発表した『五月的鉱山(五月の鉱山)』は，労働者階級が主人公の精神を以て無私の労働をし，勇ましく犠牲と

なる崇高な品性を賛美すると同時に、鉱山を管理する幹部たちの官僚主義的な工作態度も批判している。

1956年前後、我が国の社会生活と文芸界に「百花斉放、百家争鳴」の繁栄の局面が現れ、「建国文学」の中に官僚主義を暴露することを核心とする批判的テーマが強まって、憂慮の意識、関与の精神が発揚されるようになった。

王蒙が1956年に創作した『組織部来了個年軽人（組織部に若い人が来た）』は、最初の「恐れと惑い」を表現している。青年林震(リンチェン)は「一種の祝日のようなわくわくした気持ち」を抱いて新生活を始める。ところがひとしきり働いてみると、彼は指導的な同志たちに恐るべき冷淡さ、無関心、如才なさが存在することに気づく。彼は大声で、「党は人民の、そして階級の心臓だ、我々は心臓にほこりがたまっているのを放ってはおけない、つまり党の機関の欠点を容認するようなことはできない」と叫び、無邪気な、熱い思いの、率直で幼稚な「悠悠寸草心」〔遥かなる民草の気持ち〕を表出したのである。

劉賓雁(リウビンイエン)（1925－　）が1956年に創作した報告文学『在橋梁工地上（橋梁工事現場にて）』は若い工事技術幹部曽剛(ツォンカン)と労働者たちの体に満ち溢れている社会主義建設の情熱と、橋梁隊隊長羅立正(ルオリーチョン)の身に集中している保守主義、官僚主義との尖鋭な矛盾を暴いている。劉賓雁が同年に創作したルポルタージュ文学『本報内部消息（本紙内部ニュース）』における青年記者黄佳英(ホワンチアイン)は曽剛と同族の兄妹であると言えよう。彼女は今日の生活を熱愛しており、新鮮な思想を愛し、自ら進んで働くことをよろこび、現実に関与することに勇敢で、信念に対しは確固として揺るがず、誠実であった。

しかし悲しむべき事に、黄佳英、曽剛と社会主義建設事業との間には、官僚主義者という中間機関が一つ介在していたのである。

従維熙(ツォンウェイシー)（1933－　）の『並不愉快的故事（決して愉快ではない物語）』(チートンハイ)(イエホワリン)(1957)は斉東海老人の不幸を中心に、野花嶺農林牧高級合作社の混乱した生活の絵図を活写している。合作社の社員たちは長年にわたって油

や塩を買う金も,針や糸を買う金もなく,生産の積極性は深刻な損傷を受け,次々と仕事を休んだり,合作社を辞めたりして行った。合作社内の矛盾はすでにぎりぎりまで尖鋭化していた。「不幸な」合作社員の中でも斉爺さんは最も「不幸」な社員で,彼の老いた妻は病床に臥せているのだが,労賃〔労働点数で計算される賃金〕から少しばかり借りて老妻に漢方薬を買ってやりたいと思ってもかなわず,連れ合いが死んでも棺桶も工面できない……だがそんなであっても,彼は仕事を休むとか合作社を辞めるとかいうことは言わないのである。彼は誠実で,善良であり,新社会を信じているのだが,彼および広汎な合作社社員と新社会との間には,一群の官僚主義者が壁を作っているのである。合作社主任の白長禄からして自分に箔をつけるためには社員の死活問題など顧みようともしない官僚主義者である。深く考えさせられるのは,彼の一連の官僚主義「理論」がなんと区の労働模範会で学習討論され,この官僚主義者がなんと「勤倹節約して合作社を運営した」区の労働模範,県の労働模範と判定されたことであって……官僚主義の工作態度はすでに各級政府機関の中にはびこっていたのである。 小説は「人の運命」にかかわるという意味において,官僚主義者が人々に関心を拂う問題での「負債」〔欠落〕を暴露したのである。

　作者は彼の主人公と同じように,新社会を信じ,「春」に対する感受性が豊かで,生活への「関与」も赤子のように純真な気持ちから出ているのである。

　　陽春三月は,なんと美しい季節だろう。ヒバリは青空に上がり,谷川の水は花の群落の中で歌い,リンゴ園の花は満開に咲きほこり,群れを成す蜜蜂が蜜を醸している……何もかも,すべてが積極的で,向上をめざしている。だが日の光も届かぬ偏僻な片隅や,春風の吹きわたらぬ閉塞した谷間には,やっぱりこのような決して愉快ではない物語も生まれるのである(従維熙『並不愉快的故事』)。

『並不愉快的故事』や『組織部来了個年軽人』,『在橋梁工地上』等は,期せずして同じく,赤子のような純真さでもって党の作風を整頓・是正しようというアピールを発しているのだ。これらの作品を代表とする「生活に関与する」創作は,1957年夏から粗暴な批判に遭って次々と「右派作品」にされて行ったのである。

「建国文学」は思潮としては,1957年中に不幸にして終わってしまった。だが,それは中国当代文学の旺盛なる発端であった。後に,「傷痕文学」がそれを精神的支柱としたし,「反思文学」はそれを精神的故郷とした。「建国文学」は今後の中国文学の発展に対し,引き続き深い影響を及ぼし続けるであろう。

第二章
十七年文学——悲惨と光栄

　建国初期に形成されたばかりの「建国文学」は伝説の優曇華(うどんげ)のように現れ，まだ幼い花のうちに散らされてしまった。1956年に「百花斉放，百家争鳴」（毛沢東，1956年5月2日最高国務会議第七次会議での講話）の文芸方針が出されて文学に春の便りをもたらしたが，しかし，続いてやってきたのは「夏」ではなく，数輪ほころび出した小さな花は，1957年の「反右派」闘争の「厳冬」の中で砕き折られてしまった。1958年に出された「革命的リアリズムと革命的ロマンチシズム」の両結合（毛沢東，在中共八大二次会議上的講話）という創作方法は，文学に「指令」を押し付け，文学創作の法則に背くものであった。加えて「大躍進」，「人民公社化」，「反右傾機会主義」など一つまた一つと続いた政治運動や，「決して階級闘争を忘れるな」（毛沢東，中共八届十中全会公報）という左傾路線が，国家を異常な政治状態の中に置き，階級闘争の極端化を実質とする教条主義が長期間にわたって社会思想を支配し続け，いわゆる社会主義と資本主義の二つの路線の闘争・階級闘争のモデルを無理やり文学創作に押し付けて，文学の「氷河期」を作り上げたのである。

　1949年新中国が成立してから1966年「文化大革命」が発動するまでの17年間，その最初のごく短期間，しかも相対的に盛んだっただけの「建国文学」が現れはしたけれども，大部分の期間は文学にとって不毛の年月であった。文学に当然あるべき地位はなく，自覚的に自己の責任を確立することもなく，長期にわたって盲従状態が続いたのである。これは中国文学の悲惨――政治の干渉がもたらした悲惨であるだけでなく，中国当代文学自身の悲惨でもある。その大きな代価と悲痛な教訓は，必ずや将来力となり，中国文学の自覚と成熟を促すことであろう。

　「早春」であろうと，「厳冬」であろうと，あるいはたとえ「氷河期」の中であろうと，それでもなお幾人かの作家は，それぞれ異なった方式で

力のかぎり作家の独立精神を保持し，文学の真実性の原則を堅持し，いばらの中で耕し，狭い隙間で成長して，中国文学がなお残していた生命力を表現し，中国文学の光栄となったのである。

　趙樹理(チャオシューリー)の『登記（結婚登記）』と老舎(ラオショー)の『龍鬚溝(ロンシューコウ)（北京のどぶ）』は，1950年の夏，ほぼ同時期に世に出た。この二つの作品はどちらも「新」味を出している。『登記』は冒頭から講釈師の口調で聴衆に語りかける。「今日はひとつ新しいお話しをいたしましょう。」 これは艾艾(アイアイ)という娘の身の上に起こった「羅漢銭」にまつわる物語りである。艾艾は母親の三十年前の「羅漢銭騒ぎ」を繰り返しはしたが，母親の結婚悲劇は繰り返さなかった。新社会が新しい文明を建設する中で，新しい世代には上の世代とは違った運命がもたらされたのである。『龍鬚溝』のどぶの悪臭と，どぶの浄化は，社会の汚濁と清浄を象徴しており，趙(チャオ)老人や程瘋子(チョンフォンズ)および大勢の龍鬚溝のほとりの住人たちは，以前の「頭を垂れて」から変わって「頭を挙げて」生活するようになる。『龍鬚溝』や老舎のそのほかの作品が表現しているのはすべて「我熱愛新北京（私は新しい北京が大好きです）」である。これについて胡絜青(フーチエチン)は次のように書き記している。「私は"我熱愛新北京"という六文字の中の"新"の字と"愛"の字は，"新"によって"愛"が引き出されており，老舎の解放後の感触と心情を最もうまくまとめていると思います。」(胡絜青，『写在「我熱愛新北京」前面』)

　『登記』，『龍鬚溝』および『青春万歳』，『我們播種愛情（我ら愛情の種をまく）』等はいずれも活気にあふれた社会建設を描写することで，50年代初期の「建国文学」の総主題を強く全面に押し出している。

　『登記』と『龍鬚溝』は多くの面で，二人の作家の似ている面を表しているが，しかしまた二人の微細ではあるが本質的な違いをも表している。

　『登記』は包容的な構成を持っている。「今年の陰暦正月15日」から話しはじめ，新しい物語りが旧い物語りを内包している。これは全体的には「新しい物語り」なのである。

　『龍鬚溝』は対比的構成を持っている。第一幕が解放前の北京，第二幕

は解放後の北京，第三幕は1950年の夏である。ストーリーが解放の前後にまたがっており，主題はほかならぬこの鮮明な対比に在る。

『登記』の「新しい物語り」は衝突に満ちている。小説の衝突は，ほかならぬ「今日」のことである。作品は二世代の人物に現れる新旧思想の衝突を描写しているだけでなく，新しい社会の政府機関の中にいる官僚主義者を，問題解決の主要な障害として描き上げている。『登記』は依然として「問題小説」だが，問題は幹部にもあったのである。結婚登記を許さないのは民事主任である。彼は口を開けば艾艾は評判が良くないと言い立てて，彼女と小晩(シアオワン)に登記してくれず，一方こっそりと仲人を頼んで自分の甥のために艾艾に縁談をもちかける。村で彼のことを知っている者は，かげで彼のことを「猫っ被り」と呼び，「うちの村でおよそあいつが首を突っ込んだ事は，あいつの言う通りにしないと，あいつの手から逃れられない」と言う。趙樹理はこのような権力を盾に私利私欲を図る行為の弊害を見て，この問題を解決してゆく緊迫感を表現したのである。小説は権力を盾にして私利私欲を図る幹部たちが「新生活」の前で次々と敗れ去るのを描写して，「新生活」の抑え切れないほどの喜びに満ちあふれている。小説の結びで，区では民事主任が艾艾と小晩の婚礼に出席しなければならないと決定した，と書いている。婚礼の席で，艾艾と小晩は会衆を前にして「まるまる二ケ月民事主任を罵った」こと，そして民事主任の「甥っ子路線」を罵ったことを話した。区を代表して婚礼に出席していた区分会委員会書記はその場で「罵ったのは正しい」，「村の民事主任は，自分の甥に紹介状を書いてやりたいので，二人には紹介状を書いてくれなかったのだが，それは彼が人の婚姻に干渉したということです。中央人民政府が婚姻法を公布してからは，このような行為をした者は，裁判所に送られ罪を裁かれなければなりません。」と述べる。彼はさらに会場を見渡して「党員の皆さん，どうですか，二人が罵ったのは正しいかどうか。我々の区でも村でもこの数年どれだけ婚姻問題の処理を間違ったか，ちょっと調べてみましょう。どれだけの人々が毎日我々を罵っているのか考えてみてください。これ以上もし誤りを正さなけ

れば、党内の処分を受けるのは言うまでもないとして、大衆も我々を罵り倒すでしょう。」(『趙樹理文集』第1巻　工人出版社　p.329)と言ったのである。

『龍鬚溝』のドラマの衝突は第一幕の幕が下りるとともに消滅する。後の二幕はただ建設の声と賛美の声である。結びの部分で程瘋子が数来宝〔数え歌かあほだら経のような民間の即興の歌〕を唱え、「国泰民安」の太平の盛世を歌って終わる。

『龍鬚溝』は「万歳」の歓呼の声とともに幕が下りる。『登記』の方は権力を悪用して私利私欲を図る幹部を笑い罵る中で結末を迎える。

趙樹理の建国前の作品は、農民革命の道程を描き、農民と地主階級の闘争、争奪が重要なテーマであった。一方老舎は建国以前には高度な民族主義によって階級革命を超越していた。彼はかつて自分は「抗戦派」(楼適夷『憶老舎』、『新文学史料』　1978年第1輯)であると誇らしげに称した。『四世同堂』が奏でた音色こそ民族主義の最も強い音色であった。意味深いのは、建国後二人はともに微妙に変化し、ある意味において自分をひっくり返していることである。

老舎は新社会に対して鋭敏に同一化し〔自己の思想と新社会の理想との同一性を認め〕、時勢に沿った民族意識を表現した。彼は共産党の長期にわたる革命の過程には参加しておらず、新政府の樹立に尽力したこともない。彼は1949年末アメリカから北京にもどって来たときに、新社会の恩恵を浴びるほどに感じ、この『四世同堂』の作者は、自ら進んで自分の以前の創作の道を否定し、新たに自己の使命を確立したのである。彼は1952年に「私は自分が20余年の創作経験を持った作家であることを忘れてしまわなければなりません。そして小学生のつもりで、一から学ばなければなりません。」(『毛主席給了我新的文芸生命』、『我熱愛新北京』北京出版社　p.42)と書いている。彼は、自分は時代の要求に照らして新社会の新事物を讃えねばならない、知り得た事は知り得た分だけ讃えねばならない(『毛主席給了我新的文芸生命』、『我熱愛新北京』北京出版社　p.44)、と言っている。彼は誇らしげに「私はもともと無党派の人間であ

る。しかしいま私には所属している派が有る。何派か。"歌徳派"だ。」彼は自らを共産党の功績徳行を讃える「歌徳派」と称し，自分の作品を「御用文学（遵命文学）」（胡絜青：『「老舎劇作選」再版後記』）と呼んだ。『茶館』は最も「御用文学」を自覚した作品である。

　老舎が1957年に創作した三幕の話劇『茶館』は彼が解放後「脚本の習作をした」（老舎『「老舎劇作選」序』）のちに，その劇作芸術を十二分に発揮したものであり，また彼が解放後自分の解放前の創作方法から転身したことを最も十分に表している作品である。

　老舎は「一つの大きな茶館は一つの小さな社会なのです」（老舎『答復有関「茶館」的几個問題』，「劇本」1958年5月号）と言う。脚本の中の裕泰茶館はまさに「雑多な人々が顔を合わせる場所」なのである。宦官，旗人，資本家，商人，農民，将校，警官，特務，ごろつき，用心棒など色様々な人々が此処にご光来になる。老舎は彼らをここに集め，彼らの人生の転変のドラマを描くことによって，清朝末年から，民国を経て抗戦勝利後に至る三つの歴史的時期における中国社会の変遷をその中に反映させている。五十余年のうちに，各時代の支配者が，入れ替わり立ち代わり歴史の舞台に登場して，軍閥が皇帝に取って代わり，国民党がまた旧軍閥に取って代わった。走馬灯のように王朝が代替わりしても，茶館のあの「莫談国事」〔政治の話ご無用〕の張り紙は「そのまま残されている」のである。これは一つの象徴で，この数代の王朝の共通の特徴が少数の権力者の勢力による支配で，庶民にはものを言う権利がなかったことを表している。『茶館』はまた社会の低層の悲惨な運命をも反映している。農民の娘康順子は宦官に売られて妻にされ，罪深い社会は残忍にも彼女の青春を埋葬してしまう。脚本は「茶館社会」の分析を通して，三つの時代の罪悪を「葬っ」たのである。

　『茶館』はまたここでの過去の生活哲学と「救国」の方式をも「葬っ」た。茶館の店主王利発は経営がうまく，性格は小心翼々，人柄は善良だが少々利己的でもあり，人には親切だがまた些か「権勢や利欲に弱い」点もある。彼が守っている世渡りの原則は「人に好かれる」，「人の喜ぶ

話をたくさんする」である。彼の行為は本分をわきまえ，これまで分を越えたことがない。ささやかな生き残りの場所を求めて，彼は苦心して自分の経営方式を改革し，社会の風潮の変化に順応して来た。しかし，この一生「良民」だった人も，結局自分の運命を変えることが出来ず，とうとう追い詰められて首を吊って死ぬのである。常四爺〔チャンスーイエ〕は「旗人」〔清朝の旗本〕で，「鉄杆荘稼」〔絶対確実な収入——皇帝の俸禄〕を食む特権を享受していた。彼は剛直，意志強固で，強い正義感と愛国心に富むが，「大清国はもう終わりだ」の一言で牢獄につながれてしまった。のちに街頭で呼び売りをする孤独で貧しい老人になってしまう。この「ただひたすら国が国らしくなってほしいと願った」人は，結局やはり「何一つ出来なかった」のである。最後の彼の無限の感慨に満ちた一言は，彼の「救国」の道に対する深刻な総括となっている。「私は私たちの国を愛したが，然し誰が私を愛してくれたのか」。家主の秦仲義〔チンチョンイー〕は維新運動が生んだ民族資本家の形象化である。舞台に登場したときは血気まさに盛んで，ひたすら「実業救国」の道を歩み，維新に志を立てた資本家になっていた。しかし半植民地，半封建の社会に在ったため，数十年苦心して経営を続けたけれど，結局彼もやはり徹底的に破産してしまう。彼は事業失敗後に自嘲して言う。「皆さんに忠告しなければならん。金が有るなら，飲む打つ買うと出鱈目をやり放題にやりなさい，だが絶対に好い事だけはしちゃならんと。皆んなに告げねばならん，秦なにがしは七十幾つになってやっとこの大きな道理がわかったのです，あいつは生まれつきの大馬鹿野郎だと」。これらの様々な人生，様々な「救国」の方式はいずれも実現不可能なもので，脚本はそれらを「埋葬」に付したのである。これはまた老舎が，自分が『老張的哲学（張さんの哲学）』(1925)を創作して以来，たゆまず探求して来た道徳的人生と社会改良の道を「埋葬」したということでもあった。

『茶館』は「埋葬」のテーマのほかに，もう一つ「光明の到来を暗示する」という主題がある。脚本は反帝反封建の学生運動の勃興を描いただけでなく，劇のストーリーの発展に合わせて，康大力〔カンターリー〕を北京西山一帯の

八路軍遊撃区にやり、革命に参加させている。そのうえ康順子も康大力に力と希望を見る。これもまた『趙子曰』(1926) の創作以来、特に『猫城記（猫人国滅亡記）』(1932) の中で描かれた非「革命」、非「内戦」という主題の「埋葬」であった。

　『茶館』は老舎が「往史（昔の歴史）」（老舎『「老舎劇作選」序』）について、彼がよく知っていてしかも数知れぬほど書いてきた旧社会の題材について、改めてまた書いたものである。こう言ってよかろう、これこそ彼が実行した、自分が「二十数年の創作経験を持つ作家」であることを忘れ、「一から学び始めて」、「革命」を題材と主題にして書くことを学んだ、ということなのだと。『龍鬚溝』で新社会に対して同一化したあとを継いで、『茶館』で「革命」への同一化を補足したのである。しかもこれは革命が勝利してのち、すでに「建国」時期に入ったときに生じている。『茶館』は三幕いずれも旧社会を描いているが、形にはあらわれない中に新旧社会の間の強烈な対比を存在させている。この遅れて来た革命家は、ひとたび革命との同一化を経るや、たちまち旧社会をただひたすら強烈に批判し、新社会に対してただひたすら熱い賛歌を送ったのである。彼はすでに新社会に生きる「喜び」（『「老舎劇作選」序』）の中に深く酔っていたのである。

　彼は自分の理想と現実の政治がすでに調和のとれた状態に達していると感じていた。彼は自分の芸術生命をすべて現実の政治に引き渡し、政権党に引き渡してしまった——正確に言えば一人の指導者に引き渡してしまい、作家個人の独立性を全く残さなかったのである。これが老舎の自殺した文学面での原因である。老舎は『四世同堂』で、銭詩人が日本人の設置した監獄の中で、獄中の中国青年に自分を大切にしてなんとか出獄の方法を考え、抗日戦争に身を投じるよう勧め、最後にずばり急所を突いて「いちばん意気地のない者が自殺を考えるのだ」（『老舎文集』第4巻　p.411）と指摘する。銭詩人は監獄の中で人生の一つの悟りを開き、監獄は彼の「個人の運命と国の運命との接点」（『老舎文集』第4巻　p.413）と成ったのである。彼は血まみれになって酷い拷問に耐えながら、驚異

的な意志力で生命を保ち、首尾よく生命を完全に国家に捧げることが出来たのである。銭詩人が向き合ったのは日本の侵略者であり、彼を支えたのは強い民族精神であった。1966年8月23日老舎に加えられた、同時にまた中華民族に加えられた壊滅的な打撃は、老舎を目覚めさせた。悲劇は、この時老舎が面と向かい合ったのが「身内の人間」だったという点に在る。この熱情あふれる賛歌の歌い手は、突然で防ぎようもない打撃を受け、「とたんに彼の熱情は氷の穴倉に落ち込み」(宋永毅『老舎与中国文化観念』学林出版社　p.196)、ここにおいて、精神的支柱は徹底的に崩壊したのである。

　趙樹理の建国後の創作の全体的テーマは「建設」である。趙樹理が関心を持ったのは、土地を分け与えられた老槐樹 (えんじゅの老木) の下の農民たちが良い暮らしを送ることであった。

　『三里湾』(1955) が描いているのは、一幅の熱気あふれる農村建設の絵図である。秋の収穫、合作社の拡大、合作社の整理、用水路開通は小説の「縦糸」であり、家での日々の生活が小説の「横糸」である。「旗杆院」が会議を開いて研究しているのは合作を組織し、生産を発展させ、今日の三里湾を建設し、明日の三里湾を設計することである。老槐樹の下のやり手たちが研究に精を出すのは農業、副業、原価、収入、水車、増産……趙樹理の理想は皆が一緒に裕福になることである。彼は、解放されてから昔を忘れ、ひたすら金儲けに走る幹部を批判した。また全体の大局を顧みず、社会的自覚の低い農民を教育した。小説全体の構造は、所有制の改造を急激に進行させる「左」傾路線を受け入れている。ただし、彼はこれらを先進と落後の矛盾として書き上げていて、階級闘争として書いてはいない。ここにはいわゆる「二つの道」の対峙する情勢はなく、誰が勝つか負けるかという争いもない。このため作品は発表後まもなく、それが「繰り広げている農民内部のあるいは彼らの心の中の矛盾は、いずれもあまり深刻でも、先鋭でもなく、矛盾は比較的容易に解決されている」(周揚『建設社会主義文学的任務』、『中国作家協会第二次理事会議(拡大)上的報告、発言集』人民文学出版社1956年出版) と批判した人がいた。また

『三里湾』は地主の革命に対する破壊行為を書かず，敵味方の矛盾をなおざりにしている，と批評した人もあった。趙樹理は堂々と次のように述べている。「そんなものは見つからなかったのです」(戴光中『趙樹理伝』北京十月文芸出版社1987年版　p.389)。『三里湾』は始めに詳しい説明をしているが，この地の劉老五のような地主は，日本軍の維持会長になったために，漢奸とされ，早くも1942年に処刑されている。

　趙樹理は現実に忠実で，現実生活の真実に基づいて，流行の理論を理解した。このような「真実を描く」というリアリズムの原則は階級闘争理論モデルに対する抵抗となった。極左思想が支配的地位を占めていた年代に在って，貴重な正直と勇気を表現し，可能な限りかなり高い程度に作家の独立精神を保持したのである。研究者は趙樹理が我が国で最も早く「左」傾の誤りに気がつき，しかも最も強く反抗した少数の人物の一人である，と認めている (戴光中『趙樹理伝』　北京十月文芸出版舎1987年版　p.411)。1963年に作家協会党組が中共中央の「関于目前農村工作中若干問題的決議 (目下の農村工作での若干の問題に関する決議)」(即ち「前十条」) を学習する拡大会議の席で，彼は自分の農村問題の見方を堅く守り「どんな問題の原因も階級闘争を反映している」とするのは拡大化傾向であると批判し (高捷等著『趙樹理伝』山西人民出版社1982年版　p.218)，「古い区の地主や富農はもうどれほどの影響も及ぼせない，農村の困難の根源は階級闘争に在るのではなくて，幹部の工作態度と，いかにして本当に正しく党の農村における各項の政策を具体化するかという点に在る」(高捷等著『趙樹理伝』山西人民出版社　1982年版　p.220) という見方を堅持した。彼はただちに『売烟葉 (タバコを売る)』(1964)で，賈鴻年が巾着を掘られたと嘘をついて恩師の李光華を騙し，李先生にこの架空無根の論拠に基づいて，賈鴻年に向かって階級闘争拡大化の教えを垂れる場面を描いている。「ああ，これもすべておまえが，党中央と毛主席の言葉を本当に尊重しなかったせいだ。党中央と毛主席は幾度となくみんなに注意して，社会主義の歴史時期全体にやはり階級闘争が存在していると，気づかせてくれたじゃないか」(『趙樹理文集』第2巻　p.887)。『売烟葉』

のこのストーリーの設置は，階級闘争拡大化の苛酷な年代に，その階級闘争の拡大化理論に対する鋭い批判となっている。趙樹理はどんな環境下に在っても，中国の作家が批判を行使する権利を代表していた。

「幹部問題」は趙樹理の建国前後の作品を一貫して流れる主題である。民事主任と新政権内部にいる昔はやくざの親分だった金旺, 興旺（『小二黒結婚』），悪ボス地主の手先劉広衆，主任になって変わってしまった陳小元（『李有才板話』），革命をチャンスにして悪事を働くルンペンプロレタリアート小昌は同族である。『登記』は建国後の幹部をテーマとする新しい一頁を開き，建国後の「趙樹理の方向」——作家が選んだ方向に道筋をつけたのである。

趙樹理は晋察冀〔山西, 察哈尔, 河北〕農民革命の闘争生活を経て，新政権の樹立過程に参加した。建国後，彼は自分が新しい社会の主人であると感じて，強い責任感を表明している。彼は現実生活の中で「村の幹部が旧い工作態度に染まっているのは，どこにでもある現象である」（張万一『懐念趙樹理』，『汾水』1980年第4期）ことを眼にした。権力を振り回して私利私欲を図る民事主任を批判したのに続いて，『三里湾』では「生まれ変わってお偉くなった（翻得高）」幹部の范登高の人物像を造形し，最後に完成した『十里店』（上党梆子〔山西省東南部の伝統的地方劇〕1965）ではこの上ない痛恨の思いを以て幹部の特権問題を暴露している。「土地改革後，本来どんどんと願いどおりになるべきところが，思いもよらずこの数年全く逆の状況になっている」，「働かない者が大きな家屋敷を新築しているというのに，働く者が住んでいるのはボロボロの家だ。働かない者が毎日絹物を着ているというのに，働いている者はいつもろくに食べるものも着るものもない……」。勇敢に現実社会の矛盾を暴露することは，趙樹理の堅持する「真実を書く」というリアリズムの文学的風格の主要な体現である。

趙樹理は解放後生まれ変わって昔を忘れてしまった幹部を非常に嫌悪し，自分一人が裕福になることだけを考えている農民に対しても批判的態度をとっていた。『楊老太爺』（1962）の国家幹部鉄蛋は1947年に次

第二章　十七年文学　57

のように言っている。「供給制〔現物支給賃金制〕の幹部に金など要るものか。幹部になるのは商売をするわけじゃない」ここの場面を書いた時点が，主人公がこの思想を述べた時点と何年も隔たっているのと同様に，趙樹理の思想も長い間「供給制」のところに留まっていた。素朴で質素な三晋文化〔山西文化の意。晋は山西省の古名，三晋は西晋，東晋，后晋を指す〕が趙樹理の「高い意識」を育てたのである。彼は自分が公のために尽くして私事を顧みなかっただけでなく，他人にも公に尽くして私事を顧みぬことを求めた。彼は家を軽んじ，社会を重んじた。彼の見るところでは，皆が家の垣根を取り払って，集団化を実現すれば，そのまま鳴り物入りで社会主義に入って行けるはずなのである。それゆえ，彼は家を豊かにするという考え方や行為を利己，後れとして描いたのである。1958年に創作した『鍛煉鍛煉』でさえも，やはりいわゆる農民の利己，後れの現象と集団化との矛盾を社会の主要な矛盾として，依然として『三里湾』同様にいわゆる遅れた農民を喜劇的人物として描いている。『鍛煉鍛煉』は趙樹理の思想が最も混乱した作品である。冷静な観察と思考に欠け，「急いだ」ためにこの作品は出来損ないになってしまった。

　しかし，趙樹理は「真実を書く」という原則に忠実であったため，『鍛煉鍛煉』は階級闘争モデルを踏襲していないだけでなく，理念化した「新人物」の形象を造形することもなく，ましてや「大躍進」の熱病を賛美することもなく，小説はいわゆる「先進」と「落後」の矛盾という図式の中で，先鋒社と呼ばれる高級農業合作社の混乱絵巻を描いている。「もうじき地面が凍って，女たちの大半は畑に出ず，綿摘みは出来ず，測量棒は抜くことも出来ず，家畜はぼんやり立ったままで，土を耕すことも出来ない」。空腹を満たすために，合作社全体の女社員の半分は作業ついでに合作社の作物をちゃっかり失敬し，なんと女性生産隊長の中にも失敬した者がいる始末。古参の合作社主任王聚梅（ワンチューメイ）は「仲裁人（和事佬）」〔何でもまあまあと丸く治める人〕だし，若い副主任楊小四（ヤンシアオスー）は，主任が会議で出張中の機会に乗じ「裁判所に訴える」という脅しを使って，女性社員のうち私利私欲に走る女性ボス二人に「整風」運動の中で徹底的に「自白」

させる。「問題小説」として，『鍛煉鍛煉』の「解決」は依然として現行の政策に拠ったもので，すなわち1957年秋の末の「全民整風辯論」を経て，整風によって生産を促進するということに到達したものである。しかし其の「問題」は厳しい生活の真実であり，これらの入り乱れた問題は，急激な所有制度の改造を実質とする農業合作化運動が「決してただ一面の『艷陽天（うららかな空）〔浩然の長編小説，三部作1966年完結〕』と一筋の『金光大道（金色に輝く道）〔浩然の長編小説，二部作1974年完結〕』だけではない」（彭礼賢『評「十七年」農業合作化題材小説軌跡』，「吉安師専学報（哲社版）」1997年第2期）ことを客観的にはっきりと示している。

　浩然(ハオラン)（1932－　）の3巻本長編小説『艷陽天』(1964－1966)は，1957年5, 6月の全国整風鳴放〔「百家争鳴，百花斉放」を略した「鳴放」の語は，「討論会」の意〕と反右派闘争を背景として，これに呼応して東山塢(トンシャンウー)高級農業合作社の麦の収穫前後に起こされた一場の激烈な「階級闘争」なる物語をでっちあげたものである。作品は生活の真実から背離し，農民の苦しみと国家の運命に対する関心を喪失してしまって，徹底的に「左」傾路線の完全な図解になっている。「階級闘争」の布陣を作り上げるために，作品は以下に挙げる数人の主要な人物を配置している。暗殺活動に従事する打倒された地主の馬小辮(マーシアオビエン)。頑固に自発的資本主義の道を歩む富裕中農の弯弯繞(ワンワンラオ)，馬大炮(マーターパオ)と，新中農の焦振叢(チアオチェンツォン)。自ら進んで階級敵となり「自発」勢力の「党内代理人」となった李世丹(リーシータン)郷長。整風鳴放を利用して「変天」〔世直し，反動勢力の復活〕計画を実現し，共産党員の看板を掛けて農業社副主任の職務をかすめ取った階級敵対分子の馬之悦(マーチーユエ)。階級闘争を思いっきりやるのが巧い支部書記兼公社主任の肖長春(シアオチャンチュン)。『艷陽天』は階級闘争拡大化を賛美することによって，「十七年」の体制思想を反映した「圧巻」とも言うべき作品となり，出版当時と十年の「文革」期間中名声を博することとなった。

　『金光大道』（第一部　1972）は創作した年代と小説の中の年代との「時間差」を利用し，独特の新機軸を出したつもりで，虚構の「誤った路線」を提出している。地方の代表的人物が1950年前後の互助組の時期に，

「新民主主義秩序を強固にする」理論と,「黒猫白猫」論〔白でも黒でも鼠を捕る猫がよう猫とする主張。鄧小平が62年に提起した生産重視論で,毛沢東に批判され失脚する〕を「販売」〔広く宣伝し〕し,それによって「二つの路線の闘争」が建国初年からずっと「文革」まで続いていること,「資産階級の司令部」が中央から地方まで根強く勢力を張っていることを示し,華北のある小さな農村の描写を意識的に「文化大革命」の全局面に呼応させようとした創作意図を露骨に見せている。小説の中で階級闘争と路線闘争を猛烈にやるのに長けた「一号英雄人物」高大泉(カオターチュアン)は極「左」政治の化身であり,「仮,大,空」(チア,ター,コン)〔虚偽,誇大,空虚〕の「文革」美学の産物である。この種の「偽リアリズム」の創作方法は『艶陽天』の肖長春においてすでに甚だ顕著である。肖長春はすでに相当に「高,大,全」(カオ,ター,チュアン)〔高圧的,誇大,全体主義といった意味で前出の極「左」政治の化身,高大泉に同音で語呂を合わせている〕であった(彭礼賢『評「十七年」農業合作化題材小説軌跡』,「吉安師専学報(哲社版)」1997年第2期)。

　趙樹理は『鍛煉鍛煉』で「吃不飽」「小腿疼」〔いずれも綽名で「大食らい」「足痛病」の意〕といった「中間状態の人物〔「中間人物」のこと。先進人物と落伍分子の中間で大多数を占める平凡な庶民。これを重視する理論が64年に批判される〕」(邵荃麟:『在大連「農村題材短編小説創作座談会」上的講話』1962)を造形している。彼女らは『三里湾』の「糊塗塗」(フートゥートゥー)「常有理」(チャンヨウリー)「鉄算盤」(ティエソワンパン)「惹不起」(ローブーチー)〔いずれも村人たちの綽名,「うすらバカ」「理屈屋」「締まり屋」「怒りん坊」等〕――はては「翻得高」〔綽名で「成りあがり村長」といった意〕までも含めて,これらの人物たちと共に特定の歴史の一時期の中国当代文学の「中間人物画廊」を豊かにしている。

　「小腿疼」(シアオトイトン)〔綽名で「脚が痛い」の意〕は年寄り顔して厚かましく,やたら騒ぎ立て,一日中足が痛いとわめいて,集団生産に参加したがらない。「吃不飽」(チープーハオ)〔綽名で「食べ足りない」の意〕は我がままで利己主義,大食らいの怠け者,「食べ足りない」から仕事に出たがらない。彼女たちは無理やり仕事にかり出されても人目を盗んで怠け,合作社内の作物をしょっちゅう仕事のついでにくすねる。小説は農村の「後れた現象」をありの

ままに描いて，客観的に所有制の改造に直面した一部の農民の真実の心理を反映している。

村長范登高（綽名は「翻得高」）〔解放され生まれ変わってお偉くなった，の意，本名の音に語呂を合わせた綽名〕は解放後昔を忘れた幹部として描かれ，一心に農民を組織し指導して合作化の道を行く党支部書記王金生と幹部の中の二種類のタイプを成している。趙樹理はそれを先進と落後との矛盾のモデルとして嵌め込んだが，しかし描写の過程においてやはりこれまでどおり「真実を書く」という原則には背いていない。范登高は抗日期に共産党が工作を開始した時期の老幹部で，それなりの功労を立ててはいる。土地改革後は社会的活動をする気が無く，もとの農民に返って，家を興し富を築く強い願望を表すようになった。彼は数年の間良い畑で野良仕事に精を出し，あっと言う間に金をため，騾馬を二頭買ったし，また色々多角経営を巧みにやって，経済的には本当に生まれ変わったので，「翻得高」という綽名を頂戴するまでになり，農業合作化運動とはどうもしっくり行かなくなった。彼はその成功で人に影響を及ぼしているだけでなく，自分の行政職務を利用して一部の農民が家を興し富を築く行為を保護して，合作社運動の対立者となるのである。

「糊塗塗」（バカ）こと馬多壽は，頭の中は「経済」で一杯だが，「政治」は入っていない。政治には馬鹿だが，経済には賢いのだ。作品では彼を後れた農民として描き，それによって農業合作化の大変な困難性と複雑性を描いている。これは趙樹理の比較的よく知っている農民像である。作品は彼の真実の心理を明らかにしている。ひたすら少しでも多くの食糧を蓄えたいと思い，范登高に倣ってもう二頭騾馬を買い増し，まず息子の一人をせっせと小商売に駆け回らせ，その後よそに出ていた二人の息子が帰って来ると，家も事業も大きくなり，馬家は三里湾一番の金持ちに成ったのである。

『三里湾』以後，我が国農村のいわゆる「社会主義革命」を描いた作品が何編か出たが，階級闘争の枠組みの中で，「両結合」方式〔「革命的リアリズムと革命的ロマンチシズムの結合」の理論，1958年毛沢東が提起，60年第

第二章　十七年文学　61

三文代大会で定式化,「文革」中,文芸創作の基本原則とされる〕によって創造されたプロレタリアートの先進人物の周辺には,通常これ以上複雑な「中間人物」はまだ現れていない。

　周立波(チョウリーボー)(1908-1979)が1958年に世に問うた『山郷巨変』上巻は,複雑な社会生活を簡単な政治にはめ込み,農業合作化に調子を合わせようとする明らかな創作意図を表している。農民を教育するのに党に対する絶対的信任が実務精神に取って代わった。小説は一カ月以内に全郷の初級合作社化を実現するのを描いているが,ある農民が心配して言う。「ひとつ失敗すりゃ,社会主義がものに成らんどころか,皆んなの腹も干乾しになっちまう。」郷駐在県委員会幹部鄧秀梅(トンシウメイ)は微塵のためらいもなく答える。「心配するな,失敗しても,我々がいるさ。」作家の独立した思考はほとんど失われてしまっている。1960年に世に問うた『山郷巨変』下巻は,当時の政治に調子を合わせるために,生活の描写がいい加減になるのもかまわず,高級合作社の優越性を描き,合作社に入って土地が公のものとなるのに反対する農民龔子元(コンツーユアン)は実は清溪郷(チンシーシアン)に潜んでいた悪ボス地主龍子雲(ロンツーユン)であり,彼が楊泗廟(ヤンスーミァオ)の軍統〔国民政府軍事委員会調査統計局〕の特務と連絡を取り合って,高級合作社が豊作祝賀大会の準備をしている時に,清渓郷と楊泗廟の両地で同時に暴動を起こし,暴動隊を率いて山に上るのを描いている。「生産力暴動」〔生産力の急速な発展,及びそれと連動する建設の諸問題〕を「反革命武装暴動」として描き,40年代末の土地改革中の韓老五(ハンラオウー)(『暴風驟雨』)の土匪行為を再び50年代末の農村所有制の改造の中で利用しているので,時代感覚が無茶苦茶で,「主題先行」創作の痕跡が一目瞭然である。そして作品中の「亭面糊(ティンミェンフー)(とろりの亭さん)」こと盛佑亭(ションヨウティン)は,『暴風驟雨』の老孫頭(ラオソントウ)の江南の同族の兄弟と言えよう。盛佑亭の人生経歴は彼に新社会への真面目でひたむきな愛情を抱かせ,また常に幾分かの懐疑を抱きつつ生活の急激な変動に対処し,「とろりと柔らかい」喜劇的な性格でもって農村の社会主義運動の悲壮さを調節している。彼は親しみ深く愛すべき人物で,作家は愛撫の情を以てこれを描き,奇怪にして多彩,妙趣横溢していて,瀟湘山水の水墨画を有

機的に構成したかのようである。
　柳青(リウチン)(1916-1978)の『創業史』第一部(1959)も農村所有制の改造を「試金石」として、登場人物をそれぞれの陣営にはっきり分けて配置している。主題の「創業難(創業の困難)」というのは、すなわちその困難が公有制創建の大事業が遭遇した幾重もの「障害」に在った、ということである。柳青はさらに「敏感」にこれらの「障害」の理論的根拠を「新民主主義論」〔毛沢東は中国革命を「プロ独裁による新しい民主主義革命」と定式化。しかし55年頃から社会主義革命段階への移行を急ぎ、新民主主義の段階を否定して急進的になる〕と「紅牛黒牛」論〔鄧小平の代表的な実用主義的理論「白猫・黒猫」論のこと。62年に提起された時は、「紅牛・黒牛」あるいは「白猫・黄猫」の形であったと云われる。67年毛沢東がこれを批判してから「白猫・黒猫」論に定着。生産に役立てば、黒でも白でもかまわぬ主張として知られる〕にまで溯って突き止めた。『創業史』が人を感動させるところは作家の感情の誠実なことと表現された創業精神の強烈なことに在る。互助組の組長梁生宝(リアンションバオ)は赤誠燃える心と着実に忍耐強く頑張る精神で農民を率い、集団化の大事業を創建する。創業の途上、彼は農民と共通の願望、すなわちもっと多くの食糧を取り入れ、豊かな暮らしを送りたい、という願望を表現する。彼は決して対立者との闘争には熱心でなく、所有制の改造に熱心であった。梁生宝の所有制問題における迷いと誤りは時代の迷いと誤りであった。梁生宝の身近にいる梁三老人(リアンサン)は旧社会で七転び八起きで家業創業の盛衰を経験し、身体は干からび、暮らし向きは相変わらず赤貧洗うが如く、創業への思いも火が消え、もう二度と運命に抗おうとはしなくなっていた。土地改革のとき夢のように十畝ほどの稲田を分配して貰ったので、家業を起こす創業の情熱がまた燃えだした。彼の理想は、自分の土地で憂いなく天命に身を任せ、自給自足で楽しく暮らすことである。今住んでいるわらぶき小屋を瓦ぶきの家に改築し、藁ぶき小屋の庭は瓦ぶきの家の屋敷に変わる。裏庭は豚や鶏や家鴨の世界で、表庭では牛や馬が草を食む音がしている。彼は瓦ぶきの家の三合院屋敷の長者様なのだ。彼は息子と嫁が作ってくれた綿入れを着て、腰に

は丈夫な藍木綿の帯を結び、庭を出たり入ったりして、家畜や鶏や家鴨の世話をしている。これは梁三老人について言えば、もう軽い仕事ではなくなっているのだ。「しかし彼はこれを労働とは考えておらず、むしろ楽しみと思っていて、働けば働くほど気分がいいのである。豚、鶏、家鴨、馬、牛、それに加えて子供たちの騒ぐ声、これが農家の庭先での最もうっとりする音楽なのだ。梁三老人はこの音楽をよく知っており、この音楽に酔っているのである。」しかし彼の養子の梁生宝はこれを「将来性の無い暮らし方」だとけなす。老人はそれを聞くとやりきれず、唾をゴクリと飲み込むと、「やっぱり他人だ」という結論に達するのである。個人と集団の二種類の創業の道が父と子の深刻な矛盾を作り上げたのである。農村の社会主義革命は何千何百年このかた集積沈澱した農民の意識の内部に深く入り込んだ。この万物に繁栄と希望と快楽をもたらす春の日に、三合院の長者の生きる張り合いは打ち砕かれてしまった。彼は魂が抜けてしまったように、独りぼっちで腕枕をして官設用水路岸の南側の大平原の麦畑に横たわり、果てしない青空を仰ぎ見ていると、白い雲が数片東から西へ流れて行く。一羽の鳶が彼の横たわっている上空を旋回しており、旋回すればするほど低くなって来る。はじめ、老人は一向に気が付かなかったのだが、そのあと鳶が四、五羽に増えるにおよんで、彼はやっとこれらの肉食猛禽が自分を死体だと思っているのだと気付いた。小説は大多数の農民が共有する魂の秘密を力強く浮き彫りにして描いている。描写の中で、相対的な客観性を保ち、人物を自由に行動させ、言いたいことを思いきり言わせ、農民の生活哲学を丸ごと表現している。ここにおいて、一人のごく普通の農民の姿が石像のごとく立ち上がって来るのである。邵荃麟(シャオチュアンリン)(1906－1971)は、「中間人物」理論を説明したとき、「私は梁三老人は梁生宝よりもうまく書けていると思う」(邵荃麟:『在大連「農村題材短編小説創作座談会」上的講話』1962)と述べている。

　これら血も肉もある、生き生きと描かれた「中間人物」は多くが昔ながらの農民である。彼らの身体には深く厚い民族文化の伝統が蓄積され

ている。彼らが体現しているのは経済的思惟であって政治的思惟とはしっくり行かないのである。急激な社会革命運動が突然沸き起こったときにも，彼らは熱心に呼応したのではなくて，よく考え，疑っていることが表現されていて，現実感に富んでいる。彼らの魂の奥底には，根強く揺るぎない土地への強い愛着，家庭への恋着，家業を興すことへの執着が横たわっている。彼らが社会革命運動に直面して示す苦痛や板挟みの苦境は，私有財産を失うという表層的な意味だけでなく，母なる文化との血のつながりを断たれて，精神の故郷を失うという深い意味の上に在るのである。それゆえ，彼らの出現は，文学上の階級典型理論に対するその枠組みの突破であり，客観的には階級革命モデルの否定を形成したのである。

「中間人物」は「真実を描く」といういうリアリズムの創作原則が，人物造形上に体現されたものであり，中国の作家が特定の歴史条件の下で行った独特の創造である。中国当代文学の「中間人物」は，ソ連作家ショーロホフの小説の登場人物シチャウカリ爺さんや，マイダンニコフ(『開かれた処女地』)と同様な美学的価値を獲得している。趙樹理は「中国のショーロホフ」と讃えられている。

「中間人物」は「両結合」の枠の中におけるリアリズムの核心である。それは中国作家の農民への関心を体現し，彼らの文学精神の在りかであり，永久の生命力を持ち，年を経ても腐ることのない「核心」なのである。これらの人物は前には老通宝(ラオトンパオ)(茅盾『春蚕』)の流れを承け，後には許茂(シューマオ)〔張賢亮『許茂和他的女児們』〕への道を開いて，中国文学を結局この点では徹底的に途切れることなく続かせたのである。

1958年前後に沸き起こるように現れた一群の「革命史」を題材とした長編小説には，プロレタリア革命が勝利に向かう道程を描いたものがあり，例えば杜鵬程(トゥーポンチョン)(1921-1991)の『保衛延安(イエンアン)(延安を守れ)』(1954)は1947年の延安防衛戦の歴史的過程を比較的大きな規模で書いている。呉強(ウーチアン)(1920-1990)の『紅日』(1957)が描いているのはこの革命の山東(シャントン)戦場での戦闘進行過程である。また人民の中の先進分子が真理を追求する

途上で党を探し求め，革命の「苦難の道程」を歩み始める様を描いた作
品もあり，例えば梁斌(1914-1996)の『紅旗譜』(1957)では朱老忠
が地主の圧迫に反抗する草原の英雄から強靭なプロレタリア戦士に成長
する。そして彼を中心にして，今世紀初頭に始まった三代にわたる農民
のそれぞれ異なる闘争の経歴を描写し，労苦を厭わず働き，善良で，大
きな災難に見舞われて来た中国農民が，ただ党の指導の下ではじめて単
純な経済闘争から抜け出して政治闘争に向かって歩み出し，団結し，階
級の敵に勝利し，解放を勝ち取る様子を生き生きした形象で描写して
いる。楊沫(女性 1914-1995)の『青春之歌』(1958)は30年代に生
きた小知識分子林道静が運命に屈せず，家庭や社会に対して一人で反抗
することから階級革命，社会解放への道を歩み出すのを描き，それに
よって光明と真理を追い求めるすべての知識分子が，個人と国家，民族
の運命を一つに結び付け，革命の大きな流れに身を投じてこそ，真の前
途があり，真に謳歌するに値する美しい青春があることを表現した。「革
命歴史小説」が具体的に表現した共産党および共産党が指導する革命の
神聖性は，小説が生まれた年代の広汎な社会心理——とりわけ戦乱の苦
しみをなめ尽くしてやっと穏やかな日々を過ごせるようになったばかり
の労働者農民大衆と，新社会で育った青年の，党と革命に寄せる堅い信
頼にピッタリと合致して，広く歓迎された。

　これら一連の「革命歴史小説」の主人公たちは，革命の隊伍の中で政
治的自覚の比較的高い人々に属している。彼らのある者は勲功の有る人
物だが，権力欲を持たぬ人物であり，例えば『保衛延安』の彭徳懐のよ
うな人物である。ある者は主義の信仰者だが革命には盲従しない，例え
ば羅広斌(1924-1967)楊益言(1925-)の『紅岩』(1961)に出て
来る江姐，許雲峰などのような人々である。また或る者は誠実派で革命に
投機的な参加をしない革命者で，例えば『青春之歌』の林道静のような
人物がそうである。

　これら革命の隊列における優秀分子は共産党が天下を取るときの代表
的性格を備えている。彼らは革命を目的とせず，革命を社会の常態とも

考えない。彼らには理想がある。彼らの心にあるのは、苦労している大衆であり、それゆえに人民大衆と血肉のようなつながりがある。『紅日』では人民解放軍の山東部隊の一支隊〔連隊に当る〕が高い政治的自覚を持った工農子弟の兵たちで、「彼らが少数の人々の、あるいは狭い集団の私利のためではなく、広い人民大衆の利益のために団結して、戦っている」姿を描写している。『保衛延安』は彭徳懐将軍が初志貫徹の強い意志を持ち、人民に奉仕する精神と遠大な理想、広々とした気持ちの持ち主であることを描いている。彼は部下を戒めて言う「我々は箒のように人民に使われなくてはならない。しかし泥細工の菩薩様のように敬われたり、持ち上げられたり、恐れられてはならない」。彼はさらに下僚に、「我々は勤勉かつ慎重に党中央が我々に手渡した荷を天秤で担ぎ、この勘定をきれいにつけねばならない。革命が一カ月早く勝利すれば、庶民の負担をどれだけ減らすことができることか」と言い含めている。彼らの品格、抱負、理想は、階級や集団の利益を越え、民族性における優れた素質を体現して、永遠に残る価値を備えている。またすでに否定された歴史事件の中での英雄的行為でもやはり永久的意義を持ち続ることがある、『紅旗譜』の中の「高蠡暴動」〔河北省高陽、蠡県一帯で闘われた暴動〕は「左傾盲動路線」に属するが、作品はその暴動参加者の英雄的行為を賞賛している。梁斌が採用したのは「文史分家（文学と史学の分離）」の方法である。彼は言う、「『紅旗譜』の中では、政策の問題に関しては繰り返し熟慮した。はじめは正面切って"左傾盲動"思想を批判しようと考えたが、後に、作品に書いたこれらの人物は、当時に在ってはすべて政策執行者であって、当然責任もあるが、しかし今日文学作品中に書くとすれば、主に彼らが階級闘争をしていたときの勇敢さである。こうすれば後の世代の学習に役立つ。批判の責任は我々の党の歴史家に残し、彼らに書いてもらうことにしようと考えた」（梁斌：『漫談「紅旗譜」的創作』、「人民文学」1959年第6期）。

　「革命歴史小説」は、プロレタリア革命が政権を取った後に政権奪取の過程を描いたもので、たとえ小説に書いている過程が艱難と曲折に満ち

ていて，往々にして逆境から書き起こしていようとも，勝利はあらかじめ定まっていることである。作家はあたかも山頂に座り，それまでによじ登って来た過程を描いているようなもので，その過程での苦悶，矛盾，探求の現実感に乏しいが，そのかわり「革命的ロマンチシズム」，伝奇的色合いが強くなっている。曲波(チューボー)(1923－　)の『林海雪原』(1957)は伝奇的題材に，伝奇的英雄を配し，伝奇的色彩に富んだストーリーになっている。『紅岩』は「渣滓洞」「白公館」といった国民党軍統局が共産党員を押し込めた特殊監獄という特定の環境と，「黎明」前夜に発生した敵味方の死闘を描いており，ストーリーは起伏に富み，その一つ一つが連環的に関わり合っている。革命者は大義のために断固として屈せず，すべて「特殊な材料」を採って書き上げられたものである。李英儒(リーインルー)(1914－1989)の『野火春風闘古城(野火と春風は古城に闘う)』(1958)は晋察冀根拠地の団政委(連隊政治委員)の楊暁冬(ヤンシアオトン)が華北の敵占領地区の古い省城に派遣されてハラハラするような地下闘争を進めて行く様を描いている。作家は主人公のためにハラハラさせても実質的な危険はない一連のストーリーを準備して，この党の地下工作者の人物形象をミステリックな色彩でいろどった。「革命歴史小説」はある程度はどれも「革命伝奇」なのである。これは「両結合」の創作方法にぴったり合致する上に，幅広い読者の「物語」への欲求をも満足させた。欧陽山(オウヤンシャン)(1908－　)の『三家巷』(1959)は正面から天地を揺るがす歴史的大事件や怒涛逆巻く革命の大奔流を描いてはいないが，主として三つの家庭の歴史と日常生活を通じて，大革命の激動の中における親戚友人関係を展開し，大革命時代の社会生活を一幅の絵に作り上げて，時代の脈拍に触れている。その上，主人公周炳(チョウヒン)は極めて複雑で，革命の道を歩み出すまでの過程は曲折と苦難に満ちていて，『林海雪原』や『紅岩』等の作品の主人公たちのように，登場するやいなや純乎たる革命英雄になっているようなものではない。このため，このより真実味のある『三家巷』が発表された年代には，極めて「革命的ロマンチシズム」の色彩に富んだ作品を読み慣れた一部の読者の好みを満足させることが出来なかったのである。

「革命歴史小説」の作者はほとんど全員が「革命の歴史」を自ら生きた当事者である。革命が勝利するや，彼らはある種の革命者としての責任感によって，自分の経験した革命の歴史的事件を書き記すのである。杜鵬程(トゥーポンチョン)は1943年の延安防衛戦に参加し，有名な戦闘英雄王老虎(ワンラオフー)と同じ中隊にいた。『保衛延安』の創作動機について触れたとき，彼は，「この筆舌に尽くしがたい苦しい戦いと無数の英雄人物の示した自己犠牲の精神が，私に教えてくれたものは，永遠に忘れることが出来ません。だから，部隊が祖国の辺境に到着し，まだ硝煙のたちこめる中で，残敵掃討を続けているときに，私はこの作品を書き始めたのです。」(杜鵬程『保衛延安・重印後記』)と語った。1930年，高雲覧(カオユンラン)(1910-1956)の故郷厦門(シアメン)(アモイ)で共産党指導者の奪還大破獄があったが，彼はこの事件に大いに感銘を受けた。党の組織が破獄のすべての資料を彼に渡し，彼に長編小説を書くように励ました。建国後，彼はやっとこの「精神的負債」を「決済」して，歴史的「大破獄」事件の中の青年知識分子の革命者としての素質を反映した長編小説『小城春秋』(1956)を書くことが出来た。高雲覧はかつて，「私は身の程もわきまえず，私の命に代えてこの過ぎ去った共産党の輝かしい叙事詩を書きたい，同時に私の昔の同志，先生，友人を記念したいと思いました。彼ら一人一人の勇敢に義のために死んだ精神が私の魂を揺さぶったのです」と述べている。羅広斌(ルオコワンビン)，楊益言(ヤンイーイエン)は共産党の指導する革命活動に参加したために，1948年に相次いで「中美合作所集中営」に入れられた。1949年重慶(チョンチン)解放前夜に脱獄して難を逃れた。解放後，彼らが『紅岩』を書いたのは，この集中営で犠牲となった烈士の次の遺言を実現するためであった。「万一我々の中の誰かが生きてここから出られたら，必ずここでの戦いを後代に伝え，彼らに，彼らの一世代前の人間が，共産主義の事業のため，プロレタリアートの解放のために，どのようにアメリカ蒋介石匪賊グループと戦ったかを，知ってもらうのだ」(聞一石『談「紅岩」的写作』，『当代文学教学史料』北京師範大学)。曲波もまた1946年の冬に自ら参加した東北匪賊の討伐闘争の険しい歳月への懐旧の情，親しい戦友への懐旧の情から，戦友たちの輝かし

い業績を記録し、以て「労働人民に伝え、子々孫々に伝え」たのである。「革命歴史小説」は革命者が小説を書いたものであり、その小説の視点は革命の視点に整然と画一化されている。革命者の当時の偉大な業績を描き、革命の神聖さを表現している。ここには「反思」〔反省思索〕はない。疑いを挟む余地なく、革命はここでは不変の真理なのである。その上、ほとんどの「革命歴史小説」はいずれも国内革命闘争と民族解放戦争とを一体視し、階級論を民族主義と見なしている。この時期に出現した一群の抗戦を題材にした長編小説でさえ、その創作もまた「革命歴史小説」のモデルに組み込まれてしまっている。つまり共産党指導下の抗戦を描くことは、往々にして「内戦」が「外戦」の中を貫通しているということになるのである。

『青春之歌』が描いた林道静が革命の道を歩み出す過程の中にも、「日本帝国主義侵略反対」から進んで「国民党の不抵抗主義反対」の過程がある。小説の最後の一章は、共産党の指導する青年学生が1935年12月16日に挙行した大規模なデモ行進に林道静が参加して、この日に正式に成立しようとしていた国民党の指導する「冀察政務委員会」に反対する姿を描いている。このヒロインは国民党警察の消防ポンプと青竜刀に立ち向かって、革命の隊列とともに勇往邁進し、ついにはプロレタリアートの強靭な戦士となる。

『野火春風闘古城』が描いた共産党員の地下闘争は、つまり国民党軍隊の内部矛盾を利用して、その組織を分裂瓦解させることである。小説は関敬陶（コワンチンタオ）が部隊を率いて立ち上がるのを結末とし、これによって「内戦」から抗戦の主題を表現することに成功している。劉流（リウリウ）(1914－1977)の『烈火金鋼』(1958)、馮志（フォンチー）(1923－1968)の『敵後武工隊』(1958)、雪克（シュエコー）(1920－1987)の『戦闘的青春』(1958)はいずれも1942年日本軍が冀中〔河北中部〕平原で発動したこの世で最も凄惨な「五一大掃蕩」（チーチョン）と、冀中の軍民が共産党の周囲に団結し、勇敢に反「掃蕩」を展開する様子を描いている。『烈火金鋼』は章回体の講釈形式を用いて、抗日戦争中のこの「最も困難で最も危険な時期」から話をはじめ、八百万の冀中の軍民が神

聖な土地に金城鉄壁の要塞を築き，これを聞いた侵略者が肝をつぶし，中国人民はこの「烈火」の中で「金鋼」に鍛え上げられたことを描写している。『敵後武工隊』は「大掃蕩」に直面して冀中九軍分区の共産党組織が，ただちに少数精鋭の武装工作隊を一隊組織して，敵の背後深くに潜入し，大衆を動員し，敵を攻撃し，ついに敵はやむなくもとの巣まで引き下がってしまう次第を描いている。『戦闘的青春』は抗日根拠地が悲惨な掃蕩に遭い，大量の「国軍」はまたも公然と投降して，いわゆる「曲線救国」なるものをやり，特務やスパイを派遣して革命の内部に潜り込ませ，抗戦を破壊する様子を描いている。革命隊伍の内部では，武装闘争問題をめぐって路線の分岐が生じた。作品はこのような「敵に対する闘争，反スパイ闘争，路線闘争，革命の両面政策および武装闘争など様々な闘争の交錯する中で，抗戦が「戦闘から挫折，再度の戦闘に至り，勝利に至る繰り返し」(雪克『討論「戦闘的青春」給我的啓発』)であることを表現している。『野火春風闘古城』の地下闘争も，この時の反「掃蕩」と歩調を合わせたものである。

　孫犁(ソンリー)(1913－　)の『風雲初記』(1951－1963)は「革命歴史小説」の枠組みのもとで，国民党軍隊が南へ撤退し，漢奸地主が日本軍に投降して，抗戦を破壊する階級構造を暴露する中で，滹沱河(フートゥオウーロンタン)両岸の五竜堂と子午鎮(シーウーチェン)の人民大衆が，党の指導の下に，抗日根拠地を建設する闘争生活を描いている。『風雲初記』は40年代の『白洋淀(ハイヤンティエン)紀事』の風格を受け継いで，大規模な殺戮の描写はなく，戦闘の残酷ささえ表現していないが，日常生活を通して次々と変化して行く時代の姿を映し出し，抗戦期の男女の愛情，夫婦の間の愛情，家事雑務の間に生じる普通の人情が構成する倫理の姿を描き，その中に深く隠れている民族の魂を表現している。『白洋淀紀事』はこの民族の魂が民族存亡の危機に，自然と「大局の認識，楽観主義および献身の精神」(孫犁『関於「荷花淀」的写作』，『孫犁文集』四　p.612)として現れることを書いている。『風雲初記』はこのような民族の魂の形成を書いたものである。この神聖な民族解放戦争は民族の魂に洗礼を与え昇華させた。孫犁は「よいもの，美しいものは，一種

の極致に達することが出来る。ある一定の時代，ある一定の環境において，頂点に達することが出来る。私は美しいものの極致を経験した，それは抗日戦争だ」(孫犂『文学和生活的路』,『孫犂文集』四 p.392～393)。

春児と芒種はごく普通の農村青年のカップルである。この偉大な民族戦争は，彼らの素朴で，純潔で，真っすぐな性格を浩然正大の気風に昇華させ，愛情と自覚を一緒に成熟させた。李佩鐘は心の傷を持ったまま，この神聖な戦争に身を投じ，中華民族の優秀な子女となったのである。

馮徳英(1935－　)の『苦菜花(ノゲシの花)』(1958)は膠東半島昆崙山区の王官荘を背景として，漢奸の地主と日本侵略軍とが密かに結託をはかり，村の人民大衆に厳しい試練を課し，悲惨な代価を払わせるが，人民大衆は先鋭な闘争の中で，急速に自覚を持ち，成長してゆく様子を描いている。闘争の残酷さ，生別死別を前にした人物の激しい内心の動き，残酷な試練に直面した主人公が見せる英雄的気概が，一つ一つの心驚かす場面を作り上げている。とりわけ日本の侵略軍(「日冠」)の屠殺刀の下で，王官荘の人民大衆が生命をかけて，共産党幹部を身内の者だと偽って助けた義挙は，読者の心を揺さぶる力がある。このような生と死の選択の描写に力を入れ，残酷さの上に立つ凛然たる公明正大の気を表現していることが，『苦菜花』の芸術的特色である。

知俠(1818－1991)の『鉄道遊撃隊』(1954)は魯南〔山東省南部〕地区の鉄道線上で活躍する遊撃隊が，抗日根拠地の建設に呼応し，主力部隊の作戦計画に協力するために，日本軍の制圧している鉄道線上で機関銃を撃ち，機関車をぶっつけ，軍票輸送車を襲い，列車上での殲滅戦を戦うなど，鋭い鋼の刀のように，侵略者の胸に突き刺さって行く姿を描いている。『鉄道遊撃隊』は侵略者との直接の戦闘を一つ一つ読者の前に繰り広げていて，これは中国人民の怒りと憎しみにとって溜飲の下がる作品となっている。

但し，これら一連の抗戦を題材とした長編小説は，この民族戦争にとって全局的意義を持つような大場面が少なく，『戦争と平和』のような歴史叙事詩が必ず備えていなければならない「重大な歴史事件」に欠け

ている。これらの長編小説はいずれもみな「歴史叙事詩」の構造を備えておらず、いずれも『四世同堂』の高みにまでは達していないのである。

　これら一連の抗戦を題材とした小説には——すべての「革命歴史小説」をも含めて、50年代の現実生活とのつながりが欠けている。『戦争と平和』は半世紀前にロシアが勝ち得た世界的な栄誉を再度振り返って、「ロシア精神」を再構築し、これを紐帯として、全民族の「統一」を実現し、ロシアが直面していた新しい危機を乗り越えようと努めたものである。1958年前後に出現した「革命歴史小説」はこのような憂世憂国の意識を欠き、このような叙事詩の品格を欠いている。「建設」——経済建設、文化建設、制度建設等の諸種の問題を含めた建設の解決を急いで求められた建国後に在っては、階級本位の文学に属する「革命歴史小説」は当代文学の主流には入れなかったのである。

　1958年の年末、〔文学に〕冷静さを与えることに長じた趙樹理がもたらしたものは、さらにはっきりとした覚醒であった。

　趙樹理が建国前に農民革命闘争を描いた作品も革命を目的とはしていなかった。彼の書く農民革命は常に生産関係を変革し、社会の生産力を解放し、老槐樹の下の人々もよい暮らしが送れるようになることと密接に関連していた。そのためしばしば説理闘争〔道理説得の闘争〕として表現され、やさしい色合いを帯びていた。例えば『李有才板話（李有才うた物語）』、『地板（土地）』などがそうである。彼の『邪不圧正（悪は正義を押さえつけることはできない）』のテーマは、ルンペンプロレタリアートが新政権内に紛れ込むという問題であり、闘争拡大化に関する問題である。

　建国後、趙樹理の創作は建国前の農民革命闘争のテーマから、社会主義建設、農民が経済的文化的に真に生まれ変わるというテーマへと徹底的に転換された。彼は傍観もしないし、体制の後に付き従いもしないが、やはり内側にいて参加するのである。彼にとって作家は生活の主人、社会の主人であらねばならず、「俺の山河、俺の国家」という感覚を持つべきだ（『作家要在生活中作主人』、『趙樹理文集』第4巻　p.1924）と公言している。強烈な憂患の意識が彼の描く山西省東南部の農村生活の絵図に動

的な生命を与え、文学の主流の地位を占めさせ、全局面に及ぶ意義を持たせるに至ったのである。『三里湾』は合作化の時期に合作化の問題を書き、『鍛煉鍛煉』は1958年に1958年を書いた。『鍛煉鍛煉』について面と向かって趙樹理に、なぜこの大躍進の最中にこれら農村の後れた現象をさらけ出そうとしたのかと質問した人がいた。趙樹理はこう反問した。「あなたが長年農村で暮らしていれば、"小腿疼"や"吃不飽"を見かけたことがあるはずです。物語に書いてあるようなことがありませんでしたか。……もし知っていて言わず、逃げて書かないのであれば、それは党に対して忠誠でないし、人民に対して無責任だということです」(戴光中『趙樹理伝』 p.315)。社会思想において、趙樹理は実務派であった。彼は1950年に談話を発表し、彼の故郷では「去年一年で騾馬を七頭買い、更に三軒が家を修理した」ことを主要な事例として挙げ、「土地改革以後、私の故郷は、もはや私が以前よく知っていたような貧乏な状態ではなくなった」(『趙樹理談土改後的故郷』、『趙樹理文集』第4巻 p.1879頁)と述べている。『三里湾』では村の幹部王金生のノートに書かれていたのは「共同で建設する」ことであったと描写している。趙樹理はかつてこう言ったことがある、「農村の人物がもし少しでも実際的であるならば、彼に共産主義思想の帽子をおっかぶせるのは、どうしても合わないように思う……『三里湾』の支部書記にしても、彼の共産主義理論についてはほとんど書かれていない……一つの隊に本当に社会主義をやる人物が一人いれば、それは素晴らしいことである。だから私の作品はときどき思想的反映が不十分で、歩みがやや遅いのである。自分で見通せないのだから、少しゆっくりと書きたいと思う」(『在大連「農村題材短編小説創作座談会」上的発言』、『趙樹理文集』第4巻 p.1718‐1719)。 趙樹理は実際に作家としてのやり方で、社会主義とは何ぞやという長期の論争に参加していたのである。

　1958年末、趙樹理は郷里に帰って「大躍進」を考察し、冷水を浴びせられたように突然目覚め、激しい熱病のように蔓延していた「瞎指揮」〔デタラメな指示を出す気風〕、「浮誇風」〔誇張の気風〕、「共産風」〔共産党風

など五つの風の危険な弊害を深く感じた。1959年初め県委員会の席上,彼はこの「五つの風」に歯止めをかけなければ,秋以後収穫買い上げの時に,庶民は飢えることになるだろう,と指摘した。彼は中央に上申書を書くことを決意し,8月20日,言葉を尽くして長編の『公社応該如何領導農業生産之我見(公社はいかに農業生産を指導するべきかについての私見)』を書き下ろして,雑誌「紅旗」に寄稿し,自分が農村で実地に見聞した結果生まれた焦慮,苦悩,および創作上の困惑を洗いざらいぶちまけ,彭徳懐のように忠言をもって進諌し,人民のために命をかけて嘆願する精神を示した。だが彼も彭徳懐と一つにつながっていると批判されてしまった。この「万言の書」にしても,このために批判された後の創作にしても,すべての勇敢にその時代の悪弊を指摘し,風に逆らって進む趙樹理真理追究の精神と作家的良心を表している。

　趙樹理が1960年に創作した『套不住的手(手袋がはめられない手)』,1961年に創作した『実幹家潘永福(実践家潘永福)』,および最後に文化大革命のために未完に終わった作品『焦裕禄(上党梆子　1965)には,以前の明快さとユーモアはすっかりなくなり,それに代わって現れたのは,沈鬱と凝縮である。先進と落伍が闘争する図式も消え失せ,作品が向かい合っている矛盾は欠乏と空の米櫃である。「吃不飽」(食べ足りない)はもはや喜劇ではなくなり,悲劇に上昇したのである。作品の冷く凝縮した現実感の奥底には,農民の「翻身(生まれ変わり)」への挫折が在る。そしてこの三つの作品の主人公は三人の実務派であり,挫折に直面して実務派への賛美と呼びかけを表現し,ごく日常的な現実の題材の中に全体的局面を表す主題を具体的に表現しており,平凡な写実の中に方向性を持った意味を深く内蔵している。

　これと同時に,欧陽山も『郷下奇人(農村の奇人)』(1960)の中で,同じく「実務派」の主人公趙奇の形象を造形して,「誇張の気風」と命令主義に対して鋭い批判を加えている。

　熱狂的な「大躍進」が失敗してから,国家は「調整」の時期に入り,邵荃麟は1962年大連における「農村題材短編小説創作座談会」の席上

で以下のように述べた、「今回は趙樹理への判決をひっくり返さなければならないが、なぜ趙さんを賞賛するのか。なぜなら彼は革命と建設の長期性と困難性を書いたからであり、この同志は「五つの風」を吹かすことの出来ない人だからである。ほかの人間がのぼせ上ってやり過ぎたときに、彼は苦悩していたが、我々はさらに彼を批判した。今から見れば彼は我々より少しばかり深く見ていたのであり、これはリアリズムの勝利である」。「我々の社会はいつも独立した思考をなおざりにするが、趙さんは、認識力といい、理解力といい、独立思考といい、我々は追いつけないのである。五九年に彼はもうすでに深いところを見ていたのである」(陳徒手『1959冬天的趙樹理』、「読書」1998年第4期)。

趙樹理は会議で農村の情勢について長い発言を行った。「浮誇風」に触れて、彼は「幹部が良ければ、風に逆らうのも自然なのである。もし彼が勤勉誠実に社会主義建設に努めるならば、彼はどうしても風に逆らうしかない。柔軟に逆らうにせよ、強硬に逆らうにせよ、逆らえるだけ逆らいなさい」と述べた。はっきりとした独立性と積極的な関与の勇気を表現して、中国文壇の「文革」前夜における最も悲痛で美しい「天鵝絶唱（白鳥の最高の歌）」(陳徒手『1959冬天的趙樹理』、『読書』1998年第4期)と讃えられている。会議に参加していた李准(1928－　)は20余年の時を経てもなお抑えかねる思いでこれに喝采を送っている、「趙樹理はたいしたものだ。大胆に「反思」し、恐れずに思っていることを語った。素晴らしい。彼に追いつける者はいない、彼は知識分子の先頭を走っている」(陳徒手『1959冬天的趙樹理』、『読書』1998年第4期)。「文化大革命」は趙樹理を「修正主義文芸路線の"先兵"」にでっち上げて、残酷に殺した。これは極左路線の中国の作家に対する残酷な殺害であり「報復」であった。

趙樹理に代表される、この17年間のさまざまな条件の下に、様々な形で文学の責任を頑張って果たした作家たちは中国当代文学の「悲惨」の中の「光栄」を体現している。

このような「光栄」は1976年の清明節の天安門詩歌運動の中で、悲

壮な高まりを見せ，美しく昇華した。童懐周編『天安門詩抄』(1978) 等に代表される天安門詩歌運動は，人民の文学運動であり，「四五運動」(天安門事件) の重要な構成部分である。それは文学における自由の精神と，戦う使命の十分な表現である。それは「旧時代」を粉砕するために極めて力強い思想的準備をなし，「新時代」のために高らかなラッパを吹き鳴らしたのである。

第三章
傷痕文学——悲しみを超えて

「文化大革命」を経て、「傷痕」文学を創り出した民族は、土性骨のある民族であり、生命力に富む民族であり、前途ある民族である。

1976年10月、「四人組」が一挙に粉砕され、「文化大革命」が終りを告げると、中国文学はファシズムの専制から解放され、現実主義が新しい生命を獲得し、「傷痕文学」という豊かな大きな実を結んだ。

「傷痕文学」は「四人組」の推進したファッショ的文化専制の足かせから抜け出し、「両結合」——「革命的現実主義と革命的浪漫主義の結合」〔1958年毛沢東が提起した文芸創作理論、1960年第3回文代大会で定式化、「文革」中の教条主義的理論となる〕という創作方法上の束縛をも突破した。そして大変な勢いで「文革」10年の暗黒の現実を暴き、社会主義社会に発生した悲劇を描くことによって、「真実を描け」という現実主義の原則を作品に生かし、「暴露文学」の特質を具現した。

「傷痕文学」は、先ず「文化大革命」のファッショ的専制主義の現実を暴露した。

盧新華(ルーシンホワ)(1954-)の短編小説『傷痕』(1978)は、少女王暁華(ワンシアオホワ)がストーリーの中心である。長年革命運動に参加した母親が1969年反逆者とされると、娘は反逆者の母親と絶縁するという革命的精神でもって、熱狂的に農村への下放運動に身を投じた。彼女は母が送ってくれる衣類や食品から、果ては手紙に至るまで受け取りを拒否した——彼女は母を母と認めることをやめたのである。1978年の正月、名誉を回復し元の職場に戻った母からの呼び出しに答え、長距離列車で病気勝ちの母親に会うため急いで帰郷した。彼女はすでに熱狂から醒め、迷路の中から歩み出していた。しかし彼女が急いで家に帰ると母はすでに引越しており、新しい転居先を尋ね当てると、母は前日に入院していたのである。病院に急いで駆けつけると、なんとその日の朝息を引き取ったばかりであっ

た。母と娘は、結局心の傷痕を互いになぐさめあうことはできなかった。『傷痕』は人生、社会に正面から立ち向かい、「文革」期の老幹部に対する迫害、人と化け物が逆転した現実を暴露している。『傷痕』は「文革」に対する告発状であるばかりではない。作者の創作の動機は、人民の心の声を叫ぶことだったのである（盧新華『談談我的習作——《傷痕》』「文匯報」1978年10月14日）。

しかし『傷痕』はまた、その文学思潮として「老幹部調の色彩」を示している。つまり早くから革命に参加した人ほど、あるいは党員資格が古ければ古い人ほど、優秀であり、正しいという考え方である。この作品の中でも、老幹部が当然の不変の真理であるかのように再び登場し、何らの内省もなければ、何の反省・思索もない。

陳国凱(チェンクオカイ)(1938−　)の短編小説『我応該怎麽辦(ツーチュン)(私はどうすればいいの)』(1979)は、女性の主人公子君(リーリー)が自己を語る形式をとっている。前夫李麗文(ウェン)も再婚した夫劉亦民(リウイーミン)も正義感の強い人間であったため「四人組」が横行していた時代に、前後してそれぞれ反革命分子にされ、彼女も2回反革命分子の家族にされてしまったことを描いている。主人公に一度ならずふりかかる災難は、まさに悪人がのさばっていた時代の、すべての中国人民の運命の縮図である。三人の主人公たちはいずれも普通の人である。小説を貫いている、妻子は離散し、家庭も生命も失うような状況は、「文革」時代の普通の中国人が置かれていた境遇であって、読めば涙をさそわれる。

「傷痕文学」が暴露した「文化大革命」のファッショ的専制は、いわゆる「党内闘争」の形式をとって表われ、まぎれもない「奪権闘争」の本質を示している。

莫応豊(モーインフォン)(1938−1989)の『将軍吟』(1980)は、特異な経歴をもつ軍の指揮官彭其(ポンチー)を主人公とし、「文化大革命」における内乱の過程を描いている。読者はさまざまな人物の心の奥底に入り、また高級幹部層の政治生活の中にまで踏みこみ、この内戦を操る少数の陰謀家たちの秘密をのぞき見ることができ、林彪(リンピアオ)と「四人組」の極左路線の罪悪を告発できるの

だ。その点では作者のきわめて大きな勇気が示されている。作者は1976年清明節前の〔周恩来総理の死去という〕もっとも暗黒のときに、死を恐れず『将軍吟』を書いたのである。彼は当時次のように言っている、「私は人民が文化大革命に下した判決〔結論〕を大声で叫びたい。叫べば殺されるぞと君は言う。だが聞いてくれ、私は殺されても大声で叫びたい。何も言わずムダに生きるより、いっそ一声、思い切り叫んで、壮烈な死を遂げたい」と。中国人民が四人組と血みどろの戦いをした精神がそのまま表明されている。

王亜平(ワンヤーピン)(1956―)の短編小説『神聖的使命(神聖な使命)』(1978)の中の老公安員、王公伯(ワンコンポー)が1975年秋に、「白舜事件」〔毒殺事件と婦女暴行事件〕を再審査した過程は、ある「奪権闘争」の黒幕を暴露する過程である。現任の省革命委員会の徐(シュー)副主任、省の公安局の裴(ペイ)副局長らが、当初省の元委員会書記であった陸青(ルーチン)から権力を奪うために、陸青の点心〔菓子軽食類〕に砒素を入れ、秘書毒殺という殺人事件をでっち上げた。内幕を知る白舜からうわさが流れたので、口封じのために、直接砒素を入れた犯人楊大榕(ヤンターロン)は、またも彼の16歳の娘楊瓊(ヤンチュン)を白舜が強姦しようと企んだと冤罪をでっちあげた。楊大榕の「革命」は成功し、彼は省の革命委員会のある部署の副所長になった。闘争は極めて残酷であり、血腥い事件に満ちている。

周克芹(チョウコーチン)(1936―1990)が農村の「傷痕」を書いた長編小説『許茂和她的女儿們(許茂と彼の娘たち)(シューマオ)』もその主要な矛盾は「奪権闘争」にあった。四川省沱江(トゥオチャン)流域の偏避な山村、葫蘆壩(フールーハー)の党支部書記金東水(チントンショイ)は、農民の先頭に立って山村の遅れた状況を懸命に改革しようとするが、次々に起こる政治の嵐が都市から農村へ伝わり、こんな小さな葫蘆壩の村も難を逃れることはできなかった(周克芹『許茂和她的女児們』百花文芸出版社1980年版 p.147～148)。金東水は「批林批孔」〔林彪と孔子批判〕運動の中で職を追われ、家庭も壊され、妻も死ぬという苦境に陥った。小説は1975年冬、「整風運動」の方針を実行する共産党県委員会工作班が農村に進駐するところを物語りの発端としているが、工作班の班長顔少春(イエンシャオチュン)の目の前に

つきつけられた葫蘆壩の村は全く「葫蘆」(ひょうたん)のように入口はあっても解決の出口がない問題となった。顔班長が主宰する葫蘆壩の「整風運動」の過程は,はからずも『神聖的使命』の王公伯が事件を調査する過程とよく似ている。葫蘆壩の実権を握った許家の四女の婿鄭百如(チョンバイルー)が許家の長女の婿金東水に対して行った「奪権闘争」は手段を選ばず,「食うか食われるかの争い」となった。

竹林(チューリン)(女性 1949-)の『生活的路(生きる道)』(1979)は,「文革」期の農村の衰退ぶりと下放知識青年の悲劇を,比較的早い時期に描いた作品である。小説は極左的政策下の農村で階級闘争が盛んに行われ,政治運動によって農業生産を指導した結果,農民が安心して生産に従事できなくなったことをリアルに描写している。農村に住み込んで労働する善良で美しい知識青年 潭 娟 娟(タンチュアンチュアン)までが村の幹部に身を汚されて,川への投身自殺に追い込まれる。『生活的路』は極左路線に対する告発状以上のものがある。

葉辛(イエシン)(1949-)が知識青年の「傷痕」を描いた長編小説『磋跎歳月(空しい歳月)』の中の知識青年の生活も「文革」を大きな背景にしている。小説に登場する一人の公安幹部がある席で知識青年に語った言葉が小説の隠された鍵を明かす。「小柯(シアオコー)がひどい迫害を受けたことは,王蓉(ワンロン)と大山(ターシャン)から聞いて,我々も非常に憤慨している。だがこの数年,事情は複雑だ。君たちも知っているように,中央でも,省でも,大都市でも闘争があり……」(葉辛『磋跎歳月』中国青年出版社 p.422)。こうした背景のもとで,造反・奪権しようとする黒幕連中の生産大隊書記左定法(ツオティンファー),県のプロレタリア専政隊〔「文革」中各省,県,転場に組織され,公安局に代わって権力を乱用し,人民を抑圧した〕の白麻皮(ハイマービー),県の下放知識青年係と学生募集係の主任黄金秀(ホワンチンシウ)たちは,非合法の武装組織を使って大いになぐる蹴るの攻撃を加え,相手を死地に追いこむのである。

「傷痕文学」が暴露した「党内闘争」の形で行われる「奪権闘争」は,階級闘争理論の極左化であり,革命継続理論の悪い結果でもある。それは1950年代初期の「建国文学」が描いた「太平治世」の情景を徹底的に破壊

し，海の波・空の雲のように変転きわまりない20世紀前半の果てしない集団闘争の歴史の悲しむべき再演である。それは「乱世」の情景である。『許茂和她的女児們』はそれを「乱世の年代」(『許茂和她的女児們』百花文芸出版社1980年版　p.18) として，あるいは「中国社会が20世紀70年代の動乱に見舞われた時期」(同上　p.27) として描いている。

　「傷痕文学」が描いたいわゆる「党内闘争」の実質は，「闘争」を主とし，「破壊」を重視するやり方と，「調整」を主とし，「建設」を重視するやり方という二つの治世方法，二つの社会思想をめぐる闘争であり，「文革派」と「実務派」との闘争であった。

　『神聖的使命 (神聖な使命)』の中で，造反派の矛先が向けられた共産党省委員会書記陸青は，三年の自然災害 (1959 – 61) の時に派遣されてきて，僅か六，七年の間に，この貧しい省を全国でも繁栄し発達した省の一つにした。しかし省の革命委員会の徐副主任をトップとする造反派は，あれこれ悪知恵をしぼって，うその事件や，殺人事件をでっちあげ，すぐれた幹部をことごとく窮地に陥し入れるのである。

　『許茂和她的女児們』(許茂と彼の娘たち) の金東水はこの作品における農村建設事業のシンボル的存在である。堆肥を作り，畑を整地し，取水ステーションを拡大，水力発電所を新たに建設，あるいは河川を改修して農地を200畝〔1畝は6.667アール〕増大させている。その「金さんが失脚し，計画も頓挫した」。しかし舞台を降りて二，三年間に彼が考えていた事は，やはり「未来に向けての建設の青写真」であった。顔班長は整風の方針を貫徹し，何とか手をつくして金東水の「復活」を実現する。村に起こった新しい情景は彼の建設工事の実施であった。造反派は仲間を集めて徒党を組み，各々が勢力範囲を作って，派閥争いや権力の奪い合いに熱中し，生産や建設のことは全く念頭になかった。金東水と鄭百如の関係は，建設と破壊の争いであった。金東水はこの二つの思想の区別をそれぞれ栄養剤と下剤にたとえ，「胡蘆壩の村は現在栄養剤を飲むのはよいが，下剤を飲んではダメだ」と語っている。

　『磋跎歳月 (空しい歳月)』の邵大山は農民を指導して豊かにしようと懸

命である。「実事求是」で実情に即したやり方を重視し、「出身論」一辺倒は行わず、出身家庭のよくない下放知識青年柯碧舟と、山村建設に努力しようとかたい決意で共に歩み始める。しかし造反派から身を起した左定法はもっぱら「血統論」を推進し、「路線闘争」に心酔して、果樹園づくりも養魚も許可せず、村全体が貧しくなって行くのに全くかまわなかった。「傷痕文学」が暴露した「文化大革命」の「破壊」を重視し、「建設」を否定する思想は、1950年代初期に打ち立てられつつあった「穏健な社会主義」から根本的に離反しており、また「民は食を以って天と為す」ことを重視する中国の伝統文化——とりわけその中心である儒家思想からも徹底的に離反していた。その結果は長期にわたる普遍的な貧困であり、梁漱溟がたたえた建設初期の「登り坂」時代を葬り去り、悲しむべきことに「下り坂」(梁漱溟『中国建国之路』、『梁漱溟全集』第三巻　山東人民出版社　p.321)の時代を再現してしまった。『許茂和她的女児們』では、金東水が1975年冬の市で、半年も豚肉を食べていない幼女が泣き叫ぶのを見ていられず、着ている古ぼけたセーターを脱いで、豚肉二斤のお金に代えようとしたときのことを、作品は次のように書いている。

　　葫蘆壩村の前任の支部書記で、復員軍人の金東水は、肩から綿がほつれて見えるような姿で、ぼろ着をまとった農民たちの中に立ち、目の前の衣類の番をしていた。これら同じように貧しい階級の仲間たちが、友情の手で幾らかのお金を出し、あの人たちが目の前の困窮としばらくの困難を乗り越えられるよう助けてくれるのを待っていた。この姿この情景は、ほんとうに心痛むものではないか！70年代の連雲市場は、40年代の状況になんと似通っていることか。金東水は、彼が息子の長生娃ぐらいの幼い時、彼と父親——長生娃の祖父——もここに立って家にたった一枚しかなかった布団を売り払ったことをはっきり覚えていた。驚くべき歴史の再現には、全く考え込まされる。

　韓少功(1953 －　)の短編小説『月蘭』(1979)に現れるのは『許茂

和她的女児們』のような疲弊した農村百景ではなく, ある農村の小さな片隅の風景である。人民公社の優秀社員であった月蘭(ユエラン)は鶏の玉子十数個と「白酒」(バイチウ)〔コーリャン焼酎〕二斤を一遍に持ち出して生産隊の弱った役牛に与えてやったものだ。ところが現在では隙を見ては彼女の家の茶色のメンドリ四羽を生産隊の種まき場に放して餌を食べさせる。月蘭は許茂じいさんと同じように, かつて持っていた「公けのために私の利益を忘れる」という美徳を棄ててしまい,「自分の利益中心」に変わってきた。これは長年にわたる極左的な農村の政治経済政策による農民の魂の「傷痕」である。老メンドリ四羽は月蘭一家の飯のたねであるばかりでなく, 海(ハイ)伢子(ヤーズ)の学費の出所でもあった。「集団に損を与えようとしたんじゃありません。私はそうするよりしかたがなかったんです。どうしようもなかったんです。家族だって食べるものがないのに, どうやって鶏にエサをやるの。そうするよりしかたなかったんです……」――月蘭の「貧すれば貪する」式の弁解は, 無意識のうちに先哲聖賢の遺訓「穀倉満ちて礼節を知る」(『管子』,「牧民」)という真理を力強く説明している。月蘭が命の綱と頼んでいた四羽の老メンドリは張(チャン)工作隊員に農薬で殺されてしまう。工作隊はこのことで農民を教育しようと, 月蘭に自己検討を書いて四方に張り出せと命じた。これが夫の怒りを招き, 姑に嫌われ, 子供から怨まれることになった。月蘭の入水自殺は追いつめられ訴え所のない果ての結果であり,「身は窮しても志は窮さず」を表したのである。しかも彼女が死ぬ前に肉親につくした精一杯の心遣いは, 彼女の「優れた女性」としての品格の再現であった。月蘭は自分が終生いかに礼節をわきまえた女性でありたいと願っていたかをズバリと世間に示したのだ。これがさらに夫や海伢子の心, ひいては張工作隊員の心にまで深く「傷痕」を残したのである。

　張工作隊員は月蘭の死体のかたわらで胸を締めつけられるような自責の念にかられ, ひとりごとをもらす。「何ということだ。あなたは社会主義を心から愛し, 我々工作隊員も社会主義を心から愛している。あなたを死に追いつめたものが, お互いに愛している社会主義だとは私は絶対

に信じない。しかし私がどうしてあなたを殺すひとつの道具になってしまったのだろう。一体誰があなたを食い殺したのか。これはいったいどういうことなんだ」(韓少功『月蘭』、『人民文学』1979年4期)——つまり農民の「原型」を描いた作品『月蘭』(月蘭)は全編すべて「社会主義」のためにという名分を正そうとまでしているのだ。小説での月蘭の家庭風景は——小さな家、レンガと土で造られた家具類、菜っぱのように青白い餓えた顔をした人びと、うらぶれた雰囲気——これは極左時代の中国農民の生活の縮図である。小説では実務派の生産隊長六叔(リウシュー)が、「とにかく食う物も着る物もないのは社会主義じゃない」(韓少功『月蘭』「人民文学」1979年4期)と言う。「貧しい過渡期の社会主義」に対するあらゆるきびしい詰問は、いずれも豊かな社会主義への強烈な呼びかけなのである。

劉心武(リウシンウー)(1942-)の短編小説『班主任(クラス担任)』(1977)は、「文化大革命」中のファッショ的文化専制主義が民族の魂に加えた傷害、祖国の未来に加えた傷害を暴露している。

小説に描かれた「不良少年」宋玉琦(ソンユーチー)はファッショ的文化の汚水をかけられて魂がゆがんでしまった「奇形児」である。「勉強無用論」の犠牲者として、彼のような「悪い子」の精神的「傷痕」は比較的はっきりとわかりやすい。

しかし共産主義青年団支部書記の謝恵敏(シエホイミン)は、『牛虻(アブ)』〔英国の作家ヴォイニッチの長編小説〕について、なんと宋玉琦と軌を一にしているのだ。彼女はこれまでその本について聞いたこともなかったが、中に外国の男女のラブシーンの挿絵があるのを見ただけで、ピンク本だと断定する。「まあ、いやらしい。明日はこのピンク本を思いっきり厳しく批判しなくては」と。彼女の心には早くから鉄のような論理が組み立てられていた。彼女はすべて新たに活字印刷されたものは絶対に信じる、だがおよそ当時書店で売られていない書物とか、図書館以外から借りた書物などは、全て腹黒い反動的な本か、ピンク本であるという論理だ。彼女が組織する青年団の支部活動はいつも新聞を読むことばかりで、「登山」といった活動すら排斥した。短い袖のシャツを着るのは「ブルジョア階

級のやり方に染まっている」と彼女はみなす。彼女の精神は彼女の全身の関節同様に「硬直」しているのだ。彼女はファッショ的文化専制主義が作りあげた「知能障害児」なのだ。

　同じ精神的「障害者」でも，謝恵敏が受けた傷害の方が一層深く，「内面的傷害」という特徴をもち，一層哀れで悲しい。

　『班主任』は「傷痕文学」の最初の作品である。「新時期」〔「文革」以後〕最初の「問題作」として，『班主任』はまず「文化大革命」が国家と民族に与えた「傷」を暴き，「四人組」に反旗をひるがえし，1956年に「建国文学」が表現したようなあの現実に対する憂慮の意識や現実に関与して行く精神を大いに発揮し，作家の「赤子」のように純心な感情を表現した。

　『班主任』はまず初めに「文化大革命」中「四人組」が推進した文化専制主義を「ファッショ的文化専制」と定義した。――それは人類のあらゆる文化的成果の摂取を拒絶しており，完全な「文化的虚無主義」であり，「反文化」の性格をもっている。それは「プロレタリア文化」を極端にまで持ち上げたが，これは「プロレタリア文化」に対する歪曲である。

　長い苦難の日をわたりつくした末に突然パッと悟りが開けるものだ。「謝恵敏現象」は単に「文革」の10年間に存在していただけではない。こうした品行方正で，本質的には純粋で，無知で，思考の硬直化した知能障害児は，教条主義の標本でもあって，1957年以来，社会生活の中で普遍的に存在した精神現象でもある。謝恵敏のような人物形象の創造は，もっと長い時間の幅の中で生まれるある種の道徳基準，価値体系に対する透徹した覚醒開眼の結果である。『班主任』はまず我々の身についた「謝恵敏的傾向」を洗い流すことを教えてくれる。この小説は教条主義精神の楼閣が崩壊することを明示しており，より深い思想解放的意義を持っている。しかも『班主任』は中国共産党十一期三中全会開催以前に発表されており，その時期にはまだ「文革」以前の極左路線への批判がタブーであっただけでなく，「文革」の評価にさえまだ手がつけられていない状態だった。『班主任』はまっ先にこのタブーを突き破り，その後の十一期三中全会の思想解放の精神を先取りしていたのである。

馮驥才(フォンチーツァイ)(1942-)の中編小説『啊!(あぁ)』(1979)は「傷痕」について1957年までずっとさかのぼる。
　某歴史研究所の研究員である呉仲義(ウーチョンイー)は「百家争鳴, 百花斉放」の討論会で, 少しでも多く率直に意見を述べたいと思っていた。彼があわただしく椅子から立ち上がり, 今にも発言しようとしたとき, 同僚の一人が押し止め, 待ちきれない様子で, 上司について職務上玄人, 素人, 半玄人の三種類のタイプがあるという見解をもっていることを述べ立てたのである。その結果彼の身替りになってしまった。呉仲義は幸い1957年の「反右派」の歴史的鉄錘をくらわずにすんだが, 驚きのあまり精神がおかしくなった。引っ込み思案で, 事なかれ主義の「枠から一歩も出ない人間」〔「套中人」が原文。チェーホフの小説『箱に入つた男』の主人公ベリコフに由来する。新しいことに挑戦できない人を指す〕になり, 自分では孤高の人間と思っていた。生活の論理におとなしくしたがうことによって形成された生活哲学が, 彼の平穏無事を確保した。しかし,「文化大革命」の赤色テロが狂ったように吹き荒れてくると, 20年前に肝をつぶしたこの人物は, 神経がおのずとぶるぶる震えてきた。この歴史研究者は当然歴史と結びつけて考える。「50年代に飛び去った災厄は, まるでオーストラリアの土着民が水鳥を打つのに使うブーメランのように, 10年余りをかけて大きく一回転し, 現在またきらきらと光りながら目の前にもどってきたのだ」(馮驥才『啊!』,「収獲」1979年第6期)と彼は感じた。たまたま兄や兄嫁に対して, 昔の「過激」な言論を反省し, 党と社会主義に忠誠を表明した一通の私信がなくなったしまった。彼は気が動転するほど驚いて, 内臓全部から「アァ」と驚きの声を発した。彼は職場で出遭う事ひとつひとつが手紙と関係するのではないかと疑いだした。その上賈大真(チアターチェン)や趙昌(チャオチャン)ら「政治運動の専門家」,「日和見」の名手たちの圧力にもまれて, 呉仲義の精神はついに異常をきたす。罪人とされる網にかかるのを恐れるあまり, 却って何と自ら網にかかって行く程の恐怖症となり, かつて友人の集まりで右翼的意見を述べたことがあると自分から進んで自首し告白した。こうして自身の潔白な経歴を葬り去り, 禍いを招き, そのうえ以前

から迫害に遭っている兄や兄嫁，むかしの友人にも禍いが及んだ。やがて名誉回復を徹底する政策が始まって，釈放されて家に帰ると，彼は自分や家族をいやというほど苦しめたあの手紙を発現する。意外にも当時自分が自分の洗面器の底に張っておいたのであった。かれは「アッ」とひと声驚きの叫びをあげた。手紙を紛失し，それがまた戻ったことは，主人公の傷痕のついた精神が，自ら崩壊する特性を一層強めることになった。──これはチェーホフの小説の「小役人の死」と同様に，いずれも白色テロが人間の精神に作り出した傷である。

『月蘭』の時代的範囲は，記述されている通りに外ならないが，小説が暴露している菜っ葉のように青白い顔や，農民の「傷痕」や，「極左」政策など，その時代的範囲は，「文革」の10年を越えて，「四清」運動〔「文革」前毛沢東の提起する社会主義教育運動の一環として，主に農村で展開された四項目の不正粛清運動〕，「反右派」運動，「人民公社化」運動までひろく内包している。

「傷痕文学」といわれる多くの作品は，期せずして同じように1950年代初期の中国の社会生活に対する懐旧の念を表現している。50年代の「建国」精神，その「よき治世」の景観が人々の「精神的故郷」となり，不幸な歳月の中で人々の力強い支えとなったのである。

『班主任』の張俊石(チャンチュンシー)先生はもちろん，青春の思想みなぎる石紅(シーホン)に良き家庭的影響を与えようとする両親も，ともに50年代に培われた人々である。彼らは50年代の文学的薫陶を受け，全ての人類の文学的栄養を吸収し，比較的健全な文化的意識を持っている。

許茂爺さんは性格が歪められてしまった時，しきりに50年代を懐かしがり，「まったく記念すべき黄金の歳月があんなに短いとは」と慨嘆する。彼の記憶に今もまだ新しいのは「あの頃，彼個人の生活が時代の潮流とどれほど調和し，共産党の政策が一つ一つすべて彼の考えに合致し，葫蘆壩村の小さな社会の中で，精神的にも彼は懸命に前進し，人々と一緒に幸福な故郷を築こうとしていた」ことである。四女の秀雲(シウユン)も「幸福な故郷を築く」時代や楽しかった「少女時代」を記憶している。それ故彼女の

青春が踏みにじられ、個人が見捨てられてからは、記憶の中の「故郷」が彼女を支え、自暴自棄にならず、ねばり強く、堅固な意志をもって故郷の再建に取り組むのである。

　この連雲市場の通りで、彼女は布包みを腕にかけ、幼い長秀の手をひき、その横を長生娃が歩き、その後ろから金爺さんがついてゆく。この情景は一つの宣言書だと言える。それは全世界に向って、新しい家庭が作られた、と宣言しているのだ。これ以後葫蘆壩の村では生活から見捨てられたこれらの人々に再び帰る落ちつき先ができた。故郷再建の苦しいが楽しくもある事業が今日から始まるのだ。

宗璞（1928－　）の短編小説『弦上的夢（弦上の夢）』(1978) の主人公の音楽家は悪魔が乱舞する時代にあって強烈に追憶する、「社会主義祖国のふところに抱かれて、あの 50 年代の日々はいかに明るく晴れて、いかに豊かであったことか」と。彼女はチェロが遂に輝かしい勝利の音色を発するのを夢に見る。彼女は、「人の夢は、きっと実現する。妖怪の夢は必ず破滅する。これは歴史の必然だ」と固く信じていた。(宗璞『弦上的夢』、「人民文学」1978 年第 12 期)

　「傷痕文学」は至る所で極めて健全な文学的思考を具現している。社会や、人民や、政権党から、過ちを犯した指導者に至るまで、それらに対する描写と評価には多重的な思考方法が見られるが、極端に走ってはいない。

　エレンブルグ〔イリヤ・グリゴリエヴィチ・エレンブルグ 1891－1967、ソ連の作家〕が 1954 年に『雪どけ』(第一部) を発表した。官僚主義と極端な個人崇拝を批判し、人道主義の宣揚を主旨とする「雪どけ文学」の思潮がソビエトに誕生したことを示している。小説では、暴風雨の中で三列に並んでいる工場現場の小屋が倒壊するが、これは工場長ルラフリエフを代表とする官僚主義体制が瓦解し、人々が教条主義の厳冬から解放されることの象徴である——「見よ、雪どけの時がきた」(愛倫堡『解凍』北

京師範大学出版社1982年版　p.169）と。

　ショロホフの『一個人的遭遇（ある男の遭遇）』(1956)は全編「涙」で終わっていて、「人間を大切にせよ」との呼びかけを発している。

　しかし「雪どけ文学」——とりわけその後期は、極端な傾向を呈したが、これは思考が単一化した結果である。

　トワルドノフスキー〔アレキサンドル・トリフォノヴィチ1910 - 1971, ソ連の詩人〕の長編詩『あの世のチョールキン』(1963)は作者による虚構の「死者の王国」におけるチョールキンの驚くべき見聞と口に言えないほどの遭遇によってスターリン時代を陰に批判し、その時期のソビエト社会をこの世の地獄として描き出している。

　中国の「傷痕文学」は人々の理性を啓発して、「神」を「人」に引きもどしている。ソビエトの「雪どけ文学」は「神」を「妖怪」に描いた。エフトゥシェンコ〔エヴゲニー・アレクサンドロヴィチ・エフトゥシェンコ1933 -, 詩人〕の詩『スターリンの後継者たち』はスターリンを単に人を「中傷」し、「罪なき者を監禁」し、「人民の福利を忘れる」ことしかできない罪人として描いている。エレンブルグの追想録『我が回想。人間・歳月・生活』は、スターリンを「人間のように賢こく、野獣のように陰険」と罵しり、スターリンはソ連に被害を与えたばかりでなく、人類全体の進歩に被害を与えたと非難している。

　「傷痕文学」は「虚無」を目覚める前の道に迷える状態として描き、それが即ち「傷痕」であるとする。たとえば劉心武の『醒来吧, 弟弟（弟よ, 目覚めよ)』がそうである。「雪どけ文学」の方はそれを目覚めの表現として描く。それはたとえばエフトゥシェンコの『虚無主義者』である。

　「傷痕文学」は文化大革命及びそのファッショ的専制を暴くと同時に、その中での正義の力による闘争を描いた。前者は環境であり、運命であり、後者は人間であり、人民である。したがって人間対運命の抗争が構成され、「文革の大災害」の中で民族の生存を追求したのである。「傷痕文学」には至る所に理性の声があり、発展への意識があり、中華民族は災難の中でもなお良知を失わず、人間の心は死んではいないことを表現した。

『我応該怎麼辦（私はどうすればいいの）』の子君の二人目の夫亦民は彼女の最初の夫を「気骨ある人」と称賛する。そして亦民も同様に正義の事業の為勇敢に献身する。子君の夫は二人とも「気骨のある人」なのである。だからこそ，彼ら二人は彼女の愛を得たのだ〔「文革」中，「右派，反党反革命分子」等の家族は，離婚，絶縁して一線を画すことを強制され，無数の離婚，再婚等の悲劇を生んだ〕。

『神聖的使命（神聖な使命）』では，王公伯が神聖な使命感を抱いていただけでなく，無実の罪でむごい仕打ちに痛めつけられた白舜さえも「真理と正義を堅持して，終始邪悪な勢力に屈服しなかった」——これも妻の林芳(リンファン)の「血書」による支持があったことと切り離すことはできない。さらに正直で一本気な青年教師呉正光(ウーチョンコワン)や，目覚めた楊瓊など……全編「真理と正義の声は決して消せない」ことを表現している（王亜平『神聖的使命』「人民文学」1978年第9期）。

陳世旭(チェンシーシュー)(1948－　)の短編小説『小鎮上的将軍（小さな町の将軍）』(1979)では辺地に「左遷」された将軍の熱い誠意が，周総理追悼を契機にして，山間の小都市の民衆が抱く温かい心とひとつになって，阻止しがたい大きな流れとなり，浩然たる正義感が深く人々の中に根づく姿を表現している。

『許茂和她的女儿們』の四番目の娘秀雲は「文革」の「傷痕」の中で成熟する。彼女は三番目の姉のようにやり手ではなく，気弱とも言えるほどやさしかったが，しかし許茂老人の頑固さを受け継いでいた。鄭百如が人間の皮を被った狼のような男であると見破ると，彼女は出口のない困難な状態にもかかわらず，信じられないほどの気丈さを見せる。彼女は自分の不幸な境遇が普通の結婚・家庭の問題ではなく，重大な社会闘争と密接にかかわっていることを知った。彼女は長姉の夫金東水と期せずして同じように局面全体を考え，局面全体の転機に注目し，また期せずして同じく転機の出現を確信していた。彼女は深い考えをしっかり持ち，頑強で，まさに「柔を守るを強しと言う」（「守柔曰強」老子『道徳経』）であった。彼女は苦難を共にした金東水に愛情を抱きはじめると，敢然と

第三章 傷痕文学　91

どこまでも必死に求め，中国女性の断固節を守る精神と強靭な生命力を示している。許秀雲，金東水，金順玉，呉昌全，許琴，龍慶……これらは冰雪におおわれた下にある熱い流れを構成している。

『磋跎歳月』の中の柯碧舟が背負う家庭の歴史的重荷は一番重く，「文革」の「傷痕」も一番深かったが，しかし作品中のすべての知識青年の中で，彼の人生が一番堅実で前途の見込みがあった。邵大山父娘が彼の生命を救い，彼に生命の大切さをも教えてくれた。彼は山里をとても好きになり，山村の建設にはげみ，個人の運命を自覚的に人民や国家と一つに結びつけていた。彼と邵玉蓉は精神的に結びついた。彼には父親を選ぶ権利はないが，人生の道はどこまでも自分で選んでいった。これは「文革」の「傷痕」から抜け出してきた作家の道である。多くの「下放知識青年」の主人公たちの様々な選択の中で，柯碧舟は意識の高い選択をしたといえる。杜見春は純心で，率直で，正義感があった。しかし彼女は「血統論」の影響を受け，幹部の子女であるという盲目的な優越感を持っていて，柯碧舟とはゆきちがってしまった。「文革」中のでたらめな歳月は一夜のうちに彼女を「紅五類」〔工・農・兵・革命幹部，革命烈士の五種の革命的階層に属する人〕から「黒五類」〔地主，反革命分子・悪質分子・右派分子，富農の五種類の人民の敵とされる人〕の娘に変えてしまい，彼女を地獄に落とし，血のしたたるような傷を体験させた。彼女が「傷痕」に耐えるのと同時に，柯碧舟と同様の人生が始まった。そして繁華な暮らし，快適さ，優越的地位などが再び一斉に彼女に誘惑をしかけてきた時，彼女は当然のように「そんなものはいらない」と叫んだ。彼女はそんなものが「今回の列車の終点」だとは考えていなかった。つまり彼女は，柯碧舟がすでに選んだとおり，彼ら二人にかつて人生の苦難と意義を教えてくれた大西南地方に帰る長距離列車に迷うことなく乗りこんだのである。柯碧舟と杜見春は，ある老医師が作者に教えてくれた「一人の人間ともう一人の人間との関係は，二人が始めて知りあった時から始まっている」（葉辛『在創作的道路上』「山花」1981年第2期）という啓示を現実に証明したのである。小説は彼ら二人で始まり，彼ら二人で終わる。二人の間の愛情が全

編を貫いているのだ。これは「傷痕」を越えた愛情である。『磋跎歳月』は「傷痕」の歳月を超えている。『磋跎歳月』全編すべてが「傷痕」を越えているのだ。

　他の類似する世界の文学思潮には，中国の「傷痕文学」のような多重性はない。

　第1次世界大戦後，アメリカに「失われた世代」といわれる文学思潮が生まれ，戦争による若者の死と，肉体的にも精神的にも受けた傷を描いた。小説の主人公から作家に至るまでそのほとんどすべてが，アメリカのウィルソン政府が提唱する「世界の民主主義を救え」というスローガンに呼応し，愛国の情熱を胸いっぱいに抱き，志願して戦場に駆けつけて「一切の戦争を消滅させる戦争」に身を投じた。ヘミングウェイは満19歳に達していないのに志願してヨーロッパ戦線に加わり，救護隊のために車を運転し，イタリア前線で重傷を負い，左足だけでも中から弾丸の破片237個を取り出した。まさにアメリカの女性作家スタインがヘミングウェイらを指していったように，「あなた達はこういう人なのだ。あなた達はすべてこういう人なのだ。すべて戦争中兵士になった人は，あなた達は失われた世代なのだ……」。

　第二次世界大戦後，日本には「戦後派文学」が現れ，戦争が人間の肉体，精神に与えた傷を描き，生死の境に立つときの存在価値を深く追求した。江馬修の長編小説『氷河』の小作農民お胤は息子二人を戦場に送り，自分は毎日日の丸の小旗を振りながら遠くの駅まで出征軍人を見送りに行き，人々から有名な「日の丸おばさん」と大いに称えられる。「婦人の模範」敏子は自ら弟の三郎を戦場に送り出し，彼女自身は婦人会会長となり，終日出征軍人の栄光を宣伝するのに熱中し，女子は銃後で苦しい生活に耐え，前線の戦争を支援しようと人々に呼びかける。彼女は28歳だが結婚しておらず，生活のために貞節を破る女性には厳罰を主張した。戦場の日本軍が次々と敗退し，「出征兵士は恐らく全員帰ることはできないだろう」と聞き，日の丸おばさんは気が狂った。敏子の弟は中国大陸で病死し，彼女は妻ある男性と恋に落ち，妊娠し，羞かしさの余り，海中

に投身自殺する。

　「戦後派」と「失われた世代」が描く「傷痕」は、いずれも主人公の愚かさ、あるいは考えの甘さから、ひとつの「至上」という観念の為に献身する過程で生じ、熱狂の中で作られ、「自ら傷を負う」という特徴がある。彼ら——「傷」ついた主人公たちは、もっと巨大な「傷」を作る過程に関与しており、正義にもとる「不義」の性質をもっている。その過程が終わったとき、彼らはかつてそのために献身してきた精神的な支柱が崩壊し、全身傷だらけになっているのに気付いた。彼らは個人本位の文化的枠内にあって、追及するのは主として個人の存在価値であり、他人の存在価値ではない。彼らは個人の「傷」に視点をおいていて、もっと巨大な「不義」には目を向けていない。

　「傷痕文学」は監獄の高い壁の内側を描いた作品でもあり、その「傷痕」も重層的な意味をもっている。従維熙（ツォンウェイシー）(1933—　)の中編小説『大牆下的紅玉蘭（高い土塀の下の紅玉蘭)』(1979)は「監獄文学」(「大牆文学」)の代表作で、長期間厳重に警備されていた禁域を打ち破ったものであり、「四人組」が横行していた時期に社会主義の監獄が、あろうことか正義の士を監禁し、無実の人々を殺すファシズムの屠殺場となっていた悲しむべき現実を暴露している。一部の作品——たとえば『神聖的使命』、『許茂和她的女児們』——などが1975年秋鄧小平の「調整政策（「治理整頓政策」)」によって出現した転機を選んだように、『大牆下的紅玉蘭』——そのほか『我応該怎麼辦』、『小鎮上的将軍』など——は1976年丙辰の年の清明節前夜周総理追悼を焦点とする夜明け前の決戦の時を選んでいる。小説では民族の運命に関わる大決戦を監獄内の血の闘争として描き、人民と「四人組」との決戦の時が来たことを預告し、中国人民の大いなる正義感を表現したのである。

　ソルジェニーツィン〔アレクサンドル・イサノヴィッチ1918—　〕の『イワン・デニーソヴィチの一日』(1962)は「雪どけ文学」の「収容所」を題材に扱った代表作であり、主人公が毎朝起床してから夜消灯するまでの一日の体験を小説の筋とし、陰惨な恐ろしい労働改造収容所、横暴残忍な

監視員などを描いている。しかし犯人のすべてが一律に無実の被害者として描かれており、思考が単一的であることを示している。

　従維煕は「監獄」内に関わっているが、ソルジェニーツィンは外側からのぞいている。

　中国の「傷痕文学」は「傷痕」を暴露すると同時に、「傷痕」を治癒することも提起していて、勝利者の誇り、解放後の春の息吹、そして失われたもののすべてが復興するきざし(「百廃待興」)を前にして、未来への自信に溢れ、民族の中に根ざす「国家が多難であれば、人民が奮起して国を興す」(「多難興邦」、見『左伝・昭公四年』、唐・陸贄「論述遷幸之由状」)という精神哲学を表現している。たとえば劉心武が『班主任』創作について語っているように「四人組が次の世代を毒している社会現象を描き出して、人々の高い警戒心を喚起し、問題解決への根本的道筋を示し、人々と共に胸いっぱいの自信をもって未来を展望しなければならない」(劉心武『生活的創作者説：走這条路』「文学評論」1978 年第 5 期) のである。

　老鬼(ラオコイ)(1947 -　)が「傷痕文学」の高潮時に創作した自伝的小説『血色黄昏』(赤いたそがれ)は作者の思いが麻のように千々に乱れている作品である。ここには作者自身が「文革」初期に紅衛兵だった頃の熱狂的行為について描かれている。彼はかつて紅衛兵仲間と共に母親——『青春の歌』の著者楊沫(ヤンモー)に「造反」(謀反、反逆)し、母親の家を家宅捜索して、金を奪い、母を批判する大きなビラを貼り出し、その後は国境を越えて、反米ヴェトナム支援に行こうとしたが、失敗し、その後グループで内蒙古のシリンゴロ(錫林郭勒)草原まで歩いてゆき生産隊に入って労働に参加した。そこには階級闘争の熱狂から、そして「文化大革命」初期に身についたすぐにこぶしを振り上げる野蛮な「げんこつ主義」(「挙頭主義」)の習性から、僅か羊 18 匹の牧場主を激しくなぐったことが記述されている。これはルソーの『懺悔録』式の記述であって、自分のあらゆる悪行跡を、個人的秘密も含めて余すところなく公にした。八年に及ぶ草原兵団での生活の中で、特に全局的には「文化大革命」が失敗に向うにつれて、主人公は自分の「げんこつ主義」や不気味で陰気な性格やヤクザ気質

を洗い流し,「熱狂」から目覚め——「おれ達は愚弄された末, 犬のように大声で階級闘争を吠えたて, やたらに人に噛みついていたんだ」(『血色黄昏』 p.605)などと言うようになる。最後にシリンゴロ高原に別れを告げる時になっても, 主人公は当初「母を攻撃することで自分の革命精神を示そうとしていた」ことを懺悔し,「レッテル」はとれたが自伝の主人公のげんこつを受けて死を早めたゴンゴロ(貢哥勒)に対して懺悔し, この地で「少なからぬ悪事や, でたらめな事や, バカな事をしでかした」ことについて, シリンゴロ高原に向い深く謝罪するのである。またたとえばルソーが男女間の感情の清純さにあこがれ, 女性のそばで生活する時のある種の情緒に執着したように, ここでも自伝の主人公は女友達への一途な愛情を述べている。「ただ彼女の手をほんの少し握ることさえできれば, そして彼女の微笑を一目見ることができれば, 僕は満足だ。三部屋に仕切った家で雨に降り込められても, 午前中一杯は十分僕はしあわせなんだ」。彼女に対する彼の願いはただこれだけである。

　『懺悔録』と同じように『血色黄昏』の基調も悲憤である。作品は主人公のいた草原兵団の生活の陰惨で恐ろしく, 汚れきった暗黒の内幕を余すところなく暴露している。主人公は自分の分隊長に意見を述べたために捕らえられ, 蔭で林彪, 江青を非難した「反革命現行犯」にされてしまい, 牢にぶち込まれ, 肉体的にも精神的にもさまざまな責め苦にさいなまれた。知識青年たちは高圧的手段によってバラバラに分裂させられ, 莫逆の交わりから変節して友人を売る者もあれば, 自ら破滅堕落し, 自尊心を失い魂が変形してしまう者もおり, 上司に取り入って都会にもどろうとして肉体を売る者もいた。もっと悲惨なのは, 60余名の知識青年が火事の消火のために火の海に突入させられ命を失ったことである。荒地開墾八年間の結果は, 土壌流失をもたらし, 草原に未曾有の大破壊をもたらしただけであった。『血色黄昏』は農山村への下放を強行した10年の「大災害」〔「文革」〕が下放知識青年に重大な傷を負わせたことを如実に反映した作品で, 広範な下放知識青年の忠誠心と祖国の辺境建設事業との間に,「22条軍規」のような越えがたい各級将校士官の中間組織と,

その中間組織に具現された「階級闘争」の鉄の論理が存在したことを赤裸裸に暴露している。彼らは下は分隊長から上は政治委員に至るまで、権力を奪うために争い排斥しあった。自分の欲望を満足させる為に、公然と公の物資をトラックいっぱいにして自宅に運び、ひどいときには当初没収した「牧場主」の物まで彼らの手で残らず山分けにされていた。自分の欲情を満たすために、彼らは手中の権力を利用し、次々と知識青年の女性を犯した……『血色黄昏』がこうした血の滴るような罪悪を暴露するとき、その告発の筆先はまっすぐ「第一婦人」江青に向けられているのである。

『血色黄昏』の中で、これら千々に乱れる思いを支えたのは自伝の主人公の魂、その不屈の魂である。それは時として沈思熟慮に欠け、常に「革命幹部」の子弟意識が強く、「激情興奮」の余り「深い思いやり」が足りないこともあるけれど、しかし、この魂は始終強烈に真なるもの、善なるもの、美なるものを追求している。まさにこの主人公と広範な知識青年たちの誠実な魂は、『血色黄昏』の浩然の気、明朗・強健の美を構成している。書名が示す如く、見渡す限り果てしない草原の地平線上に血のように赤い夕日が、「若者の熱い血がかようハートのように、冷たい空の果てに浮かんでいる」のだ。

アメリカの「失われた世代」や日本の「戦後派文学」は、誇りや解放感を表現するすべがなく、自信を生むこともできない。「失われた世代」の基調は喪失であり、いわば収穫が一粒もとれなかった秋の景観である。主人公たちは現実に満足せず、貪欲で肉欲的なアメリカの社会風潮を強く嫌悪し、アメリカの精神文化の浅薄さに深いショックを受ける。だが彼らはこれに対し何もできない無力感におそわれ、頽廃とか逃避とか消極的な対応をすることになる。「戦後派」が反映するのは日本の戦後の混乱した社会であり、頽廃した世相であって、その色彩は暗く、基調は廃墟に直面した虚無感である。

「哀而不傷」〔「悲しみても損なわず」つまり「悲しむも自己を失わず」あるいは「悲しみを超えて」〕(『論語・八佾』)は中国の「傷痕文学」特有の悲劇に対する

隠れた美意識である。その哲学的拠りどころは「中庸」である。中和（ほどよく穏やかである），中節（ほどよく節度にかなう）を重んじ，故に「憂いは深くても和をそこなわず」（「憂雖深而不害于和」，朱熹『論語集注』巻2）なのである。張潔(チャンチエ)（女性　1937－　）の詩情豊かな小説『従森林里来的孩子（森からきた子）』(1978)は，音楽を題材にしており，「傷痕文学」の美学的宣言だといえる。「同世代の中で最も才能のある」音楽家だった梁(リアン)先生は，解放後17年間の文芸界の「黒幕的人物」とされ，「はるか遠くの森」に転属させられる。「罪を認め，投降し，密告し，他人を陥れる」そんなことの為に北京に帰ることなど，彼は死んでもいやだった。森の伐採労働者がそんな彼を守ってくれた。彼は伐採労働者の息子，孫長寧(ソンチャンニン)に隠れた才能を見出だした。生命の最後の短い時間の中で，彼はその隠された才能を育て，みがきあげ，遂に芸術の真髄を会得させた。浅い初歩の段階を抜け出し，功利からも離脱して，人民の深い感情と祖国のみなぎる生命力の表現を懸命に求めた。「四人組」と病気とが，彼の生命を奪い去るばかりになり，彼は白樺の木の下で長い眠りにつこうとしていた。「しかし彼は決して悲観も落胆もしていなかった」。なぜなら，彼の精神がこの森の子供の中に受けつがれ，「活発に，生気に満ち，したたかに，絶えず奮励努力しつづけて行く」（張潔『従森林里来的孩子』「北京文芸」1978年第2期）ことになったからである。小説は祖国の未来に対する固い信念を強烈に吐露している。

　「傷痕文学」は二重の解放を実現した。即ち，思想的には実際とあわない先験的理論からの解放を実現し，文学では「上からの指令」による創作方法からの解放を実現した。それは文学の尊厳をとりもどし，「文革」後の「新時期」文学のよき発端となったのである。

第四章
「反思」文学 —— 歴史の教訓

　「傷痕文学」には，日本の「戦後文学」及びアメリカの「失われた世代」のような「自虐的」な性格がない。中国は不正義の戦争について反省する過程を必要としなかった。「傷痕文学」が描く民族の良識が「邪悪」とたたかって勝ったことは即ち「邪悪」を克服したということである。「文革の災害」が終わるとすぐ長期間阻まれ頓挫していた実務的な建設プランの実施が開始され，「破壊」された祖国の再建にとりかかったのである。従って「傷痕文学」の「傷痕」の要素はまもなく薄れてゆき「反思(反省と思索)」が主要な要素となり，それは徐々に発展して壮大な「反思文学」の思潮を形成した。「傷痕文学」のねらいは文革が国と国民に与えた創傷を暴き，正義の力が進めた四人組との優れた闘いを表現するところにある。これに対し「反思文学」は「つらい過去を反省思索する」ものであり，われわれの過去と現在と未来及びわれわれが直面した社会や人生の様々な重大問題を更に深く考えようとするものである。

歴史への「反思」

　「反思文学」は，社会や人生の問題を考える時，人生の複雑な体験や様々の多重的な感情を社会の歴史的歩みの中に融合させて，建国後30年の歴史への「反思」というものを形成した。この「反思」の中で多くの作品が期せずして同じように「傷痕文学」の描く「文化大革命」からさかのぼって1957年の反右派闘争へと視線を移していった。

　魯彦周(ルーイエンチョウ)(1928－)の中編小説『天雲山伝奇(天雲山物語)』(1979年)は，地区委員会組織部副部長の職にある宋薇(ソンウェイ)が1978年冬，過去の冤罪を事実に基づいて正す方針を実行する過程で，羅群(ルオチュン)の事件の再審理を通じて，自分の恋愛，婚姻など，つまり四十代の一人の女の人生を建国後の歴史の中でふりかえり思索する。これによって当時の歴史に対する反思が行

われたのである。

　宋薇は天雲山調査隊の活気にあふれた生活の中で，若い新任の政治委員と熱い恋におちた。これは共和国の「若き時代」に生まれた恋である。ところが朝焼けに美しく染められたこの恋は「暗黒の夜」に呑みこまれてしまう。1957年羅群は正しい知識人政策を推進したために右派とされてしまう。その後宋薇はもともと嫌っていた調査隊の元政治委員で後に天雲山特区党委員会組織部長になる呉遥（ウーヤオ）とわけもわからずに結婚する。呉遥と羅群の異なった運命はこの反右派闘争から始まったのである。前者が着実に昇進し今は地区委員会副書記にまでなったのに対して，後者は政治運動の度に批判の標的にされ今では不名誉なレッテルがいっぱい貼られてしまっている。小説は羅群と呉遥をあらためて評価し直すが，良い人か悪い人かという一般論ではなく，比較的長い歴史的範囲の枠の中で考えている。宋薇は重大な歴史問題への反省思索を迫られる。

　　この「文革」10年の主要な害毒は「四人組」であるが，更に前に溯った場合，問題は何もないのだろうか。「四人組」に反対した人は勿論英雄だが，四人組が現れる以前によくない傾向に反対した人は英雄にはならないのだろうか。もっと具体的に言えば，彼が反対したのは一般的なよくない傾向だけではなく，当時のまちがった路線，方針，政策にまで及んでいた。そんな彼を政治的に肯定する勇気があるだろうか。（魯彦周『天雲山伝奇』）

　宋薇は1957年に始まった極左路線の犠牲者の一人である。1957年に呉遥は特区党委員会を代表して彼女に話をし態度表明を迫った。彼女は「必ず党の立場に立ち」，「羅群ときっぱり関係を断つ」と表明した。こうして彼女は自分の青春と愛情を葬ってしまったのである。後に市委員会書記から呉遥との結婚話を持ちかけられ，彼女は党組織の呉に対する評価に従って，自分でもよくわからないまま，もともとは好きでもなかった呉遥と結婚し，呉に象徴される冷酷な「厳寒の生活」を始めたのであ

る。

「反省思索」に積極的だった宋薇は,「実践は真理を検証する唯一の基準である」という思想解放のキャンペーンの中で, 精神的に変化し始める。彼女は呉遥の厳重に鍵のかかった引き出しをあけ, ファイルを捜しだし再審査に踏み切る。それはこの数十年の歴史を改めて詳しく調べ直すということを意味している。彼女の歴史への「反思」は常に自分の人生を考え直すことと密接不可分であった。彼女は自分の行為を安易に「歴史的環境」のせいだと責任転嫁しない。自分の羅群に対する態度は単に「愛を貫けなかった」というだけではなく, そこには「世界観」の問題もあると考える。呉遥の力一杯の平手打ちは宋薇にとって「ひどく叩かれて気を失いそうになると同時に私の目をさまさせた」のだった。苦難をなめつくした末に真理が見えてくる。宋薇はようやく 20 年余りの迷いから醒める。これは「反思文学」の「歴史」に対する反省であり, 中国当代文学のあの特定の「歴史」に対する最初の反省である。それは「文革の大災害」が過ぎた後の人々の「歴史」に対する大きな覚醒を意味している。そして宋薇が地区委員会副書記呉遥の牢獄のような家を出ていったことはこの数十年来砂上に築かれた教条主義の精神の楼閣が徹底的に崩壊したことを象徴している。

宋薇は「家」に別れを告げ「天雲山」に行った。そこは彼女のたった一度の青春と愛情の揺籃である。羅群は既に人々を率いて一度は中断してしまった天雲山建設事業に再び取り組み始めていた。宋薇には「新しく生きる」感覚が生まれる。生命の「琴線」が再び弾かれ始めた。人生と「歴史」は, 深い「傷痕」をもちながら, ついにその切断された場所で「若き時代」とつながったのである。

「反思文学」は社会建設への賛美と極端な階級闘争の否定を鮮明に表現している。建設を基調とした建国初期の中国社会は「反思文学」の中で「良き時代」として現わされる。それに対して「階級闘争」を基調とした反右派闘争から「文化大革命」にいたる中国社会は「乱世」として現わされている。「反思文学」の「歴史に関する反思」は主として「乱世」に

対する反省・思索である。この「反思」は事実上階級闘争理論の解消である。教条主義の精神の楼閣の崩壊は即ち極端な階級闘争体系の崩壊である。そして「反思文学」の「良き時代」への追憶と憧憬は，意識的無意識的に儒教を主体とする中国の伝統文化に合致しているのである。

　古華(クーホワ)(1942－)の長編小説『芙蓉鎮(フーロンチェン)』(1981年)は，湖南省南部の山村における建国後30年近くの治と乱，世の中の移り変わり，特に女主人公胡玉音(フーユーイン)の運命を中心とした人の運命の浮沈が「文革」という特定の政治的変動を背景に描かれている。この小説には，作者が一つの山村に腰を据えて我が国のあの特定の歴史的時代の姿を描こうとする強い意図が伺われる。作者が述べているように「政治の激動を民情にことよせて描き，人物の運命を借りて山村の生活の変遷を描写する」ものである(古華『芙蓉鎮・後記』)。『芙蓉鎮』はその具体的な形象化を通じて，建国後30年近い中国の治と乱の歴史の縮図を生き生きと描き出している。

　古華の太平の世への終始変わらぬ賛美と憧憬が『芙蓉鎮』を支えている。この五嶺山脈(ウーリン)〔湖南南部省境の越城，都龐(トゥーパン)，萌渚(モンチュー)，騎田(チーティエン)，大庾(ターユー)の五嶺を中心とする山脈〕の奥に位置する山村は，緑豆色の芙蓉河と玉葉渓に囲まれている。両岸は緑に溢れ風光明媚，民俗は素朴で人情に厚く，まことにこの地は「優しく穏やかで豊かな里」と言うべきところである。建国初期には湘（湖南），粤（広東），桂（広西）三省十八県の商人たちがここに集まり，商業経済が発達していた。小説の魂である「芙蓉仙女」胡玉音はこの「芙蓉の国」の精華であり，太平の世が生み出した佳人である。彼女は「天の時，地の利，人の和」に恵まれて「芙蓉鎮」一の金持になり「新しい家」の主人となった。1961－1963年の国民経済の回復期に国の政策がゆるめられ，胡玉音は市の立つ日に米豆腐(ミートウフ)の露店を開く。彼女は山村の人々の純朴な倫理観念を受け継ぎ，客には明るく笑顔で応対し，親切丁寧で自分の身内のようにあつかった。彼女は「商売は愛想で金をかせぐ」，「お客様は暮らしの神様」という伝統的な商業思想を守り，おいしく安い米豆腐を作って客を獲得し，商売は成功をおさめた。「新しい家」は労働によって富を得ることの象徴であり，豊かな社会主義の象

徴である。作品の「芙蓉仙女」への謳歌は即ち太平の世への謳歌なのだ。古華はそもそも「牧歌」を謳歌する専門家である。だが,『芙蓉鎮』は一首の「厳しい郷村の牧歌」でもあった（古華《芙蓉鎮・自序》)。

　建国後, 芙蓉鎮では「階級闘争」が常に出番を待っていた。地区委員会書記の楊民高(ヤンミンカオ)の頭の中には一冊の「出身階級のリスト」があった。彼は胡玉音と黎満庚(リーマンコン)との幼なじみの恋を理不尽にも抹殺し, 胡玉音の心に最初の傷を与えた。胡玉音が米豆腐で富を得て「新しい家」を建てた時は, 既に「階級闘争」が襲いかかろうとする前夜であった。「新しい家」の完成とともに次々と不運が胡玉音を見舞った。1964年2月「社会教育」工作隊が芙蓉鎮に進駐してきて,「新しい家」はあっさり没収され, 夫の黎桂桂(リーコイコイ)が自殺に追い込まれる。彼女自身は新富農の妻とされ黒い「五類分子」〔地主・富農・反革命分子・右派分子・悪質分子の五種類の階級敵〕に分類されてしまう。引き続いて起きた「文化大革命」の中で彼女は「黒鬼(ヘイコイ)」とされ, 虐待され侮辱される。

　「1964年」と「1969年」の二章は『芙蓉鎮』の中心的場面である。作品には「四清」〔政治・思想・組織・経済の四点にわたる粛清運動〕と「文革」がこの五嶺山地にやってきた時,「運動」が純朴な民俗風習を破壊し, 建設を基調として形成されつつあった太平の世を破壊し, いたるところに乱世の光景が現れたことが描かれている。李国香(リークオシアン)が工作隊を率いて芙蓉鎮に登場した時, 谷燕山(クーイエンシャン)と黎満庚は不吉な予感におそわれる。

「おい，なにかきなくさくないか」
「谷(グー)主任，スズメバチがミツバチの巣につっこんで来たんだ。静かに暮らせなくなるぞ」

　胡玉音夫婦はもっと怯えており, あたかも大地主が「二度目の土地改革」に出会ったかのようだった。黎桂桂は非常に後悔してこうもらした

「玉音，わし，いや，わしら，新社会じゃ個人で家を建てられんな

んて，およそ思ってもみなかったが。けど土地改革の何年か前，一部の新しくもうけだした農家は，生活を切り詰め一生懸命田畑や山を買ったのに，あとになって地主・富農に区分されてしまったじゃないか」(『芙蓉鎮』人民文学出版社1981年版　p.70。)

　考えさせられるのは,『芙蓉鎮』で粛正専門の女ボス李国香と政治運動好きの幹部王秋赦(ワンチウショー)とがともによそ者として描かれていることである。王秋赦について作品はこう書く,「出身成分からいえば，かれは貧農・下層中農よりさらに一等低い雇農だった…。かれ王秋赦は無垢の純金，まぎれもないプロレタリアだった。家系をさかのぼってたずねても，父母さえどこの生まれかわからず，いつのころにか，どこからか，この省境の辺地芙蓉鎮に流れこんできたみなしごだったのである。祖父や祖父の父など，なおさらいうまでもない。もちろん父の兄弟姉妹とか，母の兄弟姉妹，あるいは岳父とか女房の祖父とかいった，ややこしい親族関係もない」。彼らは胡玉音のように芙蓉鎮の伝統の精華を受け継いではいない。彼らは祖先とのつながりを断ち切っている。彼らはまるで空から落ちてきたかのようにはっきりとした「外来者」的な性格をもっている。いつか自分も若奥様の象牙のベッドに寝転がってみたいというのが彼らの「解放の夢」なのである。彼らは解放後まもなくまた解放前の落ちぶれた姿にもどってしまった。彼らは永遠に「ルンペンプロレタリア」なのである。彼らは自ら解放後十数年の「現役の貧農」をもって任じている。彼らは労働によって豊かになった農民をねたみ，日夜もう一度「新しい土地改革」がやってこないかと待ち望んでいる。しかも作品では彼ら二人を性的変態者」として描いている。彼らは胡玉音が労働によって豊かになったことに嫉妬しただけではなく，彼女の幸せな婚姻をも憎んでいる。彼らの潜在意識の中には「性的嫉妬」が隠されている。従って日頃の嫉妬心が自然に政治運動の中で相手を死地に追い込む行為につながっていく。胡玉音と秦書田(チンシューティエン)がつらい境遇の中で結婚した後，夫は10年の流刑にされ，胡玉音の二つの乳房は李国香の命によつて針金で貫かれ

るという最も残酷な制裁を受けることになる。この酷刑は二重の嫉妬，それも主に「性的嫉妬」の結果である。この酷刑はまた人類の強い生命力への蹂躙，破壊を象徴している。作者は胡玉音の豊かな乳房を母親が次の世代を育てるための器官なのだと書いている。五嶺山脈の奥にある山村を舞台に，建国後数回の重大な「政治運動」がこの地にもたらした人間関係の変化と原因を描き，「四清」，「文革」と李国香，王秋赦とが互いに必要とする関係にあると書いていることは，『芙蓉鎮』における歴史的反省思索の大きな特徴である。それは作者が極左路線のあやまりを十分に認識しているのみならず，その醜悪な面についても十分に認識していることを示している。王秋赦が現代の個人崇拝に基づいて芙蓉鎮で起こした「紅い海洋」〔毛沢東賛美の歌詞の一部〕の運動は，あの全国規模の更なる「変態」をただちに思い起こさせてくれる。

『芙蓉鎮』は単なる「民俗人情絵図」の体系をもっているだけではなく，作者は——しばしば人物を通してであるが——芙蓉鎮で起きたばかりの現実に動いている姿の「民俗人情絵図」を，まるで「新聞聯合放送」のように全国に向かって発信する誘発的体系をもっている。それによって我が国のあの特定の時代の実情を表し，全局面にわたる反省思索という効果をあげている。

胡玉音と黎桂桂が「新富農」にされようとした時のことを，作品はこう書いている。

　　胡玉音夫婦は新しい社会の中で少しばかり金をためた。たったそれだけで改めてまた階層区分をやり直し，新地主，新富農に区分されなければならないというのか。(『芙蓉鎮』人民文学出版社1981年版 p.77)

谷燕山は「四清」工作隊に軟禁されている間，「四清」運動の経緯について部屋の中を歩き回りながら，次のようにくり返し反省思索をしている。

でもあの彭徳懐元帥、彭副総司令は、芝居でいえば一品官の宰相と
でもいうべき開国の元勲だが、59年の盧山会議で人民に代わって、土
法製鉄や公共食堂に反対したために右傾日和見主義分子として罷免さ
れ、元帥の服を取り上げられてしまった…。天下の人々で、かれが恥
ずかしめを受け、冤罪を背負わされたということを誰一人知らぬもの
はいない。かれをやっつけたのは良心をなくし、民意に背くことだっ
たのだ。その後、中国が三年の災害に苦しみ、土法製鉄はやらなくな
り、大ボラを吹く成績主義がなくなり、公共食堂も廃止されたが、そ
れとてかれの建議を受け入れてのことではないのか…。それにしても
今度の運動はいったいなんなのか。苦しい時期が終わったばかりで、
人民がほっとひと息つき、生産や暮らし向きがいくらか活気をとり戻
したばかりだというのに、こんどは三年の災害の時期のかたをつけに
やってきたのである。あの困難な時期に政策をゆるめた仇、「右から
の巻き返し」の仇をとりにやってきたのだ。まったく「河を渡ったら
橋をこわす」、「助けられた恩を忘れ、手のひらを返す」とはこのこと
だ（『芙蓉鎮』人民文学出版社1981年版　p.96）

　ここには、次から次へと続く政治運動の極左路線が完膚なきまでに暴
露されており、中国の作家の強烈な批判精神と明晰な洞察力が示されて
いる。この後一部の作家たちは悲劇が再演されないよう人々に歴史を考
え直してもらうためにルポルタージュ文学の形式を使って建国後の多く
の歴史的事件の真相を明らかにしている。たとえば李慎之の『"引蛇出
洞"始末（"蛇を穴からおびき出す"始末記）』（1999年）、蘇暁康（1949－
）等の『烏托邦祭（ユートピアの祭り）』（1988年）、金輝（1954－）の『"三
年自然災害"備忘録』（1998年）等がある。「文化大革命」と「四人組」
の出現について詩人艾青（1910－1996）もきびしい疑問を発している。
「なぜ、偉大な祖国に／三つの大山を取り除いた後／また林彪、"四人組"
が現れたのか…」（『在浪尖山（浪尖山にて）』1978年）。
　胡玉音が針金で乳房を突きさされたことについて『芙蓉鎮』はこう書

いている。

　これよりもっと原始的でむごい刑罰が,かつて確かに二十世紀六十年代半ば過ぎの中国の大地の上では行われていたのである。

胡玉音が帝王切開で出産した時,手術室の外で待つ谷燕山は,生活の苦楽や愛憎,いつまでも続く階級闘争について様々に思いをめぐらす。

　一人の母親たることは,どんなに容易ならぬことか。彼女たちは新しい生命をはぐくみ,新しい人間をつくり出す。人間がいてこそ,この世界は楽しさに満ちあふれ,また苦しみに満ちあふれる。なぜ世界は苦しみを必要とするのか。そのうえ,憎しみ合うのか。とりわけ,わが共産党と労働者・農民がみずから勝ち取った天下で,自分たちが国の主人公になったというのに,まだ果てしない戦いを続け,果てしなく人を批判し続け,一年また一年とくり返す必要があるのか。目を血走らせ,心を鉄のように冷酷にして,人に闘争を仕かけ,人を批判打倒することを自分の本職とも任務とも思いこんでいる者がいるが,これはなぜなのか。何のためなのか。(『芙蓉鎮』人民文学出版社1981年版　p.210)

『芙蓉鎮』におけるこのような社会の全局面にわたる誘発的な反省思索は,作者の角度からのを除けば,多くは谷燕山の角度から行われる。谷燕山の角度には作者の思想的要素が注ぎこまれている。祖国への強い憂慮の意識が作者に北方の解放軍兵士のような,軍功の基礎の上に打ち立てられた直諫精神,南へ北へと全国各地を遍歴する中で養われた度量,民族文化の土壌に根ざした優れた思考力を与えている。『芙蓉鎮』はこれまでの極左の政治運動を辛辣に諷刺し,しかもその理論的根拠——「闘争の哲学」の危害をあますことなく暴いてみせた。『芙蓉鎮』の歴史についての反省思索は極端な階級闘争を解消させる有力な批判である。『芙蓉

鎮』は「民は食を天とす」という考え方を守り、民衆の油・塩・米・薪など日常の生活必需品を重視し、「闘争と運動」をその対立物としてとらえている（『芙蓉鎮』人民文学出版社1981年版　p.231）。作者は前者は永遠なるものであり、後者は一時的なものであると確信している。小説中最も醒めた意識をもっている秦書田は、内心は誠実で謹厳だが表面的には世間を茶化した態度をとり、批判を受けに行くのにまるで仕事に出かけるかのようにふるまう。彼の楽天的精神は次のような信念によるものである。「世界は広いし、先は長いんだ。それにこの世界というものだって、ただ運動したり闘争ばかりするだけで成り立つことなどできはしない。この空の下にはまだまだたくさん他のことがある」。彼の「生命の歌」は胡玉音の心に埋もれていた生命の火を燃え上がらせた。古華が生命を描写する時の爆発的な力強さは、その対立面――「闘争と運動」の残酷さに勝っている。秦谷軍(チングーチュン)の誕生は健康と生命が変態と死亡に勝ったことを意味している。王秋赦の楼屋の崩壊は、極端な階級闘争理論の崩壊を意味している。小説の末尾では気の狂った王秋赦がボロボロの服にキラキラ光るバッジをいっぱいつけて、「五、六年たったら、もう一度やるぞ…」と悲しげに叫ぶ。これは「狂った時代」がもはや完全に葬り去られ、この叫び声はその「フィナーレ」を飾るものでしかないということを明白に宣言しているのである。

　王蒙(ワンモン)は、自分の小説が「時間の運行の軌跡」（王蒙『傾聴着生活的声息（生活の息吹に耳を傾けて）』）となるように努力している。彼の小説の中における歴史的反省と思索は「三十年の激動」という運行の軌跡を描く。『布礼（ボルシェビーキの挨拶）』(1979年)では最も早く少年ボルシェビーキ出身の主人公の1949年から1979年までのすべての重要な――あるいはきびしい年月においての内なる心の活動を描いており、歴史の運行の軌跡の中での一つの魂の歴程を追っている。

　高暁声(カオシアオション)(1928 -)の『李順大造屋（李順(リーション)の家造り）』(1979年)は短編だが、一人の普通の農民が苦労して家を建てる経緯を通して、30年近くの中国農村の歴史と農民の哀れな生存状態の歴史が凝縮されている。

方之(ファンチー)(1930-1979)の『内奸(スパイ)』(1979年)はもつと早い1942年から筆を起こしている。商人である主人公は,新四軍をはじめとして,日本の侵略者,国民党,新中国,文化大革命に至る波瀾万丈の40年を経験し,その歴史への反省思索の確固とした基礎の上で,誰が「本物の共産党」で,誰が「偽物の共産党」かという重大問題について考えている。その批判の矛先はまつすぐに「林彪」,「四人組」,「四人組の協力者」に向けられ,彼らこそ「内なるスパイ」,裏切り者なのだと指摘している。方之は自分自身のかつての地下活動の体験に基づいて,彼らが外部の敵のなし得なかった破壊的役割を果たしたと書いている。

李准(リーチョン)(1928-)の『黄河東流去(黄河は東へ流れる)』(上下二巻1979-1984年)は作者の創作生活の新しい転機,即ち作者自身が述べているように,それまでの「政治運動に協力する創作活動からわが民族全体の運命,個性,文化の伝統の研究へ転換した」ことをはっきり示している(李准『文学語言及其他(文学の言語及びその他)』)。作品は三,四十年代に中原の黄河の氾濫区に起きた洪水,旱魃,虫害,湯害〔軍閥の湯恩伯(タンエンポー)による被害〕の四大災害によって民衆が大量に流民となり大移動をする姿の描写を通して,倫理,道徳,性格,感情及び全般的な精神と文化の深刻な状況を重点に,中華民族がそれによって無数の苦難をのりこえてきた強靭な生命力を探求し,反省思索を加え,わが民族の「精神的故郷」を尋ね出そうとしている。これはルーツさがしのような性格を持った歴史への反省思索だと言えよう。李准は本の巻頭にこう書いている。『黄河東流去』は「過ぎ去った歳月のために挽歌を歌ったのではなく,時代の天秤の上で,わが民族の生存と存続を支えてきた生命力をあらためて量ってみようとしたものだ」。

『黄河東流去』は赤楊崗村(チーヤンカン)の七戸の農民家庭の哀歓こもごもの離合変転に始まる。作者は作品のなかで,中国の家庭構造がかくも堅固であることが中国の強靭な生命力の由来するところであろうと指摘している(第8章第3節)。このような生命力はまた土地と切っても切れない関係にある。作品の中の七世帯の農民はみな自分の生存を支えてくれる土地を深

く愛している。何処に流れていっても彼らは常に大地に拘りつづけた。彼らはしたたかであり、知恵に富み、情義にあつく倫理を重んずる。作品はこのようなごく普通の人々の中に、わが民族の最も珍重すべき道徳的品性と意志の力、美しい精神世界を見いだしている。これらすべては中華民族の何千年もの歴史の大河が育てたものであり、何千年もの歴史文化の薫陶によるものである。それは中華民族の生命力の源である。作家は民族の災難の歴史の中に民族の生命力を見いだし、民族の存続と発展に対する堅固な信念を表現している。これは「文革」10年の「災害」を経験したばかりの中国民衆への力強い激励ともなっている。

　「反思文学」における「歴史」は、明らかに多重性を備えている。そこには災難に満ち満ちた時代もあれば活気にあふれた「初期の時代」もあり、転機をむかえた「今日」もある。極端な階級闘争に明け暮れた長い歴史を終結させ、国家は今まさに経済建設を中心とする発展の軌道を歩き始めたのである。「反思」の作家たちは社会生活の中で「真冬を忘れたわけではないが、なんといってもすでに冬を乗り越えた春の声」を敏感に聞き取っている（王蒙『傾聴着生活的声息』）。彼らは生気を回復した「今日」から、悪夢のような「昨日」をふりかえり、また素晴らしい「明日」を展望している。「反思文学」は現実的であると同時に理想主義的でもあり、いわば理想的現実主義に属する。

幹部と大衆の関係についての「反思」

　建国後の歴史の軌跡には、幹部と大衆との関係の変化の軌跡が含まれている。それは社会の治と乱、国家の盛衰にかかわっている。「反思」の作家たちはこの事について深い憂慮をいだいた。「反思文学」は歴史の反省思索と密接な関わりをもつ幹部と大衆との関係への「反思」というテーマをもっている。

　張弦（チャンシエン）（1934－1997）の短編小説『記憶』（1979年）は、比較的早く幹部自身の角度から幹部と大衆との関係について反省思索を行った作品である。

『記憶』は市委員会の宣伝部長秦慕平（チンムービン）が「復活」後に自分自身の「文革」中の被害を政治的に利用することなく自省を進めることを描く。彼は教訓をくみとり，心の中で悟るところがあった。『記憶』は，老幹部の名誉回復を扱う「傷痕文学」に対し，「反思文学」がその深化であり超越であることをはっきりと体現したものである。

　秦慕平は「文革」中何げなく古新聞で靴を包んだところ，その新聞には毛沢東が外国の代表団とうつした写真がのっていたため「御真影でボロ靴を包むとは」と，造反派によって「反革命現行犯」にされ，つるし上げられ殴打される。政権党の幹部である秦慕平であるが，彼のすぐれた点は，彼が自分にふりかかった災難について思考することができ，おぼろげな記憶のページにつもったちりを払い，今日彼に向かって使われたやり方——「聖なる物」を使って人を死地に追いやるやり方が決して根も葉もなく突然現れたものではなく，まさに「昨日」まで彼が他人を打倒するのに使っていた手段であったことを認識したところにある。「四清」運動中に農村の女性映写技師の方麗茹（ファンリールー）は，毛沢東が外国の友人を接見する記録映画を映した際にうっかりして操作規程に違反し，指導者の姿を逆さに映してしまった。運動の責任者であった秦慕平は階級闘争の理論を利用して事を大きくし，方麗茹を「反革命現行犯」にし，農村へ送って監視下で労働させた。歴史はあたかもなにかしらの「因果応報」の規律を証明するかのように，「文革」が「四清」に続いて起こり，方麗茹を打倒した極端な理論は，その手段とともに一斉に秦慕平に向かって「報復」を行ったのだった。秦慕平はこれらすべての責任は「四人組」にあるとし，また自分が人民に対して犯したまちがいを永遠に記憶の中に刻みつけた。「復活」後，彼は冤罪をただすという中央の方針を自覚をもって貫徹し，まわりの圧力を排してまっさきに方麗茹の名誉回復を断固として行った。

　『記憶』には特定の空間と時間——秦慕平と方麗茹，李克安（リーコーアン）の14年間にわたる紛糾の中に，全体的意義のある深い思考が注ぎこまれている。

方麗茹は人民をうつす「鏡」として秦慕平の更に遠い昔の記憶を引き出す。「あれは冀中〔河北省中部〕平原で，魯〔山東省〕東南部で，そして南下する遠征の途中でのことだった。それは何回となくあった。勝利をおさめて村の小道へ入っていくと，女性たちが私の断ろうとする手をさえぎりながら卵を無理やり私の包みに押し込むのだった。その卵の味はなんとすばらしかったことか。卵には村の人々の支持とはげましと期待がこもっていた。人民の息子である兵士〔「子弟兵」〕として人民解放の事業のために突撃し，血を流し，手柄を立てる，その気持は何と誇らしく心地よいものだったことだろう」。彼は次のように真剣に過去を反省し思索する。

　　そして今日，人民の心からの信頼と委託に対して，私は一人の党幹部としてかつてと同じように心に恥ずることがないと言えるだろうか？（張弦『記憶』，「人民文学」1979 年 3 月号）

『記憶』全編に秦慕平の人民に対して借りをつくったという沈痛な心情があふれている。『記憶』は「反思文学」の中で幹部と大衆の関係についての再認識というテーマを初めて創造した。
　王蒙の中編小説『胡蝶』（1980年）の主人公の沈痛な反省思索の基盤は彼と海雲（ハイユン）の関係にある。
　張思遠（チャンスーユアン）は政権党のボルシェビーキである。1949 年彼はこの中都市で突然巨大な，まったく無限といっていい権力を手にした。彼にはまた極めて高い威信があった。彼は政権党の化身として海雲の愛をかちとった。海雲も一つの象徴である。彼女は心が暖かく活発で，また人を信じやすく，建国初期の人民の化身である。当時咲きほころびた蕾のような海雲と張思遠は「仲むつまじい」状態だった。しかし海雲が必然的な成長をとげた時に張思遠にはある種の硬化と偏狭さが現れた。「一つの都会の数十万人を管理できるというのに，お前一人を指図できないとでもいうのか」という執政者の意識が張思遠と海雲の間に亀裂を作った。

海雲の挫折は1957年におきた。彼女は何篇かの「反官僚主義をうたい文句に党を攻撃した」小説を良いと言ったために「反党反社会主義の右派分子」とされてしまう。この時張思遠は海雲を自分の敵とみなし残酷な攻撃を加えた。

> 彼は手を後ろに組んで行ったり来たりした。彼は断固とした立場に立ち，私情をさしはさまなかった。「頭を下げて罪を認め，生まれ変わり，心を改め，まったく別の人間になることしかないのだ」。彼の一言一言が海雲をおびえさせ，次々と針のように彼女につきささった。

もともと「事実無根」である1957年のできごとが，張思遠の「反思」の意識の中では巨大な岩のように重くのしかかり，心中釈然とすることができなかった。海雲は彼の乗った自動車の車輪の下に散った小さな白い花であった。彼は「白い花が轢かれて粉々になったのを目にしたかのように思った」。彼は「車に轢かれた痛みを感じとった」。「轢かれたその瞬間の白い花のため息をききとった」のだった。

海雲との関係について，張思遠は最初は執政者の立場から反省思索を始めた。

> 市街電車のチンチンという鐘の音は，海雲の青春と生命の挽歌である。彼女が私のオフィスにやってきたあの日から，彼女の破滅は運命付けられていたのだ。(『胡蝶』,『王蒙選集』第2巻　百花文芸出版社　p.111)

> もしほんとうに彼女を愛していたのなら，私は50年に彼女と結婚すべきではなかったし，49年に彼女と愛し合うべきではなかった (同上　p.111)。

海雲の運命に対する反省思索から，このかつて無限に近い権力を持っ

ていた為政者は「神の座」から下りた。この輝かしい法の執行者は自分が実は被告であり罪を犯したのだと意識し、彼は自分自身を裁く。

　　仮に私たちに千回、万回の来世があるとしたなら、私は一千回一万
　　回でも海雲の足下にひれ伏したい。彼女に私を裁いてもらいたい。罰
　　してもらいたい（同上　p.111）。

「反思文学」に描かれている幹部と大衆との関係の破壊がもたらした悲劇は、決して個人が作り出したものではない。『記憶』にはこう書かれている。方麗茹は彼女の非運が誰かあるひとりの人やある偶然の原因によって作られたものではないし、また彼女一人だけの非運でもないとわかっていた。『胡蝶』の海雲は、死に至るまで張思遠は悪い人ではないと考えていた。幹部と大衆との関係を破壊したのは極左の政治路線である。悲劇はすべて政治運動のなかで起きている。

李国文（リークオウェン）(1930 -)の短編小説『月食』(1980年)の中の伊汝（イールー）は党内で常に「大衆と固く連携する良き伝統を失ってはならない」と警鐘を鳴らし続けてきた。1957年彼はこのせいで「右派」とされる。天の犬〔「天狗」、日や月を食べ、日蝕や月蝕をおこす凶神〕を追い払う警鐘はもはや鳴らなくなってしまった。黒い影が清らかに光り輝く月に侵入する。伊汝はこれ以後太行山区の人民と連絡がとれなくなり、新婚の妻妞妞（ニウニウ）とも連絡のすべを失う。月食は一つの象徴である。「四人組」が横行した時代を象徴している。天地すべてがあたかも漆黒の深淵におちこんだかのようである。月食の過程は極左路線の形成、蔓延、猖獗、終焉の過程である。李国文の長編小説『冬天里的春天（冬の中の春）』(1981年)は、革命家于竜（ユーロン）の非運の経歴を縦糸として「文革」十年の「動乱」及び「四人組」打倒後の現実と三、四十年前のゲリラ隊根拠地での生活の歴史を一つに融合させ、錯綜する複雑な現実生活の歴史的淵源をさぐろうとする。于竜の真摯な信念と雄大な気概を描き、冬の最中に春の活力が育まれ、人民と一つになりさえすれば春の暖かさの主題が現れることを示している。

茹志鵑（女性　1925－1998）の短編小説『剪輯錯了的故事（編集をまちがえた物語）』(1979年) の中の老甘は1958年「大躍進」運動中に，１ムー当たり１，６万斤という虚偽の生産量によって穀物を供出するよう指令を出すなど，自分の功績のみを考え，大衆の死活をかえりみなかった。彼は政治運動の方式で生産を指揮し，収穫目前の梨畑を切り倒すよう命令し，勇気をもって意見を出した老寿を「右翼日和見分子」にしてしまう。作者は老甘のこのような手をかえ品を変えて農民を苦しめるやり方を，昔の彼の心から出た言葉――「皆さんは革命にとって衣食の父母だ。皆さん方の革命への貢献を党は決して忘れない」とを一つに編集し，一つのきわめて不調和な物語を作り上げている。それらは一人の人間の生涯から出てきた話とはとても思われないのだが，しかしまぎれもなく老甘の前半生と後半生なのであり，老甘の重大な食言がはっきり印象づけられている。小説のいたるところにちりばめた意外な場面や軽快な嘲笑によって，老甘が人民の子弟である兵士出身でありながら「衣食の父母」の上に君臨する官僚に変質したことに対して，作者は文中の老寿同様に，言葉では言い尽くせぬ痛切な残念な思いを表現している。

　　　　　「反思文学」の幹部と大衆との関係というテーマについての多重的描写は，政権党の作風の問題を鋭く指摘し，「党は党を監督すべきだ」という切実な呼びかけ（たとえば劉賓雁『人妖之間』：「1972年以来の県常任委員会会議録を読むと，まことに感慨無量と言わざるを得ない。そこではすべての問題が討論されていた。――兵の募集，計画出産，刑事犯の量刑，種蒔きの計画…ただ党自身の問題だけがほとんど討論されていない。共産党はすべてを管理するが，ただ共産党だけを管理しない。」『人民文学』1979年9月号）を発すると同時に，一方ではこれら様々な程度に大衆とのつながりを失った幹部を「自分たちの人間」とみなしているというところにある。「反思文学」の作家たちは，幹部と大衆との関係が重大な欠陥を持ち，改革開放の大事業がまだ緒についたばかりの時に，社会全体に向かって，特に幹部に向かって，幹部と大衆との関係について反省思索をするよう呼びかけた。その中でいくつかの作品は，「復活」した幹部に対する期待と批判

と注意を発することを主旨としている。茹志鵑の短編小説『草原上的小路（草原の小路）』(1979年)は，党の高級幹部石一峰父子が自分たちの「文革」中に受けた迫害については決して忘れない一方で，楊萌一家の不幸な境遇を無視してしまうことを批判する。楊萌の父親は昔石一峰の指導によって無実の右派にされてしまったのだが，石一峰は仕事に復帰すると，自分がかつて遂行していた極左路線を反省せず，楊萌の父の名誉回復の問題についてきわめて冷淡に対応する。『草原上的小路』は「復活」した幹部に，過ぎ去ったばかりの災難の中から何を学びとるべきかという一つの鋭い問いを投げかけている。金河(1943－)の短編小説『重逢（再会）』(1979年)は，一部の幹部が「復活」後自分の受けた迫害を誇らしげに語るのみで，自分のあやまちについては一言も語らないという問題を批判して，地区委員会副書記の朱春雨という人物像を描きあげた。彼は公安局の取調室で，かつて十年前自分を守るために武闘に参加し現在では犯罪者となった葉輝と再会する。彼は良心の呵責を経た末に，ついに決心して自分のまちがいを認め，責任を担い，実事求是の精神で大衆との関係に対応していく。

葉文福(1944－)の政治的抒情詩『将軍，不能這様做（将軍，そんなことをしてはいけない）』(1979年)は，ある退役将軍が幼稚園をつぶし数十万元の外貨を使って自分の豪邸を建築したという実際のできごとを手がかりにして，将軍の数十年にわたる光栄ある戦闘の歴史の回顧を通じ，この将軍が革命戦争の時代に砲煙弾雨をくぐりぬけてきたにもかかわらず，平和な時代になって特権階級の思想に魂を腐食され，「一家の果てしない享楽」に恋々とする様を描いている。詩人は鋭敏な洞察力で現実生活の中に芽生えた党内の不正の風潮，腐敗の萌芽を見ぬき，鋭くかつ厳しく将軍の不正，腐敗行為を指弾し，人民の心の声を代弁している。

王蒙は短編小説『悠悠寸草心（悠々たる草の心）』(1979年)の中で，一般庶民の角度から党の作風の改善の呼びかけを発し，中編小説『胡蝶』(1980年)では為政者の角度からその答を出している。この呼びかけと答は一種のハーモニーを作り上げている。それはとどまることを知らぬ

階級闘争と社会の分裂状態の終息を意味し,今まさに実現しつつあるのは建設を通じて社会的な協調と統一とが徐々に形成されているのだということを意味している。王蒙の筆に描かれた呂親方(リュー),唐久遠(タンチウユアン),張思遠,秋文(チウウェン),福兄貴(フー)…彼らはみな血縁の兄弟なのである。

人生の価値についての「反思」

「反思文学」は歴史の運行の中における人生を描くことによって,人生の価値に関する反省思索を実現している。

「反思文学」に描かれる人生の歴史の舞台は災難に満ち,人々は傷だらけである——とりわけその心に大きな傷を負っている。人生はねじまげられ,奪われている。「反思文学」の使命はその傷をいやし,人生の価値をいかに実現するかを考えることである。

「朦朧詩」は最も早く人生の価値についての思考というテーマを表現した。

「朦朧詩」世代の青年詩人たちは,「文革」十年の「災害」を経験し,人間性と民族の魂への圧迫と破壊を経験し,迷妄から覚醒への精神的過程を歩んできた。彼らは60年代末から70年代初めに創作を始め,暗黒の時代に真理を探し求め,理想を追求した。彼らは「災害」の過ぎた後に詩壇に登場し,精神的「傷痕」を負いながら,あの狂気の時代を鞭打ち,過ぎ去った時代の価値観を否定し,人の存在への反省思索を行って詩的覚醒と人格的覚醒を表現した。それは全民族的な思想解放運動の有機的構成部分になったのである。

食指(シーチー)(郭路生(クオルーション),1948-)は,1965年に彼の『海洋三部曲』の第一部『波浪与海洋(波浪と海洋)』の創作を始めた。1968年に『相信未来(未来を信ず)』を書き,1979年に『熱愛生命(生命を熱愛す)』を書いた。これらの詩歌はかつて青年たちの間で手写本の形式で火種のように次次と広く流伝された。食指は,自由意志と独立精神によって同世代のために発言し,一時代を劃した詩人であり,一代の詩風を創つた先駆者であつた。彼の後継者たちは,彼の人格的啓示のもとで中国詩歌の新しい扉を

開いたのである。
　北島(ベイタオ)(1949－)が1976年丙辰清明の4月〔周恩来総理死去後の清明節〕に書いた『回答』は，最初に突如として現れる警句「卑怯は卑怯者の通行証／高尚は高尚なる者の墓碑銘」によって誤謬に満ちた時代と価値観の倒錯した現実を力強く暴露し嘲笑した。四つの「私は信じない」という語を排列した対句は，その気勢と文体によって「挑戦者」の「誤謬に満ちた時代」に対するいささかも妥協しない懐疑と否定を表現している。しかしこれは決して虚無ではない。否定の中に生活へのあらたな選択があり，「転機」への期待と肯定があり，正義と真理へのあくなき追求がある。詩の末尾では「星」を「五千年の象形文字」であり「未来の人々の凝視の眼」だと想像する。意外さと新鮮さは，詩に重厚な歴史感と未来を開拓する使命感を与えている。詩全体の行間に迷妄から覚醒に至るこの世代の青年たちの生活に対する真剣な「回答」が表現され，深遠かつ雄渾な男性的風格にあふれている。
　顧城(クーチョン)(1956－1993)の『一代人(同世代)』(1980年)は隠喩の方法を用いて濃く黒い背景に中心的イメージである一対の尋常ではない「黒い目」を浮き上がらせる。それは誤謬に満ちた時代にねじ曲げられて成長してきた若い世代が苦しみながら「光明を探し求める」姿を浮き彫りにしている。これは「転機」の時代に「回答」を出した世代である。そして「同世代の人々」が時代に対して，人生の選択について出した「回答」でもある。
　舒婷(シューティン)(女性　1952－)の『致橡樹(ゴムの木へ)』(1979年)は，この女流詩人の「文革」後の社会における利己的で狭隘かつ下品な風潮への軽蔑の念，あるいは自立した人格とその精神にたいする感情の吐露，誇り高く，まっすぐで堅実な人格の理想へのあこがれ等を表現している。そのように個人的な感情を述べるのと同時に，理想的な民族の性格，「土地」に根を下ろした民族の性格を描き出している。そして『祖国呵，我親愛的祖国(祖国よ，私の愛する祖国よ)』(1979年)では，「私は…である」という構文を使い，「物」と「私」との交流の中で客体である物象と主体

である「私」との融合を実現した。詩はまず「古びた水車」、「くすんで黒くなった鉱内灯」、「ひからびた稲穂」、「修理されず放置された道」、「浅瀬の泥に乗り上げたはしけ」等の集中的に歴史感をもつイメージを用いて母なる祖国のこうむった災難を述べ、災難の中で苦闘しながら困難な歩みを続ける祖国の姿を描写する。それによって自分と祖国が艱難を共にする運命と、祖国への深く燃える感情を吐露しているのだ。続いて「あなたは雪に覆われた古い蓮の胚芽」、「あなたの涙をたたえたえくぼ」等たてつづけにたたみかけるような無数のイメージが、歴史感に基づいた使命感を表明し、新生の祖国の姿を描いていく。「あなたの傷だらけの乳房は／迷妄の私を、沈思する私を、心躍る私を育む／私の血肉の体によって／かちとるのは／あなたの豊饒さ、あなたの栄光、あなたの自由」というような心底からの言葉の吐露は、全詩の四つに分かたれたイメージ群の排列組み合わせを完成し、祖国の苦難から新生に至る発展の過程、同世代の人々の「迷妄」から「沈思」を経て「心躍る」状態への魂の歴程、及び祖国の復興事業に献身しようという熱望を全面的に敍述している。各節の末尾の深い詠嘆的な呼びかけ「──祖国よ！」は、ぶつかりあうイメージの中での情感の自然な発露であり、詩人の祖国に対する深い感情を伝えている。

江河（チアンホー）(1949-)の『紀念碑』(1980年)は、「記念碑」というイメージの中に民族、歴史、自己の生存価値についての深い思考をとけこませている。楊煉（ヤンリエン）(1955-)の組詩『ノーリラン（諾日朗）』(1983年)は、ノーリラン（チベット語で「男神」の意）を中心として雪国の高原の神秘な自然景観と独特なチベット仏教文化とを一つにとけこませて壮麗な美のイメージを作り上げ、このような心情の詠嘆の中で自然と文化の深い秘密を明らかにし、総体として古い伝統をもつ民族の生命の創造と生存の苦難の体験及びその悟りを表現している。組詩はすべての「朦朧詩」と同じく複雑怪奇で判りにくい隠喩の系統と新鮮で活発な感情の動きをもって中国詩歌の一つの「記念碑」を形成し、中国詩歌の「自由で、創造精神にあふれた繁栄」（謝冕『在新的崛起面前（新しい発展を目前にして)』）を

第四章 「反思」文学　119

再現しただけでなく，新時期に比較的早く現れた，文化の奥深い意義を探求した作品でもある。

　張賢亮(チャンシエンリアン)(1936－)は中編小説『緑化樹』(1984年)の中で誤謬に満ちた時代の背景を「飢餓」という感覚に代表させた。「飢餓」というこの無惨な境遇は人を「動物のレベル」にまでおとしめる。しかし章永璘(チャンユンリン)の精神の価値は，彼がこの無惨な境遇と闘う力をもっているところにあり，「選択」する力を備えているところにある。彼の心の中は一つの戦場であり，絶えず「霊と肉」の格闘が続き，彼は自分を「飢えた野獣」から区別しようと努力する。彼は次のように反省し思考する，「大自然は私にこのように大きな忍耐力を与えてくれた。それは，まさか私に精神的堕落状態のままその日暮らしをさせるためではあるまい。将来何か社会に役立とうとすることが私にできないというのではあるまい」。

　章永璘が「目的」の危機におちいっていたまさにその時，馬纓花(マーインホワ)は「おなかがいっぱいになってから何をするのか」という問題に解答を与えてくれた。馬纓花は自己の人生の本原的状態によって章永璘を導き，食の面での飢餓を超越させ，「自己を超越」させ，この土地に根をおろした作家にしたのである。

　馬纓花と章永璘はともに自己を「運命の定め」にまかせず「自由な選択」を行った。『緑化樹』の主題は「自由」に関する反省と思索である。馬纓花と章永璘は自由に「行為」を選択すると同時に自由意志で「責任」をも選択した。これは一種の「高レベル」での選択である。『緑化樹』は果実をみのらせた「反思の樹」である。この作品は「反思文学」の人生の価値に関するテーマが「反環境決定論」，「反宿命論」であり，人の意志の力を肯定するものだということを示している。章永璘は，はっきりと次のように表明している。

　　私は人の堕落はすべて客観的な環境によるものとは考えない。もし
　　そうだとすれば精神の力は完全に無力だということになってしまう…
　　(張賢亮『緑化樹』，『感情的歴程』作家出版社　p.49)

路遥(ルーヤオ)(1949－1992)の中編小説『人生』(1982年)は,より直接的に人生の哲理を扱っている。

高加林(カオチアリン)はもともと大地の息子である。しかし彼の生活空間は農村と都市の「交錯する地帯」(路遥『関于中編小説"人生"的通信』「文論報」1982年9月10日)であり,時間的にも都市と農村の間,現代と伝統の間の文化的衝突が激烈な「変革の時期」であった。彼は町へ行って中学,高校時代をすごし,未来に対して無数の夢を抱いた。それらの夢想は都市と分かちがたく結びついていた。都市は彼にとって抵抗できない魅力をもっていた。これらの夢想はまたせんじつめれば土地を離れることを意味していた。彼が十数年必死に勉強したのは,父のように土地の「奴隷」になりたくないためであり,また父のように他人よりも一段低い生活を送りたくないためであった。

父の世代に比べると,高加林は視野が広く知識に富み,進取の精神があり,権勢を蔑視する気骨があった。いわゆる「高加林的情緒」とは社会の不公平に対する深い憎しみである。またいわゆる「高加林的困惑」とは,すなわち進取にともなう困惑である。彼のすべてはみな「進取」のためであり,彼のすべて——愛もその中に含まれる——は土地を離れるためであった。

そのため高加林と劉巧珍(リウチアオチェン)の愛情の方向は真っ向から対立しており,悲劇は免れえないものだった。加林が高校卒業後大学受験に失敗して,すごすごと農村にもどってきた時,巧珍は喜びのあまり気が狂いそうなほどだった。彼女の夢想の花が開き始める。彼女は加林が農民になれば,おそらく農民の嫁を選ぶだろうと夢みる。加林が教師の職を失い,再び農民となった時,巧珍はがまんできなくなって大胆に愛を告白する。二人のしばしの愛情の生活がこうして始まる。この間,巧珍は天にも登るほど幸福だったが,加林は自分の人生が低俗なものに下落してしまったと感じていた。彼はじりじりと苛立つ思いで運命の転機を待っていた。二人の愛情は一方の至福ともう一方の耐え難い苦痛の交錯点の上に成り立っていた。大馬河(ターマー)にかかる橋は一つの象徴である。その澄んだ清らか

な流れはここで県の河と交わる。加林がはじめてマントウを売ってもどった時,巧珍はここに立って彼を待っていた。巧珍は加林とともに大馬河岸の土地で暮らしたいとあこがれていたが,加林の心は遠く流れて行く県の河につながれていた。そのため巧珍の愛を受け入れた後で彼は激しく後悔する。彼は自分の「現在」の境遇は全く恋愛などしている時ではないと思う。彼は巧珍の愛情を受け入れたのは「まったく堕落と消沈の結果で,自分が一生農民でいることに甘んずるのを認めるのに等しい」とさえ思った(路遥『人生』,『1981－1982全国獲奨中編小説集』上巻　上海文芸出版社　p.380)。巧珍の愛情は加林にとって,せいぜいが束の間の慰めであった。作品には「彼の幸福はまさに彼が不幸な時にやってきたのだった」と意味深く書かれている(路遥『人生』,『1981－1982全国獲奨中篇小説集』上巻　上海文芸出版社　p.383)。

　劉巧珍は陝北の大地が育んだ娘である。彼女は大自然と伝統的道徳の精華を深く身につけていた。民歌が彼女の精神的乳であり,彼女の精神世界を構成する重要な要素であった。高家村において彼女は,徳順爺(トーション)さんが代表する生活哲学を最も完璧に受け継いでいた。彼らは平平凡凡たる生活の中に深い意義を見出すのに長けており,生活そのものを愛していた。彼らの人生は最も「自由」である。彼らの愛情の観念もきわめて「自由」であった。巧珍は愛というものに目覚めたばかりの時に高加林に恋した。彼の文化的教養と豊かな精神世界が強く彼女をひきつけたのである。このことは彼女が勉強したことがなく字も知らないにもかかわらず,全身全霊をあげて文化に興味をもち,あこがれていることを強烈に示している。彼女は愛のためなら「たとえどのような犠牲をはらっても後悔しない」。彼女には陝北の女性の天性が集約されている。火のような熱情と水のような温順さである。彼女は一生加林と共に農村で暮らしたいと願っていたが,加林の苦悶を知ると,加林が外へ出て仕事をすることを心から熱望する。加林が県の文書係になった時,彼女は別離の苦しみに耐え,喜んで家での自分の責務を引き受ける。加林に棄てられると彼女は死ぬほど悲しむが,愛の夢から覚めて現実にもどる。彼女を二十

数年育ててきた大地は、その広い懐で彼女を慰めてくれた。彼女はこの大地の上で引き続き人生の価値を探し求め、決然として馬拴(マーショワン)と結婚する。二人は共に人生とその幸福を再建し、高加林に対し仇を恩で返そうとする。

巧珍と後に路遥が『平凡的世界(平凡な世界)』で創造した賀秀蓮(ホーシウリエン)とは、同族の姉妹と言ってよい。彼女たちは生粋の農村の娘たちである。彼女たちの感情生活について、路遥は『平凡的世界』の中で次のように分析している。「教育のある都会人は、しばしば農村の娘たちの愛情生活を想像できない。都会人から見ると、おそらく教育がないということは頭脳がないに等しく、頭脳がなければ感情もろくに判らないと思うかもしれない。しかし実際はこのような偏見とは全く逆であるかもしれない。そうなのだ。知識が少ないために精神はあまり分散せず、異性に対する感情も非常に一途なものとなる。それ故このような感情は実際にずっと豊かで強烈なのである」(路遥『平凡的世界』、『路遥文集』第3巻　陝西人民出版社　p.262)。巧珍に欠けているのは知的文化だけで、彼女は実に豊かな道徳的文化をもっている。彼女は伝統的であると同時に未来に開かれた道徳的原則を代表している。彼女は「良心」であり、「大地」を象徴している。徳順爺さんは言う、「巧珍は全く黄金のような娘だ」(路遥『人生』、『1981－1982全国獲奨中篇小説集』上巻　上海文芸出版社　p.516)。

高加林は多くの知的文化を身につけているが、道徳的文化に欠けている。「大地」という「根」とのつながりが欠けている。社会の急激な変化の前で、「根本」から離れ「日陰のもやし」となり、いわゆる「現代青年」となった。その行動哲学は個人主義である。個人が中心であり、他人との関係を無視し、目的のために手段を選ばない。彼は大地が育んだ彼の文化を利用して必死に大地から離れようとする。自分がかつて軽蔑した権勢を利用して個人の目的を達成しようとする。遠く故郷を離れ、光明を求めるため、巧珍との愛を無残に切り捨て、大地とのつながりを断ち切る。彼は自嘲する、「お前はろくでなしだ。良心なんてくそくらえ……」(路遥『人生』、『1981－1982全国獲奨中篇小説集』上巻　上海文芸出版社

p.469)。

　高加林の長所は過去を反省し思考できるところである。彼は入り込んだ「裏口」から追い帰され「頭の中が真っ白になる」が，同時に立身出世の夢から現実に立ちもどる。彼はこの時過去を反省思考する。大馬河橋にもどって，彼はこの悲劇の責任が自分にあることを進んで受け止め，生活が彼に与えた「罰」を受け入れる。民謡に歌う「兄さんは駄目な人，良心をなくしてやっともどった」という言葉が意味する道徳的力の重い叱責を受け止める。巧珍の結婚は，生活が高加林に与えた全ての意味と永遠の意味での懲罰であった。彼は次のように深く後悔する，「私はとっくに黄金を手に入れていたのに，それを土くれのように投げ捨ててしまった。」(路遥『人生』，『1981－1982全国獲奨中編小説集』上巻　上海文芸出版社　p.516)。高加林の「人生」でのこの出会いは失敗に終わったが，しかし「人生」はこの失敗で終わるのではない。『人生』の最後の一章は「これは結末ではない」という題で，そこにはこう書かれている。

　　厳しい現実の生活が最もよく人を教育する。高加林はこの時いささ
　　か狂熱をさまし，自分を反省するいくらかの力を与えられた(路遥『人
　　生』，『1981－1982全国獲奨中編小説集』上巻　上海文芸出版社　p.512)。

　徳順爺さんの「土地」に関する哲学の啓示によって再び郷里の人々や「土地」とのつながりをとりもどし，生活の「原則」に従って再び人として生きるということ，これが高加林という人物像の人生における反省思索の意義である。高明楼(カオミンロウ)のような「田舎のボス」をとりのぞき，幹部の中の腐敗をなくし，社会生活の中の濁流を除き，若者の才能が十分に発揮できるようにすること，それが高加林の悲劇が示す社会的な反省・思索の意義である。
　史鉄生(シーティエション)(1951－)の『我的遙遠的清平湾(わが遙かなる清平湾)』(1983年)は強烈な調べをもつ陝北の民謡「信天遊(シンティエンユウ)」のように，知識青年がかつて自分の暮らした黄土の大地とその土地の農民に対する愛慕の心情を

吐露した作品である。清平湾は痩せた土地であるが、また豊かでもある。それは作者に文学的生命とテーマを与えてくれた。それは「土地」を熱愛し「生活」を熱愛してこそ生命の意義と人生の価値を見出すことができるというテーマだ。そこが彼の哲学の道の起点であり、ここから人生の転変や運命の神秘を理解していったのである。梁暁声(リアンシアオション)(1949-)の『這是一片神奇的土地(ここは不思議な土地)』(1982年)と『今夜有暴風雪(ベイターホワン)(暴風雪の夜)』(1983年)は、北大荒〔大規模な国家的開拓開墾事業が行われれた黒龍江省の嫩江、黒龍江流域一帯の未開荒地〕のように雄大な力強い筆致で、知識青年たちの苦難の中での激情や、彼らが理想を失わず、祖国の辺境を建設する事業の中で、自己の歴史的責任と人生の価値を実現していく姿を描いている。

　諶容(チェンロン)(女性　1935-)の『人到中年(人中年に至れば)』(1980年)は、中年の知識人陸文婷(ルーウェンティン)医師の過重な仕事と貧しくつらい生活状態、その中で保持される魂の気高さを描写する。彼女の肩には生活と仕事の二つの重荷がのしかかっており、力尽きて危うく死の瀬戸際まで行くのだが、一言の恨み言もなく、むしろ自分が仕事に力を出し切れなかったことを悔やみ続ける。崇高な献身的精神と自己抑制の効いた対人関係の美しさが表現されている。作品の主旨はどのように知識人問題に対処すべきかを提起し、また「一部」の〔特権的な〕人々の心理や要求を反映して描いている。

　劉心武(リウシンウー)の『愛情的位置(愛情の位置)』(1978年)は、何が真の愛情か、そして愛情は人生の中でどのような位置を占めるのか、という問題を提起し、それに答えている。この作品は長期にわたって形成された文学上のタブーを打ち破り、愛というテーマを再び登場させた。張潔(チャンチエ)の『愛、是不能忘記的(愛、それは忘れ得ぬもの)』(1979年)は、「私」についての語りと「母親」の日記という一人称の方法を使って、階級革命の時代に始まり後まで残存した愛情と婚姻の分裂による悲劇の苦しみを直接的に訴えている。この作品は人々に、特に若い世代にむかって、愛と婚姻の一致を追求すべきであり、その分裂の苦しみは避けるべきであると警告し、

愛情の領域での観念の社会的解放を表現している。張弦の『被愛情遺忘的角落（愛情に忘れ去られた片隅）』(1980年) は，愛情問題と社会問題を一つに織り交ぜ，小宝と存妮の愛情の悲劇の根源は，「文革」十年の「災害」の下での農村社会の物質，精神両面の貧困であり，あるべき社会的条件を作り出してこそはじめて愛情と婚姻の幸福な結合が広く実現できると指摘している。この作品の読者は，荒妹の恋の芽生えにうれしく思うと同時に，農村の変わり行く姿をはっきりと感じとることができる。張抗抗（女性 1950－）の『隠形伴侶（見えない伴侶）』(1986年) は，誤謬に満ちた環境の中での二重人格の分析を通じて，社会によって捻じ曲げられ傷つけられた人間性の記録を提供し，合理的な人間性に対する追求を描いている。

　中国人は自己の安定した「土地」――精神の故郷を有している。「文革」の「大災害」が過ぎた後も，人々は「失われた世代」にはならなかった。帰るべき家があり，虚無へ向かうことも無かった。人々は「土地」との固いきずなによって再び土地に根を下ろし，「傷痕」を癒し，歴史，社会，人生の各方面の重大な問題を思考し，故郷を再建した。「反思」の作家たちは申し合わせたように自己の作品の中で「人と土地」の問題を思考している。天雲山，馬纓花，劉巧珍，清平湾…これらは「精神の故郷」であり，「土地」そのものである。「土地」は「反思文学」の総テーマである。

第五章
張賢亮の直観的芸術

張賢亮(チャンシエンリアン)は，彼が再び活動を始めてから書いた「傷痕」小説の中で，「西部」的なユーモアを用いて誤謬に満ちた「文革」時代に仮借ない嘲笑をあびせた。

『邢老漢和狗的故事(シン)（邢老人と犬の物語）』（1980年）は実際には人間の物語りである。犬は陝北(シャンペイ)の女の記念にすぎない。

老人と彼女の間の幸せは，幻のような，束の間のものだった。無に帰する定めのものであった。それはたとえばドストエフスキイの『白夜』の空想家と同じく，相手の幸福の方向とは真向から対立するものだった。邢老人は貧困の中でその生涯の大半を独り者としてすごしてきた。陝北の女が彼のところへ来たのは，ただその故郷では一人に一日半斤の穀物の配給しかなかったので，彼女が家を出て口減らしをし，家族に一人分の穀物を余分に食べさせるためだった。貧農協会組長の魏老人(ウェイ)は慨嘆のなかにユーモアをこめてこう語る。「やれやれ，可哀想なもんじゃないか。女の身で家出をして乞食になるなんて…。よく復辟〔封建皇帝の復活とブルジョワジーの復活の意をかけている〕だとか，わしらがまた昔のようにひどい目にあうとか言われているが，わしのみるところ今が復辟なんだろう。わしら百姓は今ちょうど二度目の苦しみ，二度目の難儀を受けているんだ」。邢老人は村の人々の意見に従って，彼女に戸籍を移すように勧めたのだが，彼女は自分の家は富農だと言う。魏生産隊長(ウェイ)の言う通り「それは彼女の家に男がいるよりも始末が悪い」のだった。戸籍を移すどころか地主や富農は飢饉を逃れてきたという証明書さえも出してもらえないのだ。邢老人は訳がわからず「貧しくて乞食をするっていうのに，なんでいまだに富農なんだ」と言う。女は自分と邢老人が一年近く働いて稼いだ金と食料の半分を持って別れも告げずに消えてしまった。こうして茶色の犬が邢老人と陝北の女をつなぐ唯一のきずなとなった。

しかし「プロレタリア階級独裁理論の学習運動」が進むにつれ，邢老人は心の痛みをこらえて犬を外へ放し，犬が「消滅」させられるのにまかせた。なぜなら犬を飼うことは「階級の敵をかくまう」に等しいという通知が出ていたからである。小説の中で西部の人々のユーモアは，あの誤謬に満ちた「文革」時代のいわゆる重要「理論」という巨大な無用物にいどみ，それを変形させ，その愚劣さと滑稽さを際立たせている。邢老人は考える，「はじめは身分の問題が家庭の幸福を妨げ，最後にはわずかに残されたかりそめのなぐさめさえ奪われてしまった」「彼はそれがなぜなのかわからなかった。ただこれが「政治」であり「階級闘争」であるとどこかで聞かされたように思う。彼はかすかに首を振って小さなため息をついた。このような「政治」，このような「階級闘争」はあまりにも恐ろしいものに思えた。このような「政治」と「階級闘争」の中では生活はまったくつまらないものに変わってしまったと感じられた」(『邢老漢和狗的故事』，『霊与肉』百花文芸出版社 p.53)。

『土牢情話』(1981年)で張賢亮は「傷痕」を書く動機を次のように明かしている，「過去を滅ぼさなくてどうして新しい生活に再出発できるだろうか」(『土牢情話』 p.142)。

一方『霊与肉（霊と肉）』(1980年)は身に受けた「傷痕」への深い「反思」をともなっている。主人公許霊均(シューリンチュン)は解放前夜に資本家である父に見捨てられた。1957年右派摘発の目標人数をそろえるために社会がまた彼を見捨てた。彼はブルジョア階級に分類され，右派分子として辺鄙な農場に追放され，馬と暮らすことになった。張賢亮はその小説のシリーズの中で許霊均を代表とする「右派」系列の人物像を創作し「右派コンプレックス」について，「右派とは57年反右派闘争の時に本当の事を口にした人間である」と解明している（『霊与肉』 p.14）。

郭喘子(クオヒエンズ)が午後許霊均に言った言葉「おい，老右(ラオヨウ)〔「右派さん」といった呼び方〕，女房がほしいか。それなら，うんと言いさえすれば夜には連れてくるぜ」と，また夕方李秀芝(リーシウチー)に言った言葉「おい，どうして入ってこな

いんだ。さあ，入った，入った。ここがお前さんの家だ。ほら，これが おれが話した老右だ。本名は許霊均。いい奴だけど，ちょいと貧乏でな。 だが貧乏であればあるほど光栄なことでもあるわけだし」をつなげて考 えると，彼が「請け負った」この「八分銭の婚姻」というものは，荒唐 無稽な出来事であると同時にこの物語の道具立てを描き出している。つ まりそれは「傷痕」そのものとその「傷痕」の時代背景を言い表してい る。この「傷痕」は「右派」だけのものではなく全国民のものである。 「天府の国」といわれる豊かな四川の娘が外へ放浪に出ることは「極左」 政策のもとでの全国民的規模の飢餓と貧困の縮図である。『霊与肉』には 彼の創作に関する情報がたくさん含まれている。張賢亮の小説の主要な 特徴はこの出世作の中に十分に表されている。

　『霊与肉』には作者の多重的思考が発揮されている。許霊均は自分と秀 芝の婚姻の方式が「常態に反した」ものであると意識しており，その背 景は「文革の大災害」であることもよく知っていた。「この大災害はまた 民族の恥辱である」，そしてこの災害の中で彼は自分が「五十年代のあの 明るい雰囲気の中で」すべての中学生同様未来に美しい夢をいだいてい たことを忘れてはいない。中学を卒業後夢は一度は現実となった。「大災 害」が終わり彼は「22年前のあの美しい夢をまた続けてみている」よう に感じる。彼は心の中の「神聖なもの」(『霊与肉』百花文芸出版社　p.20) を疑わなかった。西部の広大な荒野は力強く彼を支える。彼は「祖国， この一つの抽象的概念」が「この有限の空間に濃縮され」，「その全ての 美しい姿を現している」と感じる。許霊均はまた人と人との間の感情が よくわかっていた。郭䢵子を代表とする「西部」の人間はそもそもあり もしない基準で彼を判断したりはしない。彼らは彼を理解しており，彼 を保護し，彼の「八分銭の婚姻」を人の世の暖かさにみちた婚礼として とりおこなった。これは不思議な婚姻であり，完全に偶然による組み合 わせだった。しかし許霊均と李秀芝は偶然性の中に単に荒唐無稽な一面 だけを見るのではなく，そこに示された不思議な運命を感じとっていた。 運命は思いもかけず突然に幸福を与えてくれたのだった。

郭徧子を代表とする「西部」の人や李秀芝が小説の内部的環境を作り上げている。それは一つの正常な世界であり「西部の世界」である。彼らは『邢老漢和狗的故事』の中の魏老人，魏生産隊長，邢老人などと同じく，ユーモアで外部の誤謬に満ちた世界と拮抗し，理性で凶暴を鎮め，許霊均に「人間は結局のところ良いものなのだ。たとえ暗黒の月日の中にあっても」と感じさせる。許霊均は「西部世界」の楽観的精神に影響され「労働を中心とする生活方式」の中で，「平凡な素朴さ」の中で，「西部」人と同じような「愉快な満足」を獲得する。許霊均は既に「西部の世界」にとけこみ，「西部の世界」の一部になっている。

「西部世界」の価値体系の核心は「土地」の思想であり，「根源」に対する立場の確立である。長期にわたって現代人を悩ませてきたこの普遍的な問題が，ここでは穏やかで調和のとれた状態で現れる。そこでは許霊均が二度にわたって見捨てられたという「過去」が一場の「あいまいな夢」，まるで本で読んだ他人の物語のように色あせてしまう。最後には彼はこの土地の上で生活するのがふさわしく，しかもただこの土地でしか生活できない人間に変わってしまう。「彼は本当の牧民になった」。李秀芝との結婚は「彼のこの土地への感情を強くし」，「彼の生命の根を更にこの土地に深く入りこませた」のである。「土地」に残るか，それとも父についてアメリカへ行くかという問題について，許霊均は霊と肉の闘争を経験することなく前者を選択した。「霊と肉」というのは，彼が双方を比較した結果である。これは「自由な選択」であり「直観」的な選択であった。『霊与肉』には張賢亮の直観的芸術の最初のあらわれが顔をのぞかせている。

李秀芝は家に入って来た時，許霊均に対して「見知らぬ人という感じはまったくなかった」し，「彼女の直観は彼女にこう告げていた。この人は一生を託すことのできる人だ」(『霊与肉』百花文芸出版社　p.23)。

許霊均は「いかなる理性による認識も，感性を基礎としていなければ空しいものだ」と痛切に感じていた。そして彼の「土地」への愛情は，二十数年の「人生経験」(『霊与肉』　p.30) を通してはじめて身についたもの

だった。「ここには彼の苦しみがあり，彼の喜びがあり，人生の各方面での彼の体験があった。また彼の喜びは，もし苦しみとの対比を抜きにしたならば色あせたものに変わってしまい，まったく値打ちのないものになってしまうだろう」。このような多重的な幸福観はいくらかホソグミ（沙棗）に似通っている――「これは西北特有の酸っぱさと渋さにかすかな甘みをともなった野生の果実で，1960年の飢餓の年，彼はこの野生の果実で飢えをしのいだ。何年ものあいだ口にしていなかったが，今それを食べてみると，一種特別な，なつかしい郷土の味わいがした…」。

　「おじいさんはホソグミなんて食べたことがないにちがいないわ」秀芝はタネを車の外に吐き出しながら笑って言った。彼女は最大限の想像力を働かせてこの外国から帰って来た舅を想像してみたのだった。

　許霊均は父親に会った後思わずこう思う。
　「父がホソグミを食べたことなぞあるはずがない」

　許霊均は父と父の女性秘書に自分の結婚の事を話していたが，その時ふと自分と秀芝の結婚は今飲んでいるコーヒーのようなものだと感じる。「コーヒーは苦さの中に甘さがある。甘さと苦さは分けることができない。両方が一緒になってはじめてこの独特な人を興奮させる何とも言えない香りを作り出している」。彼は，父やミス・宋はコーヒーの良さを味わうことはできるが，自分と秀芝の「荒野の婚姻」の神聖な意義は理解できないだろうと考える。

　許霊均は彼の「土地」にもどってきた。「彼は車から降りると，ちょうど落下傘が地面に着いたような感じをもった。彼の足はまたしっかりと地面を踏んでいた」彼はここに彼の「生命の根源」（『霊与肉』百花文芸出版社 p.28）があることを知ったのである。『霊与肉』は「傷痕」を越え，人生の価値についての思考を表現し，「反思文学」の特徴を体現している。許霊均と父親との次の対話はこのような「反思」の特徴をよく表している。

「お前はこれ以上何を考えなければならないのかね」

「私にも大切なものがあるのです」彼は向きを変えて父と向かいあった。

「あの度重なる苦痛をも含めてかね」父は思いをこめてたずねた。

「苦痛があってこそ幸福はその値打ちを増すのです」

許霊均の選択はきわめて意識の高いものだ。それは「文革の大災害」終息後の中国人の精神の卓越性とたくましさを表現している。

改革をテーマにした何編かの社会小説を書いた後、張賢亮は1983年初めに個人的体験を描いた『肖爾布拉克（シアオルプラク）』〔地名、新疆省中西部の中ソ国境に近い阿克蘇市の南西75キロにある小さな村の名、「鹹水泉（かんすいせん）」の意がある〕を発表し、『霊与肉』で始めた「感情の歴程」の道を再び歩み始めた。

『肖爾布拉克』は張賢亮の個人的体験の世界に性愛と婚姻という世界が存在することを示している。アイトマートフ〔1970年代に活躍したソ連の作家〕の『赤いスカーフのポプラちゃん』の運転手の主人公が長距離列車の中で記者に向かってゆっくり彼の「不幸な物語」を語るのと同じように、『肖爾布拉克』は全編にわたって主人公の運転手が自分の運転席でかたわらに座る「記者の同志」に自分が歩んできた人生の道を語るのである。車は人気のない荒涼たるゴビ砂漠をひた走る。運転手は彼の物語をあまり早く話し終わってしまいたくないようだ。彼のゆっくりしたしゃべり方が小説のリズムののびやかさと自由さを形作り、人生の流れと響き合う。それはあたかもモンゴル民謡の「アリア（長調）」を思わせる。長い前置きが終わり、米脂の娘に出会うところから物語の本筋が始まり、性愛と婚姻のテーマが宣言される。

あなたはまだ若いね、結婚しているのかな。まだ。そう、それじゃ私が夫婦の道というのを話してあげよう。私は二回結婚していて、ま

あちっとばかし経験があると言えるからね。

『肖爾布拉克』が表しているテーマは主観的な愛情の哲学であり, 結婚は感情の行為であり, 直観によるものだということである。「ここには何の学問もない。感覚によるしかない。あんたたちインテリの言葉で言えば一種の直観というものさ」主人公の運転手は更にきわめて率直に彼の二度目の妻についてこう言う「客観的に言えば私はあの北の若者より上だった。ところがあの娘はあいにく私を好きにならないで, どうしてもあの若者と苦労したいというんだ」。彼は「それが愛というものなんだ」とわかっていた。彼は男らしく北の娘とその許婚者を結びつけた。
——「もういいよ。行くんだ。私がほしいのは心で, あのことじゃないんだ。あんたは彼と仲良く暮らしてくれ。もう他に気を移すんじゃないよ。これからはおれたちは夫婦でなくなるけど, やはり友だちだ。何か困ったことがあったら遠慮なくおれに言ってくれ…」これは張賢亮の小説の中でいつも強調されるテーマの一つ「男の風格」を表現している。

『肖爾布拉克』の空間のスケールは広大である。河南の運転手, 北の娘, 上海の娘…彼らが新疆に集まってくる。運転手は言う, 「『われらの新疆良いところ』という歌を私は学校で習ったけれど, 新疆に来なければ, わが国がどんなに広いかわからないさ」。『肖爾布拉克』は時間のスケールもまたかなり大きい。理想が星のように輝いていた五十年代, 飢餓の六十年代始め, 「造反派」が横行した「文革」の七十年代を経て改革開放の初期に至っている。三人の主人公は皆不幸に見舞われる。三人とも「苦い水」(鹹水泉)の中に漬かったことがあるが, 良心は腐食されずに「黄金のような心」を鍛えあげた。作者は運転手の口を借りてこう言う「私の経験では, 暮らしやすいかどうかというのは, どこで暮らすかということではなくて, どんな人間と一緒かということにあるんだ」, 「おれたちの中国はとてつもなく広い。その気になって働けばきっと道は開けるんだ。ここであんたたちの暮らしはきっと良くなるよ」誇らかな気持ちはほとんど潜在意識となり, 『霊与肉』と同じように「大災害」以

後の中国全土に生まれたポスト植民地的意識を一掃している。

　簡単に区分けすれば『緑化樹』(1984年) はテーマとしては『霊与肉』の次に来るものである。
　張賢亮の個人的体験の小説の主な特徴は『緑化樹』で十分に描きだされている。
　『霊与肉』の誤謬に満ちた「文革」期の時代背景は，『緑化樹』ではある感覚 ──「飢餓」の感覚の中に溶け込んでいる。個人的体験の主人公章永璘(チャンユンリン)の経験した ── 時代の不幸 ──『緑化樹』の言葉で言えば「くそいまいましい不幸せ」── は「大躍進」から始まった「飢餓」のイメージに重ね合わされている。

　　　九時にならなければ飯にならない。私は積み上げた綿の網袋によりかかっていたが，目が回りそうだった。もしもこの二つのヒエのマントウを失わなかったなら，それを食べなくても何とも思わなかったろう。しかしこの巨大な損失が私の恐怖の気持を加速した。そのせいで私はめちゃくちゃにおなかがすいた。飢えは重さと体積を持った実体となって胃の中を暴れまわった。その上音まで出した。飢えは体中の一本一本の神経に向かって，食べたい，食べたい，食べたいと叫んでいた。(『緑化樹』，『感情的歴程』作家出版社1985年版　p.51－52)

　これは「飢餓」についての非理性的な個人的経験であり，ベルグソンの「直観主義」の芸術的表現である。『緑化樹』は次々と現れる「直観」によって支えられている。

　『緑化樹』が描くのは章永璘の二度にわたる懲役 (強制労役) の中間のいわゆる「自分の働きで食べる労働者」の生活，「自分の意志の支配する」生活であり，(『緑化樹』，『感情的歴程』作家出版社1985年版　p.34) 存在の意義からいって「自由」な生活である。彼は炊事係と交渉の駆け引

きをすることができた。ヒエのマントウをことわって、かわりに蒸籠（せいろ）の蒸し布についた小麦粉のマントウのくずをとるといった具合に。彼は謝生産隊長の信任を利用して、炉を積んだあとでこっそり糊にするヒエ粉をつかって餅子（ビンズ）を焼くこともできた。彼は狡猾に知恵を絞って、年とった農民からジャガイモを安く買い、それをまた相手のもっとたくさんの人参ととりかえたりすることもできた。章永璘は自分がこのような自由をえたことをはっきりと意識していた。彼は内心歓呼の声を上げる。「自由な人間だけが炊事場に入ってマントウのくずをさらえるのだ。自由はすばらしい」（『緑化樹』、『感情的歴程』作家出版社1985年版 p.45）これは「神は死んだ。何をしても許される」（ドストエフスキー『カラマーゾフの兄弟』及びサルトル『実存主義はヒューマニズムである』）という「自由」である。

　このように「自由」を行使するのとほぼ同時に章永璘は「自由」について思考し始める。このように食欲を満足させるたびに彼は内心の苦痛を経験する。「昼間私は生を求める本能にかられ、へつらい、おべっかを言い、妬み、あらゆる小細工を弄する。しかし夜には昼間の数々の卑しさや邪悪が私をおびやかす。私は自分への深い嫌悪を感じながら一日の生活を見つめる。私は戦慄する。私は自分を呪う」、「…おなかがいっぱいになるや私の心の中には飢えよりもっとつらい苦痛が現れる。飢えればつらい。おなかがくちくなってもつらい。だが肉体の苦痛は魂の苦痛に比べればがまんできる」。

　これは「目的」にかかわる苦痛である。すなわち食の飢餓の上に位置する「目的」への飢餓である。「私は死ななかった。それは私がまだ生きていることを意味する。だが生きる目的はなんなのだ。ただ生きるためだけではあるまい。もし生きることよりもっと高いものがなかったなら、生きていて何の意義があるのか」。

　「飢餓」──この誤謬にみちた不毛な境遇は人を「禽獣のレベル」に陥れる。だが章永璘の精神の価値は彼がこのような境遇と戦い「選択」する力を持っているところにある。彼の内心は一つの戦場であり、絶えず「霊

と肉」の闘争をくりかえしている。彼は「生きるために生きる」境地に陥ったことに苦しむ。努力して自己をマントウくずや人参の中から「昇華」させ，自己を「飢えた野獣」から区別しようとする。彼は反省する。「大自然は私にこのような耐久力を与えてくれた。それはまさか私に精神的堕落状態のままその日暮らしをさせるためではあるまい。それとも将来何か社会に役立つことをする準備が私にはできないとでもいうのか」。「自由な選択」と「直観」は難しい場面に直面する。「自由な選択」は人間の主観的な能動的な働きを肯定する。自己を環境にゆだねない。それは「反環境決定論」であり「反宿命論」である。章永璘ははっきりと表明している，「私は人の堕落が全て客観的環境によるとは思わない。もしそうだとしたら，精神の力は全く無力になってしまう」(『緑化樹』,『感情的歴程』作家出版社1985年版　p.49)。章永璘の人物像の意義は反環境決定，反宿命にある。彼は直感によって「飢餓」を体験した。「飢餓」という怪物を体験し，そののち強い精神力で怪物を克服し，直感的に「責任」を選択する。

　　私の目下の境遇は動かしがたい現実だ。それではこれは宿命なのか。しかし広範な飢餓が今何千万という人間に同じ運命を共にすることを強いている。私の耳元にはまた哲学講師のあの声が響く。『個人の運命は国家の運命と共にあるのだ』

　章永璘の精神世界は現代の実存主義の特徴を持っている。サルトルは人は外界の命令を受け入れられないし，外界による弁護も受け入れることはできないと考えた。サルトルは人は自己の行為に責任を持ち，「自己の存在の責任を完全に自分で担わなければならない」と主張した (薩特〔サルトル〕『存在主義是一種人道主義』上海訳文出版社1988年版　p.8)。章永璘は許霊均と同じように環境は多重的であると考え，同じく「誤謬に満ちた」時代のもとでも健全な「西部の世界」を見出す力を持っていた。『緑化樹』の馬纓花，海喜喜，謝生産隊長，『邢老漢和狗的故事』の魏生

産隊長，魏老人，『霊与肉』の郭𠏉子，李秀芝，『河的子孫』の魏天貴,邢三，韓玉梅たちは壮大な「西部の世界」を形作っている。

　「西部の世界」の精神的特徴は最も早く李秀芝に具現された「土地」の思想にある。彼らの労働，生活，魂および芸術は緊密にこの黄土高原に結びついており，「まったくこの広々として悲壮感を起こさせる土地と一つに溶け合っている」(『緑化樹』，『感情的歴程』作家出版社1985年版　p.37)。彼らは「土地の思想」によって外部世界の「誤謬」を打ち消し，「土地」から生まれたものではない「外からの虚偽の風」を解消する。

　馬纓花は張賢亮の小説における「西部の世界」の魂である。彼女は平凡かつ複雑である。彼女自身が一つの「西部の世界」なのだ。

　馬纓花は『河的子孫』(1983年)の韓玉梅と同様に奔放で，世間の垢にまみれ，人々の非難をあびる。彼女は容姿をえさに彼女によからぬ思いをよせる男を引きよせ，「飢え」が常に人を苦しめていた時代に気前のよいプレゼントをさせた──たとえば足の悪い保管員の白い小麦粉や羊のモツ，会計係からのジャガイモ，御者からの穀物などである。章永璘でさえ一度は「本当に救いようのない浮気者だ」と嘆いた。これは「誤謬に満ちた」時代が彼女の身の上に残した「傷痕」であった。この「傷痕」は「アメリカホテル」というイメージに凝縮されている。彼女はとっくに章永璘を夫とみなしていたが，正式に結婚しようとはせず，引き続き他人からのプレゼントを受け取り続け，「低水準の生活」がすぎさってから結婚しようと考えていた。

　馬纓花は韓玉梅と同じように純真であり，愛情に忠実だった。彼女は章永璘に，「安心して。たとえ刀で首を斬られても，私の血だらけの体はあなたについていくわ」ときっぱり言うのだった。

　「誤謬に満ちた」外部世界はなんとしても彼女たちに愛を捨てさせ，堕落させようとする。しかし彼女たち──陝北の女韓玉梅，陝北の娘馬纓花……これら「西部の姉妹」は堕落せず，変わらぬ愛を貫く。作者は彼女たちそれぞれを「汚泥」や「炎」の中に放り出し，彼女たちは汚泥にまみれ，満身傷だらけになる。彼女たちは強固な「意志」を持ち，傷が

深ければ深いほど愛情は真実のものとなる。彼女たちは汚泥の中で汚れず、炎の中で黄金になる。外側の汚れと内在する純真さは反比例する。これが「西部の姉妹」の性格の美的特徴である。このような荒野の濃密な息吹を感じさせる野生の美は、誤謬に満ちた時代の境遇と自由意志とが創り上げた複合体である。「ああ、生活よ、その辛さと美しさがともに私を戦慄させる」(『緑化樹』、『感情的歴程』作家出版社1985年版　p.192) そして彼女たちの純真さこそが「西部の姉妹」の性格の核心である。彼女たちはすべて丸ごと「西部」のものなのである。

　馬纓花の章永璘への傾倒、恋愛、献身は功利心から出たものではなく、千年にもわたって形成された「民族心理の堆積」によるものである。サマルカンド人の後裔である彼女は、ほとんど文盲に近く、外部の世界について知ることも極めて少ないが、彼女の体には代々伝わってきた正確無比な、いわば多くの植物が持っている向光性のような向文化意識が具わっている。馬纓花の口ぐせ「見込みがない」というのが彼女の価値基準であり、その内容は、文化である。彼女が海喜喜を「軽んじる」のは、彼が「本を読もうとしないで、あっちこっちほっつき歩くのが好き」だからであり、「見込みのない奴」とみなしているからである。章永璘は彼女にとって「詩歌を詠む"右派"」で、インテリである。彼女は章永璘が記憶の中の祖父と同じにいつも本を読んでおり、それも祖父のように「とっても厚い本」を両手に持って読んでいるのを目にし、彼女はそのような雰囲気の中に一種の精神的な愉しみを感じ取るのだった。彼女は男がかたわらでまじめに本を読んでいる姿を、幼年時代の印象から形成された憧れとも「美しい夢」ともみなしている。

　「飢餓」が人々を「けだもののレベル」に追いやっていた時代に馬纓花は自分の「憧れ」を放棄せず、自分の「夢」を埋もれさせなかった。彼女は海喜喜を「腹一杯食べれば飢えないということしか知らない」と軽蔑する。彼女は「飢餓」を超越し、直感によって「読書」を選択し、文化を選択する。文化が消えてしまった時代に「文化」に対する「飢え」を態度で示したのである。一日中本を読んでいる男のために全ての家事を

引き受けることに満足を感じ, 彼女の「顔は輝いていた」。彼女の頭の中には読書及び読書をする男への献身について功利的な考えは全くない。これは中国の女性の伝統的美徳であり, この土地の上に育まれた文化的観念である。それはすでに馬纓花の潜在意識となっている。それ故彼女は直観的に外部世界のあの歴史的な巨大な「誤謬」を拒絶する。彼女は「根源」から離れることがない。この土地の上では, 根拠のない誤謬だらけの理論で章永璘を判断したりはしない。彼女は心から「低水準の生活」が早く過ぎ去ることを願い, またそれが過ぎ去るであろうことを信じている。彼女は困難な時期に依然として朗らかな楽観的な天性を保ち続ける。そしてどんな時代, どんな場所でも彼女の欲するものは多くはない。「日光を好み, 乾燥や痩せた土壌にも強い」のが, 樹木の, そして人としての馬纓花の習性である。

　章永璘が「目的」の危機に陥ったその時, 馬纓花は彼のため「腹一杯になってから何をするのか」という問いに解答を与えた。馬纓花は自分の人生の本源的状態をもって章永璘が「自己を克服」するように導き, 「辛い生活」の中で「生活の美しさ」を認識し, その結果ある「新しい力」を身につけ「危険な運命」に立ち向かうようにさせた。

　この「新しい力」は「自由な選択」の力である。馬纓花も章永璘も自分を「運命のさだめ」にゆだねず, 「選択」を行った。馬纓花を育てた哲学的な栄養分——海喜喜はそれを「トクデルアル (特克底勒爾)」(神のはからい) と「イハテヤアル (依赫梯亜爾)」(己の行為) と表現する——は章永璘のそれと『緑化樹』の中で一致する。『緑化樹』のテーマは「自由」についてである。『緑化樹』が表現するのは「自由」の哲学である。馬纓花と章永璘は「自由」に「行為」を選択するのと同時に「自由」に「責任」を選択した。これは「高レベル」の選択であり, 現代的な意義をもっている。実存主義哲学は「人はいかなる選択をすることもできる。ただしそれは自由に責任を負うという高いレベルの上においてのみである」と考える (薩特〔サルトル〕『存在主義是一種人道主義』上海訳文出版社1988年版 p.29)。『緑化樹』は果実を実らせた「反思の樹」なのである。

第五章　張賢亮の直観的芸術　139

　馬纓花は章永璘を導いて食の飢えを超えさせ、その土地に根を下ろした作家に育てた。彼女はもう一つの「飢え」にはいくらもたずさわっていない。——それは彼女の文化的心理の表現であり、また作者の「黙示録」系列の小説の構成上の必要からでもあった。馬纓花はこのもう一つの「飢え」については黄香久(ホワンシアンチウ)に引き継ぐ。

　言うまでもなく『男人的一半是女人』(『男の半分は女』1985 年)は「黙示録」シリーズの小説の構成上では『緑化樹』を継ぐものであり、また性愛、婚姻の体験の上では『肖爾布拉克』を受け継いでいる。
　『男人的一半是女人』が描くのは「誤謬に満ちた」時代の労働キャンプである。人々を追い立て一日中整列やら労働、番号やら点呼にあけくれ、まるで道具のように働かせ、人の持つ正当な権利をすっかりはぎとる場所である。このような「ファッショ的文化独裁」が作り出した「飢餓」——「性の飢餓」は常に存在していた。地面に落ちていた一本のゴム輪——女囚が腕輪のかわりにしていた装飾品——が男囚たちの妄想を引き起こし物語を作らせる。囚人たちの泥レンガ造りの家の中ではあらゆる夢の中に女が現れ、男たちの頭の中で静電気の火花のような淡いひらめきをともしていた。これらの「白日夢」と暗夜の夢は性の満足のかわりをする「一種の願望の達成」(弗洛伊徳〔フロイト〕『夢的解析』第 3 章『夢是願望的達成』)だった。
　『男人的一半是女人』と『緑化樹』が使っているのはともに『旧約聖書』に由来する「受難－恩寵－救済－新生」の円形循環構造である。章永璘が食の飢餓におそわれている時には馬纓花が現れて彼を救い、性の飢餓の時には黄香久が彼の世界に入って来る。「彼女はこの小路を通って羊の囲いに入って来たのだった」。それは八年をへだてた二度目の出会いだった。「二度目の出来事はみんな何らかの意義があるにちがいない。それは運命なのだ」。「恩寵－救済」の含む意味は奥深い。
　黄香久は「西部」のもう一人の姉妹である。彼女の出現は「西部の姉妹」の婚姻の特徴をより強く示している。彼女たちは二度あるいは二度

以上の「婚姻」をし，そのうち一度目あるいは最後の一回の直前の「婚姻」は不幸であった。これは誤謬に満ちた時代が「西部の姉妹」に残した「傷痕」であり，誤謬に満ちた時代の真実の姿であり，「宿命」である。黄香久は地面を見ながら言う「この八年間二度結婚して二度離婚した。ただそれだけ。幸い赤ん坊はできなかった」。章永璘はそれを聞いて少しも変だと思わなかった。彼らは「誤謬に満ちた世界」について既に頭が醒めていた。「見たり聞いたりしたことで想像もつかないことが多すぎた。だが，後になると想像がつかないようなことは一つもなくなってしまった。彼女はこんなふうに生きる他にどんな生き方ができただろう。幸福は一種の奇跡だ。不幸こそ平素あたりまえのさだめなのだ。彼女は私の不幸な境遇にも驚かなかった。こうして私たちはお互いを本当に理解したのだ」。

　この本来姉妹編である作品の女主人公について言えば黄香久は馬纓花の化身である。『緑化樹』に現れるのは「魂」の神聖さであり，彼女は体中から「ある種の人をひきつけ，人の心を明るく楽しませる輝きを発している」。『男人的一半是女人』に現れているのは「肉」の健康さである。彼女の「ずっしりとした，体中すべてが弾んでいるような肉体」は章永璘に「世界は彼女がいるために美しく光り輝く」と感じさせる。黄香久は馬纓花の将来の姿である。「魂」の奇形から脱することを渇望して，「肉」の健康な王国に足を踏み入れた章永璘だが，「心理的な損傷」のため「自由意志」を奪われ「創造力」を失い，「廃人」「半人前」になってしまう。彼には黄香久の信認を得るすべもなく，「家」というこの「独立王国」の中で「ここ以外の九百六十万平方キロメートルの未来をひたすら思索する」ことも不可能だった。彼は家に帰るのを恐れ，夜を恐れた。彼は「何とも言いようのない劣等感」におそわれた。彼はもはや「読書」したり論文を書いたりする気にはなれなかった。彼はただその日暮らしをし，大きな黒馬同然に人にこき使われ，勝手に処分されるままに任せる外なかった。これは誤謬に満ちた時代が男性にもたらした最も深刻な「傷痕」である。これは男の危機であり，「行動」ついての危機，「献身」

の危機であった。

　張賢亮は小説の中で社会の全局面に関する発言をするのが好きで，常に個人の運命と国家の運命を結びつける。『緑化樹』の中で章永璘は全国民の飢餓の原因を哲学的に追求し，これは「人の選択」の問題であり，「人がまちがいを犯した」のであり，「マルクス主義とは無関係のこと」だ。それゆえ「絶対にマルクス主義の正しさを損なうものではなく」，「その科学性と真理を私は深く信じて疑わない」と考える（『緑化樹』，『感情的歴程』作家出版社1985年版　p.175）。『男人的一半是女人』では大きな黒馬に，「やれやれ，私はあんたたちインテリの世界全部が去勢されてしまったのかと思ったよ。少なくとも発達した言葉に打ち負かされてしまったんだな。もしあんたたちのうちの10パーセントが本物の男らしい男だったら，あんたたちの国がこんなひどいことにはならなかっただろうに」と人の言葉を話させる（『男人的一半是女人』，「収穫」1985年第5巻　p.55）。個人と国家の危機とをしっかりと結びつけている。個人と全国民が悲しむべき屈辱の中に陥っていた。章永璘の転機はある「献身」的な行動であった。運河が洪水で決壊の危機に直面した時，河の水に詳しい章永璘は全身全霊をあげて救援活動に打ち込み，しかも自信と決断に満ちていた。「日頃の上下関係はまったく崩れてしまった」。章永璘は事実上指揮官となって，周囲の信認を得，また自らも自分に対する確信をとりもどす。そして彼は奇跡的に一人の男としての創造力を回復し，「一人前」の男となって黄香久の信認を獲得する。

　黄香久の信認を得たのと黄香久と別れようと考え始めるのとは同時に起こる。章永璘の「まともな一人前の人間」という概念は「霊と肉」の一致である。「男らしい男」の中味とは強烈な性愛の激情と強烈な政治的激情の統一である。彼が「去勢」されていた時には政治的激情も同時に失われていた。「論文を書くだって？…私は"半人前"の"廃人"にすぎないんだ。こんな仕事に興味はもうすっかりなくなってしまった」。そんな彼がフロイトの分析心理学の最高レベルの状態を具現したのである。彼は「イド（id）」という人類の「活力」の源を回復し，人類の原始本能

の欲望を満足させると同時に「快楽の法則」を乗り越え，「自我」を超越し「道徳的法則」に従うことによって「超自我」を実現しようとする。彼は「行動」を渇望し，著作を再開し，さらに「広い天地」へ，人の多いところに出て行こうとする。人々の声を聞き自分の考えを他の人に告げたいと思う。彼の耳には常に遠いところから誰かの呼び声がかすかに聞こえてくるのだ。彼は「性の飢餓」をのりこえ，「献身」への飢餓——より高い意義をもつ救援活動の中でもさらに高い意義を持つ献身への飢餓を経験していた。

　小説は章永璘の「献身への飢餓」をいわゆる「右からのまき返し」に反撃する運動の中に設定する。1976年清明節の前夜（周恩来首相への追悼が四人組反対「文革」批判の大衆運動に発展，第一次天安門事件になった時），章永璘は直観的に「全中国の空気が本物の人民の運動を育みつつある」と感じた（『男人的一半是女人』，「収穫」1985年第5巻　p.95）。彼はこれを国家と個人の運命の転機と考え（『男人的一半是女人』「収穫」1985年第5巻　p.9)，個人も国家もこの人民の運動を経てこそ新生を始めることができると信じた。小説の政治的激情と性愛の激情はどちらも人の心を打つ。

　張賢亮は小説の中で「政治的激情と性欲の衝動はよく似ている。どちらも体内の内分泌である」と書いている（『男人的一半是女人』「収穫」1985年第5巻　p.36)。小説は主人公の政治と性愛に関する直観を一つまた一つとつなぎ，主人公にこの両方を体験させ，感じさせ，「自由な選択」をさせる。これは中国現代文学の「新感覚」主義である。

　「テーマ先行」の創作過程はまた，すべての豊富な感覚を使って「女は永遠に自分のつくり上げた男を手に入れることはできない」という一つの哲理を検証している。それに小説のシリーズの構成上の必要から，作者は章永璘をある一人の女性のそばに永遠にとどめておくことはしない。黄香久は楽観的で明るい性格と善良で純真な心と強靭かつ頑強な生命力を持っていた。彼女はまるで聖母のいます天国から黄土高原へおりてきた馬纓花が「神聖な輝き」を失い，完全な世俗の人となったかのようである。

「彼女の体にはあいまいなところや性別の不明なところは一つもなかった。彼女の吐く息さえ完全な女性のものだった。そしてそれは男に対して十分な誘惑力をもっていた」。彼女は本当の意味で「西部の世界」に属している。彼女はまた黄土大地のような「傷痕の美」を備えていて，章永璘により強く「苦痛の中の快楽」を与えた。「黄香久」と「黄土大地」——章永璘はおぼろげな意識の中で二つを同一のイメージとして幻想する。「おまえはこんなに醜く悪辣で，しかし不思議なほどに美しい。私はおまえを呪う。しかし私はおまえを愛している。この魔神のような大地と魔神のような女…」。『男人的一半是女人』は張賢亮の『霊与肉』以来の個人的体験の小説全体のテーマ，つまり生まれ育った「土地」への深い感謝，そして「土地」を乗り越え，その「土地」に育てられた精神をもって，更に広い天地に身を投じるという総テーマをより強烈に表現している。そしてまた張賢亮が貴ぶ「男の風格」の一番重要な特徴である激情をより一層鮮やかに表現している。

『習慣死亡（習慣的死亡）』（1989年）はフロイトの「死の本能」の精神分析理論及びヤスパースの「死の学習」の実存主義哲学を応用し，個人的体験の主人公に絶えず死を体験させる。「死」は「飢餓」にかわって小説の中心イメージとなる。しかしそれはもはや「飢餓」が持っていた文化的意味合いと全国民的宿命の意味合いを持たない。「死」は「政治」の悪しき結果なのである。

『習慣死亡』の個人的体験の主人公は，もはや「修行」の段階にいるのではなく，絶えず自我を意識している作家自身である。『習慣死亡』はまた過去——五十年代，六十年代及び「文化大革命」——を描くのではなく，「今日」，八十年代末を描いている。
　『習慣死亡』は作家の中国の今日についての様々な「体験」と様々な見方を描く。
　小説の中の「今日」には，『霊与肉』から始まった実在の背景及び全国

民的な境遇はない。あるのは作家である主人公の感情である。小説には
こう書かれている。ここでは「作家と娼婦は少なくともある一点で同じ
である。一方では生活の苦労をし，一方では無理に笑顔を見せる。どち
らも哀れな奴だ」。これは『緑化樹』の末尾に描かれる「1983 年 6 月，
私は首都北京で開かれた共和国の重要な会議に出席した」，「人民大会堂
で国家と党の指導者と国事を協議した」という心境，感情とは天地の差
がある。

　同じく作家を主人公としながら，1984 年の『緑化樹』から 1989 年の
『習慣死亡』までに起きた破滅的な変化の契機は批判を受けたことにあ
る。批判されたのは『習慣死亡』の中の主人公の出来事であるが，『習慣
死亡』の創作のきっかけをもうかがわせる。小説では主人公が作家とし
てアメリカに滞在中，アメリカのすべての新聞がある通信社の北京発の
ニュースを載せたことを描いている。そのニュースは中国国内のある新
聞が彼の小説を批判した文章の要約を報じたもので，それは大体のとこ
ろ彼の小説が「社会主義の暗黒面を暴露した」という内容であった。ア
メリカの新聞は更に小説への批判と中国の「最近のイデオロギー分野で
の動き」とを結びつけ，中国では「もう一度政治の嵐が吹き荒れるだろ
う」と予測していた（『習慣死亡』，『張賢亮小説自選集』漓江出版社 1995 年
版　p.449）。

　いわゆる「社会主義の暗黒面を暴露することを許さない」という禁令
は「傷痕文学」の激しい勢いによってとっくに打破されている。小説が
言う「彼らはわれわれの文学に"反右派闘争"とか"文革"を書くなと
言っている」という点については，中国文学界はそのような束縛を受け
てはいない。「傷痕文学」はほとんどすべて「文革」を暴露したものであ
る。「反右派闘争」を暴露した作品にも事欠かない。しかも「反右派闘
争」や「文革」を暴露して大きな賞をとった作品も枚挙に暇がない。「今
日」では政治的批判運動はさがしても見つけだすことはできないのだ。
『習慣死亡』が紙幅を費やすのは，「過去」の「誤謬に満ちた時代」と「傷
痕」である。飢餓，死，恐怖の「紅い海」，大衆を扇動して大衆同士闘わ

せること、「二つの新聞と一つの雑誌」〔「両報一刊」と言って「人民日報」「解放軍報」「紅旗」誌を指し、御用紙誌の例としている〕、「一つの打撃と三つの反対」〔「一打三反」と言って「文革」後半期に起きた反革命分子打倒と汚職窃盗、投機、浪費に反対する運動〕等等…これらはとっくに中国文学が克服してしまった「誤謬」と「傷痕」である。『習慣死亡』は、「傷痕文学」以来中国文学が——作者自身の『霊与肉』以来の創作も含めて——表現してきたところの多重的思考を放棄し、単一的思考方法を採用している。「今日」において、作者本人を含む中国文学がアピールし、描写し、称賛してきた改革を進めている「今日」において、『習慣死亡』はこう書いている、「私は中国人の飢餓と死に関して誰が責任をとるべきか考えたことがなかった。まるで飢餓と死が本来われわれの生活の内容であるかのように」。また「中国の果てしない政治運動」を書き、主人公が「過去」の誤謬を根拠として「今日」を体験していくことを描く。彼は八十年代末において「死さえ恐れないのに、整然と手配された"大衆的政治運動"を恐れる」。「過去」の誤謬が作った「今日」の「傷痕」と「死」を描いて、政治運動の弾丸は既に大脳に撃ち込まれ「脳の深い部分」に埋め込まれており、「前からずっと私の脳神経の一本を圧迫している」とし、そのため2000年、65歳の時にピストル自殺する。「今日」に起きた「死」は、政治運動の結果ではなく、小説のいたるところに表現されている政治的思考の結果である。

　『習慣死亡』における単一の政治的思考は、以前の作品が持っていた「960万平方キロメートルの未来」への思索を、ある種の政治的モデルへの追求に変え、政治への熱情を政治的行動に変え、全局面に対する発言を政治的嘲笑に変え、理論の尊重をイデオロギーへの熱中に変えてしまった。『習慣死亡』は建設を基調とする八十年代に、「果てし無い政治運動」への恐怖を描き、逆に政治をやり始めたのだった。その政治とは貴族政治であり、これまでと別の極端な立場、中国の「今日」の社会の進展とまったく調和しない極端な立場、穏健主義の伝統にも反する極端な立場に立つものである。

過去おまえは目を現在に向けていたが,今は目を過去に向けている…おまえは一度ならずこの不思議な国がいつの時代に後戻りしてやり直したなら,今,他の国と轡を並べて進めるのだろうかと幻想した(『習慣死亡』,『張賢亮小説自選集』漓江出版社 1995 年版　p.343)。

1949年？1956年？あるいは 1911 年か,それとももっと前か？いっそ戊戌変法の時代まで後戻りして,われわれ中国人にもう一度やらしてくれ！

マルクス主義の解釈が法定的に指導者の知的水準内にとどめられ,その範囲を越えるのは違法なのだと私たちが悟った時には既におそすぎる。何年か後に私はこの間の経験を書くだろうが,その時の読者はそれを読んで大あくびをすることだろう。彼らは,私の風景描写はまあまあだが,なぜ何がなんでも「主義」を書こうとするのかと言うだろう。小説の中に多くの理論を差し挟むのはたしかに興ざめだ。彼らは理論こそが私たちを死ぬほど苦しめ,私に自分の一生が無駄であって生きているより死んだほうがましだと思わせていることを知らない。(『習慣死亡』,『張賢亮小説自選集』1995 年版　p.439)

後になって私はいつも思うのだが,自分が目にした世界と自分がつき従ってきた真理が違っているのは,世界の現実が私の知識から遊離しているのではなく,私がかつて手段を選び誤ったからである(『習慣死亡』,『張賢亮小説自選集』漓江出版社 1995 年版　p.441)。

極端な政治的思考は『習慣死亡』のいたるところで「政治的意見不一致者になりたい」という願望を匂わせ,帰国後に「政治的迫害」を受けると妄想し,「政治亡命」を興味ありげに語らせるのである。

『習慣死亡』は終始東西文化の比較を行い,またその方法にまで注文をつける,「あなたは突然多くの学者がさかんに分析した東西文化のちがい

第五章　張賢亮の直観的芸術　147

に思い至るだろう。だがそれは実際に理性的な活動の中で結果を得ることができるものではなく，必ず純粋に感覚を用いてのみその微妙さを洞察することができるのだ」。こうして「新大陸」に滞在している中国人作家という身分の主人公は，この比較を行う上での優越的地位を確立する。主人公の「微妙」な感覚とは「新大陸西海岸の湿った夜風が電子音楽と共に点滅する火花をつつんであなたの頬を熱くする。あなたはこの電子のリズムの中に，秋の黄金色の穀物が，そして多分その土地が収穫を呼びかけているのを耳にするのだ。このような感覚をどうして言葉で表せるだろうか」（『習慣死亡』，『張賢亮小説自選集』漓江出版社1995年版 p.342），「月はアメリカの月が特別に丸いわけではない。しかしたしかにいたるところに青い月影があった」。サンフランシスコの秋の夜は「光り輝いて完全に現実のたわごとから離れていた」。そして主人公は「突然に世界は本来このようであるべきだと悟る。二度と他の様子であってはならない」。主人公の視線が一転して中国に向けられると，そこにあるのは一面の荒漠たる光景である。鉄鋼都市Ｂ市の「丸裸の木の枝」は「地獄のサタンの髪と同じだ」。首都北京も「汚染された陽光」にすっぽりとおおわれている。小説はしばしば二者を並べて比較する。「アメリカ人はその過剰なエネルギーを発散させ，中国人はその多すぎる憂鬱を追いやろうとする」。アメリカでは犬にも「自由」と名付けることができる。しかし「この言葉は，私たちのところでは…今に至るも大声で叫ぶことはできない」。このためにヒロインは「アメリカ人と結婚することによってしか中国人の心理にのしかかっている暗い影から逃れられない」。（『習慣死亡』，『張賢亮小説自選集』漓江出版社1995年版　p.456）。

　すべての「西側文化中心論」者と同じく，『習慣死亡』も中華の伝統文化に「虚無」的な見解を持っており，中国文化の否定はその「根源」にまで溯る。主人公が中国領事館に入っていく場面にはこう書かれている。「中国人が中国人自身の役所に入ると，たちまち体が冷えてしまう。応接室に並べられたにせの骨董品が中華文化を輝かせている。彼は戦慄する思いでにせものは真実よりも更に長続きし，更に偉大であると感じる」。

主人公は漢代の造形美術品「飛燕を踏む馬（馬踏飛燕）」を眺めているうちに,「中国人は昔からすべての健やかなものを自分の下に踏みつけることによって, 自分の偉大さを証明してきたのだと次第に悟った。そこで彼はついには心安らかにはいつくばるのだ」(『習慣死亡』,『張賢亮小説自選集』漓江出版社 1995 年版　p.338)。彼は情婦が「竜」をけなすのをおもしろがる。「私たちが"竜の後継者"だなんて言われると体中鳥肌がたつわ。竜なんて毛虫じゃない，なんて恐ろしい」(『習慣死亡』,『張賢亮小説自選集』漓江出版社 1995 年版　p.413)。彼は自分が「宇宙のはてにさまよう一つの魂がただ偶然中国という名の土地の上に落ちたにすぎない。そしてこの不思議な国がおまえの肉体の上にその黄色いしるしを押してからは，どんなにしてもそれをはぎ取ることはできない」と悩む (『習慣死亡』,『張賢亮小説自選集』漓江出版社 1995 年版　p.342)。以前の作品の民族的誇りは影も形もない。「黄土高原」の作家はいわゆる「藍黄文化(ランホワン)」論者つまり「西洋文化(＝藍) 全面崇拝, 黄土文化軽視」論者になってしまった。『習慣死亡』にはいたるところにポスト植民地の気配がただよっている。中国の二十世紀の文学を貫いている東西文化の大論争の中で,『習慣死亡』は, 八十年代の民族復興の時にあたって, 中華文化, 中華民族, 中国に対して排斥と告発を行った。以前の「西部のユーモア」は辛辣な嘲笑に変わり, 個人の体験は個人的な恨みつらみへと変わった。豊富な直観は直観の欠乏に変わり, 長編小説は中国に対する長編の「政治的壁新聞」となった。『習慣死亡』の主人公は中国人として生まれた悲哀を絶叫し, 西方の「楽土」に向かって心からひれふしている。

『習慣死亡』の政治的思考は, 文化面での「愛国主義」を政治宣伝とみなして嘲笑するという極端なところまでいっている。それ故『習慣死亡』は当然のこととして映画『牧馬人』の原作である『霊与肉』を「事実の記録」によって「修正」し否定している。『習慣死亡』は『霊与肉』に対する否定なのだ。

『習慣死亡』の中で, 国内における新聞の主人公の小説に対する批判を「空騒ぎ」として描き, それが実は例のアメリカの通信社の記者の「政治

的ジョーク」だったとしている。しかし小説が描くように「騒ぎがあったことは事実である」。『習慣死亡』が、小説の中のアメリカの通信社の中国に関する「もう一度政治の嵐が吹き荒れるだろう」という予言にその根拠を提供したことも事実である。なぜなら『習慣死亡』では中国は「反右派」であり、永遠に「文化大革命」だと書いているのだから。『習慣死亡』の「潜在的な読者」は西側にいるのだ。

　以前の作品は「反右派」等の誤謬に満ちた事物に対して戦い、「肉」を超越し、「霊」に向かい、「傷痕」を超えて「新生」を得ることを描いていた。『習慣死亡』は、堕落を手段として超越を描いている。小説はミラン・クンデラの言う「政治プラス女」という小説モデルを援用して、主人公が一種の変態心理から狂気のように女色にふける様を描く。その動機は情欲にはなく、政治に、中国の現実政治による抑圧にある。そのため主人公は女色にふければふけるほど現実政治に反対し、現実政治に反対すればするほど女色にふける。政治的思考は「堕落」に対する褒貶の意味を変えてしまうほど極端に走っている。「堕落を用いて超越を表現する」、「堕落を用いて抗議を表現する」とし、思う存分主人公の「放縦な狂気」を表現し、これを例によって全体の局面と結び付けているが、これでは「環境決定論」にもどってしまっている。主人公が国外で一人の「中国現代派」の女性詩人に自分の買春の心理を語る場面で、女性詩人は激して言う、「私はあなたを理解できます。私たちは長年の間私たちに強制された混乱した道徳体系によって救われていたのではなく、それによって苦しめられていたのです。私は、本来中国は一つの大きな修道院なのだと思います。中国が一つの大きな遊女屋に変わる時にのみ中国には進歩があるのです」(『習慣死亡』、『張賢亮小説自選集』漓江出版社1995年版　p.514)。小説は数十年の「強制」が主人公に「堕落の能力」を失わせたことを描く。ここでは「右派コンプレックス」は、もはや解明されることはなく、それは「病巣」として描かれる。政治的意義を持つ「堕落」の演出の上に、政治的意義を持つ「死」が演出されているのである。

第六章
民族精神 —— 王蒙小説の魂

「激動の三十年」〔1949年建国〜79年「文革」終息後の名誉回復〕を経たにもかかわらず，王蒙(ワンモン)が「名誉回復」後に創作した小説は依然として『青春万歳(チョンワンソイ)』を受け継いでボルシェビーキの感情を描いたものであった。『青春万歳』は苦難の中からやってきた若いボルシェビーキがうららかな春，暖かな陽光をあびた幸福感，プライド，そして建設にとりかかる昂揚した感情を描いたものであったが，「名誉回復」後の小説が描いているのは，激動を経験したボルシェビーキが満身創痍，荒廃の中から再興しようとする祖国に対していだいた重層的な感情であり，その底にはやはり天真で純潔な感情がある。

『布礼(ブーリー)（ボルシェビーキの挨拶）』(1979)はこのボルシェビーキの「激動の三十年」における魂の活動の歩みを最も早く示した作品である。この小説では，主人公の1949年〔建国〕から1979年〔名誉回復〕までに至るすべての重要な――或いは深刻な年月における内心の活動を繰り返し明らかにしているが，その焦点は魂が受けた傷である：1957年〔反右派闘争〕の壊滅的な打撃，1966年〔文革〕の熱狂的打倒などの傷である。……だが王蒙は真のボルシェビーキだった。主人公の鍾亦成(チョンイーチョン)は「"文革"の徹底した錯誤」の時代においても精神的に潰れず，フランスのアルベール・カミュと同様に愚劣なことからの逃避に反対し，自殺に反対した。「愚劣な錯誤」の時代に，彼は一度ならず妻の凌雪(リンシュエ)に手紙を書き，もしも私が死んだら，殺された可能性があるのみで，決して自殺ではありえないと述べた。というのは1949年1月に参加した第一回の全市党員大会で，お互いに「布礼」を交わしたこと，また1947年〔入党〕から1957年〔右派分子にされる〕に至る党内での生活経験を彼は永久に銘記していたからである。彼には「動揺することのない信念」（『布礼』，『王蒙

選集』第2巻　百花文芸出版社　p.27）があった。『布礼』は王蒙の「反思」〔反省思索〕小説の「信念篇」である。

　王蒙は「今日」に関心を持っている作家である。とりわけ広く流行していたある種の社会思潮に関心をよせていた。『布礼』は「今日」に立脚した作品である。それは1979年における「灰色の影」に代表される虚無主義の思潮に真っ向から対峙して，理路整然と自分の堅固な信念を表明しているのだ。それは往年の「布礼」に向かって故郷に対するような遥かなおもいを吐露し，かつ三十年を隔てて，再び鄭重に「布礼」を奉げるのである。鍾亦成にはカミュがいうような「故郷」に対する記憶と未来に対する希望が心にあったので（加謬『西西弗的神話』〔カミュ『シジフォスの神話』〕三聯書店1987年版　p.6）信念の危機は存在しないのである。

　王蒙の小説が描いているのは穏健な多重的思考であって極端な単一的な思考ではない。彼は「生活は多彩であって，一色ではない」（『傾聴着生活的声息』，『王蒙選集』第1巻　p.15）と考えている。鍾亦成の堅固な信念はこのような多重的な思考の上に打ちたてられたのである。彼は政権党内に宋明のような無制限に原則問題や路線問題ばかり追求する多くの「分析派」を見たし，魏(ウェイ)さんのような多くの「愚公」も見たのである。

　たとえ虚言と中傷とが山のようにあったとしても，我々の党の愚公たちはシャベルで一掬い一掬いこの山を掘り尽くしてしまうことができると彼は信じているのだ。王蒙の描く少年ボルシェビーキ出身の主人公は危難の中でやはりいつも人民の支持を得た。鍾亦成が労働改造期間に火災を救助した行為は，「分析派」の中傷に遭ったが，道路建設労働者たちの賞賛を得た。張思遠(チャンスーユアン)〔『胡蝶(フーティエ)』の主人公〕は辺鄙な山村に住みつくことになった時には何もなかったが，別れる時には多くのものを得て帰ってきた。その地で彼は「魂」をさがしあてたのだ。翁式含(ウェンシーハン)〔『相見時難』の主人公〕が農村に下放させられ，何世代にもわたる農民をはぐくんだ玉帯(ユータイ)河(ホー)によって十年間哺育され，玉帯河の農民が彼に民族の自信を与えた。王蒙の小説には常にこの力の源泉を象徴する「大地」のイメージがあら

われる。少年ボルシェビーキ出身の主人公は自らを大地の息子としての誇りをもっている。彼らはたとえ厳冬であろうと，生活の温もりを感じ取ることができるのである。小説『温暖(ウェンノワン)』はきめ細やかにこの感じを描いている。

　風が強くなった。趙栄国(チャオロンクオ)は小さな娘に尋ねた「ねえ，寒くはないかい？」小さな娘は頭を振った。

　鍾亦成が受けた傷は革命家が受けた「革命」が齎した傷であり,「自分の同志が党の名義で放った弾丸」や「十七歳の愛すべき革命の小勇士が使った皮のベルトとチェーン」による傷なのである。危難の時に区委員会書記の魏さんは往年地下闘争をやった時のように，密かに凌雪を看護婦に偽装させて鍾亦成の看護に行かせた。闘争はすでに「敵対的」性格を具えていた。しかし小説はこの「革命」の極端な性格を指摘することもない，一つ一つの悲劇の必然性及びすべての民に対するひどい傷害を追究することもない，主人公はただ「困惑」を感じているだけなのである（『布礼』,『王蒙選集』第2巻　百花文芸出版社　p.27）。しかもそれらの「愚劣な誤った」事柄を次のように理解した,「もしかしたらこれは単なる誤解にすぎず，一時的な怒りに過ぎないのかもしれない。党は我々の本当の母親である，しかし本当のお袋も子供を打つ事はある。だが子供は母親を怨んだりはしない。打ち終えたら怒りも消えて，子供を抱き上げてひとしきり泣くものだ。」（同上　p.42）。つまり中国の二十世紀上半期に盛んであった階級意識，党派観念を下半期にまで持って来ているのである。批評家が指摘するように，そのような考え方は「人々が正確に歴史を「反思」し，それぞれが歴史に対して負うべき責任を確定することの助けとはならず，また冤罪を蒙った人々が党内の横暴非道と闘争し，悪に対して闘う自己の権利を意識するための助けとはならないのである」（曽鎮南(ツォンチェンナン)『王蒙論』中国社会科学出版社1987年版　p.52）

　『胡蝶』（1980）は歴史に対して「反思」したものであり，しかもこの

第六章 民族精神   153

歴史に対して責任を負う人によって創作されたものである。

張思遠は政権を握ったボルシェビーキだった。1949年彼はこの中規模都市に対して突然巨大な——まったく無限の権力を持つに至った。この都市が必要とすることは何でも実行した。——物価の安定，整然とした秩序など，そして不要とするものは何でも取り除いた——「アヘン窟」，妓楼など。彼の一言一句はすべて傾聴され，記録され，学習され，理解され，徹底して執行された。彼は崇高な威信すら擁していた。彼は海雲(ハイユン)の愛をかち得た。張思遠の存在は個性としてではなく党の化身であった。海雲が愛したのは党であった。海雲も一つの象徴である。彼女の情熱，活発さ，そしてその人を信じやすい性格は50年代初期の時代精神の象徴であった。花の蕾が初めて開いたときのように，海雲と50年代初期の張思遠とは「ハーモニー」をかなでる親密な状態だった。このとき張思遠の代表する政権党，新潮流，新社会，新生活は建設を基調とし，生気溌剌とし，活気に溢れ，海雲の成長に広々とした天地を提供した。海雲は建設に属していて，革命に属していたのではなかった。海雲がある必然的発展を獲得した時，張思遠はある種の硬化した，偏狭さを表わした。彼は再び階級論を運用しはじめたのである。海雲はやはり「十分な改造と鍛練を経ていないプチブルインテリ」(『胡蝶』，『王蒙選集』第2巻 百花文芸出版社 p.95)だと彼は思った。1957年になって，彼はまた闘争哲学を運用し始め，海雲を自分の敵対者として，残酷な打撃を加えた，

> 彼は手を後ろに組んで，行ったり来たりしながら，立場を確固と定め，私情をはさまず容赦しなかった。「頭を垂れて，罪を認め，もう一度人間として出直すのだ，改心して，生まれ変わるのだ！」彼の一つ一つの言葉が海雲を萎縮させた。まるで，一針一針が彼女の身体につきささるようだった……(『胡蝶』，『王蒙選集』第2巻 百花文芸出版社 p.98)

張思遠は絶えず変化していた。1957年以後彼は一台の階級闘争の機械となった。彼は次々と運動を主宰した。彼は自ら一人また一人と右派を「つまみ出し」、「処分の決定」を行った。闘争は彼のお手のものだった。彼は「プロレタリアートが闘争の中で体験するのは勝利の喜びであり」、「没落階級だけが、闘争に対し滅亡前夜の恐れと感傷に満ちているのだ」と大いに宣伝した。「文化大革命」の嵐が巻き起こった時、これは非情で、偉大で、神聖な闘いだと彼は思った。彼はこれは革命的手段によって社会を改造し、中国を改造し、歴史を創造するのに必要なことだと深く信じた。彼は「継続革命」の化身となった。彼は再び「階級闘争の剣」を掲げたのである。

張思遠は息子の冬冬(トントン)に平手打ちを食らわされても、まだ「階級闘争の観点」でこれらの一切に対処していた。彼はこれは「階級的報復」だと考え、「冬冬は頑固にかあさんの反動的立場に立っている」、「冬冬の行為は右派の造反なのだ」と考えた。(『胡蝶』、『王蒙選集』第2巻　百花文芸出版社　p.110)

張思遠が受けた懲罰は「自己懲罰」だった。彼は「輝かしい権勢の指導者であり、為政者」であったので、誰も彼を懲罰することはできなかった。だが今世紀上半期に生まれたこの老革命家は下半期に発生した「文化大革命」の懲罰を受け、「革命小勇士」の懲罰を受けた。その後冬冬は彼に「僕があなたを打ったのは……ほんとうに革命造反のためだったのです、我々の一派の頭が僕をはげましたのです……」と言ったが、それは「革命」自身からの懲罰であった。息子にビンタを食らったように、張思遠は自分が在任中に監督して作らせ、自分がかって視察した、階級敵を投獄するための監獄に閉じ込められたことも、深い自己懲罰の意味をもっている。これは彼が長い間熱中した階級闘争理論が彼に下した懲罰なのである。小説はそれを「因果応報」と書き、しかも張思遠は「このすべての応報はみな当然だ」(『胡蝶』、『王蒙選集』第2巻　百花文芸出版社　p.86)と認めている。

張思遠の形象の意義は「反思」にある。「彼は生きていかねばならな

かった，考えねばならなかったし，自分の息子を捜し出さねばならなかった」

張思遠が「反思」した成果は，階級闘争理論の解体だった。

海雲の悲劇的運命は張思遠の歴史の「反思」の始まりでもあり，礎石でもあった。

最初海雲が彼を愛慕し，彼を崇拝し，彼に服従したのは，一種の「ハーモニー」であった。それは「恋愛の季節」だった。しかしながら海雲は彼に帰属しなかった。海雲はその独立性を有し，自分の全部を差し出すことはありえなかった。「私は一つの都市の数十万人を管理できるというのに，君一人をコントロールできないというのか」という為政者の意識が張思遠と海雲との亀裂を作った。張思遠の歴史の「反思」は「最初」から始まっていたのだ。

    あの路面電車のチン，チンと言う音は，海雲の青春と生命の挽歌だった。彼女が私の事務室に訪ねてきた日から，彼女の滅亡は定められていた。

    もしも私が本当に彼女を愛していたら，私は50年に彼女と結婚すべきではなかったし，私は49年に彼女と愛し合うべきではなかった。
（『胡蝶』，『王蒙選集』第2巻　百花文芸出版社　p.111）

海雲の挫折は1957年だった。彼女の書いた数篇の「官僚主義反対を名目として党を攻撃した小説」が喝采を浴びたために，彼女は「反党反社会主義の右派分子」にされた。この数篇の小説を二十数年後に張思遠は初めて読んだのである。彼はあの当時その小説を見つけて読んでみようと思いつかなかったことを悔やんだ。「しかしたとえ小説を読む暇があっても無駄だったろう」。というのは当時すでに「常軌を逸した季節」に入っていて，階級闘争の巨大な車輪が極端な方向へと走り出していたからである。本来「根拠などない」反右派闘争の1957年は，張思遠の

「反思」の意識の中では夏のような情熱から冬のような厳しさに変わった年であった。1957年の厳しい状況は巨大な岩のように彼の心にのしかかり、取り除くことは難しかった。海雲は彼が乗っている車の車輪の下の小さな白い花と化した。彼は「白い花が轢かれて粉々になるのを見たように思った。」彼は「その轢き潰される痛みを感じた」し、「その轢きつぶされる一瞬の白い花のため息を耳に聞いた」。1957年に対する「反思」は張思遠というこの輝かしい法の執行者に、自分は本来被告であり、自分は罪を犯したのだと意識させた。彼は「かりに私たちにまだ一千回一万回の来世があるとしたら、私は一千回一万回海雲の足元にひれ伏して、彼女に審判してもらい、処罰してもらうことを願う」と自己審判している。『布礼』の中で「生みの母さんも子供を打つ事がある」という階級意識、党派観念は無に帰し、『胡蝶』は彼らを「人間」に戻したのだ。張思遠は自己審判を通して自主的に「神の座」から下りた。だが「春、そして陽光がまばゆい夏がやって来たばかりなのに、始末され処分されてしまう」木の若葉に対する、あるいは轢きつぶされる小さな白い花に対する彼の哀悼は人間に対する一首の挽歌にとどまらない。

人間の張思遠は、「山村」で実現したのだ。そこで、彼の人格ははじめて確かめられた。しかも十七年間、彼は至る所で尊敬された、だがこの尊敬は「一夜の間」にひっくり返った。もともとこの尊敬は市委員会書記に対するもので、彼が市委員会書記の職を失った途端その一切を失ったのである。彼は「忽然とすべてを悟った」。もともとこれらの歳月「地位」に対して夢中だったことはつまり人間を見失っていたことなのだ。彼は自分の波乱に富んだ人生の浮沈によって初めて「荘周が夢に胡蝶となる」という寓言がしみ透ったような人生の有為転変の哲学的含意を悟り、自我を追求し始めたのである。

彼が排除しがたい優越感をもって再び山村にやってきたとき、彼は冬冬と秋文(チウウェン)——とりわけ後者——の温かい「審判」を受けた。秋文は海雲の未来であり、海雲の生まれ変わりである。成熟さが生まれ変わった彼女の特徴である。彼女は超然と独立を保って、自我を実現している。彼

女は悠々と遊ぶ胡蝶である。彼女は当然のことながら自分自身の外なる「地位」を拒絶した、それは張思遠の潜在的な優越感に対する最後の懲罰であった。そして彼女は張思遠に向かって「人民のために良い事を沢山やり、悪い事をやらない」ように忠告し、期待したが、それは彼女が代表する社会全体の成熟の表現でもある。張思遠は夢から完全に醒めた。山村に別れを告げ、「彼は何も得るものがなかったのか？いや、彼は多くのものを持って帰って来た。彼は魂を失ったのか？いや、彼は魂を探し当てたのである。」

「反思」にすぐれた張思遠は1975年の春、「新たに、ある種の転機に対する予感に満ち溢れた」。彼には「転機が必要だった」。彼は「まぶしい陽光を恐れず」、頭をあげて最初に春を歌うヒバリをさがし求めた。彼は中国人の生活水準に顔が赤らむ思いをした。

王蒙は『夜的眼（夜の目）』(1979)で最も早くこの「転機」を描いた。

王蒙が「名誉回復」後に創作した短編小説は、『組織部来了個年軽人（組織部に若い人がやって来た）』と同様に些かのずれもなくぴたりとその触覚を「今日」に向け、「今日」の瞬間的感触と朦朧とした思考を捕捉しようとしている。しかし、「名誉回復」した王蒙は彼自身がいうように、とっくに「組織部」を離れ、もはや「若者」でもない、作品はもはや少年のセレナーデではなく、「全ての楽器の組み合わせと声とを運用した交響楽」(『王蒙小説報告文学選』「自序」、北京出版社　1981年版)であり、「多様な色彩の複合」なのである。たとえごく短い作品においても、王蒙は二種類の音色を十分に鳴り響かせて、対比を構成し、比較を形成し、両者の間の内在的連携を潜ませながら、平常かつ神秘的な生活全体を描き出している。しかもこの二種類の音色は深層的意味において二種類の社会思潮を代表しているのである。

『夜的眼』は表面的には「内地と辺境」の対比である。作家陳杲は「ある辺鄙な省の辺鄙な小さな村から「大都会」へ短編小説創作の討論会に参加しにやってきた。一週間来、陳杲は創作会議上であれ、バスのなかであれ、至る所で人々が「民主」を語り、至る所で「……キーポイント

は民主にある，民主，民主，民主……」云々というのを聞いて，「大都会で民主を語るのはあの辺鄙な小さな村で羊の腿肉を話題にするのと同じように普遍的なことなのだ」と思った。「民主」と「羊の腿肉」とが陳杲という作家の主人公が親しく観察した二種類の社会心理，社会思潮の代名詞であり，小説の深層における対比を構成している。

　王蒙の描く主人公たちに常に生ずる感覚は「戸惑い」である。陳杲は討論会上での「贅沢な空談」に戸惑った。彼は「民主がなかったら，口元まで届いた羊の腿肉も人に奪われてしまう。だが辺鄙な小さな村の人々がより多くの，より美味い羊の腿肉を手に入れるのを助けられない民主はただの贅沢な空談にすぎない」(『夜的眼』,『王蒙選集』第3巻　p.148)と思った。王蒙は陳杲の比較的進んだ意識を通して,「民主」と「羊の腿肉」の相関関係を明らかにした。「民主」が一種の社会思潮として潮のように湧き出てくる時に,「羊の腿肉」を用いてそれを位置付け，叡智，勇気，及び極端な思考とは別の健全な思考を表現するのである。それは民族文化の土台をもち，先哲の古訓を一脈受け継いでいるものだ。孔子の治国の方略は先ず「これを富まし」しかる後に「これを教える」というものだった。管子も「凡そ国を治める道は，必ず先ず民を富ませることだ。」「倉満つれば礼節を知り，衣食足れば栄辱を知る」とのべている。池田大作は中国の歴史を縦覧して，中国人は平和と安泰を希望する「穏健主義者」だと述べた。(『展望二十一世紀』，国際文化出版公司1985年版 p.290)

　『夜的眼』は中国が長期の「内乱」を経た後で，時代精神の基調が「闘争」から「建設」へと転化した機運を最も早く描き出した。主人公は心の底から灯かり――街灯やバスの切符販売員が切符を見る時に使う笠のついた灯かりに対して，建築現場に対して，夜勤の労働者に対して，そして生活のそれぞれの進歩に対して熱愛に満ち溢れている。戸惑いの中に喜びがにじみ出ている。

　『夜的眼』は「過去」に別れを告げた「今日」を書き，朦朧の中の明晰さを書いた「現在進行型の小説」(王蒙『在探索的道路上』)に属している。

ところが『胡蝶』には「今日と過去の相関型」がある。張思遠は1979年に「我々が過去に待ち焦がれたもの，我々が約束したもの，我々が引き延ばしたもの，我々が損害をあたえたもの，などがついに次第に実現されようとしている。我々はいずれにしてもいくらか学びとったのだ」と喜んでいる。張思遠は「名誉回復」した後，冬冬が予想したように「先ず一群をやっつける」をまったくやらなかったし，「逆報復」も実行せず，極端な「階級闘争」の悪夢から抜け出し，「建設」を「今日」のフォルティシモ〔最強音〕としたのである。彼の心はいくらか落ち着いた。「彼は自分の仕事を人民に対し，山村に対し，老張頭や栓福兄貴にとって少しでも有利にすることを決して忘れることはなかった。多少の欠点はあっても，彼には現在の政策よりもより良い政策を思い付くことはできなかったし，現在やっていることよりも人民にとってより有利なやり方があるとは考えられなかった……」

1979年に発表した鍾亦成の信念はまだ単に追求するだけのものに過ぎなかったが，1980年の張思遠の場合はそれが現実化し始めている。『布礼』にくらべて『胡蝶』の主人公の「故国八千里，風雲三十年」（王蒙『我在尋找甚麼？』）という大きなスケールの時空内をかけめぐる意識は，集中する焦点をもち，明るい展望がサーッと開けた「今日」をもったのである。つまり王蒙は，小説の中でさがしもとめた最初に春を歌うヒバリ自身なのである。彼の小説はいつも先ず「時間の進行の軌跡」（王蒙：『傾聴着生活的声息』）を示す里程標になっている。『胡蝶』にはすでに「春」を示すものが出てくる。つまり「村人たちは次々と招待してくれるので，胃と頭とが一緒になって社会調査をしている。豆腐と春雨，果実酒と年代ものの酢，すべてが自分たちの副業である。新鮮な鶏卵，塩漬の鶏卵，ピータンと発酵させた鶏卵など，動物性蛋白質も小遣い銭も増えている。モチキビの粉で作った中国式ドーナツに蜂蜜を付けたもの，これは山村の人の最高のおやつだ……」。『胡蝶』にはすでに『春之声』の「序曲」が含まれている。

張思遠は今日の立場に立って，中国の昨日を回顧し，「明日を展望す

る」とき，心の中に気力があふれて来るのだった。彼には明確で，確固
とした使命がある。つまり，みんなに文明的で裕福な暮らしを送らせる
ことである。(『胡蝶』,『王蒙選集』第2巻　百花文芸出版社　p.152) 心の中
に秋文の忠告と期待を抱きながら，帰途の飛行機で彼は「どんな胡蝶よ
りもずっと高く飛んでいる」のを感じた。キャビンの窓越しに中国の大
地を見つめて，彼は酔いしれた。彼は「どんなに高く飛んでも，大地か
ら来たものは必ず大地に戻る。人間だろうが胡蝶だろうがすべて大地の
息子なのだ」(同上　p.153) と悟った。張思遠の歴史への「反思」はつい
に忽然たる悟りを実現したのだ。『胡蝶』は王蒙の「反思小説」の「頓悟
篇」〔「大悟篇」〕である。悟りを開いた張思遠の精神世界は比類なく清明
で，透徹していた。たとえば小説の末尾に彼は風呂上がりの感覚を描い
ている,「風呂上がりの人々はまるで胡蝶のように軽やかだ。」「胡蝶」は
かれの大悟のきっかけであり，結果でもある。「胡蝶」は象徴に，一つの
全体的意味をもった象徴に昇華したのである。

　王蒙はその独特の経歴によって社会と人生に関する独特の体験を獲得
した。彼はそれを張思遠と「海雲——秋文」という一組の相対立する人
物の上に同時にそそぎ込み，きめ細やかな描写力を発揮した。小説は為
政者張思遠の自省を叙述の角度とすることによって，相対立する人物関
係の中に一種の融和する力を生み出している。『胡蝶』がかなでているの
は融和の音色である。社会的融和の理想は王蒙の寛容な精神の自然な表
現でもあり，王蒙小説の潜在的な創作の動機でもある。張思遠の自省は
あの呂師傅(リューシーフ)が発する融和の音色とも呼応するものである。

　『悠悠寸草心(ユウユウツォンツァオシン)(悠悠たる小さな草の心)』(1979) 中の呂師傅は理髪師の仕
事着をはおった作家自身であり——「私は省委員会第一招待所——最初
は対外的には光華ホテルと呼ばれていた——の理髪室で仕事をして，も
はや三十年になろうとしている」。王蒙は「激動の三十年」を彼の理髪室
に収斂している。——「小さな理髪室も人生の転変を反映している，こ
こへやって来て散髪する多くの大物たちは言うまでもない」。小説は呂師
傅の角度から三十年来の政権党の作風の変遷を叙述していて，その着眼

点は「今日」にある：大衆の保護を受け，人民の期待を担った唐久遠夫
婦は「名誉回復」後，特権をつくる悪しき作風をはびこらせて，大衆か
ら遊離してしまうという深刻な危機に直面する。唐書記夫婦の「奥の院」
は完膚なきまでに暴露された。小説はユーモアという智恵に富んだ哲学
形式を用いて，堂々とした立派さの後ろにある畸形でおかしなものを風
刺している。このような涙を含んだ嘲笑は唐書記夫婦に対する叱責，攻
撃ではなく，期待と温かさを込めた批判である。作家が言うように「と
げのある言葉やむごい態度の後ろに私は温かい心情をもっている，冷や
やかな嘲笑と辛辣な風刺の後ろに私は理解をもっている，頭を悩ませ心
を痛めている後ろで私は熱い真心をこめて期待しているのである。」(王
蒙：『我在尋找甚麼？』）小説は革命の尊厳性が，理髪室の本来蒸しタオル
を保管しておく保温桶の中へ排泄された「造反派」の糞便と回虫によっ
て汚され尽くした歳月が過ぎ去って，あらゆる荒廃を再興するきざしは
あるものの，積弊が改め難い現実の前で，寛容と協調の音色を発し，政
権党の作風を改めることに対し，一つの期待と一つの「悠悠寸草心」を
描いたのである。

　王蒙の小説には作家の社会的使命感が強く現れている。このような使
命感は中国知識分子の世を憂うる伝統と一脈相通ずるものである。古よ
り，中国の「士」大夫の階層はどの階級にも属さない。それは「階級が
融解した産物」であり，その使命は「努めて階級の融解を促す」ことで
ある（梁漱溟『中国文化要義』，『梁漱溟全集』第3巻　山東人民出版社1990年
版　p.175）。『悠悠寸草心』と『胡蝶』は前後して普通の民衆の角度から
呼びかけが発せられ，政権党の角度から応答が出されている。呼びかけ
と応答が，あつまって調和した音色となっている。それはとどまるとこ
ろのない階級闘争，社会の分裂状態の終結を意味しており，いま実現し
つつあるのは建設を通して次第に形成される社会の協調と統一なのであ
る。王蒙の筆の下では，呂師傅，唐久遠，張思遠，海雲，秋文，拴福兄
貴……などは，すべて一家の兄弟なのである。

『相見時難 (出会いの時はむつかしい)』(1982) において, 少年ボルシェビーキ出身の主人公翁式含の魂と信念は「新時期」の中で新たな試練を受けた。それは経済が長期の内乱による破壊を受けた直後における, 中国と西側諸国との生活水準の巨大な落差を前にした試練であり,「開放」を前にした試練であった。

アメリカ国籍の華人藍佩玉の帰国がもたらした衝撃は小説中のさまざまな中国人に試練を与えるのである。たとえば, 指導層の中の「風見鶏」的人物孫潤成が, 外ならぬ「風」によって倒されるとか, 社会の滓である杜艶が大「解放」をやらかすとか, 翁式含が「別の世界の価値基準」によって「この世界」のある種の人々が影響されているのを目撃したりするのである。

杜艶は『布礼』の中の「灰色の影」から派生した現実の人物で, 内に対する虚無主義が外に対する植民地的性格を派生させ,「大開放」を実行する。杜艶は老舎の『四世同堂』の中の大赤包の「新時期」における再現であり, 精神的な「堕落者」である。王蒙は建国の三十年後に中国の大地に繁殖した「後植民地」意識を最も早く明らかにし, かつこれに対して強い憂慮をいだいたのである。杜艶の「率直な」演技を見て, 藍佩玉は感じた:

> 哀れですらある！これが「解放」なのか？より的確にいえば──これは解体だ！と私は思う。いささか恐ろしいことではないか？(『相見時難』,『王蒙選集』第2巻 p.426)

藍佩玉は若い時には人生航路をさがし求め, かって一度は革命を求めたこともあるが, ある程度偶然の成り行きで「道に迷い」,「時間に遅れ」, 革命を探し当てられず, 黎明前の闇の中をアメリカに渡った。その後彼女は一連の「くだらない誤り」──「偶然の成り行きで犯した愚劣な錯誤」も経験した。つまりアメリカで三十年ばかり暮らしたが, 自分の位置を見出だすすべもなかった。彼女はそれほどアメリカが好きではない

のだが，離れられない——「少なくとも現在は」。彼女はずっと中国を愛しているのだが，国内の一部の人が「がっかりした」といっているうわさを聞いた。彼女は夢にまで見た中国に帰ってきたのだが，「外国の賓客」として奉られてしまった。彼女は至る所で中国を探し求めたが，杜艶たちの追い駆けから逃れられない。……等など彼女はいつも方角を見失った苦痛を味わっていたのだ。

　藍佩玉は自分と環境との間に存在している愚劣な誤りを意識し，感じとっていた。これは彼女の覚醒感の表われである。

　アメリカで生活して，例えばぴっちり体型を見せるレオタードとか，性的刺激や麻薬の吸引といった「否定的文化」の雰囲気の中で，彼女は「卑小な雌の獣」になることには甘んじなかった。彼女は「東方人にとって抜け出すすべもない執拗な苦痛」を甘受しながら，「理想主義」を保持した。彼女から言えば「理想を失った人というのは，理想を忘れた人とはまったく違う。それどころかまったく逆に，理想とは，失うことによって，さらに百倍も人を魅きつけるものなのである。」彼女はアメリカの「技術文化」は受け入れたが，その「精神文化」は受け入れなかった。彼女はいたるところに「民族精神」の香り高い匂い袋を探し求めたのである。

　だが，藍佩玉がねばり強く東方精神を保持しようとがんばっていると，あきれたことに，一部の同胞たちが，西欧的価値基準の影響を受け，中国人としての気概を喪失してしまっていることに気付いた。このことが彼女に苦痛をもたらした。なぜなら彼女は，光明があり，力があり，希望があるのは，それは中国だとずっと信じていたからである。

　翁式含は藍佩玉が憧れている光明，力，希望を体現していた。翁式含は中国の深部に生きていた：それはいわば深層の中国である。

　翁式含も自分と環境との間には一連の愚劣な錯誤が存在しているのを意識していた，少年ボルシェビーキとして，解放後，杜艶の言を借りると，三十年来彼はまったく志を得ず，思うようにならなかったし，「文革」期間には，藍佩玉との関係で，彼は「裏切り者の嫌疑」，「スパイの

嫌疑」をかけられた，そして今は，当時彼と藍佩玉との「結託」に対し拳を振るってはげしく批判した孫潤成が，なんと藍佩玉のような「海外関係」に取り入るために援助してくれと積極的に頼みこむ始末である。彼は「孫潤成の口振りだと，我々は留学生を派遣するにも，あんな動揺して逃げ出した女性の助けまで借りなければならないというのか……」と思うのであった。

　　なんと不公正な歴史だろう，まるで憎々しい冗談のようだ……（『相見時難』,『王蒙選集』第 2 巻　p.316）

　翁式含は，このような愚劣な三十年の歴史の重荷を引きずっていて，藍佩玉と会うのはむつかしかった。『相見時難』にはこの重い三十年の歴史が，「互いに会う時」にひしひしとにじみ出ている。
　翁式含は藍佩玉の次のような質問に答えなければならなかった，

　　私が苦しんだのは，私が自分の理想にそむいたためなの。北京語でいえば これは──自業自得なのよ！
　　あなたは？あなたはまさかあなたの理想に忠実であるために，そして理想を立派に実現するために，苦労をするのですか？それはなぜなんです？

　これは一つの普遍的な問題である。あるいは一つの「反思」の性格を具えた問題なのかもしれない。これは革命に関して「支払う代価」に関する問題であり，「目的」に関する問題なのである。『胡蝶』の中で冬冬がかって革命の目的の問題について質問をしたことがある，それは「我々のため，つまりわれわれを苦しい目にあわせるためのものなのですか？」（『王蒙選集』第 2 巻　p.118）。この考え方に答えることが『相見時難』の一つの創作動機だったのである。個人が苦しみを受けることに関しては，王蒙が描く少年ボルシェビーキ出身の主人公からいえば，絶対

に悔いることのないものだった。鍾亦成もすでにこのような魂の試練を受けたことがあった：この信念のために，彼が第一回全市党員大会に参加するためには，たとえ一生冤罪を蒙ったり，一生志を得なかったり，一生誤解されたり……といった代価をはらってもいいと思っていたのである」(『布礼』,『王蒙選集』第2巻 p.27)。彼はこの信念を獲得するために，この信念の実現に参与する過程のために類いない幸せを感じた。彼は巨人である。彼は愚劣な誤謬に対しては高所から見下ろすように一笑に付した。翁式含は無造作に鍾亦成の個人的な「反思」を全体の「反思」に移項させ，「私」を「我々」に推し広げ，革命に対して「反思」を拒絶する「反思」を提起したのである：

　藍：あなたたちはご苦労なさったんですね。
　翁：なんでもないよ。我々自身が革命の道を選択することを決めたのだ。これ以外別の道はなかったのだ。
　藍：でもその代価は恐ろしいほどですわ。
　翁：恐れる者は立ち去るがいいのだ。歴史は，代価を払うことを恐れて，前進する運動を止めるわけにはいかない。……
　藍：でも，すべてがみな前進する運動とはいえないわ。たとえば「文化大革命」。……
　翁：我々はすでに歴史に手術をしたんだよ。49年以後に次いで，こんどもまた大手術なのだ……

　翁式含が中国革命のために弁解したのは，ユーゴーが『レ・ミゼラブル』でフランス大革命時期の国民組合代表Gがフランス大革命のために，「九三年」〔1793年〕——その恐怖政治をも含んだもののためにおこなった弁解と軌を一にしている。しかも翁式含はきっぱりと「文革」の災害の病根を中国の伝統的歴史文化の罪だとし，王蒙が幼い時から形成したゆるぎない革命文化観を述べている，「……我々は中国の歴史を変えた，我々は古い中国をひっくり返したのだ……しかし古い中国の歴史も，

我々に仕返しをした，最も腐敗したものが最も革命的な姿で，あの重苦しい十年に現れたのだ……」(『相見時難』,『王蒙選集』第 2 巻 p.374。)

王蒙はまた『活動変人形（変換着せ替え人形絵本）』(フォトンビエンレンシン)(1985) という長編の紙面を惜しげもなく使って,「とっくに埋葬された過去」を改めて掘り起こし，自分では「弾きたくもないし，また弾くことがはばかられる」中国のまる半世紀を貫いて来た「弦」の調べを弾いて，中国文化本位論と欧化論の双方に対する文化批判を展開し，両方に「死刑」を宣告し，これによって疑う余地もない結論を出している,「革命の道はそのように実在し，曲折があり，長期にわたるものである。たとえ革命は，一部の人が希望し，また一部の人が承認するように理想的ではありえないと批判する事はよいとしても，それでは革命などしなくてもよいというのか？」(『活動変人形』人民文学出版社 1987 年版 p.333) 翁式含が明らかにした「文革」と中国伝統文化とを結び付ける革命文化観は，倪藻(ニーツァオ)が夢でうなされるほどの長い回想と「反思」に拡大され，強化されて『活動変人形』のテーマとなっている。翁式含と倪藻は「革命の代価がどうしてこんなに高いのか」という質問に対しては，いずれも「革命」的考え方の公式パターンを使って革命自身の問題を革命の「対象」——歴史的な中国のせいにし，中国二十世紀の弊害を五千年前におしつけている。これと『胡蝶』が読者に示した極端な「階級闘争」に関する理論を実行した報復——「文革」の愚劣な画面とは一つの致命的な矛盾を形成している。中国の二十世紀上半期の革命文化観を下半期まで持ち越すことは，『布礼』の限界と同じように，下半期に発生した「大悲劇」の性格を認識することが不可能となり，その根源を取り除く助けにもならない。もし適時に「反思」しなければ，この限界は致命的となるであろう。極端な革命を弁護することは,「永続革命論」に道を開くことになる。これは民族精神と調和しない。九十年代に発表した「季節」の系列作品 (『恋愛的季節』,『失態的季節』,『躊躇的季節』) は少年ボルシェビーキ出身の主人公が五六十年代における境遇と精神の歩みを描き，夢中になって喜んだ時から，大難が目前に迫り，薄氷を踏むようになる時までを描き，主人公

が遭遇した精神的打撃と人間性の破壊を描いている。これは作家が記憶の中の苦痛に対する吐露である。八十年代の「反思」三大中篇にくらべて，ここには「今日」がなくなっており，構成は閉じられていて，失われた少年ボルシェビーキの主人公は精神上人民との関係があまり緊密ではなく，災難に対する歴史的要因の掘り下げもそれほど力強くはない。

　幸い王蒙と彼の主人公はいずれも政権党の中の純粋な実務派である。彼らは数十年来社会の進歩と建設に力を尽くしてきた。彼らの社会思想と理想とは自然に儒家を主体とする中国の伝統文化と合うのである。翁式含が経験した「出会う時はむつかしい」は，〔文革の〕「災難」が――作品には致命的な限界があって，それを「挫折，失策」と称しているが――過ぎたばかりという歴史的時期におきたことである。それは実務派が中国と世界の経済先進国との間に出現した巨大な落差を前にした焦りと苦痛であり，強烈に意識した落伍感であった。それは一種の覚醒感であった。

　翁式含の焦りと苦痛は，自覚した主人公の精神をも含むものであった。翁式含は自分が案内して藍佩玉にきちんと整備された中国，繁栄し富強になった中国をどんなにか見せたかったことだろう。翁式含という主人公の精神の意義は，「大災難」が過ぎた後，祖国の満身創痍の状況を前にして，彼が自分には藍佩玉のように意気沮喪する権利はないし，また杜艶のように「堕落」する権利もないことをはっきりと意識していることにある。――「なぜなら自分は現在の中国の主人なのだから」。彼は自覚的にまた誇らしげに自分の義務と責任を担った。彼が「求めているのは中国で活動することだった」。彼は「四人組」がもたらした損失を早く奪い返し，藍佩玉が次回に帰国したとき「新しい姿」となった中国の出現を見られるようにしたいと望んだ。

　藍佩玉と翁式含とは同じように東方的な悟性による思考を具えていた。彼女は横の比較をしていても，依然として歴史的な全体感がゆたかで，縦の比較にも長じており，翁式含とは「心が通じ合う」のだった。それは通常対立する形式で描かれているのだが。

「変わったわ，変わったわ，まったくわからなくなってしまったわ」と藍佩玉がいう。

「いや，遅すぎる，遅すぎるのだ，ここの発展の速度は，まったく遅すぎる」と翁式含がいう。

彼らはお互いの心情が違うことによってお互いに触れ合うものがあった……

　藍佩玉が翁式含の家で「匂い袋」を見つけたように，彼女は翁式含から「民族精神」をさぐり当てた。彼女は翁式含の自尊心，自信を敬愛し尊重していた。──「中国人がみなこのようであればいいが」(『相見時難』,『王蒙選集』第2巻　p.389)と思うのであった。

　翁式含は──藍佩玉もある程度同じであるが，──その民族精神が，1979年〔中越戦争〕に洗礼を受け，同時にその洗礼の中で形成されたのである。『相見時難』は王蒙の「反思」小説の「民族篇」である。本世紀の下半期における新たな中国と西側との文化的大論争の中で，「別の世界の価値基準」がとうとう押し寄せ，後植民地意識が中国の大地に新たに浮かび上がってきたのに対し，それは強烈な民族精神で断固として中華民族の独立と尊厳を守ったのである。小説は藍佩玉が飛行機に乗って帰国しようとする場面から始まり，藍佩玉が飛行機に乗って中国を離れる場面で終っている。さがし求めて，彼女は中国をさがしあてたのである。中国は「偉大で，奥深く，苦痛である！」「本当に底が見えないほど深い！」(『相見時難』,『王蒙選集』第2巻　p.432)と彼女は思った。機上で安らかな眠りに就いた。夢の中で小さく「中国！」と呟くのである。二年後，王蒙は『訪蘇心潮(ファンスーシンチャオ)（ソ連を訪ねての想い）』の中でこのような「中国」賛美の随想曲をすべて歌い上げ，かつその「国際的テーマ」を明らかにし，その動向の特徴を突出させているのである，

　私は中編小説『相見時難』で述べたことがあるが，中国はこんなにも偉大で，深遠で，苦痛であり，まるで底が見えないほど奥深い。多

くの勝手気侭に中国を議論する人は,実はまだその端っこさえもさぐり当てていないのだ。(『訪蘇心潮』,『十月』1984年第6期　p.131)

　民族精神は,王蒙の少年ボルシェビーキ出身の主人公が「新時期」に形成した精神上の最高の品位であり,彼の心が祖国と億万の人民の運命につながっているという強烈な政治的情熱である。それは民族復興の兆しであり,また予知するかのように十年後中国の大地で湧き起こった民族主義的思潮の先ぶれともなった。

　実際には,『相見時難』を書く前に,王蒙は『春之声』(1980) において1979年における翁式含的な焦りと苦痛とを洗い流してしまっている。『春之声』では気持ちがサーッと極めて明るく開放されているのだ。これは東方的な「悟性思惟」〔全人間的な悟性による思考〕に負うところが大きい。

　生活と社会に対する感覚的な体得と推断には「忍耐と,善意と,経験と,そして鋭敏な知覚が必要である」——これが王蒙の『春之声』の中で表現した悟性による思考である。

　『春之声』での主体的意識は最も発達している。国外の訪問から帰って来たばかりの応用物理学者岳之峰が旧正月で帰郷する時に乗った閉じられた有蓋貨車の中で,「様々な情報が彼の頭の中でぶつかり合う」。小説全体がいくつかの散乱した時空の破片のような形であり,自発的な意識の流れに相応している。これは王蒙が「構成の痕跡のない自然で自由な行雲流水式の構成」(王蒙『傾聴着生活的声息』)を追求したからである。それらの破片が依拠しているのは有蓋貨車である。有蓋貨車がそれらの破片を集めてまとめているテーマなのだ。

　岳之峰の気持ちは低所から高所への過程を経験した。三時間前,彼はまだ北京からX市へ行くトライデント旅客機の広々とした,快適な座席に座っていた。二ヶ月前には,彼はまだハンブルグへ向かうエルベ河の客船に乗っていた。だがいま彼は,長旅の苦労で疲れきった暗闇で顔も

はっきりとしない旅客たちといっしょに押しあいへしあいをしていて，まるでイワシが缶詰にぎっしり詰めこまれているようだった。彼はいささか気が滅入ってしまった。二十世紀八十年代の最初の春節がもうすぐやって来るというのに，まったく夢にまで四つの現代化の実現を渇望している人々が，まだワットやスティブンソンの時代の有蓋貨車に乗らなくてはならないとは。一本の情報ラインは，フランクフルト，歩行者が少ない通り，礼儀正しい言葉遣い，小鳥に餌をやっている子供とスミレの花……もう一本は西北高原，賑やかな人の群れ，ヒリ辛い煙草と暑い汗が入り交じった匂い，山菜を摘む農家の子供と麦の苗……

　もし潮流のような社会思潮に依存したり，ただ知的思考を用いて理解したり，数学の絶対的計算に依拠したりすれば，必然的に望みのない結論が出てくる。岳之峰の意識がフランクフルト――高速道路――有蓋貨車という横方向へ流れると，人に落伍感，格差感を与えるが，歴史――現実――理想という縦方向へ流れると，それによって進歩が感知されるのである。「方言の濃度は刻み煙草と汗の匂いとの間で，刺激的でもあり，懐かしくもあった。」「私の親愛なる美しいが瘠せた土地よ！」すべては相対の中にあり，すべてはみな「雑色」〔多様な色彩の複合〕なのだ。有蓋貨車ですら，「想像したように優しくもなければ，また想像したように冷酷でもない」。岳之峰は豊富な「記憶」をもっている。彼と貨車の中の大多数の帰郷して春節を過ごす人々はみな悲鳴もあげないし，罵ったりもしない。そのうえ，有蓋貨車の中には「自由市場」，「包産到組」〔グループでの請け負い生産〕から「差額選挙」〔定数を超える候補者から選ぶ選挙〕，「結婚筵席」〔結婚披露宴〕の「温かいおしゃべり」，それに子供を抱いた女性のお礼の声まであって，岳之峰の興味を一層さそうのであった。

　知覚の鋭敏な岳之峰は刻み煙草と汗の匂いの中に混じって南瓜の匂いを嗅ぎ付けた。X市の駅前広場は十分に目を楽しませてくれる。軽食類から土地の特産物まで，あらゆるものがみな揃っていた。「ピーナッツ，胡桃，ひまわりの種，干し柿，酒漬けの棗，緑豆粉の蒸しパン，やまいも，朝鮮人参……」こうした長い間ひどく軽視してきた品々の姿が岳之

峰の思考の中で鮮明な時代感,歴史の全体感を持ってあらわれた。「手品のように,一枚の赤い布を取り上げ,その左指の方を二回指さすと,これらのものはみんな消えてしまった。マッチ,電池,石鹸まで一緒になくなってしまった。ところがいまではどうか,いっぺんにまた変わって全部出て来たのである……」それらは現実化した「羊の腿肉」だ。岳之峰はそれを「生活における暗号」と見なしている。暗号の解読をマスターしてこそ,「転機」が見つかる。転機──1975年春『胡蝶』の主人公はかってそれを予感した。『春之声』の主人公は八十年代の最初の春節がやって来る時に生活の中のあらゆる隅々にそれを見つけた。「転機」を描き,時代の趨勢の中の真実を追求することは,かっての五十年代初期の「建国文学」の創作方法の特質であり,理想現実主義の特質であった。それが依拠したのは時代の趨勢を重視する東方哲学であった。それは「明日」のある文学であった。岳之峰は「手を伸ばしてもう一掴み二掴みすれば,もっと多くの財富が掴める」と想像するのだ。

　有蓋貨車の中で『春之声円舞曲』が聞こえてきた,『春之声』の中の「春の声」である。すべてに深い意味が含まれ,すべてが象徴である。外見はぼろで貧相な有蓋貨車は生活を象徴し,新しいディーゼル機関車は転機を象徴している。『春之声』は一つの「春節序曲」であり,小説全体はすべて「決して厳冬を忘れてはいないがとにかくとっくに冬を越したのだという春の声」(王蒙『傾聴着生活的声息』)に満ちている。王蒙は自分の祖国の「春」に対して感知したことを一枚の絵にしたのである:有蓋貨車は帰郷して春節を過ごす人々を満載し,春のリズムにのって「軽やかに揺れ,にぎやかに酔い痴れ,くねくねとしなやかに前進している」(『春之声』,『王蒙選集』第3巻 p.214)

第七章
「尋根」文学──民族的文化意識の覚醒

　サミュエル・ハンティントン〔アメリカの経済学者〕は『文明の衝突』で次の世紀〔21世紀〕に「文明の衝突」が起こるであろうと予言している。そこでは中国が「黄禍」と呼ばれ、冷戦の終結後、アメリカ人のために新たな「敵」を提供するだろうとされている。我々中国、ひいては東洋の文明にしてみれば、ハンティントンの理論は一種の「挑戦」である。この挑戦は我々に民族的特色を持った中華文化を作り上げ、民族的な虚無主義の克服に努めなければならないという警告を発している。なぜなら民族文化が衰えれば民族も衰え、民族文化がなければ民族もまた存在しないからである。今世紀〔20世紀〕80年代の中頃に中国の文壇では「尋根文学〔シュンケン〕」〔根源探求の文学〕という一世紀を振り返る文化的反省思索の動きが起き、それによって今世紀〔20世紀〕初めに中国の大地に広がって見え隠れしていた民族文化への虚無主義が一掃された。「尋根文学」の出現は民族的文化意識の新たなる覚醒を示す標識となっている。

一

　「尋根文学」と「反思文学」〔反省思索の文学〕の間に明らかな境界というものは存在しない。張承志〔チャンチョンチー〕(1948−)の『黒駿馬（黒い駿馬）〔ヘイチュンマー〕』(1982)と、路遥〔ルーヤオ〕の『人生〔レンション〕』(1982)には共通する要素が少なくない。どちらも人生を反省思索するもので、人生のある悲劇を通して、人生の様々な哲理について一つの覚醒を実現している。『人生』で反省思索している哲理は道徳の領域に属するのに対して、『黒駿馬』の中の哲理は濃厚な文化的含意を有しており、したがってこの作品は明らかに文化的な反省思索という特徴を表している。

　パインポーリコ（白音宝力格）は、町で学校に通うほど悪さをおぼえていくので、父によって草原へと送り出される。祖母の愛護のもと、彼は

ソーミヤ (索米婭) と共に大草原の懐に抱かれて，生命と愛情を同時に成長させてゆく。幸福な未来像が美しい春の光のように彼らの毛皮のパオ〔氈包：蒙古牧民の住む毛皮で蔽ったテント風の移動式住居，「ゲル」とも言う〕に入り込もうというまさにその時，ソーミヤがすでに妊娠しており，赤毛のシーラ (希拉) に汚された事を彼は知る。泰然自若とした祖母と新たに生まれる子供を迎えるために念入りに準備するソーミヤの態度を，彼は理解出来ない。それは数年来の勉強によって，彼の「別の素質」が次第に陶冶されたためかも知れず，彼がそもそも草原で生きる牧人ではなかった為かもしれない。彼は自分と草原との間の「差異」に気付いた。彼は祖母が当然の習慣としている「草原の習慣」と，その「自然の法律」を受け入れることが出来ず，耐えがたい「孤独」を感じた。彼とソーミヤの朝焼けに赤く染まった愛情は，にわかに夜の暗闇に飲み込まれてしまったのだ。彼は「もっと純潔で，文化的で，人の美しさを尊重し，社会的事業の魅力に富んだ人生」を追求するために，「憤慨して荒荒しく」ソーミヤと祖母のもとを離れ，草原から出てゆくのである。

　9年の時を隔て，人生経験を重ね，彼が一人前の男性として成熟し，人生の真理に近づいて後に，彼は14年前のパオ (包) での生活につながる黒い駿馬にまたがり，この馬と同名の民謡に歌われている，妹を探す兄のように，モンゴルの草原を越えてソーミヤを探す。「尋找」〔シュンチャオ〕〔探し求める〕ということが小説全体の過程であり，主題でもあるのだ。

　パインポーリコは『黒駿馬』というモンゴル族の長調のメロディーにのせて，ゆっくりと抑揚ゆたかに，自分の経てきた人生の過程をふりかえる。人生を反省思索すると同時に，失った人生の中から新たに永遠の価値を見出すのだ。

　パインポーリコが無鉄砲にも草原を離れて後の9年間の人生は，草原とは相対的な一つのイメージ——「都市」での生活に変わっていた。『黒駿馬』の中の「都市」は，「根」〔ルーツ〕を離れた人生の形態である。パインポーリコは「都市」の人生を回顧して，次のように述べている。「多くの若い友人たちと同じように，我々はいつもわずかの間にやすやすと歴史を

手放し，新しい道を選び取ってしまう……パインポーリコよ，お前は一体何を得たと言うのだ。社会的事業への功績か，それとも人生の真理なのか。つまり騒々しい空気の波動の中での押し合いへしあい，紋切り型で味気ない公文書，止むことのない会議，数え切れないほどの人と人との摩擦，一歩ごとに服従を迫るコネやツテといったものなのか。あるいはポローケン (伯勒根) 草原の言葉では訳しようのないサロンで，本当の文明的な生活というものを目にしたのだろうか。あの特権を憎悪する人々までが平然と特権を享受している様を見きわめたのか。カナダやアメリカに移住しようとしている友人が民族の振興について語るのを聞いたのか。」

騒々しい「都市」での人生を経験して後，パインポーリコは失ってしまった以前の草原での生活を愛惜し，深い後悔にくれるのである。「ああ，もし我々にもっと早く人生の真理が判っていれば，あるいはもし我々が一冊の本を読むだけであらゆる哲理を知ることができ，必ず進まねばならぬ一歩ごとに旅人が迎えるぬかるみとの遭遇や，一口ごとに味わわされる辛酸苦渋の果実を避けることが出来たならば，我々はあのまますぐにも幸福をつかめただろうし，あんなに得がたい機会をみすみす見逃すことはなかっただろうに。」彼が苦痛だったのは『黒駿馬』という古い民謡を歌うことではなく，何と自分がその古歌と同じ運命を経験することになったのを苦しんだのである。古い民謡にしろ，この主人公の人生にしろ，いずれも「不幸の歌」であり，「尋找」〔探し求める〕という行為につれて，この種の「不幸」は「永遠」性を帯びるのである。

チンギス・アイトマートフ〔キルギスの作家〕の小説『赤い三角帽子をかぶったトポレク』と同様に，『黒駿馬』の中には「不幸」の歌と引き立てあうように，「幸福の歌」も含まれている。それはパインポーリコのものではなく，ソーミヤのものだ。ソーミヤは苦難の中で馬車引きのタワザン (達瓦倉) と結ばれて夫婦になった。その生活は全く裕福ではなかったが，彼らの家庭には温かい一家団欒の楽しみがあった。彼女がパインポーリコと再会した時，劇的なシーンは全くなく，往時に対する悲しみや，苦労の多い生活への不満を表すことも全くなかった。普段の彼女の日常は「落

ち着いて, 自信に満ち、そして平静」だった。古歌『黒駿馬』の最後のくだりで, その騎手は山に登ってついに女性を見つけるが, それは彼の探していた妹ではなかった、という部分とそっくりなのだ。草原はロマンチックな揺り籠などでは決してなく, ゆるやかな長調は牧歌ではない。ソーミヤも白雲や花やミルクティーの香りを常に伴った娘ではなかった。彼女は祖母を満足させることが出来なかったし, 結局モンゴル女性の伝統的な運命から抜け出すことが出来ず, ポローケンの河を越えて, パインウラー（白音烏拉）地方のポローケン〔伯勒根：モンゴル語で「お嫁さん」の含意がある〕となったのである。長調の底に秘めているのは悲哀であり, 蒼茫であり, その超越である。ソーミヤとタワザンが過ごしてきたのはゆるやかな「長調」の人生であり, 悲哀を超越し, 蒼茫たる「幸福」を伴った人生である。『黒駿馬』の中心に描かれているのはモンゴル人であり, モンゴル人の超然たる人生である。張承志が『黒駿馬』について語るとき, モンゴルの牧民は「なんと豪快かつ精悍で, それでいてなんとまじめでおとなしいことか, なんとはなやかな彩りに満ち, それでいてなんと淡々と変化のないことか。なんとロマンチックであり, それでいてなんと実際的であることか。なんと循環的にくりかえしの生涯を送りながら, それでいてその生活はなんと新鮮な驚きに満ちていることか。彼らの生活はなんと古風で素朴な感動的美しさに満ち, ゆっくりと止まっているようでありながら, なんと急速に前進を求めていることか。これら全ての中に, 私は一種の歴史的意味を帯びた荘厳さと, 豊かな芸術性を底に秘めた矛盾を感じ取り, このような一般庶民の生活を描写することの教育的意義を深く感じるのである。」と述べている。更に『黒駿馬』は「愛情を題材にした小説ではない。——私はこの小説が北国の, 底辺に暮らす偉大な女性の人生を描写したものでありたいと願っている。」とも述べている（張承志『「黒駿馬」写作之外』）。

　こうした「幸福」の情景に直面して, パインポーリコは自分の置かれている立場に気付き, そのため自らについて深く考える。「どうやら……本当に生活から見棄てられたのは, 自分のようにどんな境遇にも安住出来

ない人間だけのようだ。もしかすると, これが私の悲劇なのかもしれない……。」自ら反省した主人公は自分の身にある, 草原とは全く相容れない「別の素質」を分析し, 人生の悲劇を「都市」と結び付けていったのだ。

　パインポーリコが再び草原に戻るということには再度「尋找」する〔探し求める〕という意義がある。これは天葬〔鳥葬〕の谷で愛する祖母の遺骨に別れを告げ, 祖母の許しを請い, タワザンの彼に対する非難を受け入れ, 辺境の草原での「厳しい法廷」が彼の魂に与える「審判」を受けるということだけではない。「尋找」の意義は, 主として, ごく普通のモンゴル族の女性——祖母の「偉大」な人間性と人生, 特に彼には完全に理解することは難しい生命に関する哲学を新たに再発見することにある。祖母が誇りとしていたのは, 生涯一度たりとも生きている生命を草原に捨てたことがないということで, 彼女が自分の乳で育てた子羊たちは一列につなぐことが出来るほどおり, 黒い緞子のような毛並みのガンガー・ハーラ (鋼嘎・哈拉) や美しいソーミヤ, いつも一人前の男になりたいと考えていたパインポーリコ, 小さな花のようなチチコ (其其格) ……全て祖母の扶養を受けて成長したのだ。祖母の生命に対する理解はモンゴル草原にかつて相次いで流行した原始崇拝, シャーマニズム, ラマ教精神の現実生活における体現である。『黒駿馬』はこのような民族文化の精神が草原に根ざし, 代々伝えられてゆくという特徴を描いている。ソーミヤは純真な初恋の中でわずかながら母性を見せている。性的な愛と母性愛が衝突するとき, 前者は後者に場を譲り, 断固として身ごもった生命を護り, 生命の誕生のために心をこめて準備する。ポローケンを越え, かたくななまでの生活への熱意で新たな家庭を築く……そしてパインポーリコに将来子供が出来たら自分の所へ寄こして, 育てさせて欲しいとまで頼むのである。それは彼女が赤ん坊を抱いていないことには生きてゆけないからである。このことはパインポーリコに祖母を思い起こさせた。祖母がいつも真面目に話しているのに, 彼がおどけて嘲笑していた哲理を想い出したのだ。ソーミヤは草原の娘から草原の母へと成長したのである。パインポーリコは彼女の体に, 祖母と同様の「偉大な女性」がすでに成熟しているこ

とを見出だし、草原文化の「根」を探し当てたのである。

パインポーリコがソーミヤの求めに密かに応じたのは、「根」に対する帰依を表している。ソーミヤが彼に与えた精神的な力を身につけ、彼は悲哀を昇華し、いっそう文明的な草原での人生を築くことであろう。

『黒駿馬』は『人生』〔路遥、1982年〕式の「土地」に関する主題を「文化」という主題に深化させた。——それはそのまま民族文化の中に「精神のふるさと」を直接探し求めているのだ。

創作の主体者の情感と情緒は『黒駿馬』においては完全に客体である芸術世界と化している。しかしながら『北方的河(北方の河)』(1984)は自伝小説的な特徴を具えており、張承志の個性と気質が比較的強くにじみ出ている。小説のストーリーはどちらかといえば平凡で、何の変哲もないが、ストーリーに代わって小説を支えているのは主人公の外在世界に対する否定、対抗、征服という形式を通じて、強く主張される個性と理想を求める精神である。長編小説『金牧場』(1987)にもこれといったストーリーはないが、60年代中期から80年代中期までの中国の社会生活と、当時の青年たちが歩んだ人生の路——紅衛兵が長征の路を再び歩き、生産隊に入り農村で暮らし、大学に入り、大学院に進み、外国に留学する——という中での精神の遍歴を構築している。『金牧場』においては、Mで代表されるモンゴルの草原が、Jで代表される現代東京の生活とはすでに相容れない精神的領域となっている。『黒駿馬』の永遠のモンゴル草原は現実に依拠している。だが『金牧場』のアロタン・ヌトコ(阿勒坦・努特格)は、すでにチンギス・アイトマートフの小説『ブーランレイ駅』(1980)の中のもはや二度と存在しないアナベイト墓地になっているのだ。それゆえ『金牧場』では「我々は帰るべき家のない人間になってしまった!」、作家の理想とする精神は、現実とは相反する価値判断であり、世俗を超越した人格的理想であり、目的地のない精神の旅となっている。『黒駿馬』の調和から、『金牧場』の対立へと向かったのだ。その原因は、祖母の身が体現していたモンゴル草原のように全てを包み込むような生命の哲学が、一神教的性質を持つ「草原教信仰」(張承志

『GRAFFITI－糊塗乱抹』1985）に取って代わられたことにある。寛容の精神も「清潔な精神」（張承志『清潔的精神』1994）に取って代わられている。張承志の草原は狭くなったのだ。『金牧場』から『金草地（チンツァオティー）』（1994）に改め、「30万字で描いた広大な牧場を捨て、自分のために一片の心の草地を残し」たのである。（『金草地』「前言」）そして『心霊史（シンリンシー）』（1991）では、すでに「狭い草地を手離し」、「一つの信仰を描」いた（張承志『「美麗的瞬間」自序』）。張承志の物狂おしいほどの理想は「紅衛兵時代」に端を発しており、「大破大立」〔古い事物を大いに破壊し、新しい事物を大いに打ち立てること〕に熱中しており、今もなお嗄れ声で「大破大立」を呼びかけているのだ。

ザジダワ（扎西達娃 1959 －）は『繋在皮縄扣上的魂（シーツァイピーションコウシャンドホン）（革紐の結び目につながれた魂）』（1985）で、世々代々、描きつくされることのない神仏を探し求める物語の原型に、現代世界と民族の伝統とに関する思考を注入している。「尋找」する主人公が永遠に探し求める宗教的理想郷「シャンバラー」（香巴拉）とは、先進的な物質の楽園であり、また宗教的楽天地──精神のふるさと──でもあるのだ。

二

「尋根文学」の作家たちは現実の人生そのものに視線を向け、民族の生存状況に注目して、民族文化の危機を普遍的に発見している。彼らは民族文化の歴史の進行に反省思索を加えた結果、20世紀の初めの20年間に民族文化の「断裂帯（アーチョン）」があることを期せずして発見している。阿城は「戊戌の変法、辛亥革命、五四運動、これらは全て民族の生存という点から起こっているが、その反面、西洋文化の力を借りていないものも一つとしてない。……五四運動は社会が変革する中でまぎれもなく進歩的意義を有してはいる。しかし、五四運動のほぼ全面的な民族文化に対する虚無主義的態度に加えて、中国社会が常に不安定であることが、民族文化の断裂を促し、今日に至っている。「文化大革命」が更に徹底的に民族文化を階級文化として裁き、全面的に一掃したので、我々はあやうく腰巻きの布さえなくなってしまうところだった。」と見ている（阿城『文化制約着人類』、

「文芸報」1985 年 7 月 6 日)。鄭義 (1947 −) は「「五四運動」がかつて我が民族に活力をもたらしたということは事実だ。しかし同時に多くのことを否定し、肯定することは少なく、民族文化を遮断した嫌いもある。「打倒孔家店」〔「孔子を打倒せよ」のスローガン〕は民族文化のもっとも豊かな集積の一つである孔孟の道を踏み倒した。これは批判ではなく破壊である。止揚ではなく、放棄である。痛快と言えばもとより痛快だが、これ以後文化は切断されてしまったのだ。」と述べている (鄭義『跨越文化断裂帯』、「文芸報」1985 年 7 月 13 日)。どんなにがんばって思い出しても、「我々この世代の人間が系統的な民族文化の教育を受けた形跡を探し出すことは出来ない」(鄭義、同上) ということを彼は発見している。王安憶 (女性 1954 −) も自分は「歴史も知らず、世界も知らず、まるで一つの断層に直面しているようだ」と感じている (王安憶『帰去来兮』、「文芸研究」1985 年第 1 期)。莫言 (1956 −) も、「思うに魯迅に最も欠けているのは、我々民族意識の中の明るい面を発揚することである。もっぱら解剖し、もっぱら否定するばかりでは、社会には希望がない。」(莫言『我的「農民意識」観』) と語っている。

「尋根文学」の作家は中国現代の歴史への反省思索より前に、まず文化から着手し、中国の現代史の幕開け——「新文化運動」に対して反省思索を進め、「新文化運動」から始まる文化革命に対して反省思索を行った。彼らは「新文化運動」が貫徹して進めた「革命」的方法によって、文化に対し「破旧立新」〔古きを破って新しきを立てる〕を実行するようなことはしなかったし、さらに民族文化を「旧」とし、「西洋化」を「新」とするようなこともしなかった。彼らは文化の継承性に従ったのである。阿城は彼の小説中の人物——紙屑拾いの老人にさりげなく「新」と「旧」の理論を説明させている。「旧いとは何か、わしが毎日紙屑を拾っているのはたしかに旧いものを拾っているわけだが、それらを持ち帰って分類し、売って暮らしを立てているのは、これは新というものじゃないかね。」(阿城『棋王』)。

「尋根文学」の作家たちの主張は、中国伝統文化に「再び新たな認識」を与えた (阿城『文化制約着人類』、「文芸報」1985 年 7 月 6 日)。彼らは中国文化と西洋文化の異なる特徴を見出だしたのである。王安憶はアメリカを訪れ

た後帰国して，改めて自分の生まれ育った土地，自分の文化の背景を目にして，「私はつまり私なのだということをますます感じた」という，非常に明晰な意識を生じた（王安憶『帰去来兮』，「文芸研究」1985年第1期）。阿城はまた彼の小説の主人公に一つの具体的な問題についてマクロな「本位」文化の理論を説明させている。「西洋人は我々とは異なる。隔たりがあるのだ。」(阿城『棋王』)。中国文化と西洋文化の差異について，阿城は次のように述べている。「中国文化と西洋文化の発生と発展には非常に大きな違いがある。ある意味では互いに影響し合えないほどだ。哲学においては，中国哲学は直感的であり，西洋哲学は論理的実証主義である。東洋は自然を対等に認め，人は自然の中の一種の生命形態に過ぎないとし，西洋は人本主義〔ヒューマニズム〕を認め，自然とは対立する。東洋の芸術は大志の自然な発露であり，書かれたり描かれたりする物は痕跡に過ぎないとするが，一方西洋芸術は，事物に対し書く物描く物すべて，その根本は論理である。」(阿城『文化制約着人類』，「文芸報」1985年7月6日)。鄭義もまた「わが民族特有の価値観念，わが民族の自然，社会，人間に対する叡智，そして今もまだその意義を失わない直感的な真の悟りや，わが民族の他とは一線を画する深くて細やかな審美意識」等を非常に重視している(鄭義『跨越文化断裂帯』，「文芸報」1985年7月13日)。「尋根」作家は伝統文化の土壌の中に文学の土台を再び打ち立てようと考え始めているのだ。「尋根文学」は思潮としては，民族伝統文化に関する中国新文学のはじめての自覚である。これが形成されたということは，民族文化意識が成熟に向かっていることを明らかに示しているのだ。

　「尋根文学」はその創作方法において，もはや「新文化運動」以来の「新文学」のように，中華民族の存在方式，心理，文化，芸術を西洋の価値基準で一様に批判するようなことはしない。——阿城はこの様な批判を，「風馬牛も相及ばず」〔互いに少しも関係のないこと〕だと指摘しているが(阿城『文化制約着人類』，「文芸報」1985年7月6日)，——「尋根文学」はむしろそれらを現実と見なし，正常な存在だと見なして，その歴史の源流や長い伝統の由来を見るのである。李鋭（リーロイ）は「我々は二度と「国民性」とか「劣等根性」，

或いはいかなる文化の表面的形態だけの描写を構想したり，主旨あるいは目的にしたりすべきではない。それらを素材とし，血液中の有機成分に変え，更に高いレベルの文学を具現しようと追求すべきなのだ。」と提言している（李鋭『「厚土」自語』，「上海文学」1988年第10期）。王安憶は自ら「新たな視線」で中国を見ると，「もともと非常に平凡に思えた生活の中に沢山の平凡でないことを見ることができ」（王安憶『「小鮑荘」・文学虚構・都市風格』，「語文導報」1987年第4期），また四千年の歴史の中に「多くの苦難を身に受けながら，それでも毅然と立って揺るがない人生の価値」を発見できるということを自覚的に意識したのである（王安憶『帰去来兮』，「文芸研究」1985年第1期）。

　阿城の『棋王（将棋のチャンピオン）』(1984) は，ある1人の人間の飯を食べたり将棋を指すといった至極ありふれた人生の状況を描いている。王一生の家は貧しく，常に飢えているため，好き嫌いもなく何でも食べ，その食べ方も上品ではなかった。しかも「食うや食わずでいると日が長い」という飢えを耐え忍ぶ哲学をあみ出した。彼には客観的世界を変えることは出来ないが，主観的な精神世界を創り出すことは出来た。「何をもって憂いを解かん，ただ将棋あるのみ」というのが彼の名言である。彼は紙屑拾いの老人から「将棋は指しても生業にはしない」という行動哲学を守るよう教えられ，内在的精神の外界の事物に対する超越を保つことによって，「楚河漢界」〔中国将棋での双方の境界の河〕で「守柔曰強」〔柔を守ることを強と言う〕（老子『道徳経』第52章）の態度を重んじ，事物が発展するときの趨勢を把握することを重視する，という東洋文化の精神を悟るのである。王一生は満足することを知っていて常に楽しみ，どんな境遇にも安んじ，友を訪ねて悟りの道を探求する時ものんびりと満ち足りており，時代によって極限までおしやられた闘争哲学に対する無形の否定の中で，生命に内在する価値を肯定し，「文革の大災難」の時代に個性の超越と自由を保ち，荘子のような独立した芸術的な人格を体現している。王一生は見たところ陰気で軟弱，気力のなさそうな外見でありながら，奪うことの出来ない意思の力を潜めている。九局連環棋戦〔一人で九人の棋士と同時対

局する連環棋戦〕で彼は一人で棋場に座り，まるで何も見ず，何も聞こえないかのようである。平凡な生命はすでに果てしない宇宙の息吹と通じ合い，人生の成果を実現するのだ。作者は小説の末尾で，「平凡な人間でなかったら，こんな楽しみはわからなかっただろう。家をなくし親とも死に別れ，普通の庶民となって毎日鍬をかつぐようになってみたら，なんと，ここに本当の人生というものがあった。これこそが幸せであり，福であったと知るのだ。衣食は本であり，人類は生まれたときからそのために毎日あくせくしてきた。しかし，それにとらわれてしまうと，ついには人間らしさを失うにいたるのである。」と述べて，世俗の功利を超越した独立した人格の精神と，自主的な芸術人生に対して，楽観的な肯定を与えている。

　　阿城の小説の主人公は皆内省的で平和的である。「棋呆子」〔将棋ばか〕の王一生以外に，肖疙瘩（『樹王』）も間抜けのように朴訥で，いつも無口で「口をきかない」状態にある。『孩子王（子供たちの王様）』の「私」は進むも好まず退くも憂えず，日常あるがままの状態に安んじ，泰然自若と落ち着いている。李二（『樹椿』）は歌を忘れた街に長年黙々と向かい合って，全く無名無言の「無字残碑」〔何も書かれず残された無言の碑〕となった。彼らは内心の平静と自由を追求している。物のために喜ばず，己のために悲しまず，大自然と無言のうちに感応し，天性の無欠を保っている。彼らはその身で崇高な虚無静寂と天人合一の東洋文化の精神を表している。「新文化運動」は西洋の破壊を主とし闘争を重んじる，いわゆる「動の文明」の導入を主張し，ここに描かれているような協調を主とし建設を重んじる「静の文明」を国民の「劣等根性」だとして，批判を加えた。阿城は自覚的に東洋文化の精髄を探し求め，東洋文化の精神の中に審美の理想を探求する。彼の筆に描かれた「痴漢」〔おろかな男〕たちの精神は決して麻痺しているのではなく，執着しているのである。王一生は棋の道に対して，肖疙瘩は自然に対して，孩子王は授業に対して，李二は山歌に対して，皆おろかなまでの執着を示している。阿城はこれらの主人公が表す人格の理想を動態として描き，「文革」という「誤謬に満ちた」環境の中に置いて，苦難を経験させている。彼らの被った運命はどれも肖疙瘩と同じである。「不破不

立」〔古いものを破壊しなければ新しいものは成立しない〕という斧が「樹王(シューワン)(樹木の王様)」めがけて振り下ろされるのだ。しかし彼らはそれぞれの将棋、樹木、山歌などと運命を共にして死ぬ覚悟の使命感を示している。平和の中に悲壮があり、柔の中に剛がある。『樹王』では肖疙瘩が一人で樹を護り、「神様がなさった仕事」のために証明を残そうとする姿を描いている。烈火が山林全体を焼き尽くすと共に、肖疙瘩は魂を失い、病を得て起き上がる事が出来ず、やがて自覚して死に赴くという悲壮感に満ちた場面を表現している。死ぬことのなかった棋王、孩子王……たちも皆もともといた普段の位置に戻ることで、同じような悲壮感をほのめかせている。『樹王』の結末部分では肖疙瘩の墓の上に一面の草が生え、白い花が咲き、「群がり咲く白い花がまるで切られた手足から露出している白い骨のように見えた」と描写していて、人は死んでも骨は残ることを意味している。小説の最後の一字——中国の伝統的な人格理論の中での「骨」、は肖疙瘩のものであり、阿城の全ての主人公の人格の象徴でもあるのだ。

　王安憶の『小鮑荘』(1985) は作者がアメリカを訪れ、中国文化と西洋文化の衝突を経験し、自分の血縁、種族、国籍、文化的背景に対して、いまだかつて味わったことのない非常にはっきりした意識を持った後に創作された郷土文化小説である。これは王安憶が小説を創作する際に、美しい虹を追うような視角から民族文化的視角へと移行し、「私」を描くという自我中心的な状態から、「私たち」を描くという集団中心の状態へ移行したことを示している。『小鮑荘』は伝統文化の支配の下での中華民族の生存状態を明らかにしているのだ。王安憶は我々に「『小鮑荘』に描かれたものはどれも真実のストーリーである」と言っている（王安憶『「小鮑荘」・文学虚構・都市風格』、「語文導報」1987年第4期）。それらは全て作者が当時下放して生産隊に入隊し、生活していた場所で得たものである。ストーリーは明らかにどこにでもあるありふれたものである。そして小説には多くの現象が盛り込まれている。これらのストーリーと現象を結び付けているのは、民族の共通心理と文化的背景である。これこそ、いわゆる「もともと非常に平凡だと思っていた生活の中に、多くの非凡を見出す」ということで、見

慣れてしまった民族の元来の状態の中に、改めて新たな人文的価値を見出し、中国を再発見するのである。

　小鮑荘は鮑という姓の一族が住む村である。村人の人間関係を結びつけ、支配している紐帯は、血縁的基礎の上に立つ倫理である。儒教文化は、これを中心として「仁義」という核心を述べた。「仁義」は郷土文化となり、人々が長期の共同生活の中で形成する集団意識となるのである。村人たちは祖先代々富を敬わず、勢力を畏れず、ただこの仁義を重んじてきた。「仁義」とは彼らが困難の中で互いに支え合い、助け合い、一つ一つの災難を取り除いて生活してきたものであって、今もなお大衆の中に毅然と存在している人文的価値である。

　小鮑荘は並外れて安定した「桃源郷」などではなく、歴史感のある「変化する山村」である。作品が我々に見せてくれるのは、新しい社会の中の小鮑荘であり、我々が今歩いてきたばかりの路を詳しく観察し、その中にある文化的原因を分析している。

　鮑氏一族の名前に「仁」の字が付く世代の呼び名には、「社会子(ショーホイズ)」「建設子(チエンショーズ)」「文化子(ウェンホワズ)」などの名前があるが、これは我々の社会が発展する過程の標識であり、中国という土地における社会主義文化の産物である。社会主義文化は建国初期には建設を主調として、活気に満ちた発展の形勢を見せていた。小鮑荘の人々は「社会主義」を新社会と見なし、全ての問題を解決できると信じていたが、唯一残念なのは「惜しむらくはひどく貧しい」ことであった(『小鮑荘』、『海上繁華夢』作家出版社1996年版　p.271)。鮑彦山(ハオイエンシャン)の妻は産後の養生に芋のうどんを食べていた——その後それさえ十分食べられなくなって、さつま芋の苗まで混ぜねばならなかった。建設子は新しい家を建てることが出来ないために結婚を考えることもできない。小翠子(シアオツイズ)は乞食をしながら小鮑荘にたどり着いて、建設子の童養媳(トンヤンシー)〔子守り兼将来の嫁として買われた幼女〕となった。小翠子と文化子は相思相愛になるが、兄の建設子が嫁を娶れなくなるために、二人の結婚も実現しようがない。……ここではほぼ全ての人が問題を抱えており、そうした問題はどれも解決し難いものだったと言えよう。

第七章 「尋根」文学　185

　困難を経験するのは小鮑荘の人々にとっては生存の日常あたりまえの状態であり，仁義を重んずるというのもそうである。鮑秉徳(バオビントー)の妻は気が狂い，人は彼に離婚してまた再婚することを勧めるが，彼は「そんな仁義にもとる事は出来ない。一日の夫婦百日の恩だ，こうなったからといって仁義に背くような事は出来ない」ときっぱり拒絶する。鮑彦山の家では乞食の母娘を数日間世話した末に，小翠子を引き受けて童養媳にしたのである。小鮑荘で童養媳となるのはまあ一番幸せな方なのだ。鮑五爺(バオウーイエ)は孫が死んでたちまち「絶戸(チュエフー)」〔跡取なし〕になってしまったが，生産隊長は彼が絶戸になることはないと慰め，村で「仁」の字が付く世代は全て彼の孫であると言い，皆も「小鮑荘の誰かの家の鍋の中に食べ物があるかぎり，あんたのお椀に食べ物がなくなることはないよ」と言う。「撈渣(ラオチャー)〔鮑仁平の幼名，末子の意を含む〕は小鮑荘の文化の精髄を受け，幼い頃から仁義に厚く，洪水の中で五爺を救うために命を捨てて「大いなる仁義」を行うのである。」

　『小鮑荘』は中国の新文学が誕生して以来，倫理，仁義を肯定的なテーマとして取り上げた最初の作品である。「新文化運動」はまず西洋の個人本位の文化でもって，中国の倫理本位の文化に取り替える事を主張し，批判の矛先を儒教文化に向けた。70年の時を隔て『小鮑荘』は新しい視角から普通の市民に関する真実の生存現象を描いて，こうした現象を支配している儒教文化の人文的価値を十分に肯定し，「本位文化論者」という立場から中国の20世紀文学を貫く東西文化の大論争に参加した。

　この論争は『小鮑荘』の中でも一貫してつらぬかれている。人間性をまだ失っていない老人鮑彦栄(ハオレンウェン)は，鮑仁文につきまとわれ，自分のことを偉大な革命英雄だと言わざるを得ないようにしむけられる。なぜなら鮑仁文は老人の生涯を一篇の長編小説に書くつもりで，題もすでに『鮑山児女英雄伝』と決めていたからである。鮑秉徳は仁義から「武瘋子(ウーフォンズ)」〔「暴力狂」の意，ヒステリー症状で暴れるためについた呼び名〕の妻を見棄てられないのだが，鮑仁文はこれを「階級感情は海より深い」といった類の放送用原稿として書き上げる。特に撈渣に対する評価がそうで，鮑仁文と地区の新聞記者，省の新聞記者は，撈渣の鮑五爺に対する世話と救助を，「五保戸(ウーハオソー)」〔老

人，病人，孤児，寡婦，障害者の五種類の社会的に保護すべき家庭〕に対する責任と義務を果たした美談に作り替え，無理にでも「老革命家」鮑彦栄の影響を受けた「小英雄」の事績として，撈渣の行為を「階級」や「革命」のモデルにはめ込まねば気がすまないのである。こうして「仁義」を重んずる小鮑荘は革命的伝統豊かな村ということになってしまった。

　王安憶は「淡々とした哀愁」をもって「文瘋子」〔ウェンフォンズ〔「作文狂」の意，鮑仁文を指す，主観的作文癖のある変人のためついたあだ名〕式の「作家——記者」の思考モデルのでたらめさと滑稽さを描き，そうした思考と小鮑荘の人々の思考とが全くかけ離れている様を描いている。鮑彦栄は質問に答えるのだが，彼の話す事には全く革命的自覚が見られず，全ては真実の人間味に満ちた話である。鮑秉徳は放送用原稿を聞いて，どうも「自分のことが彼に一手に取りしきられてしまった」ようで，とにかく「文瘋子」はいささか気に入らない奴だと思った。撈渣の父母は『鮑山下の小英雄』の報道を聞いていても，淡々とした顔つきで，まるで他人の家の話を聞いているようだった。文章に書かれた撈渣が彼らと全くかけ離れていて，親しみがわかないのである。これは「階級」「革命」といったモデルの「外来」的性質を明らかにしている。鮑彦山は「文瘋子」のことを「一肚子酸文假醋」〔インテリぶった鼻持ちならぬ奴〕と考えている。「文瘋子」式の喜劇は，阿城の指摘する「民族文化を階級文化で裁く」という喜劇である。撈渣は「小鮑荘」の郷土文化の産児である。撈渣の行為は「仁義」を核とする儒教文化が代々伝えられてきた結果なのだ。作家や記者の質問に対する，撈渣の父母の答えも，階級文化にねじまげられた撈渣を郷土の人間に還元するものとなっている。

　　「鮑仁平は何歳のときから鮑五爺の世話や保護活動をするようになったのですか」
　　「小さいときから鮑五爺になついとった。しゃべれるようになったら，飯を食べていけと声をかけたし，歩くようになったら，煎餅をとどけに行った」
　　「なぜ鮑五爺にそんなに親切にしたのかな」

「縁があったんだ。鮑五爺は人づき合いが悪くて偏屈だったが, 撈渣とだけは仲がよかった」

「鮑仁平が生前いちばん尊敬していたのは, どんな英雄人物ですか」
「撈渣は相手が大人だろうと子供だろうと尊敬しとったよ。年寄りに会えばかならず挨拶したし, 子供とは喧嘩ひとつしなかった」
「そうするようになったのは、誰の影響でしょう」
「おれと母ちゃんがあれの小さいときから、"人に会ったら声をかけて挨拶しろ, 年上の人にはかならずきちんとお相手しろ, 年下には譲ってやれ, それがいい子だ", と言いきかせとった。この村では昔から仁義を大事にしてきたでな。困ったことがあればみんながたすける。この辺り数十里四方は皆そうするよう心得ておる。あの子はそういう影響を受けたんじゃ」

『小鮑荘』は郷土文化と外来文化の差異を詳細に描き出した。訪れる記者は, 芽を出したばかりの麦の苗を踏んづけてやって来る。地区の新聞記者であろうと省の新聞記者であろうと, 皆撈渣の父母の話が最も悲しいところ――「あの子はかわいそうだ。一度もうまいものを食ったことがなかった」という話になると, 興味を失って去ってゆくのである。階級本位の文化は, 郷土文化の「民は食をもって天となす」という思想と食い違うのだ。

『小鮑荘』が郷土文化によって外来文化を溶解させたことは, 中国当代文学における階級本位の文化に対する最も早い時期の反省思索である。

撈渣の父母を最も悲しませているのは, 現在「腹いっぱい食べられるのに, あの子がいなくなってしまった」という事であり, これは撈渣が死んだ後の「今日」に対する無言の肯定である。彼らはとにかく満足そうに食糧の囲いを指差して, よその人に見せている。「建設」を中心とする体制の思想と郷土文化とは調和へと向かっているのである。小鮑荘の人間は一言たりとも「貧しい社会主義」をほめたたえたりはしない。「富める社会主義」こ

そ民族文化の精神に合っているのだ。『小鮑荘』は儒教文化の長い歴史や伝統を表現し，社会主義の「中国化」問題について考えることを我々に教えている。

　50年代初期の「建国文学」にはいたるところに儒教文化と対立しない「社会主義」が表わされている。『小鮑荘』の主題は社会主義を内包する儒教文化である。小鮑荘の人が鮑五爺を慰めるとき，何気なく両者の間の重大な関係についてふれている。

　　　「今は社会主義の新しい世の中じゃないか。それにたとえ百年前だって，この村で，身寄りがなくて飢え死にしたり凍え死んだりした年寄りを一人でも見かけたことがあるかい」

　『小鮑荘』は，特に拾来(シーライ)を中心とするプロットで，民族文化の支配の下での生存状況が閉鎖的で停滞しており，多くの旧いしきたりを踏襲して何ら変化がないことを明らかにした。大姑(ターグー)と貨郎(フオラン)，拾来と二嬸(アルシェン)の愛情や婚姻は全て厳しく阻害され抑圧される。王安憶はそれに続いて創作した一組の愛情小説「三恋(サンリェン)」(『荒山之恋』『小城之恋』『錦綉谷之恋』)の中で，社会集団の中で生活する個人の生活の複雑な形態を一層こと細かく描き，個人生活の情熱に対する関心と肯定を表現した。

　これと同時に張煒(チャンウェイ)(1956－)，矯健(チアオチエン)(1954－)も儒教文化に対して深く掘り下げはじめた。

　『黒駿馬』や『小鮑荘』，阿城の「三王」〔『棋王』『樹王』『孩子王』〕など，および他の作家たちの「尋根」小説は，全て「礼を失いて，これを野に求む」という意図をほのめかしている。「新文化運動」以来，民族文化の精神が体制の思想になったことは一度もない。民族文化の血脈は「廟堂」にあるのではなく，民間に残っているのだ。『黒駿馬』では草原のごく普通のモンゴル族の女性から人生の真の意義を探し求め，『小鮑荘』では辺鄙な片田舎の家族的村落での生存状況から人文的価値を探求するのである。阿城の小説では文化の精髄と人格の理想は全て民間に隠されている。彼は一組

の小説を「遍地風流」と名付け, 世俗的人生に対する肯定を具体的に表現した。全く字の判らないこれらの庶民は, 目や耳で慣れ親しんで, 代々伝えてきた民族文化の精髄を継承しつつ, しっかりと大地に根付いた人生を送っている。

「尋根文学」の作家たちはその理論と創作によって自覚的に,「深い深い断層を埋めている」のだ（王安憶『帰去来兮』）。

三

「尋根文学」は強烈な現代的意識を表現している。そこでは現代的意識が伝統の廃墟の上に打ち建てられているのではなく, 伝統の基礎の上に成長しているのだ。「尋根文学」が現代と伝統の両者の関係について表現している文化的概念は, 大体のところ新儒学者たちが述べている「返本開新」〔根本に返って新しきを開く〕とか「従老根上発新芽」〔古い根から新しい芽を出す〕（梁漱溟『精神淘煉要旨』,『梁漱溟全集』第5巻　山東人民出版社　p.504）と同じようなことだ。彼らは皆, 伝統文化の現代的価値を肯定し, 民族本位の現代文化を創り出すことを主張している。

鄭義の『遠村ユアンツォン』(1983)と『老井ラオチン（古井戸）』(1985)は, どちらも太行山区の極寒で痩せた土地での人々の苦難に満ちた悲壮な生活の過程を描いている。この二部の中編小説のプロットは「今日」に入っていながら, 主題は「昨日」にある。「昨日」は傷だらけで血みどろで, 振り返るに堪えないものであり,「今日」は人を小躍りさせ, 銅鑼や太鼓をたたいて歓呼させる。だが,「昨日」が人びとを堅忍不抜にしているものは,「今日」にとっても欠かすことの出来ないものである。「昨日」は「今日」に通じているのだ。『遠村』の主人公楊万牛ヤンワンニウが朝鮮戦争からリューマチの足を引きずり, 賞状を持って帰って来た時, 彼が心から愛する少女葉葉イエイエはすでに張四奎チャンスーコイの妻になっていた。こうした物質と精神の両面にわたる二重の不幸が作り出す悲劇を前にして, 万牛と葉葉の愛情の種子は, ねじまがった形で不毛な地にたくましく成長するという, 頑強な生命の情熱と素朴な道徳観念を表現している。作者は悠久なる僻地の山村での生活絵図を後まで引き伸ばし,

農業が責任制になって以降、春の水がすばやく流れ、凍った滝は崩れ、山野が息を吹き返し、若者たちが婚礼の喜びに沸く——彼らはもはや二度と楊万牛と葉葉が歩いてきたような路なき路を行く必要はなくなり、中国の農民が新しい歴史的時代に入った、というところまで描いている。

　葉葉を亡くして意気消沈する楊万牛は、生活の中で一種春にも似た生命力に満ち溢れた呼びかけを感受し、どんなに苦しくとも葉葉が彼に残した子供を育てながら粘り強く生きてゆこうとする。『遠村』が表現しているのは、「まさにこの生命力に依拠してこそ、わが民族はあらゆる災難を乗り越えて、なお繁栄生存することが出来る」ということである（鄭義『太行牧歌・遠村』）。

　『老井』の主人公孫旺泉（ソンワンチュアン）も、『遠村』の主人公のような運命にある。彼も二重の不幸から、ある寡婦の「倒挿門（タオチャーメン）」〔入り婿〕となり、「種付け機械」となって、巧英（チアオイン）とはただ「打伙計（ターフオチー）」〔いい仲になる〕ことしか出来ない。しかし、孫旺泉は重い歴史の重荷を引き受けるだけではなく、重荷から抜け出す気力があり、未来を切り開く信念を持っている。彼は新旧二世代の農民をその一身に集めて表わし、古い生活と新しい生活をつなぐ輪の主要な一環となっているのだ。『老井』は『遠村』の発展であり、深化である。

　老井村を開拓した祖先の伝説は、千年前そこが水源豊かで草木が茂っていたことを伝えている。人々が木を切り林を開き、田畑を開拓したことで、川は枯れ井戸の水はなくなり、「老井に井戸なく牛も死ぬ、十年に九年は旱魃、水の貴きは油の如し」という環境に変わり、極端な貧困と立遅れに陥った。たとえどんなに水がなくなろうとも、老井の人々は決して井戸に背を向けて故郷を離れることはない。永遠に枯れることのない井戸を穿ち、使い終わることのない水源を見つけるのは、彼ら代々の、かつて消えたことのない理想である。万水老人は老井の人の伝統的精神の化身である。彼は竜王を縛って雨乞いし、竜王を鞭打つという壮挙をなし、村同士の喧嘩の際や、廟会（ミァオホイ）〔廟の祭り〕での雨乞い、井戸掘りのための募金などいつも水を求めて勇敢に立ち向かうのである。彼の父は雨乞いに失敗して死に、兄弟は井戸掘りで気が狂い、息子は井戸の底に生き埋めになっ

た。孫氏一族の何十代にも渡る不遇の運命は，老井村千年の苦難の歴史を体現している。孫旺泉は一族に脈々と伝わる井戸掘り水源探しの精神を受け継いでいる。彼は自分の一生を，苦難に満ちた郷土とかたく結び付け，投げ出しようのない重責を背負い，執念のような責任感と堅忍不抜の献身精神で，郷土を繁栄させる事業のために，青春と血と汗を注ぎ込むのだ。彼は昔の井戸掘りの方法を二度と繰り返さず，「水脈を当てる占い師」に頼らず，破天荒にも「科学で水脈を探し」て，ついに乾いて地割れした土地から水を探し当て，永遠に枯れない深い井戸を掘り当てた——老井村の不幸の歴史に結末をつけ，「千年が経っても，繁栄への希望が見出せなかった」農民たちに，この地に「しっかりと足をふみしめて立ち」，畑仕事をして裕福になり，自然を美しく変え，子孫を繁栄させることができるという希望を与えたのである。かくして，作家が言うように「歴史はやっと千年の螺旋を歩み終え，人と自然はやっと更に高いレベルでの新たなる調和へと向かった」のだ（鄭義『太行牧歌・老井』）。井戸掘り水源探しの苦労を経験した孫旺泉は，先人の墓を見，村を見，千年前から伝わる鍋のかけらを見て，自分の根が非常に深いことに気づく。彼は思った，巧英は清い河の水のように波を立てて永遠に山の外へと流れ去ったけれど，彼自身はどっしりとした大きな山のように河の水を受けとめて，聳え立ち，河の水がもっと広い世界へと流れてゆくのを見送るのだと。孫旺泉が体現している文化の血脈こそ，わが民族が古から今にいたるまで生存し発展してきた精神的支えであり，民族文化の根と源である。孫旺泉の人物像を創作する際の感想に関して，作家は次のように述べている。「ペンをとる前から私はむろん趙巧英を偏愛していた。しかし思いがけないことに書けば書くほど孫旺泉に対して，自分でも意外なほど敬意を感じた。たしかに彼には多くの限界があるのだが，現実の社会は結局孫旺泉らの支えに頼っている。もし一代又一代と続く水探しの英雄がいなかったら，歴史の河は平らで緩やかな河道を失い，流れようがなく，さらに落差を積み重ねるすべもなく，人は時代の裂け目へ驚くほどまっさかさまに飛び降りることになるだろう」（鄭義『太行牧歌・老井』）。

霍達(女性　1945 －)〔フオター〕の長編小説『穆斯林的葬礼(モスリムの葬礼)』〔ムースーリンドツァンリー〕(1987)はあるイスラム教徒の家族の数十年にわたる紆余曲折に満ちた生活の経歴を描写することで，中国のイスラム教徒の長く苦しい生活と運命を回顧している。作品はウイグル族人民の勤勉さ，善良さ，親切，仁愛といった品性を胸いっぱいの思いを込めて謳歌すると共に，一方では様々な古い規則や悪い習慣を深く批判した。奇異で濃厚な民族的情緒を基礎にしながら，矛盾に満ちた現実を露わに展開し，かつ未来に対する憧憬を表現している。

莫言は一つのシリーズ作品で彼の芸術世界——高密県東北郷を作り上げている。そこは彼の精神的故郷である。「故郷の黒土はもともと驚くほど肥沃で，そのため物産は豊富であり，人びとも優秀で，人心は積極的に前向きである，というのが本来私のいだいていた故郷への意識である。」(莫言『紅高梁』)。莫言はここにおける原始的な生活形態を描き，その中にある原始的な生命力と自然な人間性を賛美し，それによって都市文明が生命と人間性に与える抑圧をクローズアップして，現代人類の精神的故郷を探し求めるのである。

『透明的紅羅卜(透きとおったニンジン)』(1985)で莫言は「黒孩」〔ヘイハイ〕〔一人っ子政策のため出生無届で戸籍のない子〕の感覚世界という視点からストーリーを叙述し，子供の感覚で蔽われた世界を描いて，「黒孩」に潜んでいる頑強な生命力を表現した。——その生命力は極限まで抑圧され，一度解き放たれるや非常に剛情かつ強烈である。これは貧困と欠乏という環境のもとでの，強靭で我慢強い農民的性格なのだ。「黒孩」は荒涼として愛のない世界に多少のぬくもりを感じたことを珍重し，暗黒の生活の中に透明なニンジンを見るのだ。美しく透けたニンジンは野生の神聖，純潔のイメージになっている。この小説は濃厚な郷土の息吹を発散していて，作者の描く「高密県東北郷世界」の最初の礎となった作品と見なされている(張志忠『莫言論』参照)。

『紅高梁』〔ホンカオリアン〕『高梁酒』〔カオリアンチウ〕『高梁殯』〔カオリアンビン〕『狗道』〔コウタオ〕『奇死』〔チースー〕から成る『紅高梁家族』(1987)は血縁関係にある語り手「私」の角度から多過程方式で「祖父——

祖母」の物語を語る。

　戴鳳蓮(タイフォンリエン)は花のように美しかったが, 16歳のその年, ふくよかで美しく育った彼女に突然不幸が降りかかる——父親が彼女を酒の蔵元の主人の, ハンセン病を患った息子に嫁がせ, 一頭のロバと幾ばくかの銀貨と引き換えにしたのだ。絶望の中で戴鳳蓮は強盗に襲われても恐怖を感じず, 逆に明るく笑うのである——これが籠かきの余占鰲(ユーチャンアオ)の男気を呼び起こした。彼は野蛮で勇敢な方法で, 窮地に陥った花嫁のために, 強盗を生業とする悪人と蔵元の主人親子を次々とかたづけ, 天から授かったような縁で, 戴鳳蓮と青春と生命の結合を果たした。戴鳳蓮は蔵元の女主人となり, 一方余占鰲は高粱の叢の中で人を殺して物を奪うことをはじめ, 高密県東北郷一帯の土匪の司令官となった。土匪の部隊では仲間割れが起って互いに争い, 野心に駆られて, ほしいままに人を殺したが, 渡世の義俠心も重んじていた。高粱酒の酒造り小屋での愛情に満ちた生活は非常にエロチックで, 満ち溢れる野性を表現している。

　日本の侵略という民族的災難が降りかかり, 余占鰲と戴鳳蓮の野性と原始的な生命の情熱は, 現代的民族精神へと昇華される。彼らは高粱の叢で日本からの侵略者と命がけの死闘を繰りひろげ, 凛然たる正義の気風を示して, 不朽の功績を打ち立てた。彼らは抗日戦線の前衛であり, 民族の英雄なのだ。

　『紅高粱』は非英雄的モデルの英雄を作り出した。彼らは「民間の英雄」であり, 高密県東北郷型の英雄である。「彼らは人を殺し物を奪うことで, 忠誠を尽くし国に報いたのだ。」——莫言は常識とは反対の価値を, 彼の英雄に並列して存在する不可欠な要素として描き, 一種の「異常」な英雄美学を展開している。

　　高密県東北郷は疑いもなく地球上で, もっとも美しくて, 醜く, もっとも超俗的で, 俗っぽく, もっとも清らかで, 汚らわしく, もっとも雄々しくて, 人の道にはずれ, もっともよく酒をくらい, 愛しあうのにふさわしいところなのだ。

冷支隊長を代表とする自ら「英雄」を任ずる人々と対照的な形で，余占鰲式の「民間の英雄」が確認されている。『紅高粱』に見られるのはこのような立体的な美学である。余占鰲と冷支隊長の重大な相違点は「やるか」「やらないか」という点にある。

> 冷支隊長はせせら笑った，「占鰲，おれはもちろん，王旅団長もあんたのためを思ってのことだ。武器をもってきてくれりゃ，あんたには大隊長になってもらう。軍費は王旅団長もちだから，土匪をやるよりましだぞ」
> 「土匪だろうとなかろうと，日本人と戦える奴が中国の大英雄よ。おれは去年日本の歩哨を三人片づけて，三八式歩兵銃を三丁分捕った。冷支隊は土匪じゃねえが，日本の鬼子(コイズ)を何人殺したんだ，鬼子の毛筋一本も抜いちゃいめえ」
> ……
> 祖母がレボルバー拳銃を押さえて，たずねた，「やるのかい。」
> 余司令はかんかんに怒って．「もう頼むな。やつがやらなくても，俺はやる。」
> 冷支隊長が言った，「やるよ。」

『紅高粱』の主要なプロットは，余司令が部隊を率いて待ち伏せ攻撃をかけるというところである。戦いの前に彼は部下たちに向かって次のように言う。

> 「嫌な話は先にことわっておく。いざという時に怖じ気づくやつは，俺が撃ち殺す。俺たちの男らしいところを冷支隊に見せてやれ。あん畜生ども，旗じるしをかさにきやがって。その手はくわねえ。手下になれだと。そいつはこっちのせりふよ。」

余司令の部隊は重い代償と引き換えに，やって来た日本の侵略者を消

滅させた。しかし冷支隊は結局「やらなかった」のだ。戦っている最中は山に隠れ、戦いが終わると山を下りて桃〔他人の成果〕をもぎ取ってゆくのである。

　余占鰲と戴鳳蓮の美学的特徴は、冷支隊との間に美醜の対照をあざやかに具現させ、かつ彼ら自身は「醜を美に変える」という点にある。莫言は彼らの原始的な生命力と、喜び楽しみ狂喜している生存状態を賛美している。作品はこれを焔のような「紅高粱」というイメージに変化させ、それを「祖父」「祖母」のイメージにもしている。

　『紅高粱』は作品の中に満ち溢れ、作品を光り輝かせている。それは天地の間の止むことのない生命のリズムを表現し、偉大な民族の血脈や魂を凝集している。「祖母」と「祖父」は活力あふれる高粱畑で互いに愛し合い、青春と新しい生命を取りもどし、愛情の狂喜を与えられた。「父」官児〔コワンアル〕は天地の精髄を受けて育ったといえる。それは苦難と狂喜の結晶であるのだ。高粱畑は敵に抵抗するための緑のカーテンでもある。彼らはここに身を潜め、敵を消滅させるのだ。この時、「全ての高粱の穂は真っ赤に成熟した顔となる。全ての高粱はあわさって壮大な集団となり、人びとを受け入れる大きな度量という思想を形成するのだ。」彼らと侵略者との衝突は、至る所で「紅高粱」と「非高粱」との対立として表現されている。

　　　河には小さな木の橋しかない。日本人はそこに大きな石の橋をかけ
　　ようというのだ。公路の両側は、たいへんな広さの高粱が踏み倒され、
　　畑は緑の毛氈を敷きつめたようになった。北岸の高粱畑では、黒土で
　　形が出来たばかりの道の両側で、数十頭の騾馬に引かれたローラーが
　　高粱の海に大きな二つの平坦な空き地を作り出し、工事現場に接する
　　緑のカーテンを破壊していた。騾馬たちは人に引かれて、高粱畑をく
　　りかえし往復した。まだ若い高粱が鉄の蹄の下でへし折られ、倒れ伏
　　し、その上をひき臼用のみぞのあるローラーや地ならし用のみぞなし
　　のローラーが何度もくりかえし圧しつぶすのであった……

父の話だと, 王文義の妻はたてつづけに三人の息子を産んだのだそうだ。子供たちは高粱飯のおかげですくすくと, 元気に育った。ある日, 王文義夫婦は野良で高粱の中すきをしていた。三人の子供たちは庭で遊んでいたが, 日本の複葉機が一機, ブンブンと変な音を立てながら村の上を飛んでいった。その飛行機から卵が一つ, 王文義の家の庭に落ち, 三人の子供たちをこっぱ微塵に吹き飛ばしたのである……余司令が抗日の旗上げをするとすぐ, 王文義は妻に付き添われて参加しに来たのだった……

　夕日が西に沈んだ。自動車は黒い骨組みだけを残して焼けてしまい, 焼けたゴムタイヤの臭気で息がつまった。燃えていない二台の自動車が前後に並んで, 橋を塞いでいる。河には血のようなどす黒い水, 田畑には血のような赤い高粱が一面に広がっていた。

　「祖父」「祖母」が必死に護ろうとしたものは「紅高粱」である。「紅高粱」によって彼らは無敵となり, 「紅高粱」によって彼らは一幕また一幕と勇ましく悲壮な舞踊劇を繰り広げるのである。「紅高粱」こそが彼らの生活の形式である。「祖母」は掐餅〔餅子（ピンズ）の一種, 北方の家庭での常食〕を待ち伏せの場所まで送り届けようとして, 日本軍の銃弾に当り血の海に倒れるのだ。生命の最後の時に, 彼女は自分のこの様な人生に対して, 限りなく賛美し, 愛着を示し, 心から満足していた。彼女は, 「神様, あなたは愛しい人を, 息子を, 富を, そして三十年もの赤い高粱のように満ち足りた暮らしを, 私にくださった」と感謝するのである。
　語り手は「祖父」「祖母」とは二世代を隔てている。作品が幻想の中のはるかな過去を謳歌する時, 「私」はしきりに自責の念をもらし, 一面血の海となった紅い高粱とは対照的に, 「今どきの人間」を, 悲哀をこめて「雑種の高粱」とするのである。

　私が繰り返し賛美する, 血の海のように赤い高粱はもう革命の洪水

に呑まれて跡形もなく押し流されてしまった。それに代わったのは，茎が太く短く，葉が密集し，全身白い粉におおわれていて，穂が犬の尻尾のように長い，雑種の高粱である……

雑種の高粱はどうやら永遠に成熟しないらしく，ずっと灰緑色の目を半ば閉じたままだ……それにはただ高粱と言う名前があるだけで，高粱のまっすぐに聳え立つ長い茎はない。高粱の名前だけがあっても高粱の光り輝く彩りもない。本当に欠けているのは，高粱の魂と風格だ。はっきりしないあやふやな細長い顔で高密県東北郷の清純な空気を汚しているのだ。

作家が悲哀を感じているのは「進歩すると同時に，私が心の底から種の退化を感じて」いることであり，いわば都市文明がもたらした人間性の異化〔対立物への変化〕に対して悲哀を感じているのだ。

『紅高粱』は，「祖父」と「祖母」の血気盛んな黄金時代を回顧しているが，その結果「私たちのように生きている不肖の子孫は比べてみるといかにも見劣り」する。先人を追憶することで，後世の人を励まし，新たに「紅高粱精神」を発揚して，生命の復活を実現しようというのだ。『紅高粱』の激情は民族のための「招魂」に由来しているのである。

英雄的な紅高粱一族と比べると，莫言は『紅蝗(ホンホワン)』(1987)の中で草を食べる一族を登場させているが，作品はこの一族が肉欲に狂い，乱交をするなどの醜悪な行為を描いている。紅高粱一族の生命の歓びは，民族の気骨を表現し，「個性解放の先駆」と「抗日英雄」とを一身に集めている。だが『紅蝗』では極度の肉欲に対する放縦さと一途な破壊を表現している——「極度の肉欲」によって「極度の禁欲」を破壊し，故郷の農村での自然な生存状態によって現代の都市文明に生命の活力を注ぎ込んでいるのである。

他にも多くの作家が，莫言と同様に自分の熟知している地域で，民族文化の源流と精髄を探求し，鮮明な地域性によって「尋根文学」にさまざまな彩りをそえた。

汪曽祺(1920-1997)は散文化された小説の形式で,建国前の蘇北の街における市井の生活を描いている。それぞれ描かれた蘇北社会の生活絵図の中には仁愛,同情,弱きを助け,義に厚く,利を軽んじるといった優れた民族性が含まれている。『受戒』(1980)では,若い和尚明海と,村娘小英子の愛情が,生まれながらの天性にかなった人間性の勝利を宣言している。『大淖記事』(1981)ではてんびん担ぎの巧雲と若い錫細工の職人の十一子〔十一番目の子につけられた幼名〕の,強暴な勢力にも畏れず,愛に殉じて命を棄てるという精神が,愛情に生命以上の意義を与えている。劉紹棠(1936-1997)の『蒲柳人家』(1980)『瓜棚柳巷』(1981)では京東〔北京の東〕北運河両岸の人々の,人のためには利益を顧みず,正義を守り通して邪悪に反対するという高尚な品格を描き,中華民族の伝統的な美徳を表現している。

　鄭万隆(1944-)の『異郷異聞』(1985)は彼の生まれた黒龍江畔のうっそうとした山林に根を下ろし,ここに雑居する漢族の砂金掘りと,オロチョン族の狩人が,野蛮と文明が交錯する地帯で,「狗頭金」〔予期せぬ大金〕を掘り当て,「酒屋」や「売春宿」を作り,領土を開拓すると同時に自分の文化をつくりあげるさまを描いている。鄭万隆は先人の開拓した「生土」〔土質が固くやせていて耕作に適さない土地〕を自分の文学上の「生土」とし,自分の脚下にある「文化の岩層」を切り開き,野蛮な古人の観念と習俗の中に現代人に対する投影を見るのである。鄭万隆は「「過去」は「現在」の中にある」「遠い過去と現在は同じ構造で併存するものだ」と考えており(鄭万隆『我的根』),蒼茫かつ荒涼たる,神秘的な,それでいて自然からの生命力に満ち溢れた世界に,「生命のトーテム」を探し求め,東洋に根ざした現代的な理想,価値,倫理道徳と文化観念を打ち立てようとしている。彼は「私の根は東洋にあり,東洋には東洋の文化がある」と言っている(鄭万隆『我的根』)。これと時を同じくして,ウロルト(烏熱尓図　1952-)は,興安嶺の上で,あるエヴェンキ族の狩人に心の声を叫ばせ,人と自然との感応,生命と宇宙の調和を表現した。賈平凹(1953-)は,古風にして素朴,清らかで静かな商州の古い地に秦漢の遺風を発見してい

る。韓少功(ハンシャオコン)(1953－)は、湘西山区に絢爛として奇怪な楚文化の源流を探し求め、中編小説『爸爸爸(バーバーバー)』(1985)では歴史的循環を描き、生活の本質に対する同一性の認識、及び歴史の前進に対する希望と悲哀を表現し、長編小説『馬橋詞典(マーチアオツーティエン)』(1996)では馬橋という一つの言語王国を構築して、人間の故郷を探し当てる。――この言語と言う「根」〔ルーツ〕は、「単語」を通じて馬橋社会の生存の秘密を掘り起こし、民族文化の歴史、現在、ひいては未来に対する思考を明らかにしている。李杭育(リーハンユー)(1959－)は葛川江から呉越文化の「最後の一かけら」をすくいあげており、李鋭(1950－)の『厚土(ホウトゥー)』(1986)は、深くて分厚い黄土大地の上における、生命の雄渾な景観とその自由かつ自足完結した存在形式を描いている。

　「尋根文学」は左足を伝統の基礎の上に置きながら、右足はいつも「未来」に向かって踏み出している。これは儒学創立の道程と似ている。儒学の創立には孔子の「尋根」の過程があった。孔子は二千年以上前の、礼も楽も崩れ去った時代に生まれている。孔子が基本的に目指したのは、「克己復礼」であり、つまり古い周礼に依拠して、当時の社会的発展に適応した倫理秩序を打ち立てることを主張したのである。「尋根文学」は民族文化の源流を探し求め、民族文化の豊かな生命力の核心を掘り起し、それを現代に引き入れるのだ。「尋根文学」が意識する歴史的使命とは、文化の断裂帯をまたぎ超えて、伝統と現代、中国と世界の間に一本の橋をかけることである。『老井』の井戸を掘って、水を探すという精神は、「千年の螺旋」の両端につながり、人と自然とが調和する未来に通じている。息子が生まれたことで、孫旺泉の奮闘は「さらに深い含意」を持つようになり、「ただ先人の仕事を引き継ぐだけでなく、子孫や後世のために開拓する」ようになるのだ。『小鮑荘』は最初に村の人々が老人を尊重することは「天理常倫」だと考えていることを書き、結末の部分ではユーモラスに「老人問題」は全く「世界的な社会問題」だと書いている。だから記者たちは撈渣の報告文章を書くために次々とやって来たのだ。これは「尋根」作家たちの強烈な現代的意識を表現している、王安憶が「楽土は彼岸にある」と言っているように（王安憶『帰去来兮』）。

第八章
改革文学

　大部分の「反思小説」〔反省思索の小説〕は、改革開放という現実に立脚しており、改革開放政策との関連性をふまえ、今日の立場から、建国30年の歴史、社会、そして人生を考えている。『芙蓉鎮』の最終章は「今春民情（今春の民情）」であるが、時は1979年となっている。その文中に「党の三中全会が社会を大きく転換し、極力万難を排して、堅い氷を打ち破った。生活の水流は活発となり、勢いよく流れだした」と書いている。『人生』の描く時間的スパンでは、「家庭生産請負制」の春風がすでに高家村に吹き込み、高明楼書記にもこれを阻む力はなかった。『胡蝶』の張思遠は帰途の機上、いかなる蝶よりも高く舞い上がった気分にひたりながら悠然と熟睡することができた。なぜなら彼の心には仕事への確信が出来ていたからである。彼は中国がすでにすばらしい政策、そして人民にもっとも有利な方策を実行しているのを目にしたからだ。『相見時難（会うのは難しい）』における翁式含の民族的自負心は、主として玉帯河の農民に由来している。故国に帰った藍佩玉に最も温かく感じられたのは翁式含の家であった。藍佩玉が訪れたとき、ちょうど玉帯河の一人の老農に出会ったのだが、彼は言わずにはいられないような口ぶりで「今じゃ、農村も良くなったものだ。…どこもかしこも良くなったわい」と云うのである。

　「反思文学」と「改革文学」とは密接不可分の関係にある。両者はほぼ同時代に世に出たが、「改革」は「反思」の依拠するところであり、また「反思」の結果でもある。「反思文学」は歴史に対する回顧、覚醒をする中で、今日に直面し、明日を展望するものであるが、「改革文学」の方はいかに今日を変革、建設し、明日を実現するかを描くものである。

社会心理と観念の改革

「改革文学」が描写する改革事業の直面するごたごたした難問は，長期にわたって次々と起こった政治運動の招いた悪い結果である。それ故，改革の深い本質的な意味は社会心理，社会観念における改革ということにある。極端な政治思考モデルの拘束から脱却し，経済的規律に基づいて経済建設を行い，経済的思考を思い切って大胆に社会的心理の中に取り上げ位置付けることにあるのだ。

蒋子龍(チアンツーロン)(1941－)の短編小説『喬廠長上任記(喬工場長就任記)(チアオチャンシャンレンチー)』(1979)の中の電器工場は，四人組打倒後二年余りになるのに，その間生産任務を達成したことがなく，機電局全体がそのために遠からず潰れかねない状況である。現任の冀申(チーシェン)工場長は「あまりにも政治的に精通しすぎ，敏感でありすぎた」。毎日，彼は新聞，雑誌や書類をめくって，スローガンを取り出して提示し，運動の中心となって，生産を取り仕切っていた。彼は喬光朴(チアオコワンプー)の就任前に「大会戦(総決起集会)」を実施し，自分に有利な材料を作っておこうとしていた。喬光朴は「管理の観点」からそこに問題があると見ぬいた。彼は「任務も達成できないのに，毎月「大会戦」によって突撃する，このようないままでのやり方は工業をやっていく方法ではない」と考えた。そして，さらに分析して以下のように述べる。

> 工業界において，私は一群の政治演出家があらわれたのを知っている。どの職場にもこのような演出家がいる。政治運動が起こり，仕事が難題に直面すると，すぐ大衆大会を召集して，報告を行い，動員をかけ，デモを行ない，スローガンを叫び，批判告発をやり攻撃をする，ああ指図したかと思えばこう指図する。工場を舞台にし，労働者を役者として勝手気ままに引きまわす。
> こういう同志はせいぜい党を飯の種にしている凡庸な政治工作幹部にすぎない……。(蒋子龍『喬廠長上任記』「上任」第3節)

喬工場長就任後，彼が直面したのは政治運動の後遺症であった。古い

者は彼が新しいものの肩をもつと不平をならし，新しい者は彼を年寄りの余計な冷や水だと見ていた。たとえば，副工場長郗望北(シーワンベイ)が指摘するように「…工場，現場，作業班は，みな上のボスが換われば下の者も一緒にお払い箱だ。だから精力をもっぱら他人をやっつけることに使い果たしている……」のである。

　喬工場長が推進する改革は，階級闘争という機械を運転停止にし，この電器工場を政治闘争の舞台から社会主義の現代的企業へと変えることである。彼は個人的な恨みを覚えてはいなかった。そして率直にこう言った。「当時私が批判されていたころ，すべての工場従業員が拳をふりあげ，スローガンを叫んでいた。もし私がこれを恨みに思っていたら，どうして工場に戻ってくるでしょうか。」郗望北と仲良く協力して仕事をするということは喬工場長の——そして作者の政治闘争消滅への決心と気迫の表現でもある。彼が心中期していた考えは「技術上ずば抜けていなければダメだ。製品は一流ブランドを作り出さねばならない！」ということで，彼は工場全ての幹部と労働者に対して業務審査を行い，企業の車輪を政治闘争という障害から徹底的に離脱させ，断固経済の軌道へと走らせたのである。

　張鍥(チャンチエ)(1933－)の報告文学『熱流(ローリウ)』(1980)は壮大な気宇で河南の大地に沸き起こる改革の熱い流れをリアルに展開し，改革を志す一群の人物を取り上げている。

　王潤滋(ワンロンツー)(1946－)の中編小説『魯班的子孫(ルーパンドツーソン)』(1983)で，主人公黄志亮(ホワンチーリアン)は一台の古ぼけた自転車にまたがり，前には自分の幼い一人娘を乗せ，後ろには物乞いの母親に捨てられ彼に拾われた男の子を乗せている。前後で二人ともでんでん太鼓を鳴らしながら村々を通り抜けて行く惨めな姿は，極左政策時代の農民生活の真実の描写であり，善良な農民が受けた辛酸の歴史の縮図である。また，腕一本を頼りに良心的な仕事をして生きていけという祖先伝来の信念を胸に刻んだ老大工の，20年間苦心して経営してきた生産大隊の木工店が倒産閉店に至ったことは，旧経済体制の終結と，「大鍋飯(タークオファン)」〔共同勘定・平均主義〕の終焉を象徴している。作

品は老大工を代表とする農民たちの閉鎖される木工店に対する限りない愛惜の気持ちと改革に対する懐疑や恐れが詳細に描写されている。これは極左政策が人々の思想を長期にわたって拘束してきた結果であり、旧経済体制下で育てられた「大鍋飯」的社会心理の真実の描写である。皮肉なことに、老大工がいつも口では名匠に恥じぬ良心をと言っても、いつも困窮状態にあった。ひたすら空論を交わし嘆息することでは木工店を救いきれなかった。老大工が果たせぬ夢にうなされたのは、旧経済体制崩壊の必然的なりゆきをはっきり示すものであった。ひどい貧困状態にある農村での新年の伝統風俗行事も、中身の無い形骸を残しているにすぎない。作品は力強く表明する、貧乏は一つも好いことはない。貧乏は良心など全く投げ棄てて顧みないものである。義のある所不退転の決意で貧困と決別することは、社会心理、社会観念上の重要な改革である。それにしても裕福となった若い大工黄秀川(ホワンシウチョワン)は恩を知る男であるばかりか、恩に報いることまで出来た。彼の一連の新技術、彼の実践的精神が盛大な木工店を作りだし、大工という仕事に新たな息吹を吹き込んだのである。

陸文夫(ルーウェンフー)の中編小説『美食家(メイシーチア)』(1983)は蘇州の「食」に関する風俗を一種特有の文化として描写し、その社会生活、社会心理の変遷や、人々が笑って過去と決別する様を写しだす。

劉心武(リウシンウー)の長編小説『鐘鼓楼(チョンクーロウ)』(1984)は、鐘鼓楼の前にある一つの四合院〔四棟の建物が中庭を囲んで口の字形に配置された中国の伝統的邸宅。近代以降庶民の雑居住宅になる〕での北京の市民雑居集落における社会生活の形態や状況を丹念に描いており、そこでの各種各様の人々の相互関係、矛盾葛藤とその複雑な心理状態を描き、彼らの物質的なまた精神的な要求、彼らの苦悶、なやみ、理想とその追及を映し出している。ここには静かな時間の流れにおける生活の変化があり、『班主任(ハンチューレン)』、『愛情的位置(アイチンドウェイチー)』、『醒来吧、弟弟(シンライハ ティーティー)』のような世代の青年が、自分たちの経験した不遇な生活から啓発を受け、日増しに深く歴史観を身につけ、さらにこれによって時間の長い流れの中に自分を位置付けることができる。作品はかなり濃

密な「京味」〔北京情緒〕をただよわせており、鐘鼓楼——鐘鼓楼という「小市民的景勝地」を活写している。

『鐘鼓楼』には『班主任』が提出したような尖鋭で重大な問題は無くなっており、『喬廠長上任記』、『魯班的子孫』が表現したような情勢全体に対する関心と把握が欠けているため、一定の周縁作品化の傾向が見られる。

李延国（リーイエンクオ）（1943－）の報告文学『中国農民大趨勢』（チョンクオノンミンターチューシ）（1985）は、溢れんばかりの情熱を込めて山東省東部の農村における改革中に発生した巨大な変化を描いている。作品は農村の政治、経済上の大変革を描いたばかりでなく、農民の思考方法から行動方法に至る全方位的変革を書き、歴史の深淵からよみがえった土地の魂を描き出した。したがって、中国農村が小農経済から商品経済社会へと移行する不可避的な大きな趨勢、ごうごうと時代の音を立てて進む大きな趨勢の姿を描き出した。

「改革文学」はいずれも真実の社会生活の描写によって、「改革は中国社会に活力をもたらした、改革は中国の生命の水である」ということを力強く表明している。

「改革」の漸進的特徴

「改革文学」が描く改革のプロセスおよびそれが示す改革思想は、明白な漸進的特徴を持っており、中国のこの改革が「漸進」的であって「急進」的ではないことを示している。それは所有制、社会制度に対して完全否定を加えるのでもなければ、その進行に対して徹底的に破壊することでもない。その中にある不合理なものを改革し、社会的生産力を解放し、社会主義に活力を注入し、それを凋落から繁栄へと導くものである。その指導的な思想は「実事求是」（シーシーチウシー）〔事実に基づき正しい処理を追求する〕である。それは中国の文化伝統における穏健主義を表すものである。

張賢亮（チャンシエンリアン）の中編小説『龍種』（ロンチョン）（1981）は、充分に「国情」的思想を表している。主人公龍種がこの重点国営農場に派遣されて責任者の任に就いた後、見わたす限りこのかつて肥沃だった土地が次第にやせているのを目

にした。また彼をもっとも驚かせたのは農民たちが自分の手で作り出した美しい田園が次第に衰えていく事態に直面しているのに，平気な顔をしていて，農民たちが自分の従事する生産に全く無関心であることであった。これはトルストイの『アンナ・カレーニナ』の主人公レービンが1861年以降自分の荘園で見た光景とそっくりである。打開策について，龍種もトルストイと似た主張をしている。龍種は労働者の生産意欲との乖離は「労働者と生産手段との分離の結果」であり（張賢亮『龍種』，『1981中篇小説選』人民文学出版社　p.204），「大鍋飯」の条件下では，サボタージュをしている農機使用者にどんなにすばらしい機器を与えても役には立たない，と考えた。彼は盲目的に外国の模倣をすることを拒絶した。むやみに先進的設備を導入することを，貧困の病根を絶つ唯一の処方とはみなさなかった。彼はアメリカの農機を要求せず，農作業の「自主権」を要求した。彼は農場で「改革」を実行しようとした。「改革」であって「改良」ではない。彼は分析して，次のように述べている，

　　現在，馬力の面から言えば，われわれの農機はすでに充分である。しかし，生産はいまだに向上できず，年々損失を出している。この問題は明らかに機械化の不足ではなく，生産関係と分配関係に問題がある…（張賢亮『龍種』，『1981中編小説選』第2輯　人民文学出版社　p.166）。

　龍種が模索したのは，全民所有制の生産手段と生産労働者とが経済的に直接リンクする形式であって，それによって国民生産に主要な役割を果たす労働者の積極性を発揮させることである。彼は「われわれの道を行こう」と主張し，農場の経済的諸権力を農民に引き渡した。その中で最も重要なのは土地の使用権を農民に渡すことであるが，その所有権はやはり国家の手中にとどめておくことであった。このような土地思想はトルストイと梁漱溟（リアンシューミン）に似ている。トルストイは「土地の私有権を取り消し，耕す者にその田を与えることを実行せよ」と主張した（1901年5月7日『日記』，『列夫・托尔斯泰文集（トルストイ文集）』第17巻　人民文学出版

社 p.255)。梁漱溟も土地の私有権を取り消し、自分の土地を耕す自作農を奨励するよう主張している(『郷村建設理論』、『梁漱溟全集』第2巻 山東人民出版社 p.531)。

『龍種』が模索した趣旨は、現存する生産関係に対する改革にあって、社会に対し深刻な変革的意義をもつものであった。これは硝煙のない革命であり、トルストイ式の「血を流さぬ革命」である(『安娜・卡列尼娜(アンナ・カレニーナ)』人民文学出版社 1956 年版 p.499)。

張賢亮が『龍種』の中で表現したものは、富裕な社会主義を模索する情熱である。また、長編小説『男人的風格(男の風格)』(ナンレンドフォンコー)(1983)でも、このような情熱をプライドにまで発展させている。「富国強民」を自分の任務としている市委員会第一書記陳抱帖(チェンバオティエ)の男性的風格は、主として社会主義に対する自信とプライドとして表現されている。

彼は長編『城市白皮書(チョンシーバイピーシュー)(都市白書)』の中で、われわれには自信があり、今世紀末にはわれわれが設定した大きな目標を実現し、社会主義の偉大な名声を必ず回復させる能力を完全にもっている、と宣言している。彼はさらに社会主義と資本主義とを次のように比較している、

> 自由競争、弱肉強食は資本主義社会の規律である。われらの社会主義社会には個人と個人の間、個人と社会の間の関係を律する規律があるだろうか?私は有ると思う。この規律は「個人が発展すれば、社会が選択してくれる」というものである。
>
> 同志たち、友人たちが各自の現在の条件下で努力し自己を発展させ、自身の才能をはっきり示しさえすれば、社会は必ずやあなた方を選び出し、あなた方に更なる発展の条件を与えてくれるのである。社会主義が資本主義に比べて優越している点は弱者が呑み込まれることなく、しかも各自の発展が他人の犠牲を条件とする必要がなく、むしろかえって、各自の発展が全人民の発展に有利となることである…(張賢亮『男人的風格』 百花文芸出版社 p.324 - p.325)。

蒋子龍の中編小説『開拓者(カイトゥオチョー)』(1980)の主人公車篷寛(チョーポンコワン)は省委員会書記として上司の具体的指示を待たず，手本となる既存の方策も無いまま，率先してこの省内で経済体制の改革を推進し，競争・市場メカニズムによって行政命令に代え，全局的な意義をもつ国有企業改革の道を探り当てたのである。車篷寛の開拓精神は，彼の社会主義に対する信念に基づいている。彼が推進する経済体制の改革は，社会主義体制内におけるものであり，社会主義を発展させ完全なものにするものである。彼は，中国の改革は外国から現代化を買い入れるのではなく，競争メカニズムを通して，一流の優秀な製品を創り上げ，外国の「経済的進攻」を撃退することだと考えていた（蒋子龍『開拓者』，『1977－1980全国獲奨中篇小説集』上海文芸出版社　p.1045）。

　ほぼすべての「改革文学」作品は，みな貧しい社会主義を否定し，豊かな社会主義を建設する道を模索し，それによって，社会主義のためにその存在意義を明らかにしている。張潔(チャンチエ)の長編小説『沈重的翅膀(チェンチョンドチーパン)（重い翼）』(1981)は国務院某部所における工業経済体制の改革をめぐって展開される尖鋭かつ複雑な闘争を描いているが，その焦点は社会主義に対する理解なのである。改革家鄭子雲(チョンツーユン)が一人の知識分子出身の部長級幹部として脳裏から離れないのは「社会主義生産の目的はいったい何か？」ということである。そして次の二点に他ならないと考える，「一つは国力の増強で，一つは民を豊かにすること」である。この両者の間で，彼は「民が富んでこそ国は強くなる」と考えた。彼は「人民の生活を必ず向上させるには，少しでも多くの債務を返済し，生活が向上し，蓄えができたら，重工業は自然と発展していく」と主張する（張潔『沈重的翅膀』人民文学出版社　p.158）。鄭子雲は社会主義に対して，そして党の十一期三中全会が確立した路線に対して，揺るぎない信念をもっており，そのため年をとったとはいえ意気盛んで，壮志やむことなく，重い翼を大きくひろげ，改革の天地を飛翔するのである。李国文(リークオウェン)の長編小説『花園街(ホワユアンチエ)五号(ウーハオ)』(1983)は臨江(リンチアン)市花園街5号のロシア風別荘を中心にして，この街の50年の歴史を書き記し，そこから歴史と現実に対する思考を引き出

し、いったい誰が花園街5号の真の主人であるのかという重大な問題に答えている。作品は劉釗（リウチャオ）の一連の経済改革の活動を描き、例えば赤字のトラクター製造工場の状態を改善するとか、もたもたと捗らない臨江沿岸新村建設工事を推進するとか、外資を導入して、輸出用ミネラルウォーターを生産しようと計画したり、自分から要求して臨江ビル工事に取り組もうとするなど……、この80年代の改革者が作り出した歴史的来歴を突出して描いている。劉釗の歴史的運命と現実の遭遇を通して、中国が曲折や失敗を経ながら次第に改革の道を歩んで行った社会主義建設史、そして中国共産党員の政権掌握後における思想的発展と変化、誤謬と覚醒、腐敗と更新の歴史を見ることができるのである（曽鎮南（ツァンチェンナン）『評長編小説「花園街五号」』、『人民日報』1983年9月6日第5版）。

「改革文学」は、国家の経済と人民の生活から出発して、社会制度、政権党、重大な歴史的政策決定に対して、実事求是の精神を表現している。まさに文学の中に反映されているこのような多重的思考こそ、中国におけるこの改革が極端に走るのを回避させ、穏健な発展を可能にしているのである。

生存 ─ 人間の最も基本的な権利

「改革文学」は、中国のこの改革が経済改革から着手されているという特徴を反映している。社会の経済状況が改善されると同時に社会の政治状況の改善も促進されるのである。

「改革文学」は、経済改革を通して、衣食の問題が解決されると同時に、人の自主的な意識及びその他の権利も、それに応じて拡大されることを反映している。つまりそれは生存権が人のもっとも基本的な権利であるという社会思想を具象的な形で表現しているのだ。

何士光（ホーシーコワン）（1942－）の短編小説『郷場上（郷村にて）』（シアンチャンシャン）（1980）の中では、辺鄙で永久に変わらぬような山村が中国農村の縮図で、社会心理実演の舞台となっている。両家の子供がけんかをし、馮幺爸（フォンヤオパー）が現場で証言することになった。スポット・ライトがたちまち彼に当てられたようなもの

で，彼は梨花屯(リーホワトン)の村でこの芝居の主役となったのである。訴訟の一方は村の食品購買所の会計係兼肉屋の一家である。あの長期にわたる階級闘争が冷酷無惨で政治も生活も異常だった時代においても，彼はあたかも「小さな町の財界人」であった。「財界人とはもともと政府方の人間である。宋(ソン)書記や曹(ツァオ)支部書記のような政界の人物と生まれながらのような付き合いがある。まして彼らは互いを必要とし，栄枯盛衰の運命を共にする利害関係をもっていて，結局のところ一つにしっかりと結束しており，彼ら（政府方）の女房や息子，娘そして親戚一同まで一緒に道を得て昇天し，天国のような暮らしができるのである」（何士光『感受・理解・表達』，「山花」1981年第1期）。訴訟のもう一方は社会的地位が低い民営教師の任老大(レンラオター)一家であった。そして馮幺爸は，農民としてはここ数年村で人より一段と地位が低くなってしまい，それにあいにく誰よりもうだつの上がらない生活であった。彼は長年来犬同様に生きてきて，人なみの資格も得られず，人としての尊厳を失っていたのである。羅二娘(ルオアルニアン)は是非とも彼に証言させたかった。というのも，彼女は，彼が自分に犬のように尻尾をふってへつらうだけの男で，絶対自分の気に食わないことはしない，と考えていたからである。そのため，彼女は馮幺爸に対して話をビシビシ進めて追い詰めた。曹支部書記は羅二娘の肩を持ち，口には出さないが馮幺爸に圧力をかける。同時に，その場にいる農民たちが馮幺爸に加えるのは正義の圧力である。作品が描くのは，引っこみのつかなくなった馮幺爸の姿である。彼は「フーッとため息を一息つくと，横の方へ数歩歩いていき，軒下にかがみこんでしまい，両手を抱え，だまりこくって，視線をぼんやりとうつろにしたままであった」，「彼の頭は低く低く垂れ下がっていった」，馮幺爸は重い歴史の圧力を受けていた。一番偉い神様に逆らうようなことをした，あらゆる神にも不敬なことをしてしまった，羅一家の機嫌を損ね，梨花屯のお偉方全体に反感を買うようなことをしてしまった……食糧の横流しのこと，管理訓練班でしごかれたこと，大晦日の30日に水利工事に派遣されたこと……曹支部書記が人をやっつけるためのいかがわしいあこぎなやり口等。しかし，この瞬間

は歴史の重荷の負荷が低下して谷底になった時であり、また歴史の転機でもあった。馮幺爸の脳裏に、曹支部書記の人民に対する専制政治の歴史の一幕一幕がひらめいた後、「生産責任制」以来の彼の家の様々な現実、たとえばあわ、とうもろこし、もち米、ジャガイモ、菜種、麦のことを一つ一つ数えるように思い出した…彼はかがみこんだときは、まだ人とも幽霊ともつかぬ青い顔をしていたが、立ち上がったときにはすでに正々堂々とした人になっていた。

　　曹支部書記！この横流しの食糧は、あったとしても——あんたの責任だし、なくても——あんたの責任だ。俺、つまりこの馮幺爸は、やめろといわれても、これまで通りやっていく！…俺はここ数年前から人とも幽霊ともつかぬ哀れな姿で、ひどい目にもさんざんあわされた！幸いにも、国はこの二年われわれ農民の手足を自由にしてくれた。もうだれか一言でも俺をどなりつける奴がいたら、容赦しまいぞ！
　（何士光『郷場上』、『1980 短編小説選』人民文学出版社　p.477）

　この話は、羅二娘から見ればいささか的外れな文句であったが、ひとつの厳正な人権宣言である。農村家庭の生産請負責任制は、農民に経営自主権を与え、彼らを農村極左勢力の統治下から解放し、彼らに人の尊厳、人の社会的権利を獲得させた。作品にはこう書かれている、

　　これこそ、手に食糧があり、心に不安はなく、しっかり足を地につけて仕事をし、喜びはあふれんばかりだ。

　作品は村民の歓声談笑の中で終わっている。この歓声談笑は小説全体と共に強烈な歴史的感情を帯びている。この小説が描いているのは農民の第二の解放なのである。作品には次のように書かれている、

　　解放の靴を履けば、たちまち解放だ。不公正な日々は煙か塵のよう

に，早くも日一日と消え去り，農村にも陽光が煙霧を通して差し込み，刻一刻と状況を変えていき，農民の背筋はまっすぐに伸びはじめている。

『郷場上』は春雷のようだ。大西南地方から伝わってきた春雷一声は，農業改革が農民にもたらした経済，政治，精神面等の各方面での変革を知らせているのだ。ちょうど作品に，「男女一群の笑声は旱天の雷のようで，一瞬に街に稲妻を落とし，街路全体が揺れ動き始めた」とある（何士光『郷場上』，『1980短編小説選』人民文学出版社　p.478）。作家の創作意図は「生産関係の改革は，どのように生産力の発展を促進するか，どのように人々の生き様の改変を促進するか，を事実に基づいて書き表す」ことであった（何士光『感受・理解・表達』，「山花」1981年第1期）。

張賢亮の中編小説『河的子孫（河の子孫）』(1983) は，『龍種』が表現した土地の思想を二十数年の歴史の中に置いて展開させ，結末は「最終的安住地」となるのだ。人の運命の中に同化して深く思考し，終に「河」の魂に凝縮するのである。

魏天貴は黄河のほとりに育ち，黄河と血を同じくするかのように密接な間柄である。彼は本当に黄河を熱愛し，黄河に対して一種の理性的なプライドをもっていたが，それは黄河沿岸の魏家橋村に送致され労働改造を受けることになった「右傾機会主義分子」尤小舟によってもたらされたものであった。尤小舟の「あぁ，黄河よ。あなたは中華民族のゆりかご」の歌，「村人たちを必ず守ってくれよ」という依頼が，魏天貴の黄河へのすべての体験を，魂——民族の魂にまで昇華させたのである。

魏天貴が「農村の人々の運命」を掌握する支部書記を担当した二十年あまりの生涯は，黄河のように激動的であり，また黄河のある部分のように混濁したものでもあった。尤小舟のような魂を保持すると同時に，賀立徳式の極左路線の「鉄の論理」にも対処せねばならぬこともあった。村人たちを守るため，彼は次々と機智に富んだ且つ狡猾な策を使った。三年の困難〔1959－61の三年の災害〕の時期，魏徳富は小さな子供たち

を養うためから盗みの悪癖が再発した。魏天貴はひそかに彼を守り，彼に再び草原に逃げよと励ました。また，韓玉梅(ハンユーメイ)は街の悪い幹部に騙され，逆に幹部を誘惑した「悪質分子」のレッテルを貼られてしまう。辱めを受けて生まれた女の乳飲み子を育てるために，彼女はやむなく食糧のある隣村の生産大隊の幹部を誘惑して世話になる外なかった。魏天貴は彼女に隣村の大隊幹部との関係を断つようにすすめ，他村の男性を見つけ，彼の世話で戸籍を取って安住でき，食糧も分けてもらい，彼女の歴史も洗い流せるようにしてやった。また村人たちに羊の肉を食べさせるために，彼は片目の郝三(ハオサン)と相談し，二十頭のやせた羊を絞めて，郝三には四年の労働改造にいってもらうことにした。彼はまた災害のため食糧がたくさん必要だという虚偽の報告をしたり，またひそかに酒を造り，その酒を水で薄めてからモンゴル族の牧畜民に騙して売り払った。また，闇で田畑を開墾し，生産量をごまかして，ひそかに分配したりした。文革期間には上下の者とうまくやり，極力でしゃばるようにした……村人たちを守る「河」の魂は，このようにゆがんだやり方で表現されなければならなかった。「全省の農業戦線における紅旗」とたたえられた魏天貴は，姓の漢字の半分がそうであるように，半分鬼のような人物となってしまった。困難な時代に，魏家橋村では一人も餓死するものはいなかったが，しかし重大な代償を支払った。魏徳富は立ち去ったまま音信不通となり，ただれた目をした女房と年子でズラリと生まれた幼い子供たちが後に残され，魏天貴に言いがたい苦衷と傷痕を残した。意志と違って，郝三は何と無期懲役の判決を下されてしまった。しかも郝三は魏天貴を安心させるために労働改造隊で自殺を遂げ自らその口を封じた。これは魏天貴を非常に悲しませ，いつも彼のことを偲んで霊を祭るのであった。困難が去ると，生活はやや好転した。ひたむきに愛する韓玉梅が彼にとびつくように抱きついたが，彼はそれを押し返した。魏天貴は韓玉梅が労働改造に行かなくてもすむように取り計らったのだが，そのためはからずも郝三をあの世へ旅立たせるはめになってしまった。郝三はいまだに彼の心の中では生きていて，あのいつも涙を流している片目を見開い

第八章　改革文学　213

て彼を見つめているのだ。

　魏天貴個人の秘密は多岐にわたる。そこには『河的子孫』の自由奔放な変化に富んだ運命が含まれている。『河的子孫』は更に作家の国情に対する研究および土地に関する思想を、綿密に深く表現している。張賢亮は小説を中国農業改革の社会的大論争の中に置き、自分を農村の基礎組織の幹部になり切らせることによって、優れた説得力を伴う意義を生み出した。

　　この二十年余り、彼はどのように歩んできたのか。それは彼自身の
　　心が一番はっきりと知っている。(張賢亮『河的子孫』、『1983中編小説
　　選』第1輯　人民文学出版社　p.93)

　小説のはじめで、魏天貴に尤小舟と賀立徳とが差し迫った声で話す農村家庭生産請負制に対する意見をそれぞれ二回の場面に分けて聴かせている。現職の県委員会書記尤小舟は彼に「現在、農作業で働いている農民たちはみな各戸での請負を歓迎している。だが、県では、農村で働いていない連中がそれは個人経済ではないかと気にし始めている。実際には、労働を分散して行うか、それとも集合して行うか、これは労働の一種の技術的要求であり、主として生産力が決定するものだ」と話す。現職の党地区書記賀立徳は生産請負制度の「性質」を懸念し、以前の「単独生産」に戻るものだと考えていた。その上彼は自分の「人人富裕」生産大隊の例を持ちだして、「われわれの過去の方法はやはり正確だ」という証明にした。二人の考えは明らかに正反対で、魏天貴は自分で「思索」する必要に迫られる。小説の中の起伏に富む二十年余りの農村党支部書記の生涯とその果てしない追憶については、これは主人公がロバに引かせた車を御しながら頭をしぼって思索した産物なのである。

　魏天貴の追憶の中における血と涙を共にした中国農民の生活とその運命の歴史から、ほとばしり出て来るものは、農民たちの主人公として自主的にやって行きたいという叫びであった。小説の終わりで、長い思索

を経た魏天貴は、自分の賀立徳に対する尊敬、そして対応、そして利用といった関係に終止符をうち、最後に残った選択は軽蔑することだけであった。

「……まるで過去のやり方が本当に農民たちをみな豊かにできるみたいなことを……」彼はその強情な性格を充分露わにして、賀立徳に対する言葉を吐き捨て、彼のよく言うその「鉄の論理」と断固決裂することを宣言した。魏天貴はもはや「半分鬼のような人」となる必要は二度となくなった。彼は土地生産請負制がすでに農民たちに精神上の変化をもたらした事に気づいていた。『河的子孫』は『龍種』の中の経済的権利を人間的権利に発展させたのである。それは力強く次のように表明する、家庭生産請負制は「大鍋飯」の暮らしを終わらせ、「人民公社や生産大隊の一部の幹部たちのでたらめな指導、欲得ずくの手口、強制的な命令、さらには農民を圧迫する状況まで根絶やしになくすことができ」(張賢亮『河的子孫』、『1983中編小説選』第1輯　人民文学出版社　p.95)、農民が自主的にその土地で安身立命の生活を送れるようにするのだ (張賢亮『河的子孫』、『1983中編小説選』第1輯　人民文学出版社　p.229)。魏天貴と韓玉梅の愛情は土地家庭生産請負制の中に安住の地を探し当てたのであり、あらゆる「生命の火」もここに帰るべき安住の地を探し出したのである。土地家庭生産請負制は一時期の異常な歴史時期を終結させ、広範な農民の「健康な本能」の要求を実現させ、「河」の精神を実現させた。それは主人公の長い追憶に「明るい」結末をもたらし、小説に雄渾且つ楽観的なトーンをもたらしている。尤小舟はこの改革の潮流を迎えた際、魏天貴に対して話した、

> この黄河の水を御覧なさい。往来する人が汚いものをどんなに河の中に投げ捨てても…黄河が止まることなく流れ、止まることなく動いているかぎり、黄河はいつまでもきれいな状態を保ちつづけることができる。これを科学的には流水の自浄作用という。われわれ中華民族も同じだ。この数千年来、人々が汚いものをどんなに捨てても、最後

にはわれわれがやはり社会主義国家をつくり上げるのだ。たとえわれわれの制度がまだ不完全で,不可避的に汚物を投げ捨てるものがまだいるとしても,われわれには自己浄化ができるのだ！中に投げ捨てられたあらゆる汚物はすべて,我が民族の止む事無き運動の中で,底に沈めることができるだろう(張賢亮『河的子孫』,『1983中編小説選』第1輯　人民文学出版社　p.230)。

「改革文学」における土地思想と「生存は人のもっとも基本的な権利」ということに関する観念は,「食を天と為す」ことを重んじる儒教文化の伝統を一脈受け継いでいる。東方文化の形態に属するトルストイ主義もこれに対して同様の見解をもっている。トルストイは次のように述べている,

　私は人民のさまざまな要求を思索し,重要なことは土地の所有権だと考えた。土地の私有権を取り消して,耕す者に田畑を与えれば,これはもっとも信頼できる自由の保証となるだろう。Habeas corpus (ラテン語で「人身は侵されない」(原書註))という言葉より頼りになるだろう。Habeas corpusは実際の保証ではなく,道義上の保証に過ぎないからであり,つまり,人々は自分自身に自分たちの家を守る権利がある,と思うからである。さらに人々は同様に,いやもっと強く家族を養育する上で必要な土地を守る権利が当然あると感じているはずだからである。(1901年5月7日『日記』,『列夫・托尔斯泰(レフ・トルストイ)文集』第17巻　人民文学出版社　p.255)

　路遥(ルーヤオ)の長編小説『平凡的世界(ピンファンドシーチエ)』(1986)は,陝北(シャンペイ)黄土高原に位置する辺鄙な山村を中心に,社会生活をパノラマに描き,農村,都市,官界,学校,鉱山等の場面を含む広大な一幅の社会生活の画面を形成している。これはひとつの動態的画面である。それは1975年から1985年における中国社会の政治生活の中のほとんどすべての重大事件に触れている。

生産大隊から人民公社，県，地区，省委員会に至る各級の党政治幹部の仕事と政治的業績を描いている。その中で最も重要なのは，改革に対する態度である。路遥が関心をもっているのはやはり農民——つまり平凡な人物であり，平凡な世界であるのだ。路遥のパノラマ的描写の意義は，上から下へと巻き起こったこの改革が，農村にもたらした反響や変動を表現した点にある。彼は自分が注目する人生の価値を，画期的な意義を持つ時間的スパンの中に置いて展開し，歴史的転換前後の異なる二つの社会状況，異なる二つの人権状況下における異なる二つの人生を反映し，その「存在」意義という点から中国の大地におけるこの波瀾に満ちた壮大な改革を謳歌している。

革命化が盛んに行なわれた時代の「平凡な世界」は，手も足も出ない世界である。孫玉厚(ソンユーホウ)の家は三人の立派な働き手がいても，やはりすっからかんの貧乏であった。農民の家での暮らし振りを描写することに長けた路遥がわれわれに見せてくれるのは孫玉厚の家が農閑期であろうと農繁期であろうと，毎日うすい粥しか食べられないということである。親孝行の少安(シャオアン)は，濃い粥など食べるのは親不孝だと恥じる有り様だ。家中が飢餓線上で必死に耐えていた。家庭内の倫理が一家の貧困からの苦しみを支えていたが，貧窮はまた一家老少それぞれ親に孝養をつくすすべも，子供へ慈愛を表わすすべも奪っていた。少安は「もう貧しさが骨の髄までしみ通った」(『平凡的世界』第1巻　華夏出版社　p.307) という。生きることすら解決できないのに，発展のことなど話にもならなかった。孫少安(ソンシャオアン)は県で第三位の好成績を取ったが，高級小学を卒業すると家に戻って農業に就き，一家の生活の重責をになうことになった。孫少平(ソンシャオピン)は山村の片隅から県都にきて高級中学に学んだ。彼の精神は広々とした世界に飛び込み，未来に対して美しい夢を抱き，見知らぬ世界を渡り歩いて，事業を起こすなど自分の潜在能力を発揮したいと渇望していた。しかし，高校卒業後，彼は双水村(ショワンショイツォン)に戻って，いやおうもなく農業生産に従事せざるを得ず，ちぢこまって生きる苦痛に耐えていた。家庭の低い経済的地位は，兄弟二人の事業への進取の精神を制約すると同時に，彼ら

それぞれの恋愛も，結婚も制約していた。少安には潤葉が捧げる温もりと愛を受け入れる勇気は無かった。竹馬の友から発展した愛情は若葉のうちに摘み取られ，二人の生涯の恨みがそこに醸成された。少平の初恋の相手郝紅梅(ハオホンメイ)は少平と似通った社会的地位から脱却するため，顧養民(クーヤンミン)に取り入り，少平に失恋の苦しみをもたらした。そこには少安も，少平も多くの農民と同様，政治的権利から人身の安全まで，何の保障もなかった。孫玉厚は子供に名をつけるのが非常に上手で「少平少安，平安に」と祈って名づけたが，家は少しも平安ではなかった。生産隊長として，孫少安はこまごました荒地を「豚の飼料畑」という名義で，農民に少し多めに分け与えたため，「資本主義の道を歩む」生産隊長となってしまい，人民公社の三級幹部大会で批判を受け，しかも，批判会は有線スピーカーを通して，全公社に実況中継された。驚いた孫玉厚は，ねずみ取りの薬を飲んで自殺したいと思ったほどだ。公社主任周文龍(チョウウェンロン)は「ファッショ的やり方」で農民を取り扱った。彼はしょっちゅう「社会主義をやり，"農業は大寨(ターチャイ)に学ぶ"〔山西省大寨は文革期に毛沢東推奨の模範村〕をやるなら，力づくの"武力"だ。敵をひっとらえる麻縄と敵を打倒する路線が大事だ。隠れているふたを暴き，とびっきりの悪者を引っ張りだし，刀をブスッとお見舞いしてやる」，と強調するのだった。そのため農民は公社の幹部に出会うとひどく恐れ，まるでウサギが鷹に出会ったかのようであった（『平凡的世界』第1巻　華夏出版社　p.245）。

　『平凡的世界（平凡な世界）』は『河的子孫』と同じく，まず農民たちが土地家庭生産請負制に対して強烈な健康的本能，自発的な要求を表現するのを詳細に描写し，その後，農業改革が春雷の鳴り渡るように，上から下へと巻き起こるのを描いた。『河的子孫』は中央の決定した政策を屈折させ，現在の中央には有能な人物があらわれていると思うという農民たちの観念としている（張賢亮『河的子孫』，『1983中編小説選』第1輯　人民文学出版社　p.228）。これに対し『平凡的世界』ではその書かれている支配者たちの行動のはっきりとした社会背景をありのままに叙述している。『平凡的世界』第2巻第1章には，「昨年末開かれた党の第十一期三

中全会は国家全体のため歴史的総括を為し，同時にまた，輝かしい発展の前途を提示した」「一つの新しい歴史的時代が始まった…」と書かれている。

『平凡的世界』第2巻第3巻は，広い社会背景下に生産請負責任制の実施を描き，農民が生存の権利，発展の権利を獲得し，人生の価値を実現できた姿を描写しているが，その喜びの心情が筆先から溢れ出ているようである。

ここに描かれた農民たちの飽食の喜びの程度は，第1巻での飢餓の中の嘆きや苦しみと正比例をなす。そして中国人の有史以来の「食」問題は，『平凡的世界』で「解決」されたのである。

旧暦八月は，農民にとって一年でもっともすばらしい時期である。暑からず寒からず，また飢えもない。野山に行けばしょっちゅう木の実が手足にふれる。秋の収穫がすでに序幕を迎えたのだ。赤い棗を採り，胡麻を収穫し，豌豆を摘み，かぼちゃを取り下す……

農民孫少安の気分はこの季節と同じようにすばらしかった。

全く彼自身さえ信じがたいことだが，数年前夢であこがれていた生活が，今では現実となりつつあるのだ。皆一緒に貧乏暮らしをしていた悪平等の日々はついに終わりを告げ，農民たちの暮らしに今後の新たな希望が生まれたのである（『平凡的世界』第2巻　華夏出版社　p.51）。

土地分割以降，孫玉厚老人は五十代後半だったが，気持ちはまるで若返ったようだ。昨年生産責任制度グループが始まってから，現在の一戸ごとで作物を作るようになるまで，たった一年で，一家はもう食事の心配をすることがなくなった。農民にとって，食事の心配がないというのは，全く不可思議なことなのだ，——というのは，これが彼らの一生奮闘してきた主要な目的だったからである！彼らのもっとも基本的な要求ともっとも重要な問題が解決したのだ。穀物貯蔵の囲いに食糧があれば，心は悠然と安らかだ。孫玉厚老人の眉間の間の深いしわも伸びていった（『平凡的世界』第2巻　華夏出版社　p.144）。

「平凡な世界」の農民は「衣食」の問題が解決すると，人生の更なる高い目標に向かって前進していった。

少安は早くから家族の生活の重責をにない，生活の苦労をさんざん味わったが，黄色い大地と故郷の農民たちからのねばり強さ，頑強さ，執着心，楽観性といった精神的な栄養を吸収した。彼はいわば「現実」の体現者である。彼は心から喜んで自分自身の農民生活をはじめた。身体を農村におき，農村に腰を下ろし，双水村で傑出した農民となることを決意した。潤葉との恋は涙をのんで捨て去ったが，現実がたまたま与えてくれた良縁をすばやくとらえて，秀蓮（シウリエン）と結婚し，しかもいつまでも悔いることなく暮らした。しかし，彼は現実の人生哲学をたくさん身につけていたが，平凡無事を良しとする凡人主義の考えは持たなかった。彼は社会の現実から遊離した分不相応な望みをいだくことはなかったが，強烈に改革を呼びかけ，敏感に転機を見出だし，好機を見逃さず家財を成したのである。借金をしてラバを買い，リヤカーをつけて，レンガ運びの仕事に出かけ，まとまった金を——いつも一文無しの農民から見れば，目を見張るような金を——稼ぎ出した。この金を資金としてレンガ廠を開いた。少安は現実社会での成功者である。作品にはこう書かれている，「先見の明を持っていた孫少安は，政策が変われば，すばやく対応し，ただちに形勢を見て事を進め，いち早く家を裕福にし富をきずきあげた……」少安は農村に生活し農村に献身的な新時代の若い農民を代表している。

少平の村と家での生活に天地がひっくり返るような大きな変化が起きたとき，彼は大きな苦悩に陥った。『人生』の高加林（カオチアリン）と同様に，彼は県城で高級中学に学んだので，都市と知識が彼の視野を広げ，更に大きな世界にあこがれて，何かしたいと機が熟すのを待っていた。彼は現状に満足せず，精神的矛盾，焦燥の状態にある農村青年であった。彼はいわば「理想」の体現者である。彼は高加林とは違って，精神上，一度土地との関係を失っている。彼は都市でこれまでと別の文化的薫陶を受けた後，農村に帰って来るが，依然として「この世界では当然もっと異なる別の

複雑さ，別の知恵，別の深遠な哲学，別の偉大な行為があるはずだ」と考えていた。彼は二種の文化が溶合してできた産物である。まさに作品にも書かれているように「孫少平の精神，思想は事実上二つの系列，農村の系列と農村以外の系列で形成されている。彼から見れば，これは矛盾したものであり，また統一されたものでもある……彼の今後の一生において，たとえ農村で生活しようと都市で生活しようと，彼はおそらく永遠にこのような混合型の精神的気質となるだろう」

少安は経済的基礎を重視し，どちらかといえば「実務を重んじる」儒家的な人生を表現している。少平は精神的追求を重視し，どちらかといえば「世俗を超越した」道家的な人生を表現している。

少安が家を裕福にしたことは，特定の歴史的時期における農民たちの生活上の主要な課題を実現したことである。彼は現状に満足せず，小農意識に局限されることもなく，素朴な「同郷意識」が彼の社会的責任感を喚起した。彼はレンガ廠を拡大し，工場を訪ねて困窮を訴える人たちの要求に応え，彼らがここに就職するよう計らい，これら村人たちの危難を救うなど，比較的早期に集団富裕思想を表現している。郷村全体の経済活動における重要人物となってからは，弟に後を任せ，自分はひとつの使命を自覚し，田福堂（ティエンフータン）の「運動」によって壊された双水村の学校を，自己の財力と能力によって再建し，教育事業に出資した全県最初の農民となり，儒教の「まず富んだ後に，これを教える」の思想に従って，社会に幸福をもたらし，子孫に幸福をもたらした。

少平が追求したのは精神の自由，意思の独立，男子としての尊厳である。文学の書籍は彼の精神を世俗から超越させ，理想の境地へと進ませた。彼は高級中学を卒業後，田暁霞（ティエンシアオシア）にこう言った，「私が家に戻ったとき，当然のことながらろくに食べる物も，着る物もなく，つらい思いをした。しかし，たとえ食べ物や着る物があっても，私はやはりつらい思いをしたと思う」。彼は独立して自分の生活の道を探し出したいと渇望していた。彼はけっして自分の地位や境遇を変えようと高望みはしなかった。たとえ農民よりもっと苦しくても，ただ一生自主的な生活を送るこ

とができさえすれば，彼は満足であった。幸福であろうと苦しかろうと，光栄であろうと屈辱であろうと，彼は自分でそれらに立ち向かい，受けとめることを望んでいた。昼間は貧農たちと一緒に汗水たらし，夜には汚れた住まいに戻り，一年四季を通して，無くてはならない蚊帳の中に入りこんで本を読み，精神は文学の世界を駆け巡る——これが彼の精神的追求の具体的姿であった。子たるものの風格，尊厳は彼の人格的理想である。彼自身が尊厳をもって生きると共に，他人にも尊厳をもって生きるよう対処することも理解していた。たとえば郝紅梅(ハオホンメイ)は彼との恋を裏切ったのに，卒業前彼は彼女を羞恥の場面から救い出すのである。また陽溝(ヤンコウ)生産大隊の曹(ツァオ)書記のために一生懸命に働いて賃金を稼いだが，彼の家から謝礼の贈物は受け取ろうとはしなかった。彼はまた理性的に自分と幹部の子女田暁霞との感情を，友情の範囲に自制する。彼はまた酒を飲んだ後，恵英(ホイイン)のベッドで一晩熟睡してしまうが，目覚めると，彼は即座に大人の男としての平常心で，この無意識に犯した過ちの事実を受けとめるのである。あるいは，彼が稼いだ金は少なく，用に足りないのに，兄の金は使おうとせず，兄が社会のため財を惜しまず提供するのを支持するのである。また鉱山の採掘坑での事故で彼は，酒に酔った契約労働者を命がけで救い，重傷を負った。しかし，彼は鉱山でのこの行動に対する彼への賛美や批判には平然と気にもとめなかった。青春の年頃なのに顔に傷を受けて，しばらく苦痛の時を過ごすが，やがて彼は平然といつも通りになり，しかも不思議に一味違う男の魅力を身につけるのである。彼はまた都市に残る機会をことわり，美しい少女金秀(チンシウ)の愛も謝絶し，道義のため，ためらうことなく炭鉱に戻ると，恵英姉さんの温かい生活の中に戻るのである。彼は人としての尊厳を勝ち取るため努力すると共に，自発的にすべての責任を引き受けるのであった。

　孫少安と孫少平は二人とも農民の子，黄色い大地の子である。彼らは黄色い大地の内に秘められた常に努力向上し，子孫を代々繁栄させていくという人生哲学を継承発展させ，高加林式の精神的錯乱は無縁だった。彼らは人生に対して自由な選択をし，存在主義的な楽観哲学即ち「人生

を可能性あるものとすること」を実現した——陝北方言で云えば，彼らは共に人生を「活成」した〔立派に生きた〕。孫蘭香(ソンランシアン)も人生を立派に生きたし，孫玉厚老人も最後には人生を立派に生きた。この「平凡な世界」の極平凡な家庭の人びとは，みな人生を立派に生きたのである。彼らは家庭のために突如として元気に張り切りはじめ，そして幸わせを感じ，誇りに思った。『平凡的世界』は『人生』に対し重大な補足を行ない，実現された人生を描写した。それ故『平凡的世界』は『人生』に対する続編でもある。それは中国に起きた重要な転機を反映しており，それは若者たちの発展のためにあるべき社会的条件を創造し，人生の価値の実現のために社会的可能性を提供したのである。潤葉と李向前(リーシアンチエン)が人生を立派に生きたばかりか，郝紅梅もそのようになった。遊び人の王満銀(ワンマンイン)さえも改心し，かしこくやさしい妻の蘭花(ランホワ)と共に，家庭と人生をやり直した。路遥はこれで孫家の幸福感と自尊心を表現した。この「転機」が「改革」である。

　歴史の流れを縦に比較することに長ける孫少安は，しばしば転機の前後の二種の境地，二種の人生をじっくり吟味した。生産責任制が実行された後，彼は人民公社副主任の劉根民(リウケンミン)について市場から公社へ行く道すがら，心の中ですばやく再度批判に遭う可能性はないと判断すると，気持ちが楽になってきた。そして，案の定，今回はレンガ運搬の仕事を得ることになった。レンガを焼く新しいかまどを建設することは，彼にとって，過去には夢想でしかなかったが，それが今は現実となった。孫少安は「この新生活に感謝しなければならない……」と考える。火入れ式のとき，彼には充分自信があった。「どんなことでも，やりたいと思うことが立派にやれるようになった。だが，昔は，できる事であっても，いつもやりとげられなかった！」と思った（『平凡的世界』第2巻　華夏出版社　p.141)。孫少安と秀蓮はレンガ廠のために寝食を忘れた。彼は「生活が突然大きな希望に満ちた。希望ができると，人に激情がうまれ，このためにはためらうことなく代価を払うことができる。そしてこのような過程で，本当に人生の意義を体得できるのだ」と感じた（『平凡的世界』

第 2 巻　華夏出版社　p.317)。蘭香,金秀を大学に送るため,両家の人びとは地区所在地で最もよい料理店にて酒席を共にした。彼が酒盃を持つと,手がわずかに震え,目に涙がきらめき,つばを何とか飲み込むと,「とてもうれしい。……数年前,われわれはゆめにもこんな日が来るとは思いつかなかった……世間が変わって,われわれもやっとこのような明るい未来を迎えた……」(『平凡的世界』第 2 巻　華夏出版社　p.422)。彼は「世間」の変化に対して最も深く実感していた。彼の家が栄えたのは,レンガ廠の風水が良かったからでもなく,また彼ら個人がどれほど大きな能力を持っていたかによるものでもない。もし世間が変わっていなかったら,孫少安はやはり昔の孫少安のままなのだ。彼が教育に出資したことに対して県が石碑を建ててくれたのは,「孫少安夫妻の人生記念碑」だと見ることができよう。だが彼は思い出した,過去,日夜苦しい思いをし,やりくり算段に悩んだのはどうしたら餓死しないですむかということであった。今は,大金を出して,自分がかつて辛酸の半生を過ごした村のために少しばかり役に立つ事をするようになった。彼はまるまる一つの歴史的時期がすでに終って,新しい人生の道へ踏み出そうとしていると言える。路遥は孫少安の人生の転機と中国社会の転機を一つに融合し,「改革」と「人生」とを一体のものにしている。『平凡的世界』は改革の中の人生である。孫少安を書くことは即ち「改革」を書くことである。孫少安はつまり「改革」である。孫少安が出資して新築した学校の「落成式」について,作品にはこう書かれている,

　　……ここで挙行しようとすることはもはや資本主義を批判する大会ではない。まさしく家を起こし富をきずいた一人の人が公衆のためにした貢献を表彰するためである。これはまさに中国大陸全体の十年に及ぶ大きな変化の縮図と見なすことができる。(『平凡的世界』第 3 巻　華夏出版社　p.408)

経済改革が幹部制度改革を促進する

「改革文学」はこの改革が上から下へと行なわれたという性質を充分に反映しており、改革は広範な民衆の歓迎を深く受け、地方の各級指導幹部は様々な態度と方法をとったことを表現している。例えば、『平凡的世界』が書いているように、「地区、県、公社、生産大隊の各級指導者たちは、積極的に支持してこの変革の潮流に身を投ずる者もおれば、改革を理解せず、あるいは反対する態度さえとる者も少なからずいた。同一級の指導者が、しばしば下級幹部に矛盾或いは対立する指示を出すこともある……民衆の中に広く伝わるいくつかの語呂のよいはやり歌が目下の状況を具体的によく概括している、「上は改革の指示を出し、下は模様眺め、間にいる一部が逆らう突っかい棒！」

「改革文学」は「幹部の世界」に注目している。その中の大多数の作品は、幹部の描写を通して改革を反映している。幹部の中の改革家が幹部からの阻害に遭い、「改革」をめぐって幹部の中に矛盾、闘争が形成されるのが描かれる。改革を積極的に推進し献身的な努力による業績が顕在化するにつれ改革家は更に重要な指導ポストへと上っていく。──「改革文学」は「改革」が幹部制度改革を促進する現実を反映しており、「業績」審査に基づく幹部抜擢という思想を表現している。

『平凡的世界』が描く社会の全景には人の注目を引く「幹部の世界」がある。──生産大隊から、公社、県、地区、そして省に至るまでの世界である。作品は各級幹部の改革における心情と言動を描写する。改革に対してあまり理解しないとか、指導力不足だとか、あるいは妨害の役割すら果たすような幹部に対しても、路遥は彼らへ思いやりをもっていて、ただ軽い揶揄を加えるだけで、悪党には書いていない。ただし、彼は「幹部世界」の各自の心理、品性、作風、専門レベル、そして次第に形成される異なる政治的業績まで少しもゆるがせにせず丁寧に描写している。ずば抜けた政治的業績はすべて黄土大地のような精神世界に由来しているのに対し、良くない政治的業績の背後には凡庸な精神が隠れている。

田福軍は大学を卒業すると、自発的に故郷に戻って仕事をしたいと要

求した。原西県の副責任者だった時期，ちょうど極端な階級闘争の激化に出くわし，気が気でなく「上も下もみなバカ騒ぎをはじめて……」と独り言を云った。彼には学識があり，能力もあり，国家，人民に対して深い責任感をいだいていた。極左政策を自覚的に阻止して，実事求是の原則を堅持しようとしたために，策を弄して人を欺くことに長けた責任者の馮世寛と政治的見解が合わず，また黄原地区の責任者である苗凱の気分も害していた。

　田福軍が心配していたのは一般民衆の食事の問題である。彼は農民孫少安と通じ合うところがあった。いわば「幹部世界」における孫少安である。

　彼は孫少安が1978年の春節前に行った自然発生的な改革の試みに関心を持っていたので，春節直後孫少安に情勢の「転機」を予告したのであった。彼は党の十一期三中全会の精神を断固徹底して実行し，「実践は真理を検証する唯一の基準」という思想を大胆に堅持し，土地請負制度を積極的に推進し，彼が指導する全省でも最貧困の地域を，全省の先進的隊列を歩むまでにした。このため，何と彼の所に来る告発状が最も多かった。この田福軍打倒運動の黒幕は，苗凱が「多年苦心して養成した」自分の後継者であった。これは「幹部世界」の問題の複雑さ，深刻さ，とりわけ改革がこういう所で出くわす重大な障害を反映している。田福軍は破格な大抜擢をされることもなく，眩い新星になることもなかった。政治業績が悪いとか，不真面目な幹部でもほとんど降格，免職になることはなく，一部の者は通常通り昇格することさえあった。これは幹部制度改革の切実さ，困難さを反映している。路遥はいつも「平凡な世界」を描いているのであって，人工の天国を虚構して書いているのではない。しかし，十一期三中全会が終ってまもなく，ずっと重用されることのなかった田福軍が全省で最貧困地区の行政機関の専門職という重要ポストに抜擢される。現地の多くの人はこの任命に対して満足し，省委員会は「眼力がある」と考えた。彼が「打倒」の対象にされた困難な時期にも，省委員会はすかさず彼の仕事を肯定し支持してくれた。その後，彼は省

委員会副書記兼省委員会所在地の市委員会書記というちょうど危難に直面中の職務に任命され、次から次へと重要任務に派遣された。重用される過程において、彼と苗凱、馮世寛の地位には劇的な変化が起こった。

このような劇的な変化は双水村でも起こった。

だが「生産責任制」が実行されたとたん、郷土政治家田福堂と革命の食客孫玉亭(ソンユーティン)は冷遇され始める。孫少安が次第に双水村で最初の注目される人物にのし上がって来たとき、田福堂のような激動期の「風雲人物」は見劣りしてきたのだ。田福堂と孫玉亭は「大鍋飯」から離れられず、「嵐のような激しい」政治運動とも離れられないのである。農民に経営自主権ができると、彼らは「日に日に衰退」し、まるで捨てられた孤児のようだ。田福堂は孫少安に自分への真の「脅威」を感じた。彼は無い知恵を絞って、孫少安に「金」を持たせるが、「権力」は与えないようにした。しかし、この古い村は新しい世代の指導者を迎えて村を新時代に導いてもらう必要があり、社会生活は自然に孫少安を双水村の責任者の地位に推しあげたのである。

孫少安でも田福軍でも、支持されるのは業績、つまり改革の大事業の中であげる業績である。改革が彼らを育て上げ、彼らを任用し、彼らを選抜するのだ。

張鍥(チャンチエ)の長編小説『改革者(カイコーチョー)』(1982)の内容は幹部選抜で、主題は改革者を重要なポストに選抜する問題である。

『改革者』は、省委員会書記陳春柱(チェンチュンチュー)の視点で、彼がC市に調査に訪れ、その市委員会内部の改革をめぐって展開される矛盾闘争及び闘争する双方の所業とその是非功罪に対して審査し判定を下し、当市の指導部の調整問題について、自分の明確な意見を省委員会へ提出することを描写している。小説の構成は幹部に関する主題を具体的に表現している。

『改革者』の物語の筋は「十個の大慶(ターチン)をつくろう」のスローガン〔「文革」中、黒龍江省大慶油田は中国工業の模範として毛沢東に推奨され、運動化。「文革」後の77年には「十個の大慶」のスローガンが提起された〕を背景に、むやみやたらに増産に取りかかったC市七二五重点工程の操業を中止させ

るかどうかという焦点の問題をめぐって双方の矛盾衝突が繰り広げられる。

市委員会書記魏振国(ウェイチェンクオ)を頭とする一方のグループは，上は省委員会から下は現場の基礎組織まで，同郷，同僚，同窓，親戚，師弟，昔の上司，昔の部下等の関係を使って「目に見えぬ人脈ネットワーク」を組織していた。七二五工程に対して，彼らは行政命令に従って処理し，指導者が喜ぶようにすることしか頭に無い。そして，鋭意改革を進める市委員会副書記徐楓(シューフォン)に対していろいろ障害を設け，無実の罪名をでっち上げるのである。

陳春柱にとって，魏振国は彼の昔からの部下で，かつて彼に従い，生死を共にしたこともある。そして今では彼の姪の婿になっている。徐楓も陳春柱の昔の部下で，1959年実事求是の原則を堅持し，陳春柱を非難したことがあり，陳春柱が会議を主宰して右傾機会主義分子と認定したのだが，十一期三中全会後，再び陳春柱が直接取り調べて名誉を回復している。本来中止すべき七二五工程は，陳春柱が一面的な報告を聞いて間接に指揮推進してきたものであった。C市幹部の対立する双方の中で，彼は当然ながら「真理が自分の身内の方にあるよう希望」していた。陳春柱の徐楓に対する評価は，かつて低く，後になって高くなったという複雑な過程を経ている。彼は徐楓と話し合ってみたいと思ったが，徐楓の方は手が離せない忙しさで会うことができない。彼は思わずカッと腹が立ってこう考えた，徐楓はちょっと思いあがり過ぎだ，どうりで徐楓はどこへ行っても周囲とうまく協調できないのだ。なるほど二十年あまり，ほとんどの政治運動でも徐楓はひどい打撃を受けているが，その結果「老運動員」になってしまった，と。徐楓が会議で七二五工程について陳春柱のことを名指しせずに暗に厳しい批判をしたとき，彼ら二人の対立は形の上で1959年に酷似してしまった。しかし，1959年の悲劇は繰り返されなかった。陳春柱が査察に訪れたこと自体は官僚主義を克服するための行動である。査察の過程で，彼は魏振国が初志を弱め，進取の精神を失い，腹黒い連中に囲まれて，不正な政治手段を覚え，改

革の障害となっていることに次第に気づいた。姪の陳穎(チェンイン)も昔とはまったく別人のようになっていた。彼は自分で決定し着手した七二五工程がすでにC市の発展にとって重大な重荷となっていることにも気が付く。彼はひどく後ろめたい思いにおそわれ,自分からあやまりを正すことを決意した。徐楓に対して,彼は次第に経済体制改革に関する周到な構想と大なたを振るうような対応措置にすっかり心服し,心中ひそかに喝采を送っていた。彼は徐楓の自分に対する批判をじっくり聴きたいものだと思った。彼は徐楓の鋭気が昔と比べて少しも衰えていないのが,心からうれしかった。魏振国が私情を利用し,彼に対し相手方を転任させるよう提案して来たが,その時彼は逆の決定を下し,省委員会にC市指導部を徹底的に改編するよう提案し,魏振国は他に転任させ,徐楓を新しいC市の責任者に任用した。彼は徐楓こそC市の発展を指導する重責を担うことができると確信していたのである。

陳春柱が経験した表面的な苦汁の選択,自己否定の過程は,実質的には国家と国民を憂える魂の表現過程であった。この腐食されることのない魂は一個人たる自分の私情に打ち勝ち,あの「人脈ネットワーク」を打破し,「改革者」に改革を指導する重責を担わせ,経済体制改革の中で,反腐敗闘争と幹部制度改革を同時に推進したのである。

「焦燥」を克服し,中国改革の道を進む

改革は社会的心理,人の観念の改革であり,また中華文明の精神が受けた一つの「洗礼」でもある。転換期の複雑な社会的現実および中国の伝統に対する現代西洋文化の衝撃を前にして,社会的心理に「焦燥」が生じるのは免れない。賈平凹(チアピンアオ)の『浮躁(フーツァオ)(焦燥)』(1987)はこの心理状態を反映し,それを「商州〔陝西東南部,賈平凹の故郷であり作品の舞台〕の州河(シャンチョウ)」にイメージ化している。「改革文学」は,憂慮の目をもって改革の巨大な潮流の中で社会的心理に生じた「焦燥」を映し出し,「焦燥」を克服し,中国の特色ある改革の道を着実に歩むという思想を表現している。

高暁声(カオシアオション)の短編小説「陳奐生(チェンホワンション)シリーズ」(1979-1982)は農村から都市

にいたるかなり広い背景の下で，農民の歴史的転換後における心理的変化の歩みを描いている。『「漏斗戸」主（貧乏百姓・陳奐生）』(1979) は陳奐生がいつも借金だらけの貧乏百姓から食糧が満ち足りた世帯になるまでの転換を描いていて，新生活が具体的に彼の目の前に来ると，心の中に凍りついていた氷の塊がいっぺんに溶け，熱い涙にぬれた目で，自分が分配を受けた山のような食糧をみつめていた。『陳奐生上城（陳奐生街に行く）』(1980) が描いたのは，陳奐生が衣食に不自由しなくなって，余った食糧油で「油縄」〔中華菓子の「麻花児」〕を作り，街に行って売った。稼いだ金は非常に少なく，都市の消費生活とは大きな格差があったが，陳奐生にとって，これはこの数十年来になかった変化であった。しかし彼はしごくゆったりと構え，自分では満足していた，というものである。『陳奐生転業（陳奐生の転職）』(1981) で描かれているのは，陳奐生が人に利用されて，訳もわからぬうちに調達係にされ，呉書記とのちょっとしたコネを頼りに，人民公社経営工場のため欠陥原料を買い付けたところ，目を見張るような賞金をもらってしまったのである。このことが陳奐生に困惑をもたらした。彼は金をもらったために，長い間どうにも気持ちが落ち着かない。この棚からぼたもちのような悪銭は彼の労働で得たものではなく，人に損を与えて儲けた利益であると考える。彼が経験したのは「儲けること」と「良心」の二つの間をいかに調和させるかという困惑であった。『陳奐生包産（陳奐生の請負生産）』(1982) では，しばらくの躊躇，苦痛の末，彼は「儲けること」と「良心」の二者間の調和を実現する道を見つけ出した――「生産請負」である。陳奐生は変革期の様々な社会的現実を前に労働者の本分を失ってはいなかった。良心に従って岐路から抜け出し，充分な自信をもって，労働によって豊かになる道に踏み出したのである。この「シリーズ」全体では，農村で展開しはじめたばかりの新生活に対する作者の涙溢れんばかりの賛美，社会で大きく広がっている「陳奐生ブーム」(高暁声『陳奐生包産』) に対する早くからの憂慮，農民の根強い土地思想への断固とした支持などを表現している。

『魯班的子孫』は若い大工黄秀川(ホワンシウチョワン)が街に出て修行し,一連の新技術を持ち帰ると同時に,もう一つの価値観も持ち帰った。それは賄賂で権力の座にすわり,村人たちから搾取することを儲けの手段とし,私利私欲,貪欲,冷酷,虚偽を経営原則に掲げるという,大工職人の道における昔からの教えと伝統道徳に背くものであった。改革の過程に現われた社会的な物質生産の発展と道徳水準の低下という不調和現象を描いており,作者のそれに対していだいている深刻な憂慮を表現している。小説の最後の「明日の物語」の中では,老大工黄志亮(ホワンチーリアン)が昔の名匠たちの道徳原則と現代的技術や文明とを結びつけ,若い大工が一人で創業したが潰れてしまった木工店に活力を取り戻させ,社会的な物質文明と精神文明との更に高いレベルにおける協調と均衡を実現するのである。これはまさに作者が社会の理想とするところであり,「改革とは,われわれ人民を更に善良に,そして文明的に変えていくべきもので,その逆であってはならない」のである(王潤滋『従「魯班的子孫」談起』,「山東文学」1984年第4期)。

『平凡的世界』の中で,孫少安は農民企業家となってから,家では目上の者に対しますます孝養をつくし,弟や妹に対し一層仲良く親しむようになった。村では同郷の人々に対する義務感をますます強くした。素朴な家族観念と同郷意識とが彼を改革に邁進するよう励まし,改革成功後,彼はますます自覚的に家庭倫理と社会倫理を厳守するのである。『平凡的世界』全体の中で,倫理が改革に従って薄れていくのではなく,改革に従って強まっていくのである。われわれがそこから見るのは,これは一つの文化的な基礎をもった世界であり,そこに住む人々はこの基礎に依拠して新しい事物を受け入れ,人生を変革し,社会を変革し,自己の文化を身につけたまま更に大きな「世界」の中に溶け込んで行くのである。

レフ・トルストイは,中国の前世紀〔十九世紀〕末から始まった維新変法に対して,かつて次のように進言した。

「改革とは成長,発展,完全を意味するものであり,共感を示さざるを得ない。しかし,改革が単なる模倣であって,いくつかの形式(それも

ヨーロッパやアメリカの見識ある人々から見ても、まだ全く定着できていないような形式)を中国に輸入することであるならば、これは最も大きなかつ致命的な誤りである。改革は必ず民族の本質の中から生まれ育たなければならない。しかも新しく、そして他の民族と完全に異なった形式であるべきである。」(『致張慶桐信』、『列夫・托爾斯泰(レフ・トルストイ)文集』第16巻　人民文学出版社　p.326)、と。トルストイの進言とトルストイ主義のすべては、その誕生当時およびその後の長い時期にわたって中国知識界にまだそれほど広く理解されていないのに、中国の民衆の間に深く根付いている伝統文化とはよく溶け合った。それ故、ロマン・ローラン〔フランスの作家〕は1928年に論文『托尔斯泰與東方(トルストイと東方)』にこのように述べている。

「現在、中国では政治闘争と革命が起きているが、これは歴史の永久性の中におけるほんの短い一断片のことに過ぎない。トルストイの主張と中国数千年来の聖人哲人の教訓とは一致するものである以上、中国人民が一歩一歩トルストイの思想に近づくことはないなどどうして言えようか」(『東方雑誌』第25巻19号　p.57)。

中国の「改革文学」は、20世紀前半期の中国文学と社会におけるあるいくつかの思潮に見られる西欧文化に対する盲目的な模倣および民族文化に対する虚無主義を克服した。「改革文学」は改革そのものと同様、鮮明な中国化の特徴を備えており、深く強固な民族文化の基礎を示している。これは中国が成熟、復興に向かう兆しである。「改革文学」はまさにトルストイのもう一つの次のような論断を検証している。「彼らの制度の中で何が重要で意義あるものかを知り、また、それらのものをどのように尊重すべきかを理解している。そのような民族こそ前途があるのだ——そのような民族こそ真に歴史ある民族と呼ぶにふさわしいのである」(『安娜・卡列尼娜(アンナ・カレーニナ)』　人民文学出版社1956年版　p.362)。

第九章
『平凡な世界』── 中国農民第二次解放の歴史叙事詩

　路遥著『平凡的世界(平凡な世界)』という小説に描かれた時間は，1975年から1985年までの10年間である。これは中国当代で最も歴史的意義のある10年であり，「文革」の不毛な「大災害」から，中国の大地が繁栄への活気に沸き返るまでの10年であった。それは中国当代の前後二つの歴史的時期にまたがっている。その間の重大な歴史的事件とは，レフ・トルストイが『アンナ・カレーニナ』に描いたような「流血無き革命」──「しかし最も偉大な革命」であった。『平凡的世界』は『アンナ・カレーニナ』同様，我々の世界において全てが生まれ変わり，全てがうまく軌道に乗ったことを描き，重大な歴史的転換がもたらした社会的心理の波瀾と，人の運命の変遷を描写している。『平凡的世界』は『アンナ・カレーニナ』のような「心理歴史小説」(1865年3月19日『日記』，『列夫・托爾斯泰 (レフ・トルストイ) 文集』第17巻人民文学出版社　p.113)，つまり「現代歴史叙事詩」である。趙樹理の全ての作品は，20世紀中国農民の解放と，その挫折を描いているが，『平凡的世界』は中国農民にとって二度目の解放の歴史叙事詩なのである。

　『平凡的世界』は編年史方式で，重大な事件が集中的に起こった10年間における中国の都市や郷村の広範な社会生活──例えば農村・都市・官界・学校・鉱山など──を描いている。まことに規模壮大，構成も開放的で，絶えず一つの場面から別の場面へと移行し，一つのプロットから別のプロットへと話が発展して行くのだ。ここで小説を支えているものは，別に人を夢中にさせるようなプロットではない。『平凡的世界』を支えているのは，変動状態に対処する深刻な社会的心理である。
　同時代においてもっぱら社会的心理を描写した現実主義の小説では，その心理のあり方がいつも単一的な状態を呈している。周克芹の『許茂

和他的女兒們（許茂とその娘たち）』の中で，金東水の身に体現されているのは，実務的精神であり，鄭百如が至る所で示しているのは権力奪取の陰謀である。賈平凹（1953－）が連続して発表した農村改革を描く三篇の中篇小説〔『小月前本』（1983），『鶏窩窪的人家』（1983），『臘月・正月』（1985）〕を見ると，才才は慎重で温厚，愚直で朴訥だが，門門は頭の回転が早く，視野も広い（『小月前本』）。禾禾・煙峰は勇敢に改革や新機軸を打ち出す勇気があり，積極的に考えて実行するが，門門・麦絨は勤勉で節約家，古い習わしにこだわって保守的である（『鶏窩窪的人家』）。王才はチャンスをとらえて，商売をやり金持ちになるが，韓玄子は保守的な落後者，農業を重視し商業を軽視する（『臘月・正月』）。路遥〔『平凡的世界』の作者〕自身の中篇小説の中でも，劉巧珍は農村世界を代表し，黄亜萍は都市の世界を代表しており，高加林は両者の境界の「交差地帯」を行ったり来たりしている（路遥『人生』）。また高広厚は平民の世界を代表しており，盧若華は幹部の世界を代表しており，劉麗英はその間を行き来している（路遥『黄葉在秋風中飄落（秋風の中を舞う黄葉）』）。鄭小芳は理想世界を代表し，岳志明は世俗的世界を代表しており，薛峰は両者の間で自由な選択をしている（路遥『你怎麼也想不到（あなたには到底想像できない）』）。こういった単一的社会の心理のありかたはすべて，双方が静止した絶対対立の状態に置かれている。そして小説の中での解決方法は，どれも作家が理想とする世界が，対立する世界に取って代わることになっている。この間，路遥が「交差地帯」に位置付けた主人公は，すべて二元対立の苦痛を体験する。薛峰は自分自身を分析して次のように言っている，

　私が小芳と別れた時，私は嫌でもまた自分が以前描いたことのある，あの世界に巻き込まれていった。
　これら全ては何と人を矛盾させ苦しめることか！
　その後，私は少しずつ自分の中の二つの世界のどちらとも適応するようになった。さらに私はこの二つの世界の真中にいて，長所を取り

短所を補って，自分を別の種類の人間に作り上げていこう，とさえ考えるようになった(『你怎麼也想不到』,『路遥文集』第1巻 陝西人民出版社 p.332)。

『平凡的世界』の中での社会的心理のあり方は，単一的状態を克服し，複雑な性質を具えるようになった。人それぞれの心理が存在する中で，絶対的な対立状態を克服し，それぞれ隔絶した二つの世界が，一つの『平凡的世界』に変わるのである。

1975年の『平凡的世界』は，氷に閉ざされた世界で，停滞状態にあった。雑誌「紅旗」に「資産階級に対する全面的な独裁を論ず」が発表されたり，『水滸伝』が批判されたり，「農業は大寨に学ぶ」運動が繰り広げられたり…そのようなことが，氷に閉ざされた時期の背景世界，および人間が生存する社会環境を構成していた。

この氷に閉ざされた環境の下で，人々は生存活動がほとんど凍結され，年中飢餓線上でもがいていたのである。

農民の日常生活を描くことを得意とした路遥は，孫玉厚(ソンユーホウ)の家の暮らしがすでに崩壊に瀕していることを我々に見せてくれる。労働力はちゃんとそろっていて，仕事も決して手を抜いているわけではないのに，毎年働いた結果は，いつも両手に何一つ残らぬ有様なのだ。農閑期だろうと農繁期だろうと，家族全員が薄いお粥をすするのが精一杯で，全く「骨の髄まで貧乏」という有様であった。孫玉厚老人はほとほと手の打ちようがないと感じていた。彼の心の中には山ほどの難題がある。たとえば，この土地で血も汗も出尽くして干上がるほど働いたのに，家の暮らしは相変わらず篩のように，どこもかしこも穴だらけだ。幼い二人の子供，少平(シャオピン)と蘭香(ランシアン)は何とか学校に行かせているものの，着るものはぼろぼろだし，飲み食いにも事欠く状態だ。長男の少安(シャオアン)は23歳になったが，まだ嫁をもらっていない。どうやって嫁を取るというのだ？仮に嫁をもらったとしても，どこに住まわせるのか？家族全員でたった一つの洞窟住居で，そこに自分たち夫婦と80歳近い老母とが一緒に住んでいる。少安

は洞窟住居のそばに小さな穴倉を掘って身を寄せているというのに…

『平凡的世界』は，それが存在したという意味から，氷に閉ざされた時期の人生の不可能を，つまりどの主人公も「まともに生きて行けない」状況を描いた。孫少安は全県で第三位という好成績を取ったのに，高級小学を卒業すると家に帰って農業をやり，家族全員の生活の重責を担い始めた。孫少平は山村の僻地から県城の高級中学に進学した。彼の精神は広大な天地に飛び込んで，未来に素晴らしい夢を抱き，見知らぬ世界を渡り歩き，事業を起こして，自分の隠れた才能を発揮したいと渇望していた。しかし，高級中学卒業後，どうしても双水村(ショワンショイ)に帰って農業をやらなくてはならなくなり，田舎にくすぶって暮らす苦痛に堪えることになった。家庭の経済状態が，兄弟二人の事業に対する積極性を制約すると同時に，それぞれの愛情や結婚をも制約した。少安には潤葉(ロンイエ)が彼に寄せた愛情を受け入れる勇気がなかったため，幼友達から発展した愛情は揺籃のうちに夭折し，二人にとって終生の後悔となった。少平の初恋相手の郝紅梅(ハオホンメイ)は，少平と同じような自分の社会的な地位から抜け出すために，幹部の息子の顧養民(クーヤンミン)に取り入り，少平に失恋の苦しみをもたらした。

ここにおいて，『平凡的世界』は，少安・少平そして広範な農民たちが，革命の極端化した時代の中で，政治上の権利から人身の安全に至るまで，全く保障されなかったことを描写している。孫玉厚は子供たちに名前をつけるのが上手で，「少しでも平安で，平穏無事でありますように」と祈願して，少安・少平と名付けたのだが，しかし彼の家の中は「全く平安ではなかった」。豚の飼料畑を分配する時，孫少安は生産隊長として，農民たちにこまごまとした荒地をほんの少し多めに分配したら，資本主義の道を行く「走資派」の生産隊長にされてしまった。全公社三級幹部大会において批判され，しかもその批判大会が，有線放送で人民公社全体に現場中継で放送されてしまったのである。公社主任の周文龍(チョウウェンロン)は「ファッショ的手段」で農民たちをあしらっていた。彼は社会主義を実行し，農業は大寨に学ぶを実行するには，「武力のお出まし」が必要であり，「ふんじばる麻縄プラス『正しい』政治路線」が必要だ，隠れている

蓋をあばき，悪党の親玉を引っ張り出し，刀を一突きぐさりとお見舞いしてやる，などと再三強調した。そのため農民たちは公社の幹部に会うのをひどく恐れ，まるで兎が鷹を見るようであった。

　孫玉厚老人は，有線放送で孫少安が批判されているのを聞き，いっそ猫いらずを飲んで自殺しようか，と思うくらいびっくりした。『平凡的世界』の多くの主人公たちもみんな猫いらずを飲みたいほどの目に遭っている。生と死の間で，彼らは一度は自然の成り行きとして死の選択を考えているのだ。作品は，荒唐な誤謬に満ちた時代と言う意味で，このような生存環境に対して深い批判をしている。

　この主人公たちは結局自殺はしなかった。人を驚かすようなストーリーで評判を取るつもりのない『平凡的世界』は，あの特定な歴史的時期の社会生活の中では決して珍しくもなかった，人を迫害して殺すような現象も描いてはいない。『平凡的世界』は「平凡」なストーリーがいいのだ。

　そこに描かれているのは，現実生活における名も無い多数の庶民たちの平平凡凡たる人生である。スケールの大きな現代歴史叙事詩として，『平凡的世界』の重点は，「文革」の「傷跡」にあるのではなく，これらの多数の庶民たちがいかにして「傷跡」を克服し，「文革」の「大災害」を乗り越え，「新生」を勝ち得たかを表現することにあるのだ。

　孫玉厚老人は，長女の婿の王満銀（ワンマンイン）が「労働教育」に送られた時も，長男が批判された時も，家の暮らしが苦境に追い込まれた時も，いずれも「死ぬにも死ねず，生きようにも生きて行けない」進退窮まった状況に置かれた。しかし，どんな危機においても，彼を生きて行くよう支えてくれたのは家庭であり，父親としての責任感であり，子供たちに対する義務感であった。「彼がいまだに生きている理由は，自分がこの世で何かの幸せを得たいからではなく，全く自分の子供たちのためだけであった。子供たちが少しでも良い生活が出来るなら，たとえ自分が一生苦労しても，喜んでそれに甘んじよう」と考えていたのだ。少安は批判された後も自殺に走るようなことはなかった。それは家庭への愛情によるもの

だった。彼は，自分がこれからもずっと父親と一緒に，この家とこの家族たちを支えて行かなければ，と意識していたのだ。

　家庭倫理の支えによって，人々は一つ一つの災難を乗り越えて来た。また「文革」の「大災害」が家庭倫理を発展させ強固にもした。『平凡的世界』の主人公たちは「誤謬に満ちた気違い沙汰」に打ちのめされることもなかった。彼らは家庭倫理を自分の精神世界の基礎として，自分の苦難の人生――つまり黄土大地での人生――を展開していったのである。

　孫少安は学業では素晴らしい才能の持ち主だったが，高級小学を卒業すると，父親に言われるまでもなく，彼自身学校生活はこれで終りだと判っていた。彼は自分がそれまでに学んだ教養を愛惜していた。家庭生活の重責を負い始めると，彼は少平と蘭香を勉強させてやろうと決意する。彼は遠大な理想を弟と妹に託し，幼友達の潤葉と別れ，自分の人生を現実的に故郷の大地に根付かせることにした。彼は聡明かつ有能で，苦労に負けない頑張り屋だったので，18歳の時に生産隊長に選ばれた。彼は机上の空論的な政治によってではなく，農民の実務精神で農業生産を管理した。その結果彼の生産隊の収入は毎年トップを切っていたので，「郷土政治家」の田福堂（ティエンフータン）は潜在的な「脅威」を感じていた。しかもすでに思春期にあった娘の田潤葉が，その青春と愛情を孫少安に対して示すようになったので，田福堂はもう一つの新しい「脅威」を感じ始めていた。その時，孫少安は再度現実的な態度を取る。彼と潤葉とはいわゆる竹馬の友だった。しかし高級小学を卒業した時から，彼は自分たち二人がそれぞれの道を行くようになり，子供の頃の友情は記憶の中にしまっておくしかない，と考えるようになった。10年後，潤葉の，子供時代の友情から発展した熱い愛情を受け取った時，彼は突然福が天から降ってきたように感じ，幸せの余り思わず泣き出してしまった。彼の心に刻まれた潤葉に対する愛情は，潤葉に劣るものではなかったのだ。もし潤葉と一生涯一緒に生活出来るのなら，世界はバラ色だ，と彼は思った。しかし，彼は愛情と結婚を，幻想の基礎の上に打ち立てることはしなかった。彼は現実を重視する農民だった。すぐに自分が置かれている現実生活の場

に立ち戻った。汗臭い泥だらけの野郎が，どうして公立学校の女教師と一緒に生活出来ようか？と彼ははっきり意識した。自分が潤葉に同意したら，彼女を駄目にしてしまう。彼は潤葉を愛しているので，彼女のために考えた。彼女がもし彼と本当に一緒に生活するようになったら，その苦悩はおそらく計り知れない。彼女が苦しむことになれば，自分も苦しい。その時の苦しみは今に比べて何倍も大きいだろう，と。そこで，今まで身分不相応なことを考えもしなかったこの農村青年は，男としての決断で，またいささか現実主義者の残酷さをもって，自分と潤葉の熱い愛情を「友情」として心の中に凍結したのだ。彼は運命を恨むこともなく，自分の人生を悔やむこともなく，ずっと潤葉に対する未練と懐かしさを抱いたまま，農民らしい実務的やり方で，山西に行き，賀秀蓮(ホーシウリエン)という気に入った娘を連れて帰って来た。

　田潤葉は孫少安から見れば町の教師だが，県の革命委員会副主任の息子李向前(リーシアンチエン)から見れば田舎の娘である。李向前が彼女を見初め，彼の母親が人を介して彼女に結婚を申し入れて来た。彼女は身に余る寵愛に驚いただけでなく，反対に悩んでしまった。彼女は，李向前本人を自分が愛するほどの人間ではないと思っていた。彼の家の世にときめく富貴は，なおさら彼女にとってはどうでもよいことだった。俗に媚びることもなく，汚れに染まることもない点は，彼女の内在的な強い気性を示している。そして彼女は自分が適齢期であること，愛情のときめきが芽生えたことを意識した時，頭に浮かんだのは当然少安だった。彼女は，愛情に家柄の釣り合いなどは必ずしも必要ではない，と考えていた。彼女にとっては，家柄の釣り合いより深い愛情の方が大切だった。彼女の優しさは水のように自由である。彼女は羞恥心をかなぐり捨てて，少安に「私は一生あなたと仲良く暮らしたい」というラブレターを書いた。そして，大胆にも少安と白日の下で，村はずれの畑のあぜに一緒に腰を下ろし，独特な抑揚の陝西民謡「信天遊(シンティエンヨウ)」の一節「高い土塀の上で更に馬に乗っても私の思いは届かない，面と向かいあって坐っていても，思うのはやっぱりあなたのことばかり」という歌の世界に浸っていた。彼女も，

『人生』の中の劉巧珍も，伝統的な陝西の女性である。彼女たちは黄土大地の精髄を深く受け継いでいた。彼女たちは広大な大自然，奥深い伝統文化，豪放な「信天遊」，経験豊かな先輩たち，一年中絶えることのない労働，そういったものから豊かな精神的栄養を得ていたのだ。彼女たちは純潔かつ善良であり，旺盛な生命力と豊富な感情の世界を具えている。彼女たちの愛し方は非常に激しいもので，身も心も全てを投入し，自分ではそこから引き返せないのだ。彼女たちは心から愛情のために献身することを願い，いかなる打算的な考えもない。彼女たちは愛する事が出来る一族なのだ。たとえ少安が怖気づき，身を引いても，潤葉は決してあきらめない。彼女は少安が心の中では自分を愛しているのを知っていた。彼女は彼の苦衷を理解した。このとき彼女は，また情の細やかな信天遊の一節と共にあった。

　　　正月には凍っていたのに，立春には融ける
　　　二月には魚が水面を泳いでいる
　　　水面を泳ぐ魚に，お兄さんの事を思い出す
　　　お兄さん
　　　お兄さん
　　　お兄さんを思い出すの，ねえ，私を待っててね…

　だが彼女の少安兄さんは結局彼女を待たないで，山西娘と一緒に暮らすようになった。この失恋の打撃はずっしり重いものだった。彼女は世界全体が真っ暗になったように感じた。彼女は絶望の淵に落ち込み，一度は猫いらずを飲んで自分の人生を終わらせようとさえ考えた。このとき，彼女は家族の事を考え，生き抜こうと思った。彼女は，自分が生きてゆくのは，自分ひとりの苦しみだが，もし自分が死んだら，多くの身内のものに苦しみをもたらす事になる…と考えた。このとき彼女の全身には，いわば悲哀の美がみなぎっていた。

　社会各界の子女が集まる県城の高校で学ぶ環境の中で，孫少平は劣等

感を抱いていた。身長はクラスで一番高かったが、心の中ではいつも人より頭一つ分低いように感じていたのだ。だが同時に貧しさが彼の自尊心を作り上げた。過剰な自尊心によって、すべての裕福な同級生たち——とりわけ顧養民に対する一種の対抗意識が生まれていた。『平凡的世界』は対立の世界ではない。初恋の失敗によって生み出された苦痛は次第に収まってきた。彼は郭紅梅の境遇を理解していた。彼はいつも自分は普通の人間だから、あまり身分不相応な事は考えないように、と意識していた。彼はさらに顧養民自身から、最も普通な事柄の中に、その人の人格的偉大さが示される、という啓示を得た。「平凡の美」は一種の人生美学として、彼に深い影響を与えたのである。

孫少平は小さい頃から勉強好きだったが、高三のとき、幸いな事に田暁霞（ティエンシアオシア）が新天地に目を開かせてくれたので、彼の心は一つの大きな世界の中をさまようようになった。彼はだんだん比較的広い視野で、自分と周囲を見る事が出来るようになり、劣等感と過剰な自尊心を克服し、自信が生まれた。彼は本質的にはやはり農民の子供であったが、出来る限り自分の出身階層を超越しようとした。田暁霞が彼を引き入れたのは、心の天地だった。高校を卒業し、農村に帰らざるを得なくなった時、彼はこの心のガイドに言った。「僕が家に帰るのは、当然衣食に事欠く苦しさのためもある。しかし、たとえ食べる物着る物を得ても、僕はやっぱり悩み苦しむだろう」と。そして農村にくすぶっている間、彼はずっと双水村以外の広い世界に関心を持ち、注目していた。彼は、少安が身も心も捧げて農村に飛び込んでいったのとは違っていた。身は村にあっても、心は翼をつけ、もっと広大な天地を思うままに飛翔しており、「飛翔の美」を、身をもって表現していた。

黄土大地の子供たちは「文革」の「誤謬に満ちた」野望に屈服する事はなかった。彼らは一人として堕落するものはいなかったし、一人として呻吟苦悶するものもいなかった。彼らはあの「大災害」の中で、より大きな倫理——つまり社会倫理とか国家観念に依拠して、生存環境全体に対し、また民族の命運に対して、深い憂慮の念を表しており、また、

この「誤謬に満ちた」馬鹿でかい怪物に対して抗争し，中華民族すべてのよき息子，よき娘たちの気持ちとしっかり相通じていたのだ。

田福軍(ティエンフーチュン)は，『平凡的世界』の中で最も強烈な憂患意識を，身をもって示している。知識分子出身の幹部として，彼は黄土大地に根付いていた。彼は農民の苦しみを体験していた。彼はある農民の家で昼飯を食べた時，お碗の中のトウモロコシパンを鍋に戻し，この家の8人の家族と一緒にぬか団子を食べた。それもろくに食べないですぐに，彼は家族全員が餓死寸前という農民の家を訪ね，そこで飢え死にしそうな大勢の人々の情況を理解した。……これが極左政策下の農民の悲惨な生活の縮図であり，また田福軍の「人民のために嘆願する」精神の描写である。「四人組」が横行した時代に，田福軍は県革命委員会副主任として，政治の渦の中に身を置き，色々な事を知り，色々な事を考えたが，口数は少なく，一言半句で内心の苦しみを吐露するのであった。下部組織で「階級の敵批判大会」などという馬鹿げた会を開いたと耳にすると，彼はしばらく無言でタバコに火をつけ，プカプカ吸ってから，独り言のようにぼそぼそと「上も下もみんな馬鹿げたことをやっている」と言った。白明川(ハイミンチョワン)が「右傾復活の風潮への反撃運動」について，国家の前途に憂慮の念を持っていることを耳にすると，彼は「明川よ，君がこんなに重大な問題を考えられるなんて大したものだ。そうだ！我々はごく普通の人間だから，国家の今の局面を変えることは出来ないが，でも白黒を区別する目は持つべきだし，国の命運を真剣に考える頭は持つべきだ……君が思いついた問題は，頭を持ち良心を持った，すべての中国人が感じている事だ。これは我々数人だけの憂慮ではなく，中国人民全体の憂慮なのだ」と言った。その言葉の中には，いわば憂患の美が溢れていた。

同年齢の者たちの中では，田暁霞の憂患意識のスタートラインは比較的高かった。彼女は父親の影響を受け，教育を受けた人間として，国家や世界の現状を知らないのは悲しむべき事だと考えていた。孫少平の目が自分一人の世界に限られていた時に，田暁霞の胸の内は，すでに相当広いものになっていた。彼女は教条主義的な理論の束縛を受けることな

く, 心のままに広い天地の中を飛び回っていた。彼女は色々な社会問題に対してまじめに考えていたので, かなり独自の見解をもっており, 人民の苦難と国の命運に関心を持っていた。彼女は黄土大地の子供独特の鋭い神経を持っていた。身は黄土大地に置いていても, 心は偉大な思想解放運動と一つに合流していて, いわば自由の美と言うものを, その身に表現していた。

孫少安は運命のレールのままに, 村に帰って農業をやったが, しかし別に極左政策のやり方を, そのまま我慢して受け入れていたわけではなかった。長い間農作業に携わってきて, 彼は農民の飢餓問題の根は, 農民が経営自主権を失い,「大鍋で飯を食う親方五星紅旗」になったことにあると, はっきり見て取っていた。農民たちのために豚飼料畑を広げたことで批判されてから, 彼は一層熱心に全国的な転機がおとずれる事を待ち望むようになった。「四人組」失脚後, 彼は安徽(アンホイ)からもたらされた啓示〔1970年代末の農業改革は安徽省の小さな村から始まり全国に広がった〕を受け, 率先して自分の生産隊において請負責任制を確立し, 大胆に改革試行を推し進めた。今回の試行は, 県革命委員会主任馮世寛(フォンシーコワン), 及び地区革命委員会主任苗凱(ミアオカイ)の無法な制止に遭ったが, 田福軍の固い支持を得た。孫少安は農村における田福軍だった。黄土大地に生まれた実務的思想が, 二人を意気投合させた。彼らは出会うやすぐに農村問題を討論した。つまり,「厳冬」の中でも, 彼らは農民の衣食問題を研究していたのだ。彼らの結論は他でもない改革である。彼らは厳寒の大地の下を流れる「暖流」だった。彼らは凍りついた大地が融けることを, 痛切に待ち望んでいた。

『平凡的世界』という作品は, 田福軍・孫少安・田暁霞・孫少平などで構成された黄土世界が秘める巨大な「暖流」を描くことによって, 画期的意義をもつ党の第11期三中全会に呼応しており, 中国の今回の上から下に推進された改革が, 強固な大衆的基礎をもっていることを描き出している。1979年夏, 田福軍は黄原地区の行政責任者になるや, 大鉈を振るうように, その地区全体の農村での生産責任制を始めた。「一戸請

負生産」を実行したところもあったが，田福軍はこれに対する拒否妨害を許さぬ旨を指示した。小説ではこれを「土地改革および合作化以降，中国近代史上，農村が経験した二度目の大変革」(『路遥文集』第4巻　陝西人民出版社　p.91）として描いている。中国の大地に再び活力と活気が溢れ出した。家が栄え裕福になることが，農民生活のメインテーマとなった。孫少安は田福堂の圧制も顧みず，率先して田家の僻地生産隊において責任制を実行した。そのため，農民たちは「親方五星紅旗」から解放され，生産の積極性が十分に発揮されるようになった。かつてはわいわいとにぎやかだった田家のすみずみは，今では一日中閑古鳥が鳴く有様で，人々はみな精力を畑に投入するようになった。彼らは朝から晩まで時間を惜しんで農作業に励み，麦畑を以前より一回余計に耕しただけでなく，みんなが長年放置して荒れ果てていた畑のあぜや角まで，泥を掘ってきちんと積み上げた。麦畑はふかふかになり，あぜもきれいに角が立った。農民と土地のこのような密接な関係は，土地改革後の数年間の作品だけに見られる。農民の日常生活の描写に長けた路遥が，ここで我々に見せてくれているのは，多くの廃れたものがすべて復活する，と言う農村生活の情景であり，その歴史観は強烈で，長い間味わう事の出来なかった喜びが，筆端から溢れ出ている。ここに描かれた農民の腹いっぱい食べられる喜びの程度は，かつての飢えの憂いとまさに正比例している。

　　土地が分けられてから，孫玉厚老人はそのとき五十幾つかだったが，精神的には何歳も若返ったようだった。去年責任生産組が始まってから現在まで，それぞれの家で農作業をやり，たった一年の間に，家族全員がもはや食べ物の心配をしないですむようになったのである。農民にとって，食べる心配がないなんて，全く考えられないことだった。——これこそ彼らが終生奮闘してきた主要目標だったのだ！食べられるようになったら，彼らの最も基本的な要求と，最も主要な問題は解決された。穀物倉の中に穀物があれば，心中慌てる事はない。孫

玉厚老人の眉間に盛り上がっていたしこりも取れてしまった。

「食」の問題は,中国当代文学の一つの重要かつ普遍的なテーマであるが,古今の中国及び外国文学の歴史上ではめったに見られない現象である。「腹いっぱい食べられない」のは,趙樹理創作の最終テーマだったと言える。「食」の問題が解決されたことは,高暁声の『"漏斗戸"主』(1979),何士光の『郷場上』(1980),王蒙の『蝴蝶』(1980)などの作品によって,まるで「春の声」のように伝わってくる。またこの問題の経緯,すなわち農民と土地との関係,土地制度の改革——中国の今回の改革はここから手を付けた——というこの意義深い改革の初期における過程は,『平凡的世界』の中で詳細に描写されている。改革はここにおいて余すところなく全面的に描き出された。中国人の有史以来の「食」問題は,この『平凡的世界』の中で「解決」されたのだ。路遥は小説の形式で,この偉大な歴史的事件の深い意義を探究している。

　2年の間に,黄原地区だけでなく,中国全体に何と大きな変化が生まれたことか！しばらく前には人々に想像もつかなかった多くの事が,現在では我々の生活の中で最も一般的な現象になっている。中国の変化は資本主義国家に衝撃を与え,社会主義国家に衝撃を与え,中国自身にも衝撃を与えた。
　この変化の奥深い意義を明確に書き表す事は,小説家に出来る事ではないかもしれない。私たちはこの歴史的な大きな背景の中にいる人々の生活を描写する時,思わず感嘆するのである。我々この世代の人間は,こんなにも奥深い劇的な道程を経験したのだ！と。現在まだ子供である人々には,私たちこの世代の人間の,生活に対するあのような複雑な体験を,すべて理解することは恐らく出来ないであろう。

このように同じ「現代歴史叙事詩」でも,『平凡的世界』は『アンナ・カレーニナ』よりやや憂いが少なく,やや喜びが多い。ロシアで1861

年に上から下へ推進された「改革」は、腐り果てた農奴制度を西欧のやり方に取り替えたのである。トルストイが探求した主人公レービンは次のような事を見て取っている。西洋から持ち込まれた雇用労働制度がロシアにもたらしたものは、農民の間に広まった怠惰・サボタージュ・飲酒による暴力・窃盗であり、土地の大量荒廃であり、社会の普遍的な貧困であり、国家の富の急激な減少であり、さらに農民と地主との激しい対立である、と。レービンはこのことに甚だ不安を感じ、ロシアの前途に深い憂慮の念を抱いていた。彼はよく眠れなくなった。彼はロシアのたどる道を真剣に探索した。そして最も重要なのは農民と土地との関係を調整し、農民にその土地における収穫に関心を持たせることだ、と考えた。中国の今回の農業から着手した改革は、「公社」制度を土地請負制度に取り替えるものである。中国の歴史社会での「地主――つまり自作農」の土地所有制度と一脈相通ずる土地請負制度の精髄をなす意義は、農民が相対的に土地を所有し、土地が相対的に主人を持つことである。農民と土地のこういった密接な関係は、中国歴史社会において、かつては世界で最も先進的な農業を作り上げてきたし、中国当代においても必ずや新しい「奇跡」を生み出すであろう。『平凡的世界』は、抑えきれないほどの喜びを以って、この「奇跡」を描写している。

　　　旧暦8月、それは農民にとって一年中で一番素晴らしい時期である。暑からず寒からず、またひもじい思いをする事もない。山野に行けば、あちこちで果実に出会えるからだ。秋の収穫はもう幕を開けている。赤ナツメ、麻の実、ササゲ、カボチャ……
　　　農民孫少安の心はこの季節のようにさわやかだった。
　　　本当に彼自身でさえ信じられないのだ。数年前までは夢だった生活が、現在では現実になり始めたのだから。大勢の人が一緒に集まって、貧しいその日暮しをする生活はとうとう終りを告げ、農民の暮らしにこれからは新しい希望が生まれたのだ。

『平凡的世界』は『人生』の続編である。そこには中国社会の巨大な変革が描かれている。それは人間の発展に必要な社会条件を作り出し、人生の価値を実現させるために、社会的な可能性を提供している。黄土大地の息子たち娘たちは、衣食の問題が解決すると同時に、人生のより高い目標に向かって足を踏み出したのである。

　孫少安は敏感に転機を見出し、時機を逸することなく身代を築き上げた。責任制が実行された後、彼は公社の副主任劉根民(リウケンミン)と一緒に定期市から公社に向かう途中、二度と批判される可能性がないと心の中で判断し、精神的に楽になった。すると今回は何とレンガ運送の仕事を手に入れたのである。彼はすぐに金を借りるとラバと荷車を買って、レンガ運びに出かけ、普段文無しの農民から見ればびっくりするようなまとまった金を稼いだ。そしてこのお金を資金にレンガ工場を始めたのである。レンガの窯に点火するとき、彼は「自信満々」であった。「自分の生活が突然巨大な希望で満たされた。希望があれば、激情が生まれる、そのためにためらうことなく犠牲を払う事ができる。そのような過程の中でこそ、本当に人生の意義というものが体得できるのだ」と彼は感じた。孫少安は農村における革命家だった。彼は誰よりも早く裕福になり、次第に双水村で最初の「注目される人物」にのし上がった。彼と正反対の「郷土政治家」田福堂は、ただいろいろ企んで、歴史の車輪の前進を邪魔する螳螂の斧になることしか出来なかった。

　しかし孫少平の方は、村や家で天地をひっくり返すような変化が起こっている時、逆に大変悩んでしまった。この点もまた少安とは明らかに対照的である。少安は農村で生活し、農村に献身する新しい世代の農民を代表しているが、少平は現状に不安を抱き、精神的には矛盾と焦燥の中にいる青年であった。少安は経済的基礎を重視し、どちらかというと「実務」的な儒家的人生を生きているが、少平は精神的な追求を重視し、どちらかというと「超俗」的な道家的人生を生きていた。少平が追求したものは精神的自由であり、意志の独立であり、自主的な人生であった。幸福であろうと苦難であろうと、光栄であろうと屈辱であろうと、彼は

自分でぶつかっていってそれを受けとめる事を望んだ。彼は故郷を離れ，「古巣」を離れ，別の世界を渡り歩き，生活の「新大陸」を探し求めた。昼間は同僚と一緒に懸命に働き，夜は薄汚れた住居に帰り，一年中欠く事のできない蚊帳の中に潜り込んで本を読み，心は文学の世界を駆け巡っていた。文学作品によって彼の心は世俗を超越し，理想世界に入って行ったのである。

　孫蘭香は人をびっくりさせるほど美しい山村の娘になった。彼女はしとやかで美しかったが，自分では特にその点を気にしてはいなかった。彼女は中学生の頃，学校をやめて家に帰ろうかと考えていたが，高校に入学したその日から，大学に入ることが彼女の目標になった。彼女は，家族がみんな苦労して自分を学校に行かせてくれる事がどれほど大変なことか，そして大学に合格する事だけが家族の苦労を無にしないことだ，ということを意識した。大学入試制度の復活は彼女のような抱負を持つ青年を大いに励ました。彼女は自分の天賦の才能を十分に発揮する事が出来た。彼女は高三の時，将来はロケットに乗って宇宙に行きたいとさえ考えていた。彼女の大学での専門もやはり宇宙研究だった。彼女の精神的天地は広大深遠な宇宙だったのだ。この山村僻地が育てた，宇宙を熱愛する少女の存在は，孫玉厚老人および山村僻地全体の栄誉であり，孫少平が苦労して追及した人生の実現であり，黄土世界，つまり「平凡な世界」がすでに開放された世界である事を示している。

　『平凡的世界』は，当代の実存主義哲学の意味において，新しい「世の中の事態」があらゆる主人公の人生をすべて可能にしたことを描写している。それは陝西北部の言葉でいうと「彼らは皆立派に人生の価値を実現し生き抜いた（活成了）」ということである。

　息子たち娘たちは立派に生き抜いた，孫玉厚も立派に生き抜いた。つまり彼本人の暮し向きも以前よりずっと「発展」している。生活の変化によってこの老人の気持ちにも変化が起こり，なんと「若い頃の気迫」さえよみがえったのである。彼は，少安とその妻の秀蓮に，新しく修繕した住宅に住んで「若者の生活」をするようにと言い，もうこれ以上老

人のためにあれこれ心配してもらう必要はない，ときっぱり主張した。少平がよその土地で仕事をし，自分は家で農作業をする事にも気持ちよく賛成した。彼は「誇り」と言う事を知っていた。彼が最も誇りとしていたのは，娘が「大学」——それも皆が名門大学と言っている大学——に入学したことだった。彼は今日のこのような栄光が得られるとは夢にも思っていなかった。彼は息子に言った。「お前のじいさんもわしも一生涯苦労に苦労を重ねて来たが，双水村で人の前に立つ事は出来なかった。それが今では，わしたちも人の前に立てるようになったんだからな…」

あらゆる同業者の中で，路遥は「立派に生き抜く」事の難しさを最も深く体験しており，「立派に生き抜く」ことによって生まれる幸福感についても最も強烈に理解していた。これが「平凡な幸福」なのだ。

『平凡的世界』では，かつては極めて異常であった社会生活が，新しい歴史的時代においては正常になった事を描いている。地主の子孫の金二錘(チンアル)(チョイ)が中国人民解放軍に参加した事は，すべての彼のような家庭の出身者が，政治的な権利を含む全ての公民権を，本当に享受し始めた事を意味している。かつては社会の捨て子だったこれらの人々も，今では「立派に生き抜く」ことが出来るのだ。彼らはこのために喜びの宴を開いたし，改めて村人たちの尊敬を受けるようにもなった。反対に靴もろくに履けない貧乏な「革命家」孫玉亭(ソンユーティン)は，心中取り残されたような感覚になっていた。

『平凡的世界』は真実の世界であり，信じられる世界である。路遥はまるで歴史家のように新しい歴史的時代を，「美を虚しくせず，悪を隠さず」（班固『漢書』「司馬遷伝賛」）描写している。例えば貧富の差・幹部の特権・にせもの商品・犯罪集団・迷信活動など，機運に乗じて生まれた各種の社会問題は『平凡的世界』の中にすべて描かれている。社会に新しい一連のアンバランスが生まれたのだが，『平凡的世界』は，この山ほどある現象の中に迷い込んではいない。路遥は作家が現実生活に対して「傍観」的態度を取る事には賛成しない。彼は随筆を創作する中で次のように言っている，「作家の生活に対する態度は絶対に「中立」ではありえ

ない。必ず哲学的な判断を打ち出すべき（たとえ間違っていても）であり，熱烈な感情を込めて，誠心誠意読者に自分の人生観と個性を表明すべきである」（『早晨従中午開始――「平凡的世界」創作随筆』，『路遥文集』第2巻p.20）と。彼はレフ・トルストイの次のような観点を賞賛している。「どんな芸術作品においても，作者の生活に対する態度，および作品中での作者の生活態度を反映したさまざまな描写と言うものは，読者にとっては極めて重要であり，極めて価値があり，最も説得力のあるものである……」（同上）。『平凡的世界』は熱心かつ明朗な態度で改革を謳歌している。歴史について時間的な縦の比較に長けた孫少安は，改革前と改革後の異なる境遇・異なる人生をいつも感じていた。蘭香・金秀を大学にやったそれぞれの両家の家族は，地区所在地の町一番のレストランで一卓設けて一緒に食事をした。少安が両手で杯を持った時，その手は少し震え，目には涙が光っていた。やっとの思いでごくりとつばを飲み込み，「ほんとに嬉しい……何年か前には，こんな日が来ようとは夢にも思わなかった……世の中が変わったからこそ，我々にもこんな前途が開けたのだ……」と言った。作品では主人公の人生の転換と中国社会の転換とを一体化させ，「人生」と「改革」とを一体化させている。『平凡的世界』は改革の中での「人生」である。『平凡的世界』で表現されているものは「趨勢」を重視する東方哲学である。作品では次のように書いている，「我々が死ぬ前には，おそらくこの社会の完全に成熟した姿はまだ見られない，多分大きな趨勢だけしか見られないであろう。しかし，我々にはやはり自分たちが生きてきた土地と歳月を誇りに思う理由がある！我々の世代の人間がやった事は，我々の経験・教訓・涙・汗さらに鮮血などを混ぜたコンクリートを使って，中国の輝かしい未来のために基礎を打ち込んだだけの事かもしれない。疑いもなくこの歴史の過程においては，社会および我々自身の限界，さらには色々な欠陥弊害が避けられないものであった。しかし，このことは決して後退の口実にはならない。こういった限界および欠陥は，社会がさらに高い段階に進歩したために生まれたものであることを知らなくてはならない」（『平凡的世界』，『路遥

文集』第4巻 p.436) と。

　賈平凹の小説に欠けているものは、こういった東方哲学である。『鶏窩窪的人家』(1984) は改革政策の図解に近い。『浮躁』(1987) は文人が犬の肉をさかなに焼酎を飲みながら得々と改革を語るたぐいである。そして『廃都』(1993) は現象の中で方向を見失ってしまっている。

　黄土大地の息子たち娘たちは、すべての中国人民とともに極左政策の統治下から解放され、自主的な人生を実現し、二度目の「解放」を勝ち取った——『平凡的世界』はこの変動を明らかにしているが、それだけにとどまってはいない。黄土大地の息子たち娘たちは反対側の極端に走る事はなかったし、「自己」の中で方向を見失う事もなかった。彼らはそれぞれ自由に自分の責任を選択している。

　蘭香は大学で呉仲平(ウーチョンピン)と真摯な愛情を育てていた。しかし彼女の心の奥底には、ある種の「遺憾」の気持ちが生まれていた。——呉仲平は省委員会常務副書記呉斌(ウービン)の息子だった。彼女は呉仲平も平民の子弟であったらと、どれほど願ったことか。彼女自身に家柄の釣り合いといった観念があるわけではないが、他人がそう考えるのではないかと心配だった——彼女が心配し我慢できなかったのはまさにこの点である。彼女は再三にわたって呉家の招きを婉曲に断っていた。一方、田潤葉も成長していた。蘭香もすでに年頃になり美しくなっていたが、しかし実際には蘭香はやはり蘭香だった。彼女は結局農民の娘であり、貧しく苦しい村で成長したので、思想がいかに宇宙を飛び回っていようと、精神は双水村と密接に結び付いていた。彼女は平民の自尊心と誇りを持っており、自分の素質と懸命の努力によって家柄の溝を飛び越え、新しいレベルで人生の調和を実現するのである。

　田暁霞は家庭的に精神生活の高い出発点に恵まれていたが、自分がよい家柄である事などまったく重視してはいなかった。姉の田潤葉に愛情が芽生えた時、孫少安を訪ねて村へ帰ったのと同じく、田暁霞は高校の頃、同郷だがなじみのなかった孫少平と始めて知り合い、少平が持っている人柄にとても引かれた。孫少平は家で農業をやっていたが、彼女は

第九章 『平凡な世界』 251

前例を破って村に帰り、少平の家を訪ねた。このことは村人たちを驚かせたし、伯父の田福堂には到底理解できないことだったが、彼女にとってはごく自然な事だった。彼女は顔こそ非凡な美しさを具えていたが、正真正銘黄土大地の女性であった。この上着を引っ掛けて着るのが好きな現代娘は、きめ細かで感情豊かな生活をしていて、孫少平と奥深い満ち足りた愛情を育てていくのである。師範学校中文系で勉強していた頃、彼女の周りの若者たちは、誰もが天下の事はすべて自分のなすべき事だ、と言わんばかりの雄弁家で、古今東西あらゆる所から博引旁証し、思想はどんどん解き放たれ、その幻想も高く遠くどこまでも高揚し、時代の悪弊を次々と猛烈に糾弾したものである。彼らは勉強に刻苦研鑽していたし、衣食も日に日に進歩していたが、遊ぶ時は思う存分遊んでいた。しかし、彼女は反対に労働者の孫少平の中に、これまでと違う種類の同年齢の人物を見出していた。彼女は孫少平の自立的思考、精神的な追求、さらに苦難に動じない超越的態度に非常に敬服していた。彼女はこのかつての「学生」から、人生に関する啓示を得ていた。彼女は、自分のクラスには少平の代わりに、自分とこのように広く深く思想を交流できる男性は一人もいないことに気付いた。彼女はついに内在的意味での男性を探し当てたのである。少平が大牙湾炭鉱に行ってから、びっくりするくらい美しくなった暁霞が、記者の身分で彼を「取材」した。——実際には彼女は「石炭掘りの彼氏」を訪ねたのである。彼女は心の深いところで、すでに少平のことを自分の「石炭掘りの夫」と見ていたし、そのことを誇りに思っていた。孫少平の精神面での力は田暁霞という鏡の前で、その真実の姿がはっきり写し出されたのである。田暁霞は本当の男性の姿を心に描いた女性だった。このことについて、見る目を持った孫蘭香は暁霞を評して、暁霞姉さんのような女性は、少平兄さんのような男性しか愛せないのかもしれない、と言っている。田暁霞という「自由」な女性の愛情哲学は、すでに「自由」の高度にまで達していた。

　田暁霞という人物像が表している「自由」の特徴とは、自由をうまく駆使しながら、方向を見失わないという点である。愛情生活の中で、喜

んで献身した田暁霞は，社会事業に対する熱意も，献身的といえるほどのレベルに達していた。この「解放」運動の先駆者は建設事業の先駆者でもあった。彼女はあたかも勇敢に「解放」運動に身を投ずるのと同じように，敢然と洪水防止闘争に身を投じた。彼女の智恵，人柄，天職意識，没我精神は，この短い洪水防止闘争の場面で見事に示された。田暁霞の死は『平凡的世界』の多くの主人公の中で起きた唯一の死であったが，しかし彼女は最も不朽の人物ともなった。彼女は自分の死を，別のもっと若い生命と取り替えたのである。路遥は小説の形式を使って，最高の意義を追認する価値のある，そして全国民が学ぶに値する人物を描き出したのである。田暁霞の優れた点は，彼女が終始自分の優秀さに無頓着であった事，つまり自分の非凡さを全く意に介していなかった点である。彼女は自由に「平凡」を選択し，黄土大地を選択した。田暁霞という人間像の，小説の中における意義は，彼女が無意識のうちに自分の人生――死を含めた自分の人生――でもって，「平凡な世界」の調和を作り上げている事である。

　孫少平は高加林よりさらにきっぱりと農村を離れた。農村を離れたと言う点で言えば，孫少平は高加林の続編である。しかし共通点はその点だけで，実際には，孫少平と高加林は対照的なのだ。孫少平は故郷を離れる志を実現させた時，高加林のような迷いは生じていない。路遥は孫少平の人物塑像を通して，さらに深く，問題は故郷を離れるか故郷に帰るかにあるのではなく，人生の道をいかに歩むかにある，と言うことを表現しているのだ。孫少平は生活「地盤」の上では，完全に農村から離れたが，しかし彼の人生の道は一歩たりとも黄土大地の基盤を離れることはなかった。彼は農村で育ったので，この黄土大地で育った人々の中には，外見はがさつだが聡明な人，能力のある人は星の数ほどいることを深く知っていた。彼は黄土大地の世界には，おのずと独特な複雑さ，独特な智恵，独特な哲学の奥深さ，独特な行為の偉大さがあることを感じ取っていた。彼は黄土大地の基盤に足を置いたまま大きな世界へと赴き，人生を追求したのである。彼は未来にあこがれてはいたが，しかし

いつも両足で踏みしめている大地を見つめていた。

　彼はいつも人生の奥深さ，運命の不思議さをよく理解していた。彼の少年時代の恋人郝紅梅(ティエンロンション)が，色々な苦難の末，自分と同郷の同級生田潤生の懐に飛び込んでいった時,運命は彼を別の同郷人田暁霞に結び付けた。しかし彼は過分の幸運を望まず，理性的に自分と田暁霞の感情を友情の範囲内に限定していた。一方，金秀の花のつぼみに似た幼い恋愛感情の世界に，初めは風格と学識が備わった顧養民が入ってきたが，その後彼には力強さが欠けている事を感じ取り，彼女は自分から孫少平の感情世界に入って行った。これには少平も感慨を催さざるを得なかった。運命の糸はなぜいつも自分と顧養民をもつれさせるのか，とつい考えてしまったのである。10年前，郝紅梅は自分から離れて行って顧養民を愛した。そして今，金秀は反対に顧養民と別れて自分を愛するようになった。しかも，彼女は彼に亡くなった暁霞を思い出させた。蘭香もあるとき最も良い角度から見て，金秀が暁霞とそっくりだと思ったことがある。金秀の存在は暁霞に代わって，運命が少平にまた微笑みかけた事を表していた。しかし，少平は人生の深い意味を大切にしていて，それでいい気になって喜ぶようなことはなかった。男の風格と尊厳，それが彼の人格上の理想だった。彼自身は尊厳ある生き方をしていたし，他人の尊厳を尊重する事も理解していた。郝紅梅は彼との初恋を捨てたのに，彼は卒業前に彼女を恥ずかしい境遇から救い出した。陽溝生産大隊の曹書記(ヤンゴウ)(ツァオ)のために誠心誠意働いて金を稼いだが，曹書記の家族からの贈り物を受け取る事はなかった。また彼は金が十分に稼げなくても兄の金を使う事はなかったし，兄が社会のために財を惜しまず使うことを支持した。酒を飲んだ後，惠英(ホイイン)のベッドで一晩寝込んでしまったが，目が覚めるや成熟した男の正常な考え方によって，この無意識のうちに犯した間違いを受け入れた。炭鉱事故の時，彼は自分の生死も顧みず，酒に酔った炭鉱夫を救って重傷を負ったが，炭鉱でこれをめぐって起きた彼に対する表彰と批判の声に，彼は淡々とした態度を取るのである。彼はまさに青春真っ只中に容貌を損なってしまい，しばらくは苦しんだが，その後は平

然といつも通りだったし, 不思議にこれまでと違ったタイプの男の魅力を身につけたのだった。彼には簡単に金秀の愛情を受け入れる事は出来なかった。でなければ, その失うものは単に金秀だけでなく, 自分自身の心まで失ってしまうと考えたからである。彼は町に留まるチャンスを断ると, 炭鉱に対する一種の切っても切れない感情が生まれた。彼が故郷から離れたのは, 自分の境遇や地位を変えたい, という大それた考えを持っていたからではなかった。たとえ農民よりもっと苦しくても, 彼は自主的な人生を送りたいと思っていた。彼はためらうことなく炭鉱に帰り, そして惠英姉(ホイイン)さんの温かい生活の場に帰った。彼は人間の尊厳を勝ち取ると同時に, 自分から全ての責任を負ったのである。

　少安は裕福になり, 農民のその特定の時期における生活のメインテーマを実現した。この時, 彼は農村の貧富の差が広がっている現実問題を見て取った。彼はやはり永久に他人の死活問題を気にとめないような人間ではなかった。彼は経済的な「にわか成金」とは無縁であった。彼はこれまでの辛酸に満ちた生活の歴史によって, 一般庶民の苦痛に対する敏感さと, きめ細かい思いやりをいつも持ち続けていた。彼には自分の鍋に肉があるのに, 周りの人が糠や野草を食べているのを, 平気で見ていることは出来なかった。「素朴な同郷人意識」から, 少安の内心には, ある種の荘厳な責任感が湧きあがってきた。彼はレンガ工場を拡大し, 職を求めてやってくる人々の要求を満足させ, ここで働くように手配して, 同郷の人々の危機を救うなど, 比較的早くから集団富裕化思想をもっていた。全村の経済活動における主要人物になってから, 彼は「金持ちになってから何をするか」という難題に直面し, 困惑したり, 迷ったこともあった。弟に指摘されて, 彼は双水村の歴史と現実の中で, 比較的影響力が大きく, 種々功罪のあった何人かの人物を念入りに観察し, ある種の使命のようなものを理解した。儒家の先ず「これを富まして」後「これに教える」という思想に従い, 自分の財力と能力を使って, かつて田福堂の「政治運動」によって破壊された双水村の学校を再建し, 全県で最初の教育事業に出資した農民となった。彼が教育に出資したこ

とを記念して県が建てた記念碑は,「孫少安夫婦の人生記念碑」と見ることが出来る。今や彼は相当の大金を出して,自分の村を育成するために,いささか力を尽くすことが出来るようになったのだ。あの長い「文革」という歴史的な時期はすでに終息し,彼はまさに新たな人生の道に足を踏み出そうとしている,と言えよう。孫少安の人物像は,その作家の新世代の農民に対する人格的理想像を表している。孫少安は故郷に帰って農業に従事したが,それは決して父親の世代の繰り返しではなかった。家を富裕化する道程で,彼の思想は解放され,身をもって開放の精神を示した。さらに人生という道程で,つまり道徳的人生の中で,彼は深く伝統に根ざし,父の世代が身につけていた永遠の意義をもつ精神的価値を継承し,その伝統的価値を,新しい歴史条件のもとで実現し発揚したのである。

双水村学校の「落成式」は,疑いもなく孫家の栄誉であり,孫玉厚老人は間違いなく村人に最も尊重される年長者となった。しかし,彼は決して公衆の面前にしゃしゃり出るような事はなかった。彼は内心では感慨無量であったが,顔には特別な感激とか嬉しさを出すことはなかった。彼には「黄土大地」の奥深い伝統の根があって,困窮時には頑張り,景気がよくなっても浮かれないのだ。これに対して金光亮(チンコワンリアン)は,息子が軍隊に入ったおかげで,たちまち「政治的にわか成金」になってしまったが,これは明らかに根が薄っぺらだったからである。

田潤葉姉弟は父親の田福堂のタイプではなく,黄土大地の人間であった。彼らは人生の道における選択時には,いつも父親の影響を拒絶し,その忍耐強い自主的な精神で決然と「平凡な世界」に溶け込んでいった。生産請負責任制が実施されたばかりの頃,田福堂は冷遇されていたが,潤生は前に進み出て,「みなさん,私の父のことを責めないで下さい。彼は年を取っていて,頭が古いのです。私を我が家の代表者と考えてください。父は気管支を患っていて,労働は出来ないかもしれません。でも私は教員を辞めて,責任生産組で働く事にしました…」時間——つまり天文学上の時間——が,田潤生を人生の舞台に押し上げた。彼は,生活

上の経験閲歴によって幼稚さと浅薄さに別れを告げ，何か役立つことをしようとしていた。他県の縁日で，彼は偶然高校時代の同級生の郝紅梅に出会った。夫を失った子連れの紅梅が，異郷の山村で悲惨な生活をしているのを目撃して，この弱弱しい口下手な青年の心には，かわいそうな紅梅母子に手を貸したい，という強い願望が沸き起こった。同情心と責任感が田潤生を男にした。世俗の世論の圧力に遭っても，彼は依然として困難な境遇にある未亡人母子を助ける責任を負い，ついにその中から暖かさと愛情を体得したのである。紅梅の存在は，生活が彼に与えた最高の報いだった。彼は紅梅と一緒に生活してこそ，一生幸せになれるのだと思った。顧養民にはこういう男らしさが欠けていた。田潤葉は「ボケた」老幹部徐国強の「閨閥政治学」を誤って信じ，叔父の田福軍が政治的「対立」をむやみに増やさずにすむのならと考え，「きっぱりと」李向前との結婚に同意した。結婚後も，彼女はまるで命がけで自分の純潔を守り，同様に，終始精神的な純潔も守り，相変わらず栄華も富貴も求めなかった。しかし，李向前が不幸な結婚に苦しんだ末，飲酒運転で身体障害者になった時，立場を替えて，相手の角度から問題を考え始めた。これまではずっと自分の苦痛だけに明け暮れていたが，彼も非常に不幸だったと彼女は気付いた。彼には何の過ちもない。彼はただ彼女に夢中になり，十分献身的な精神で尽くしてくれたし，義侠的な行動さえとってくれた。自省力をもった潤葉は，向前の体が不自由になった事への責任を取り始めた。この結婚が，当初はたとえ何らかの圧力によるものだったとしても，最終的には自分がこの口で承知したことだ，と思い至った。まさに彼女のちょっとした考え違いから，彼女自身も苦痛をなめ，彼をも苦しめ，悲惨な結果を招いたのだ。そこで，何とも言えぬ後ろめたさが，彼女の冷え切った心をしきりに刺激した。彼女は「今こそ彼の面倒を見なくては」と独り言を言った。長年あの五体満足だった人はずっと彼女に遠ざけられていたのに，今では彼女が自分から両足をなくした彼に歩み寄ってきたのだ。潤葉は自尊心と自責の念という両立しがたい二種類の品性を見事に我が一身に集め，個人的意志と利他主義と

を理想的に統一して，「中庸」の美を発揮したのである。田潤葉は，あの勝手気ままで感情的な，「自己中心主義」を極端に押し出す杜麗麗(トゥーリーリー)とは好対照である。

　この若い主人公たちの愛情・結婚は，世間の人から見ればいささか「妥協」的に見えるが，しかし彼らから見れば，それは最高のものであり，「自由選択」なのである。彼らが体現しているのは主観的な愛情哲学なのだ。彼らはみんな人を愛する事の出来る一族なのである。

　『平凡的世界』の主人公たちは極左の束縛から解放されて以降，物質世界の中でも，経済活動の中でも，もはや何の制限も受けることはないし，「資本主義の道を歩んでいる」と言われる心配もないのだ。彼らは実務主義を表現している。だが彼らの精神世界と行為哲学は，むしろ伝統に対する尊重と継承を表現しており，賈平凹の小説のように，「改革」が道徳領域での革命騒動を起こし，二つの家庭の間で「騒動」が巻き起こる，といったものとは全く違っている。路遥の筆になる黄土大地の息子たち娘たちは，人生の道を「自由」に選択する時，誰もが「自由」にその責任をも選択している。路遥は，重大な歴史の進行の中における人の運命の変遷に注目した作家であり，「現実に生きている人間の歩んできた歴程」を描写することに長けた作家である。『平凡的世界』の主人公たちの「現実に生きてきた人間の歴程」は，路遥の現代人における人格的理想像を具現している。つまりそれは，自己意識の覚醒を完成した基礎の上に，他人に対する責任を完成し，二元的対立を克服し，それによってさらに高度な意味での社会調和を実現しようとするものなのだ。このような人格の美学は倫理の美学である。倫理調和の実現こそが「現実に生きてきた人間の歴程」の実現であり，第二次「解放」の実現なのである。

　『平凡的世界』は完全無欠のまとまった世界であり，『アンナ・カレーニナ』の背景は分裂の世界である。1861年の「改革」の前後，オロス族は道徳の領域においても，別の世界からの衝撃を受けていた。このこともトルストイは深く憂慮していた。トルストイはオロスの魂を改めて描き出し，極力これを民族の靭帯としてオロス族を統一に向かわせ，この

危機を乗り越えようとした。黄土大地の思想は『平凡的世界』を結ぶ靭帯である。『平凡的世界』は黄土大地の思想を表現し，また民族の精神を表現しているのである。

第十章
『白鹿原』── 中国20世紀文学の総括

　周辺化した作品のことはひとまず置いて、中国20世紀文学の主流について見れば、世紀初頭に潮の如く盛り上がった「新文化運動」から世紀末葉の現代歴史叙事詩『白鹿原(バイルーユアン)』に至るまでの間に、一貫して流れているのは東西文化の大論争である。中国の20世紀に充満した激烈な闘争と動乱の深層に横たわっているのは、東西文化の激しい衝突であった。

　本世紀初頭に幕をあけた中国現代文学の発端から、この東西文化論争は発生している。この論争は「新文化運動」によって引き起こされたものであった。
　辛亥革命のあと、踵を接するように全国的な混乱と民族の危機がやって来た。このような苦境に直面して陳独秀(チェントゥーシウ)の「新青年」グループは、辛亥革命の失敗が思想革命のステップとその深度の不足によるものであり、中国文化の根底は全く影響を受けておらず、文化こそが政治の根本であることを見てとった。そこで文化革命を起こし、文化の深層面で徹底的に西洋に学び、明末から清初にかけて始まっていた先ず技術の面で西洋に学ぶ運動を、文化革命のレベルに推し上げたのである。
　この「新文化運動」は、西洋の個人主義を導入し、それによって中国社会の構造を倫理本位から個人本位に切り替えることを主張するものであった。1915年12月、陳独秀は「新青年」に『東西民族根本思想之差異』という論文を発表し、「西洋民族は個人を以って本位とし、東洋民族は家族を以って本位とす」と述べ、東方民族の「遺伝子を改善」するには、家族本位主義を個人本位主義に転換する必要があると提唱した(「新青年」第1巻第4号)。胡適は『易卜生主義(フーシー)(イブセン主義)』(1918年)で、イブセンの個性自由発展の思想を通じ、魯迅(ルーシュン)は『文化偏至論(ウェンホワピエンチーロン)』(1907年)でニーチェの「超人」哲学を紹介することによって、ともに西欧の「個人主義」導

入の主張を強く表明した。郁達夫(ユーターフー)が1935年に『新中国文学大系・散文二集』序言で総括しているように,「五四運動最大の成功は, 先ず第一に"個人"の発見であると言える」のである (『郁達夫文集』第6巻 p.261)。

「新文化運動」は, 大大的に西洋哲学を取り入れ, 東洋哲学に取って替わらせようとするものであった。陳独秀は其の論文の中で次のように言っている,「西洋民族は戦争を本位とし, 東洋民族は安息を本位とす。西洋民族は性来侮辱を嫌い, 戦い死すことを択ぶ。東洋民族は戦い死すことを嫌い, 侮辱に耐えることを択ぶ」(「新青年」第一巻第4号)。李大釗(リーターチャオ)は傖父(杜亜泉)(ツァンフー トゥーヤーチュアン)の説をとり「東洋文明は静を主とし, 西洋文明は動を主とす」と考え,「極力西洋文明の特長を受け入れることにより, 我が静止文明の不備を補う」ことを主張した (『東西文明根本之異点』,「言治」季刊第3冊)。魯迅は「中国の一般の趨勢が専ら善良なる輩――「静」の面が発展したもの……を珍重し, 凡そ「動」に属するものに対しては兎角首を横に振り, 甚だしきはそれを「西洋かぶれ」と決めつけてしまう」と批判し (『従孩子的照相説起』,『且介亭雑文』 p.63), 悪魔詩の一派を受け入れよと主張し, バイロンが「ナポレオンの世界征服を喜び, ワシントンの自由の為の戦いを愛し」(『摩羅詩力説』,『墳』 p.63),「国家の法制, 社会の道徳に一顧も与えない」(『摩羅詩力説』,『墳』 p.59)のを賞讃した。「新文化運動」は「抗争」を主とし,「破壊」を主とするヨーロッパ19世紀末の思想を中国に導入し, ニーチェの様に「反動的破壊によってその精神を充たし, 新生の獲得をその希望とし, 旧来の文明に対し, 攻撃を加え, 一掃する」ことを主張した (『文化偏至論』,『墳』 p.35)。

中華文明に対しては,「新文化運動」は先ず矛先を中国の家族制度に向け, 最先に中国の家族文化をぶちこわすことを目指した。陳独秀が提唱した「個人本位主義を家族本位主義に取ってかわらせる」案は「新文化運動」の主たる目標を明確に示している。彼は中国の家庭倫理が「人の子, 人の妻に, 個人としての独立した人格と個人の独立した財産を喪失させている。父兄は子弟を育て, 子弟は父兄を養う……これは断じて個人独立の道ではない」と批判している (陳独秀『孔子之道与現代生活』)。魯迅も

中国の家庭倫理は「年長者本位」(『我們現在怎様做父親』,『墳』 p.106) で,ひたすら幼若者をいためつける方法であると見た(『我們現在怎様做父親』,『墳』 p.112)。胡適は真向から「孝子」の概念を批判し,子息が親孝行を一種の信条とすることに対し,断固反対した (胡明『胡適傳論』上巻 人民文学出版社 p.370 参照)。

「新文化運動」は更に進んで批判の矛先を家族倫理から展開した社会倫理と,儒家の文化の核心である「仁」に対して向けた。李大釗は経済,社会分析の方法を駆使して,家族制度から「孔門倫理」に至る一体の関係を探り出し,其をそっくり否定している (『由經濟上解釋中国近代思想變動的原因』)。魯迅は歴史上の中華文明を否定し,歴史上の「太平盛世」なるものは「無事に奴隷になりおおせた時代」であると考えた。従って当然儒学を否定する。『狂人日記』は数千年の歴史における「道徳仁義」の本質を「人を喰う」ものであると見做した。『燈下漫筆』(トンシアマンビー)は西暦紀元前6世紀に既に存在していた倫理を「人を喰う」ものであると見ている (『燈下漫筆』,『墳』 p.177)。魯迅は更に「孔子と其の信徒に絶望したが故に」日本に留学したと自ら述べている (『在現代中国的孔夫子』,『且介亭雑文二集』 p.81)。社会的闘争が展開するにつれて,彼の孔子打倒の「欲望」も「ますます旺盛になった」のである (『在現代中国的孔夫子』,『且介亭雑文二集』 p.84)。周作人(チョウツオレン)は1908年に早くも孔子を「儒教の宗師,帝王の教育法を継承」し,「国民思想の春華の芽をつみ,陰にて帝王の佑助となる」ものと批判している。国家に「更生の機会」を与える為には,必ず「儒者を門外に排する」要ありと呼びかけている (周作人『論文章之意義暨其使命因及中国近時論文之失』,「河南」1908年5,6号)。これこそ「新文化運動」が「孔子一門の打倒」を実行する先触れであった。1921年に胡適は呉虞(ウーユー)を「徒手で孔子一門を打倒する老英雄」とたたえ,「正に二千年来の人を喰う礼教法制がすべて孔子の看板を掲げておる故,これらの孔子の看板は——老舗であれ,にせものであれ——取り外し,たたきこわし,焼いてしまう他ない」(『呉虞文録序』,『胡適文存』第一集 遠東図書公司 p.797) と絶叫したのである。

「新文化運動」は孔子がかって春秋時代の礼楽の崩壊と「礼楽文化を持た

ぬ夷狄」の来襲による「挑戦」に対し「克己復礼」で応じて以来,儒家文化が遭遇したもっとも重大な挑戦――「20世紀」の挑戦であった。『白鹿原』は中国の歴史社会を再構築し,民族の魂――儒教文化を再構築したのである。この作品は「新文化運動」のように「革命」の立場から伝統文化に対し革命的な結論を出すのではなく,「歴史――文化」的方法によって中国の歴史社会のしくみを再構築し,中国の歴史が穏健に進行して来た原因を探り,正面から儒教文化を描いたのである。

『白鹿原』は中国新文学史上で初めて家庭倫理を正面から描き,「孝」に対して神聖な意義を与え,家庭に対して神聖な意義を与えた。これは目に見えぬ中での新文化運動に対する解体を意味する。

魯迅の『狂人日記(コワンレンリーチー)』のねらいは家族制度と礼教の弊害を暴露することにあった(『中国新文学大系・小説2集,序』,『且介亭雑文二集』 p.19)。『狂人日記』は父子,兄弟,夫婦,はたまた家庭倫理関係を「人を喰う」ものとして書き,「ひたすら幼者弱者を迫害する方法」であると書いた。家族制度を批判することは「新文学」の重要なテーマとなった。「新文化運動」の薫陶を強く受けた巴金(バーチン)の『家(チア)』は,家庭倫理が「人を喰う」ことに対する告発状にとどまらなかった。巴金自身が述べているように「私はこのような家庭がどのようにして必然的に崩壊の運命をたどり,自身の手で掘った墓穴に行きつくのかを描きたかった。其の過程の中でのあつれき,斗争,悲劇を描きたかった。愛すべき若者たちの生命が如何に苦しみ,あがき,そして遂には滅亡を免れなかったかを描きたかった」のである(巴金『関於"家"』)。魯迅や巴金のように文化「革命」にたずさわった作家が『白鹿原』の大家長白嘉軒(ハイチアシュアン)を書けば,「人を喰う」趙貴翁(チャオコイツォン)(『狂人日記』)や,旧社会のむくろ呉(ウー)老人(『子夜』),朽ち果てた頑固者の高(カオ)老人(『家』)のような人物,あるいは更にこれらの「封建的家長」の中でも最も専制的で,残酷で,腐敗した,最も罪深い人物として描いたかも知れない。白嘉軒は儒教式の学校を経営し,子女をそこに通わせて「四書」を勉強させ,その上で強制的に時を移さず彼らを家に連れもどして農業に従事させるのである。彼はいつも例の入口があって出口のない木箱〔壊さなければ金

を出せない貯金箱〕と，曽祖父白修身（バイシウシェン）が定めた家訓によって子女を教育するのだが，そのくせ彼自身は次々に7人の女性を娶ったのである。

『白鹿原』は白嘉軒を儒教的人格の権化として描いている。彼はきびしく倫理道徳に従って身を修め家を治める。彼は「伝家の耕読のしきたり」で家を治める伝統を遵守する。彼は子女に孝行をつくすことを要求し，彼自身も孝行の模範である。直接の血縁関係に基づいて確立された「孝」を核心として，白家は「父は慈，子は孝，兄は良，弟は悌，夫は義，妻は従，長は恵，幼は順」の家庭倫理秩序を形成した。白嘉軒の結婚もすべて倫理的規範の枠内に収まっているのである。

『白鹿原』は儒教文化の基点である「孝」を，初めて中国20世紀文学の旗じるしの上に堂々と書いた。其の後まもなく王安憶（ワンアンイー）の『紀実与虛構（チーシーユーシーュコウ）』(1993)が，虚構を通じ，小説の創作を通じて，「紀実」〔事実を書くこと〕によって解消されていた家庭神話と神話の故郷の再構成を試みたのであった。

白嘉軒は一歩進んで家庭倫理を社会に推し広めようとした。彼と鹿三（ルーサン）との主従関係は社会倫理の手本であり，「仁義の手本」である。そして「仁義の白鹿村」は儒学による統治のモデルである。白鹿原の社会では，階級の区別はあまり鮮明ではない。白鹿原の社会構造は階級対立ではなく，倫理秩序である。歴代の縣誌に記載されている「水深く，土厚く，民風淳朴」は儒家統治下の「太平盛世」的解釈である。『白鹿原』は「新文化運動」が歴史上の「中華文明」の否定であるのに反し，初めて広大な中国の歴史社会の生活の絵図を展開し，名医の妙手で若返らせるように，光輝燦爛たる中華文明を展開して見せたのである。『白鹿原』は新文化運動のように現実社会の弊害を伝統のなせるわざときめつけて，事物の根本をおろそかにすることはない。『白鹿原』は中国歴史上の「太平盛世」が綿々と続いていくことと，白嘉軒のような祖先が我国の「農耕文明」を創り出し，そしてその農耕文明の中で本世紀の初葉までずっと生活し続けてきたことを明らかにしている。『白鹿原』は我々の祖先に対して心温まる追憶を発信しているのである。

神話中の白鹿原に「太平盛世」をもたらす白鹿とは即ち儒学である。白鹿書院は儒学の象徴であり，白鹿原にそびえ立っている。朱(チュー)先生はあらゆる大切な場面で儒教文化の精神を体現する。彼は強い危機意識を表に出す。彼は特定の一派の政治勢力に属さない。彼は「政統」(チョントン)〔政治の系統〕に属さず，「道統」(タオトン)〔聖賢の道の系統〕に属している。彼はみずからの手で，何時の時代に何者が作ったとも分からない神像を押し倒し，儒学の自省精神と「内聖」の原則〔理想の君主は，外面は王者，内面は聖人の品格を併せ持たねばならぬとする儒教の君主観〕を擁護し，宋明理学の道徳実践理性を継承する。この理学の偉人を，『祝福』(チューフー)〔魯迅の小説〕は封建的礼教の擁護者として描き，『白鹿原』は白鹿原の精神的指導者として描いているのである。

『白鹿原』は「新文化運動」から形成され始めた「文化革命」の理論を解体する。儒教はじわじわと人の首を絞める真綿ではないし，朱先生は孔乙己(コンイーチー)〔魯迅の作品の主人公〕ではない。『白鹿原』は伝統文化に対する虚無感を一掃して儒教文化の精神を再現し，社会，文化の構造の中に中国の歴史的社会が三千年にわたって揺るぎなく推移してきた原因を探り出したのである。

梁漱溟(リアンシューミン)は「新文化運動」高潮の時期に当り，以前の佛教の解脱思想に対する傾倒から一転して儒学に対する信仰に転じ，東西文化大論争に打ち込み，儒学が遭遇した「挑戦」に対し「答えた」のである。

梁漱溟は「延々数千年の風格」(『中国文化要義』，『梁漱溟全集』第3巻 山東人民出版社 p.175)を持つ中国の歴史では，「儒者と儒術を捨てて治を求めることはできず」(『中国文化要義』，『梁漱溟全集』第3巻 山東人民出版社 p.211)，「治道は即ち孔子の道であり」(『中国文化要義』，『梁漱溟全集』第3巻 山東人民出版社 p.210)，「儒家が治道の本である」(『中国文化要義』，『梁漱溟全集』第3巻 山東人民出版社 p.216)と考えた。彼は儒学の理性的性質を認め，中国歴史社会は多分に儒家の唱導によって形成された「道徳を宗教に代え，礼俗を法律に代え」(『中国文化要義』，『梁漱溟全集』第3巻 山東人民出版社 p.198)る倫理本位の社会であり，従って西欧の「個人本位的社会」(『中国文化要義』，『梁漱溟全集』第3巻 山東人民出版社 p.80)とは

異なったものであるとする。梁漱溟は新文化運動の「全面的西欧化」の主張の向うを張り,「中華本位文化」理論を確立し, 中国の波乱万丈の20世紀の各重要段階で非凡な警鐘を鳴らし, 挑戦に答え, 儒学の復興に尽力し,「新儒家」の指導者となったのである。

中国20世紀を通して行われた東西文化大論争の中において,『白鹿原』は「新儒家」を継承した。『白鹿原』は小説の形式で梁漱溟の理論のために一つの幅広い社会生活の絵巻を提供した。大儒者朱先生の姿の中に, 梁漱溟の投影が看取できるのである。

新文化運動による「個人主義」の導入に伴い, 個人主義者の姿が「新文学」の中に相次いで誕生した。

『狂人日記』は「個人」の最初の「吶喊(ナーハン)」の叫び声である。「狂人」は中国の「新文学」の「個人主義」の第1号であり, 彼が懐疑から覚醒に到る過程は即ち「個人」の覚醒である。小説中の他の者は——人を喰う者であれ, 喰われる者であれ——すべて「衆愚」である。「狂人」に続いて『長明燈(チャンミントン)』の「瘋子(フォンズ)」,『孤独者(クートゥーチョー)』の「異人類」などはすべて世俗社会や「衆愚」と対立する個人主義者である。

郭沫若(クオモールオ)は早くからドイツ浪漫主義文学の影響を受け,「自我」を尊重し, 自我の肯定, 自我の拡大, 自我の崇拝を宣揚した。彼は「自分こそ神であり, すべての自然は私の表現である」という。「自我」を神の至高無上の地位に引き上げることこそが, 五四の暴風的突進運動の個人主義思潮の表現である。「私は飛びまわり, 私は大声で叫び, 私は燃焼する……私は私なのだ, 私の私は爆発する!」(『天狗(ティエンコウ)』)。郭沫若は1924年以前に「本質的に極めて濃厚な個人主義の色彩を持っていた」と自ら述べている(郭沫若『関於「天狗」及其他』)。

巴金は『滅亡(ミエワン)』(1927)『新生(シンション)』(1927) から『愛情(アイチン)三部曲(チー)』を経て『激流(リウ)三部曲』に到る (1931-1940) までの中で, 個人主義者の主人公が家族倫理の束縛を破って社会に飛び出し, それぞれの「革命」を模索する姿を描写している。これらの主人公にとって,「個人主義」は生命意識の核心

である。巴金自ら述べている通り「我々世代の資産階級と小資産階級の知識青年は, 多かれ少なかれ個人主義とかかわりがあった。当然私も例外ではない。私は革命にあこがれ, その一方個人主義を放棄できない。私は変革が早く到来することを熱望しながら, 自分では変革に参加できない……」(巴金『談「新生」及其他』)。

「"五四"新文学」は, 中国に到来したばかりの個人主義を「先覚者」,「精神界の戦士」,「反逆者」として描いた。彼らの精神的特徴は, 反逆の伝統であった。

魯迅がバイロンの描いた「悪魔」や, ニーチェの描いた「超人」を賞賛した理由は, 彼らが伝統的な価値を根底から覆すことにあった。バイロンの『ケイン』は人類の最初の罪人を真理の追求者として描き, 伝統的観念の中の悪魔ルシファーを真理の化身として描き, 伝統に対する徹底した懐疑と反逆を表現した。ニーチェは自分を狂人と自讃する。彼の哲学は, とりもなおさず人類数千年の伝統的価値を改めて評価し直そうとするものである。彼の見るところでは, 伝統的価値の中の善は実は悪であり,「超人」が代表する価値——悪こそが本当の善なのである。魯迅が書いた「狂人」は, すなわちバイロンの「悪魔」であり, ニーチェの「超人」の中国における「変形」である。彼は古久先生〔魯迅『狂人日記』中の人物〕のカビの生えた古い帳簿を踏んづけて,「昔からこうだから, だから正しいのか」という質問を投げかけ, 伝統的な善悪を大胆に引っくり返し, 狂人の口調で「覚醒」を表現し,「真理」を語った。

「五四」新文学は一陣の「狂人ブーム」を呼んだ。『狂人日記』のほかにも, 魯迅は『長明燈』で徹底的に伝統を否定する一人の「瘋人」(狂人)を創り出し, 冰心は『瘋人筆記』を書き, 周作人は『真的瘋人日記』を書き, 狂人の見聞録の形式を借りて「最良, 最古の国」を攻撃して言う,「彼等は祖先崇拝の教徒であり, その理想は個人の個性を消滅させることにある……」と。

『家』は「新文化運動」の影響による産物である。1984年に巴金は日本の作家, 井上靖に次の様に語っている,「小さい頃毎日孔子の書物を暗誦

させられ、四書五経を暗誦させられ、暗誦できないと先生に手のひらを打たれました。次第に大きくなると、家人はいつも孔子の言葉をひいて私達を説教しました。後に中国で五四運動が爆発し、新文化が提唱されるようになりました。新文化運動の指導者たちは孔子一門の打倒を呼びかけました。私は本当にうれしく、興奮しました」（『巴金与日本人作家対談』、「日本文学」（長春）1984年第4期）。『家』の主人公覚慧(チュエホイ)は「新文化」の思潮を代表する「新青年」であり、作家巴金が希望を託する「旧礼教の反逆者」である。作者の述べた如く「当時私は若かったので、封建礼教反対には大賛成でした。君臣父子の伝統に対しては強い反感を持っていました。私の小説『家』の中で、年若い主人公は反孔子思想を持っています。小説の中の主人公は父親の圧迫に反対し、父と子の間が単なる上下関係であることに反対しています」（『巴金与日本人作家対談』「日本文学」（長春）1984年第4期）。『滅亡』から『激流』に到るまで、一貫して中国の伝統的価値観念に対する反逆を表現している。1928年に巴金は『滅亡・序』の中で、自分が兄や先生から教わった「愛と寛恕」にそむいて、「憎悪を宣伝し、復讐を宣伝」せざるを得なかったことに言及している。1984年に『家』は封建家庭に対する「怒りの炎」を胸に抱き、「青年達の為に復讐」する気持ちで書いたと言っている（『巴金与日本作家対談』、「日本文学」（長春）1984年第4期）。

　『白鹿原』は「新文化運動」が白鹿平原に及ぶ様子を描いている。白鹿村の青年世代は「個性解放」――しばしば「婚姻解放」として表現される――の影響を受け入れ、家庭をとび出して都会に行き、「新文化運動」に献身する。この過程で鹿兆鵬(ルーチャオポン)、白霊(バイリン)等は、家族に対し、「白鹿文化」に対し、儒学に対し、反逆者として描かれている。鹿兆鵬はまっさきに家庭文化を「封建的」（『白鹿原』 p.159）と定義し、其に対して断固とした革命的姿勢を示す。彼は革命家の口調で言う、「農村はまだ閉鎖的で、新思想の潮流がまだ押し寄せていない」。そして「国民革命の目的は封建統治を根絶することに外ならない……」（『白鹿原』 p.173）。白鹿神話の故郷で育った白霊は、白嘉軒の家門の、また心の中の唯一の愛娘であり、幻想の中での白

鹿の精でもある。彼女は辛亥革命と共に生まれ,「革命」の申し子であった。彼女は風習に染まる前に,「新女性」になってしまった。彼女の性格の中で最も強烈な特質は「反逆」である。彼女は何でも口に出すし,何事でもやる勇気がある。彼女は学校に行った初日から早速いたずらを重ねて徐(シュー)先生をからかう。彼女は自分の意思で都会に出て「西学」を学び,父親が彼女を探し当てると,おおきな鉄のハサミを自分の首に当てて,自殺するぞと脅迫する。この時,白嘉軒の目の前に居るのは,愛娘ではなく,まるで生死をかけた仇敵のようである。白鹿原の家庭秩序は既に崩壊し,子供の世代と父親の世代は対立の様相を呈している。

『白鹿原』は魯迅や巴金のように「革命」思想を抱いた「新青年」が家庭に対して反逆する姿を正面から描いたものではない。この作品は「新文化運動」の観点によらないで「新文化運動」を描き,「革命」の立場からでなく「革命」を描いている。

『白鹿原』は白鹿原の「新青年」が受け入れた「新文化」の外来性を描いている。白鹿村の青年世代はもともと儒教式の学校で儒学教育を受けたのである。彼等は「新文化」の潮流と共に「洋学堂(ヤンシュエタン)」〔西洋式学校〕に入り,「西学」教育を受けた。彼らは西欧の「個人本位」文化を吸収するのと同時に民族の伝統文化に反逆する思想をも吸収し,東洋の「倫理本位」文化に対して「革命」を実行するのである。鹿兆鵬が黒娃(ヘイワー)に向って個性解放思想と国民革命理論を宣伝すると,田舎で生まれ育った黒娃はそれをきいて驚駭し,目を丸くして「おめえさん何処からそんなおっかねえ話を仕入れて来るんだね?」と聞くのである(『白鹿原』 p.173)。『白鹿原』は「新文化」が白鹿原に流入し,白鹿原の固有の文化と衝突する模様を詳細に描き,白鹿原で発生する東西文化の激しい衝突を反映している。

儒学啓蒙教育を受けた大家長の白嘉軒は,耳新しい名詞を連発する「新時代」人類の偉ぶった言葉づかいや振舞いに本能的に反感を抱いた。彼は断固として息子の孝文(シアオウェン),孝武(シアオウー)に儒学教育を受け続けさせ,「伝家の耕読のしきたり」による治家の伝統を遵守する。彼は娘の白霊が混乱のさなかの都会に勉強に行くことを拒否する。彼は白霊が死人を担いで埋葬す

るような行動をどうしても理解できず，彼女の体から発散する悪臭——腐爛死体が発する臭気——にあてられて「胸がむかつく」だけである。彼は白霊が口にする，「国民革命に命をささげた英霊」とか「今掘っている万人坑を革命公園と命名する」などの新語や，新概念で構成される革命の文化体系を受け入れることを拒否し，ぶっきらぼうに「死人を担いで行って埋める」と言い直す。彼は開口一番白霊に「おまえはそれでも勉強しているのかね?」と聞く。革命の情熱に燃えている白霊にとって，冷水をあびせられる以上のものだった。

　「農耕文明」に飽きるほどどっぷり漬かっている白鹿原の村民達も，当然「新青年」とは距離を置いている。固有の言葉が彼らの口から自然に飛び出して，それが「新文化」に対する批判ともなり，内在的な文化衝突を形成する。白鹿原の人達は鹿兆鵬を「洋種」〔毛唐〕と呼ぶ。仙草〔白霊の母親〕は二度にわたって白霊を「気ちがい」あつかいして叱責する。「狂人」を徹底的に元来の意味に戻してとらえ，「新文学」の「狂人ブーム」に水をかけるのである。

　「新文学」が独自の価値観を表現する一連の単語「新文化，革命，反逆，英霊，……」等を，白鹿原の人たちは「西学，洋党，気狂い，死人……」と言い直す。双方の用語系列が，二つの文化の衝突を体現している。前者は西洋の近世反逆思潮の模倣であり，後者は儒家を主体とする中国の人文精神である。

　「学衡派」〔1920年代初期新文化運動に反対し，復古主義を主張した文学流派〕は，「新文化運動」が西洋文化を一面的に理解吸収し，一部を以って全体に代え，西洋の近世思潮を西洋文化の全部と見做してしまうことに不満を抱き，欧州19世紀末の反逆思想が中国で社会を転覆させるような結果をもたらすことに危機感をつのらせた。呉宓は「新文化運動」を「サタン式の反逆」であると非難し，「いま新文化を創造せんと欲するなら，先ず既存の文化を熟知せねばならぬ。即ち，文化の源流は遠く長く，ゆっくりと醗酵させ繁茂させ暖かく育成して出来上がるものであり，原因もなく急に生成するものではない」(呉宓『再論新文化運動』)と考え，「学衡派」の

中西結合文化の主張が精神現象の継承性を重視することを表明した。

　白鹿原の人々の文化心理は精神現象の継承性を具体的に示している。その上，二つの文化が衝突する中で，彼らは「白鹿文化」の基本を遵守し，「白狼(バイラン)文化」を解消させる。『白鹿原』は白鹿の穏和さと正反対の，白狼の恐ろしさを「家々みな恐れ，村々みな警戒する」ものとして詳細に描いている。白嘉軒が行う「郷約」実践活動は，「民に礼儀を教え，以って世風を正す」もので，すなわち「倫理本位文化」を確立することによって，「挑戦」に対応するものであった。徐先生はこれを「治本の道」〔根本を治める道〕と呼んだ。『白鹿原』は「新文化運動」を旗印とする今世紀前半の東西両文化の衝突を描き，梁漱溟式の「中華本位文化」の根本を表現したのである。

　『白鹿原』は「新青年」たちが「新文化運動」の進展とともに，「個性の解放」と社会革命を結合するようになり，政治集団に参加し，集団で闘争する生活を送るようになった姿を描いている。白鹿原のいくつかの「精鋭の集団」では，たとえ肉親の兄弟でも互いに敵対する陣営に入っている場合がある。白孝文は白霊に言う。「今は自分の親父のこともかまっていられないんだから，まして同村の人なんて関係ないよ。両党で天下を争って，生きるか死ぬかの戦いなんだから……」(『白鹿原』 p.410)。

　国共両党の闘争は，中国現代史上の主要な矛盾である。

　この矛盾と闘争の中で，魯迅，郭沫若，茅盾等は各々のやり方で，各々異なる道をたどり，相前後して階級論者となり，プロレタリア革命文学運動に身を投じ，階級を本位とし，「第一種の真実」〔革命者の立場から革命を描くこと〕を遵守して，プロレタリア革命文学を創作したのである。魯迅はその雑文で「ただ新興のプロレタリアのみに未来がある」と宣言し(魯迅『二心集，序言』)，「プロレタリア文学はプロレタリア解放闘争の一翼である」(魯迅『対於左翼作家聯盟的意見』)と宣言した。

　魯迅が後期に創作した雑文は主としてこの種の政治闘争の産物である。郭沫若は「私の階級はプロレタリアである」と公然と宣言し，「労働者と農民」を愛し，「かの有産階級」を憎み(郭沫若『恢復・詩的宣言』)，農民革命運

動が「我々の救いの星であり，全世界を改造する力である」と謳歌した（郭沫若『恢復・我想起了陳渉呉広』）。第二次国内革命戦争の時期は茅盾の創作力が最も旺盛で，収穫も最も豊かで実り多い時期であった。彼の社会分析の手法の実質は階級分析であり，主要作品はプロレタリア階級革命の発展をしるす里程標である。『子夜(ツーイエ)』は三十年代初期に「中国は資本主義に向って進んでいたのではなく，帝国主義の圧迫下で，ますます植民地化の度合いを強めていた」ことを雄弁に説明している（茅盾『子夜是怎様写成的』）。呉蓀甫(ウーソンフー)の悲劇を通して，帝国主義勢力が中国経済の命脈をあやつり，民族工業を破産に追い込んだことを暴露し，工農革命運動が高まる必然性を表現している。『農村三部曲』は「一・二八」上海戦争のあと，外資によるダンピングで民族工業が破産し，農村の災難は深刻さを加え，このことから農民暴動の自発性と必然性を表現している。

『白鹿原』は白嘉軒，朱先生に代表される儒教文化の視角から現代史における此の一場の激しい闘争を描いている。かくて「第三種の真実」（洪水『第三種真実』，「当代作家評論」1993年第4期）を創造している〔第三種の真実とは，革命者の視角でもなく，国民党の視角でもなく，それらを超越した視角で革命を描くこと〕。

張煒(チャンウェイ)（1956－　）の数篇の長編小説は，中国20世紀の歴史に対する論評を構成している。『家族(チアツー)』（1995）は，いくつかの家族が中国現代史の風雲変幻の中でたどる運命によって，歴史の進行過程に対する絶望と，「純潔」かつ「神聖」な家族に対する愛着の念を表現している。『家族』は中国の歴史の進展の複雑性を内省するものではなく，梁漱溟や朱先生式に階級を超越し，集団の間の融和を促すものでもなく，一種の相反する視角から審判を下し，「第二種の真実」〔国民党の視角から革命を描くこと〕を体現している。『柏慧(ハイホイ)』（1995）は「家族」をもって「根幹」とする「家族長編シリーズ」の中の一部で，「家族」の歴史批判から一転して現代の実社会に対する怒りを込めた批判を行い，「葡萄園」に象徴される形而上的な「精神の故郷」を堅持する。また『古船(クーチョワン)』（1986）は，新時期の改革を歴史の過程と特定の文化的背景の中に置いて，窪狸鎮(ワーリーチェン)の人民の土地改革以来40

年の苦難の歴程を描き出し,また彼等が改革の進展する中でたどった実際の運命を描き出し,中国数千年の封建的な農業宗法社会が現在の実社会に投げかけている重苦しい暗い影を暴露し,中国農民の深層心理構造の中にある伝統文化の堆積物をえぐり出している。かくて,現実の中にも歴史の中にも文化の中にも「精神の故郷」はなく,あるのは対立面ばかりである。それ故に,断固とした拒絶,怒りを込めた批判があるだけである。

『白鹿原』は黒娃(ヘイワー)と仲間達が祖廟を鉄槌で破壊し,「仁義白鹿村」の石碑をたたきこわし,それにより儒教文化の基石を粉砕し,「農協運動」と儒学を主体とする伝統文化のつながりを断ち切ったのである。また「農協運動」で白嘉軒等「金持ち」を街頭で引き廻す行為も描いている。『白鹿原』の「雪あらし」の描写が表しているのは,其の行為が「過激」であることだけでなく,もっと重要なことはそれが社会的な拠り処を欠いていることである。

梁漱溟理論によれば,「階級対立とは,正に集団間の産物であり,倫理社会においては発生しない」(『中国文化要義』,『梁漱溟全集』第3巻 p.189)し,中国20世紀前半に発生した数次の重要な革命は「外から誘発」されたもので,社会内部の矛盾が爆発した階級闘争ではない(『梁漱溟全集』第5巻 p.1040)。『白鹿原』は社会構造の描写を通じて,白鹿原が階級の区別があまり判然としない社会であり,革命はここでは社会的な根拠を欠いていることを明らかにしている。それ故に,「農協運動」の嵐がやって来ても,白嘉軒は「乱に処して乱れず」の態度であった。彼は自分こそ「正真正銘の百姓」であり,「まさか自分のようなまっとうな百姓が革命の標的になる筈がない」と考えていた。

『白鹿原』は「農協運動」が白鹿倉総元締めと其の部下に対して行う懲罰と,後者が前者に対して行う残酷な報復を,兄弟相打つ闘争として描き,しかもその一連のドラマを白鹿村の芝居小屋で上演させている。朱先生はその果てしない集団闘争を目のあたりに見ながら,超然として言う,

「白鹿原は餅焼きの鉄鍋になってしもうたわい」と。両党の意見の衝突と闘争を見つめて、朱先生は次の様に指摘する。「私のみる所、「三民主義」と「共産主義」は大同小異だ。一方は「天下は公のもの」と主張し、もう一方は「天下は共のもの」と揚言しているが、両方とも救国済民を宗旨としているのだから、二つを合わせると「天下は公共のもの」になるじゃないか」と。朱先生によると両党の争いは所詮「しゅうととしゅうとめの争い」に過ぎない。「餅焼き用鉄鍋」の説は歴史の表象の背後にある真実を象徴的に暴き出しており、集団斗争が必然的にルールなき権力更迭に陥って行く中で、儒家の「非闘争」の原則を表している。「しゅうとしゅうとめ」の説は、「士大夫」階級の「天下を公とする」意識を超俗的見地から披瀝しており、儒家の協調を重んじる精神を表している。

『白鹿原』は、人間が歴史の激流の中でどうしようもない境遇に陥り、個人としての選択は常に抵抗しがたい或る種の力に翻弄されることを表している。白霊は低潮期に革命の途を選び、道義上からもためらうことなく延安行きの行路に踏み込み、道中では奇跡的に逮捕を免れたのに、「内ゲバ」から逃れることはできなかった。平素裏切り者を最も憎んでいたこの女性革命家は、計らずも「革命」の名の下で「裏切り者」に仕立てられて、生埋めにされるのである。

プロレタリア文学は、革命がたけなわの時に、「第一種の真実」を以って革命を描き、理想の中の革命を描き、人々を啓発して革命にさそった。『白鹿原』はその次の世代のものが「第三種の真実」を以って革命を描き、人々が革命に身を投じた後の現実、中国で革命が起きた後の現実を描いて人々を啓発し、革命を回顧思索させ、民族の運命を反省思索させるのである。

『白鹿原』は中国現代史上で長年相次いで発生した暴動、内戦、殺りく、流血、災難を描き、各個人の生死禍福、栄枯盛衰が偶然性に満ちており、そして同時により大きな必然性に支配されていることを描き出している。彼らの中に真の勝利者はいない。最後に、権力闘争の中での勇将であり、白鹿村の青年の中で最も不仁不義の人物である白孝文が、慈

水県の解放後の初代の県長に成り上って，この欺瞞と奸計の歴史の結末を最大の偶然で飾るのである。この作品は「革命の代償」という問題に対する反省思索の材料を内包し，革命後の複雑な問題に対する警告を含んでいる。

チベット族作家阿来(アーライ)(1959－)の長編小説『塵埃落定(チェンアイルオティン トゥー)』(1998)は土司(スー)〔少数民族の世襲族長〕社会崩壊の必然的過程を描き,「第三種の真実」を具体的に描写し，非集団，非内戦の超然とした精神を表現している。

老舎(ラオショー)は『四世同堂(スーシートンタン)』(1944－1949)を創作し，小説を書くことによって本世紀初頭から始った東西文化大論争に加わった。

『四世同堂』は中華民族の生死存亡にかかわる民族戦争に際し，民族文化心理の発掘に力を注ぎ，深層的な民族文化心理と重大な歴史上の事件を有機的に結びつけている。『四世同堂』はトルストイが創作した「心理歴史小説」のジャンルに属し，中国の「現代歴史叙事詩」である。この作品は当時の北平のごく平凡な小胡同に住む人々が亡国を目前にして，それぞれ示したさまざまな亡国観を，中国五千年の文化の前において検証を行い，中華民族の歴史叙事詩に独特の文化的含意を持たせた。

『四世同堂』は現実の社会心理のマイナス面を十把ひとからげに国民の「劣等根性」のせいにしてしまうのではなく，冠暁荷(コワンシアオホー)，大赤包(ターチーハオ)を代表とする投降派の亡国論者を「民族的コンプレックスの産物」(『老舎文集』第6巻 p.237)と表現した。老舎は，彼らを「中華民族五千年の文化と全く関係のない」輩(『老舎文集』第6巻 p.254)であると考え，民族文化の精華も理解できず，かといって外国文化の中で何が手本とする価値があるのかも理解せず，ひたすら模倣を旨とする合壁人物(ホーピー)(雑種人間)(『老舎文集』第6巻 p.50)であるとした。『四世同堂』は今世紀の最初の数十年の文壇に出現した，伝統文化に対する虚無観を一掃し，中国大陸にはびこる植民地心理をあばき出し，民族の最も力強い音色を響かせたのである。

多数の"亡国"派のただ中で，銭詩人(チエン)，祁瑞宣(チーロイシュアン)が代表する抵抗派が『四世同堂』の主要な構成員である。彼等は「惶惑(ホワンフォ)(恐れまどうこと)」の苦しみ，「偸生(トウション)(いたずらに生き長らえる)」の恥辱を経験し，各自おのおののや

り方で抵抗に立ち上がる。其の間彼等を支えたものは中華文化である。中華文化は抵抗派にとって精神的支柱となった。抵抗派は中華文化史に対する「正面からの肯定的評価の論拠」(『老舎文集』第5巻　p.77)となった。中華民族の魂は『四世同堂』の中でその具体的姿を得たのである。

『四世同堂』全体が五千年の中国文化史の「肯定的評価の論拠」である。民族の文化史が前向きのテーマとなり，民族の運命，民族の前途が最高至上の地位を獲得する。「中華民族万才」(『老舎文集』第6巻　p.265)の声が「四世同堂」の上空に響きわたる。『四世同堂』は民族主義文学の高峰である。個人本位主義の文学，階級本位主義の文学を超えて，高度の民族本位の立場から中国現代文学に一つの総括を行ったのである。

『四世同堂』を代表とする民族主義文学は，新中国建国初期の束の間の相対的安定を経た後，またもや長期にわたり階級本位文学の下に埋没してしまう。——特に「文化大革命」は「民族文化を階級文化の下に追いやり，完全に一掃してしまった」(阿城『文化制約着人類』，「文芸報」1985年7月6日)。

「傷痕文学」が暴き出した10年にわたる「内乱」は，階級斗争の極端化であり，「継続革命」理論の悪しき結果である。そこに反映された正義の力と邪悪な勢力との斗争は，「調節」を主とし「建設」を重んじる文化と，「闘争」を主とし「破壊」を重んじる文化の二つの文化，二つの哲学の間の闘争である。「傷痕文学」とそれがたたえる正義の力は，民族の伝統文化と内在的なつながりを持っており，「新時期」文学の良き発端となった。

「反思文学」は「収まった痛みを振り返る」。建国後三十年の歴史，社会，人生等の諸方面の重大問題に思いをめぐらせ，それによって「傷痕」を治癒し，故郷を再建する。「乱世」に対する反省は階級闘争の歴史とその理論の完結を意味しており，「治世」に対する賛歌，渇望は儒家を主体とする伝統文化に対する無言の肯定である。

「尋根文学」は「反思文学」の基礎の上に立って「文化的反省思索」を行うものである。災厄を乗り切ったところに覚醒がある。「反思文学」は歴史

的な覚醒であり,「尋根文学」は文化的な覚醒である。「尋根文学」の作家達は混乱した世界における激しい文化の衝突の中で,東方文化の優勢とその現代にも有効な価値を見出したのである。彼等はもはや「新文化運動」とそのあとに長期間続いた所謂「国民性」,「劣等根性」を熱心に描写することを創作の主題とはせず,それを素材に変え,血液中の「有機成分」に変え,「真実の人間の立場」に回帰し,具体的な人間としての自分の存在に向き合う中で自己を肯定するのである (李鋭『「厚土」自語』,「上海文学」1988年第10期)。王安憶の『小鮑荘』(シアオバオチョワン)は「仁義」道徳が人々にとって相互に助け合い,共同で災難を乗り切るための支えになっていることを描き,「四千年の歴史」の中で,「こんなに多くの災難を蒙っても,毅然と立っている人生の価値」を発掘し,儒教文化の源は遠く流は長いことを描き出した。「尋根文学」は「新文化運動」以降の民族文化に対する虚無感を埋め合わせ,中国文学に,「民族文化の断裂帯」(鄭義『跨越文化断裂帯』,「文芸報」1985年7月13日)を踏み越えさせ,新文化運動が提唱した外国文化の中国における「復興」ではなく,中国の「文芸復興」を実現することを期したのである。

『白鹿原』は「新時期」の文学である「傷痕」「反思」「尋根」等の文学思潮の発展の結晶である。

作者陳忠実(チェンチョンシー)は,個々の「文化心理構造」を重大な歴史的過程の中に置いて解析し,それによって歴史的存在,文化的存在を生み出し,歴史的意義を持った文化衝突を描きあげている。

かくして我々は『白鹿原』にトルストイの「心理歴史小説」——即ち「現代歴史叙事詩」と同じ構造を看取できるのである。

『四世同堂』は中国人民の「抗戦の歴史叙事詩」であり,『白鹿原』は20世紀中国の「世紀の歴史叙事詩」であり,諸々の文学思潮の要素,即ち傷痕,反思,尋根……等が包容されているのである。

『白鹿原』は,「歴史——文化」の手法を用いて,中国の社会構造に対する新たな再構築が行われる中で民族の魂の新しい再構築を完成させ,矛盾と衝突に満ちたドラマの舞台で儒教文化が世紀の「挑戦——反撃」を通

じて自己の復興を実現する様子を描いている。かくして，同一の文化観で同一の歴史的事件を描くようなパターンを突破し，中国20世紀文学に対し完全な姿で一つの文化観――儒教文化観を注入したのである。儒教文化の観点で見ると，『白鹿原』の出版は，中国20世紀文学の「正，反，合」の過程を完成させたのである。

周大新(チョウターシン)(1952－)の長編小説『第二十幕(ティーアルシームー)』(1998)は，或る小都市の百年の世相として，数軒の家庭の数代の人たちが，丁度一世紀の間に経験する運命の浮沈を描いている。それは民族の歴史的過程を再現するだけでなく，歴史の深層に隠されている文化が，歴史にたいして及ぼした制約を描き出している。

李佩甫(リーペイフー)(1953－)の長編小説『羊的門(ヤンドメン)』(1999)は，呼家堡(フーチアパオ)の「四十年間不倒」の当主呼天成(フーティエンチョン)の一身上に中国社会四十年の風雲激動を集中させ，やはり現実主義の冷酷さを描き出している。

喜ばしくまた味わい深いことに，1984年，巴金が日本を訪問した際に，井上靖が「孔子傳」創作の動機について語り，特に孔子が家庭倫理を社会にまで推し広め，「仁」の学説を確立したことに対する賞賛の言葉を口にするのを聞いて，巴金は次のように言っている。「井上先生が今言われたことは以前は考えたこともありませんでした。今は冷静に，客観的にもう一度孔子を研究しなおすべきで，私は井上先生の小説の中でもう一度孔子を見直したいと思います」。巴金は更に続けて言っている。「今思い起こすと，昔暗誦した孔子の言葉は，或る部分は全く正しいと思います」(『巴金与日本作家対談』，「日本文学」(長春)1984年第4期)。これは巨大で誠実な「反省思索」の声であり，中国「新文学」の「世紀的」な反省思索である。『白鹿原』に描かれた黒娃の儒学への帰依は深くて広い意義を持つ。或る意味では我々皆が黒娃なのである。

第十一章
民族主義思潮の勃興

　長期にわたる極左政策の支配の下で，階級闘争の理論と現実の政治による阻害を受けて，中国当代文学の民族主義は枯渇していた。だがファッショ的な文化独裁から解放されて，中国の当代文学が自覚を取り戻し始めると同時に，民族主義思潮も勃興の時を迎えた。陳祖芬（女性　1943－）の報告文学『祖国高于一切（祖国はすべてに優先する）』(1980)は極左政策の民族主義に対する阻害，ならびに民族主義による階級闘争の超克を表現している。この作品はわが国の内燃機関の専門家王運豊が，かってドイツに留学していたときに，新中国誕生の朗報を耳にして感激し，「ベルリンの妻」との離別の苦痛を忍び，周総理の呼びかけに応えて帰国，社会主義国家建設に参加したことを取り上げている。彼の最大の幸せは，祖国のために自分の才能を捧げることにあった。しかし，彼はやがて「ドイツのスパイ」というレッテルを貼られ，下放労働，批判，職権剥奪など，一連の苦難をなめた末，1977年にやっと改めて研究の権利を獲得する。十数年におよぶ失意の歳月の中で，彼の人生を支えたのは「母なる中国」のために我が身を捧げるという価値観であった。彼が確認したのは最も偉大で，最も平凡な真理，すなわち祖国はすべてに優先するということであった。作品は王運豊の変わることのない価値観を肯定し，このような人生における価値の実現を阻害する社会の悪弊をいかにして除去するかを人々に考えさせる。

　「文革」の「大災害」が過ぎた後，満身創痍の現実，中国と先進工業国との経済面での巨大な格差に直面し，さらに改革開放後の西洋的価値観の流入ともあいまって，この国のかなりの部分の人々が，民族的自負心を減退させ，あるいは喪失してしまった。民族的虚無主義が中国の大地に広がり，あふれ出たのである。このような背景のもとで，民族主義的

思潮が時運に乗じて台頭した。中国当代文学の民族主義的思潮は，西洋の価値体系からの挑戦と，国内における民族的虚無主義思潮の氾濫に対する反撃である。

王蒙(ワンモン)の『相見時難(出会いの時が難しい)』は上述の二つの価値体系，二つの社会思潮の衝突を描いている。

『相見時難』は中国系アメリカ人藍佩玉(ランペイユー)が葬儀のために帰国したことを中心にして1979年に起きた一幕の喜劇を描いている。指導者層における「風見鶏」的人物孫潤成(ソンロンチョン)は「文革」の時代には，翁式含(ウォンシーハン)と藍佩玉とが互いに「結託」していると激しく非難していたのに，現在は風向きに従って，なんと翁式含に，藍佩玉のような「海外のコネ」を作るために仲介の労をとってくれと頼む始末である。藍佩玉よりも若く，父親が死んでから別人と再婚した杜艶(トゥーイエン)は，格別の親切を見せる。彼女はあの手この手でこの海外のコネに取り入り，「アメリカの親戚」の列に割り込もうとする。彼女はこらえきれずにホテルまで押しかけて藍佩玉を訪ね，藍佩玉が自分にくれるかも知れぬお礼——テレビ，冷蔵庫，少なくとも輸入品の乾燥機つき洗濯機，はては藍佩玉にくっついて「アメリカへ行って半年か一年堕落してから帰ってくること」に涎を垂らす。杜艶は王蒙の筆が生み出した虚無主義者である。内に対する民族的虚無主義が対外的な植民地的性格を生み出す。杜艶は老舎の『四世同堂』における女性の漢奸大赤包(ターチーハオ)が「新時期」において再び現れたもので，精神的には「被占領地の奴隷」なのだ。王蒙は建国三十年後に中国の大地に広がった，ポスト植民地意識を比較的早い時期に暴露するとともに，これに対し極めて強い憂慮の念を表明している。翁式含は杜艶のとんでもない「解放」の中に「別の世界の価値基準」が「この世界」の一部の人々に影響を与えていることを見いだしている。藍佩玉は「かわいそうでもあるわね！ これが「解放」なの？ もっと適切な言い方をすれば，むしろ解体だと思うわ。ちょっと怖いわね？」と感じたのである（『相見時難』，『王蒙選集』第2巻　百花文芸出版社　p.426)。

王蒙は現代思潮に深い関心をもち，中国と西洋の比較に敏感な感受性

をもっていた。彼はあるルポルタージュの中で書いている。「私はアメリカに二度行き，西ドイツとメキシコにも行って，その外国旅行の見聞を書いたことがあるが，それは中国人にとっては全く異質で，目がくらむほど多彩で目まぐるしく，あっけにとられたり，泣くに泣けず笑うに笑えなかったりという感じであった」(『訪蘇心潮』，「十月」1994年第6期 p.119)。王蒙は『活動変人形（着せ替え人形絵本）』の中で西洋化推進論者の倪吾誠（ニーウーチョン）がヨーロッパの服装，化粧品，靴，そして歩く（ダンスは言うまでもない）姿勢を片時も忘れず実行し，自分がヨーロッパで水泳，ダンス，乗馬，コーヒーを覚えたことを自慢するのを描き，この「外国かぶれ」が「口を開けばヨーロッパ，口を閉じても外国」という様子を描いている。『相見時難』の中では例えばピチピチの服，セックスアピール等のアメリカ的「消費文化」に対する藍佩玉の体験を書き，自分とまわりとの間に存在する馬鹿げた流行への彼女の醒めた意識を描き，彼女が「つまらぬただの雌犬」になることにがまんできず，「東洋人には逃れられない，執拗な苦痛」を持ちつづけているのを描いている。彼女はアメリカで三十年ほど暮らしたものの，自分の居場所の見つけようもなく，中国に帰ってきて東方文化の精神的象徴たる「におい袋」をあちこち探しまわる。二十世紀の中国における新ラウンドの中西文化大論争の中で，王蒙は「全面的西欧化論」に痛烈な批判をあびせ，毅然たる態度で「全面的西欧化論」の破産を宣言している。

　藍佩玉は光明と力と希望があるとすれば，それは中国であると一貫して信じていた。翁式含は藍佩玉が憧れている光明と力と希望を具現していた。杜艶とは違って，翁式含は中国の深部に生きていた。それは深層の中国である。彼は政権党の実務派として数十年来，社会の建設と進歩に力をつくしてきた。彼が経験した「出会いの時が難しい」は——この作品には致命的な限界があって，それを「挫折」，「失敗」だと言っているが——「文革」の「災害」が過ぎ去ったばかりの歴史的時期に起きたことである。それは実務派が中国と世界の経済先進国との間に生じた巨大な落差を前にした困惑と苦痛であり，ある種の醒めた落後感である。この

ような感情の中には自覚した主人公の精神も含まれている。彼は自分には藍佩玉のように意気阻喪する権利もなければ，また杜艶のように「堕落する」権利もないのをはっきり意識していた。彼は自覚し，誇りをもって自分の義務と責任を担ったのである。自分の居場所は「中国で仕事をする」ことにあると思い定めたのである。

　翁式含自身の民族主義は，1979年にその民族主義の洗礼を受け，同時にその洗礼の中で形成されていった。それは中国人が満身創痍の祖国を前にして示した強烈な努力向上の精神であり強烈な自負の精神である。『相見時難』は王蒙の「反思」小説の中の民族篇である。この小説は藍佩玉が飛行機で帰国するところから始まり，飛行機に乗って中国を離れるところで終わる。ひとしきりの模索の末，彼女は「中国」を探し当てる。彼女は，中国は「偉大で，深遠で，苦痛である」，「本当に深くて底が見えない」と感じた（『相見時難』，『王蒙選集』第2巻　百花文芸出版社　p.432）。彼女は飛行機の中で安らかに眠る。そして夢の中で「中国よ！」と呟く。二年後，王蒙はルポルタージュ『訪蘇心潮（訪ソの心情）』の中で，この「中国」ラプソディー全曲のすべてを歌いあげ，さらにこの「国際テーマ」にふれて，中国のダイナミックな動態の特徴を次ぎのように突出させて強調している。

　　　私は中編小説『相見時難』の中で，かってこう書いた。中国はこんなにも偉大で，深遠で，苦痛であり，まったく底知れぬものがある。中国について大げさな身振り手振りで議論している人々の多くが，実は中国の一端にもまだふれていないのだ（『訪蘇心潮』，「十月」1994年第6期　p.131）。

そして作品の最後は再び皮肉をこめた筆致でこう結んでいる。

　　　私はアメリカでも，何人かの自分の感性に自信たっぷりな友人に逢った。彼らは何でも知ったかぶりにこの州のこと，あの州のこと，

この国のこと、あの国のことをあげつらい、まるでその土地の人、その国の人以上に、その土地、その国のことが判っているかのようだ。彼らは外国の事情について、臆するところなく巧みに豆腐に青ネギ式の黒か白かはっきり割切った結論を下し、しかも人を驚かす責任感にあふれていた(『訪蘇心潮』、「十月」1994年第6期　p.132)。

　王蒙は国際政治問題、つまり中国が発展過程の中で必要とする国際環境の問題を敏感に受け止めている。貧しく、立ち遅れた中国が「現代化」の大事業の苦しい第一歩を踏み出したばかりの時に、王蒙は文学という形式で、中国人を代表して、努力向上、自信自負、自主独立の声をあげたのだ。これは20世紀末葉に勃興した民主主義的思潮の先ぶれである。

　王蒙は短篇小説『春之声 (春の声)』(1980)で1979年の翁式含の困惑と苦痛からぬけだしている。『春之声』は落後感、距離感の中に、転機に対する予感、進歩に対する予感を表現している。『春之声』は春の訪れを告げていて、もはや豁然と開けて明るいものがある。

　張賢亮の短編小説『霊与肉 (霊と肉)』(1980)はその二元対立的な標題から、作品の中で展開される二つの生き様、価値観に至るまで、すべて二つの文化の違いを見て取ることができる。この小説の中の許霊均の父親が30年ぶりに帰国するのは、『相見時難』における藍佩玉の帰国と相通ずる意味を持っている。いずれも「別の世界の価値基準」がわが国の門をくぐって、我々の暮らしの中に入って来るという問題である。許霊均は翁式含、藍佩玉と同様に、魂の葛藤をまだ経験しないうちに「大地」を選び「故郷」を選んでいる。これは歴史的感覚の豊かな選択である。許霊均は秀芝との結婚のいきさつを、父親やミス宋にまだ話していない。彼はこの結婚の異常なやり方の背景に「文革」の大災害があることを考慮している。この大災害は民族の恥辱でもある。彼らに話したら、却って自分の心の中で神聖だと思っているものが、彼らの嘲笑を引き起こすのではないかと心配したからであった。彼は父親とミス宋に、コーヒーの苦みの中に甘さがある妙味をかぎ分けることはできても、生活の中の

複雑性については,なかなか理解してもらうのはむつかしいと信じていた。許霊均と父親の対話は,二つの文化の違いと,許霊均が選んだ歴史観を集中的に表現している。

「お前はこの上何を考えることがあるのだ？ ウン？」
「私にも捨てるに忍びないものがあるのです。」彼は振り向いて父親と向かい合った。
「あの苦しみのことも含めて言ってるのかね？」父親は意味深長に聞く。
「あの苦痛があったからこそ,幸福の値打ちがいっそうはっきりしたのです。」(張賢亮『霊与肉』 百花文芸出版社 p.8)。

　許霊均の選択は高い意識にささえられたもので,「大災害」後の中国人の精神的な偉大さとたくましさを表現している。
　張潔(チャンチエ)は中国作家代表団の一員として訪米,米中作家会議に参加するとともに,アメリカ各地を訪問した。彼女は多くの同胞にアメリカに対する理解と認識を伝達するために一連の『訪美散記(訪米散記)』を書いた。
　訪米散記の『金斯伯格,你将怎様呢？(ギンズバーグ,君はどうするつもりだ？)』(1983)の中で,張潔は50年代以降,アメリカの最も重要な文化現象の一つである「意識幻覚哲学」の指導者的存在,ギンズバーグを紹介している。この哲学は,百万人単位の数のアメリカ人に,大麻や覚醒剤を吸い,頽廃,淫乱……に陥ることを一種輝かしい,革命的(！)な価値観念と行動パターンとして広くはびこらせ,それによって彼らの意識と身体機能を破壊し,理知を失わせ,目標への志向力を妨げ,幻覚を生じさせ,心身共に破滅させる結果をもたらした。しかしアメリカの評論界における,ギンズバーグへの歓呼の声ははなはだ高かった。だが張潔は逆にこの極めて評判の高い,アメリカの詩人作家に「弱々しく,朦朧として,混乱した意識」を見て取った。ギンズバーグは「アメリカ社会の不公正に抵抗するために」覚醒剤を吸うのだといい,彼はしばしば

「悩みまどい，何が何だかわからない」とか「いつも何を為すべきかわからない」と言っている。ギンズバーグが崇拝しているのは「個人主義」である。これについて張潔はこう書いている。「しかし，私の見るところ，それは少なくとも社会的意識の欠乏をあらわしているに過ぎない」(張潔『金斯伯格，你将怎様呢？』，「羊城晩報」1983年4月26日)。張潔は友としての感情から「彼に手を貸してあげたいと思う」が，「手のつけようがない」ことに困惑し，「我々の間は，異なる社会体制，異なる歴史，異なる民族習慣によって隔てられており……，その上あの互いに道理で判り合えない，意識上の隔たりがある……」。この作品が我々に見せてくれるものは，さまざまな違いの中でも米中，二つの社会の間に存在する価値体系のちがいであって，なおかつギンズバーグという「一つのアメリカ的生活の象徴」に対して，深い憂慮を表現しているのである。

　張潔の『訪美散記』はデリケートで重大な「自由」の問題に言及している。張潔は我々に，常に他国の「自由」に関心のあるアメリカの，自由についての解釈が「不完全なもの」だと言っている。アメリカのある雑誌社の責任者は中国作家代表団に，アメリカの読者の考え方をこのように説明した。「政府に反対する作家はすべて良心的な作家である。およそ政府に対して賛成の態度をとる作家はいずれも自由ではないのだ。」(張潔『関于自由』，「羊城晩報」1983年3月15日)。ある著名な出版業界の社長ははじめは「わがアメリカには一つの特徴があります。それは他国の作品をあまり翻訳したがらないということです。」と言葉を濁した。そのような特徴はどのように作られたのかと尋ねると，彼はこう説明した。「我々は我々の政治的観点と一致した作品のみを翻訳出版します。たとえばソ連のソルジェニツィンのようなソ連当局とは異なった意見を持っている者の作品などを……。」これに対し張潔は笑って応えた。「あなた方のお国では何と相変わらず文芸が政治に奉仕しているとはね。私どもはもうそのスローガンは廃止しましたよ。」張潔は揶揄するような筆致で鋭い思想を表現し，「実をいうとアメリカに来る前は，アメリカの作家はたしかに一部の人が宣伝しているように，極めて自由で，何を書こうと書き

たいものが書けるのだと思っていました。今初めて，決してそのような
ことはないのだと知りました。彼らは政府にコントロールされているの
みならず，出版商までが命令を受けていようとは……。」張潔はアメリカ
式の「自由」の概念が十分にイデオロギー的で，正真正銘，冷戦思考で
あることを我々に見せてくれたのである。

　『訪美散記』には張潔が一人の中国作家としての，二十世紀の重要な文
化現象に対する関心が表現されており，また一人の中国作家として自分
の地位，自分の尊厳を大切にする精神もよく表現されている。彼女はこ
のように述べている。「私という人間は，決してあら探しが好きなわけで
もなく，扱いにくい人間でもない。しかし，外国に行くと，あなた方も
自分が全く違う感覚を持つことを発見するでしょう。外国では，私はた
だの張潔だとは思っていません。私は中華人民共和国作家代表団の一員
であり，私に対する態度は，ただ単に私個人に対する態度とみることは
できません。同様に私も自分の言動が，ただ単に私個人のものであると
は考えておりません。」張潔は代表団がアイオワを出てすぐに，米中関係
委員会の手に落ちてからは，待遇がますます悪くなったと感じた。彼女
は相手の考え方の深部にある意識を感じとっていた。「無料でおまえらを
招待して，精進落としをさせてやっただけでも上等なのに，この上何の
文句をつけるのだ。」張潔はこのような意識の根源を問い，さらにより大
きな意味から分析を加えている。第二次世界大戦の時の「アメリカの対
外援助」——塗炭の苦しみの中におかれている貧しい土地に，アメリカ
がぶちまけた古着，古い靴，古いベルト，古い軍服，アメリカ兵が食べ
残したチョコレートなどなど，さまざまな廃品——が，アメリカのゴミ
処理にどれほど貢献したか知れないのだ。「今もなお一部のアメリカ人の
中に，私は依然してゴミをぶちまける思いあがった意識を感じている。」
(張潔『従頭到尾』，「北京文学」1983 年第 6 期)

　張潔のアメリカの「ゴミ」に対する鋭い感受性は，民族の尊厳と不可
分である。そして，この尊厳の感覚は一つの文化的表現である。それは
中国の優れた知識分子の中華民族の運命に対する関心，歴史と現状に対

する関心を具体的に示している。「散記」は続いて「だから、ごくわずかないかなる非礼も私の憤慨を引き起こすのだ。したがって私はその見せかけの親切の陰に隠れた優越感による不平等をいつも感じとることができた。」と書いている。張潔はまた９月１８日、香港からロサンゼルスへ飛んだ日、数人の日本人がちょうど後ろの座席に座っていて、粗野放縦、大声でどなったり笑ったりしていたと書いている。その文章はそれをなじって「その日が何の日か彼らは知っているのだろうか？ 彼らはどうして少しも恥ずかしいと思わないのだろうか？」——「世界はすでに成り上がりものに占領されてしまった」と書いている (張潔『従頭到尾』、「北京文芸」1983 年第 6 期)。「散記」は重厚な文化にもとづいて、世界的スケールで文化の欠落した現象に対する軽蔑の念を表している。

「散記」は中国人民のために書かれたものであり、作者が祖国のために心情の一端を吐露したものである。これは作者が外国を訪問するに当たっての、確固とした出発点であり、訪問中に強化されていったテーマでもある。「私は自分の姿勢がかってない程、しっかりしているのを感じていた。なぜなら、あのような苦難を経験したにもかかわらず、なお高く屹立している、偉大で、卓越した民族が私の背後に存在することを実感していたからである。世界中で我が中華民族のように、あれほど多くの苦難を経験したにも関わらず、今なお聳え立ち、力強く前進している民族はどこにもいないのだ。私は遠く故国を離れ、冷静に我が国の美しさと欠点をしっかり見つめた時、はじめて私の受難の母、中国をどんなに愛していたかに思い至った。もしも、私がもう一度生まれ変わるとしたら、やはりあなたを選ぶことでしょう、母なる中国よ！」(張潔『従頭到尾』、「北京文学」1983 年第 6 期)。

「散記」はまた改革、開放の中国、新しい中国を世界に紹介してくれた。張潔はカリフォルニア大学ロサンゼルス校で行なった学生たちとの、対話集会の席で講演して、「あなたがたはしばしば、中国には十億の人口がいるというこの数字のもつ意味を見落としている。十億人というのは、一人が一日に一個リンゴを食べても十億個のリンゴが必要だということ

であり，一人が一斤の穀物を食べても十億斤になる……共和党といわず，民主党といわず世界のいかなる党もこの十億の民をどうすることも出来ないであろう。世界中にこれに真っ正面から立ち向かう政党があろうとは信じ難い。ただ中国共産党のみが，党中央委員会第三回総会から四年に満たない短い時間で，人民の生活を現在の水準にまで向上させ，農工業生産を現在の水準にまで回復させた。あなた方の耕地面積は我々の耕地面積よりずっと広く，しかも逆に人口はずっと少ないことを忘れないで欲しい。私は我々の党，我々の民族を誇りにしている。私は中国の前途に対して自信と希望の念にあふれている……」(張潔『東道主們』，「北京文学」1983年第5期)。張潔というこの『沈重的翅膀（重い翼）』の作者は社会の転機の兆し，国家の発展と変化をたくみに見出し，あふれんばかりの情熱でこの変化を歌い上げている。これは，王蒙が『春之声』や『相見時難』の中で，また張賢亮が『霊与肉』、『河的子孫』の中で表現したのと同じく，民族復興という意味で，転機と変化を肯定したものである。これは中国の読書人が古より伝えてきた「時に順って，世に利する（順時利世）」の精神であり，偏狭な集団意識ではない。これはまた文学の創作における自由の原則であり，真実性の原則でもある。このため，張潔はアメリカの雑誌社の責任者が中国作家代表団に対して，「反政府＝創作の自由」という論理を説明した時，張潔は「あなたはこの命題の出発点をいきなりさえぎって切りすてている。すなわちその政府がいったいいかなる政府か，という点である。もしその政府の政策決定が人民全体の利益と一致する場合でも，そのような推論が成立しうるでしょうか？作家の任務は現実主義的に，客観的現実を反映するものであって，歴史の真実に違背する作家は優れた作家とは言えません。暴露のみ許されて，賛美は許されないとか，賛美のみ許されて，暴露は許されないというのは，いずれも片手落ちである。」と言っている（張潔『関于自由』，「羊城晩報」1983年3月15日)。

　鄧友梅の『煙壺（かぎタバコ入れの壺)』(1984)や馮驥才の『神鞭』(1984)は民間の習俗人情を民族的精神，民族的気概にまで昇華させている。

70年代末から80年代初頭にかけての中国と西洋の文化的衝突を前にして，張潔，張賢亮，王蒙などの中年作家は，歴史感をもつ「土地」の思想への強いこだわりを表現している。一方，王安憶（ワンアンイー），阿城（アーチョン），鄭義（チョンイー）などの若い作家たちは東洋文化に対するこだわりを表現し，それによって自覚的なルーツ探求の「尋根（シュンケン）」思潮を形成した。

　「尋根文学」（ルーツ探究文学）の作家たちは中国の伝統文化に対して，認識を改めるよう主張した。彼らが見いだしたのは中国と西洋の文化の著しく異なる特質であった。

　王安憶はアメリカを訪れ，はじめて中国と西洋文化の衝突を経験して，自分の血縁，自分の種族，自分の国籍，自分の文化的背景について，いまだかってない異常にはっきりした認識が生まれた。「私は私であるとますます感じた。」（王安憶『帰去来兮』，「文芸研究」1985年第1期）。『小鮑荘（シアオバオチョワン）』はこのような意識が生まれた後に創作された郷土文化の小説である。小説の中の物語の数々と事実を結びつけているものは民族共通の心理と文化的背景である。「仁義」とは小鮑荘の人々が，一つ一つ災厄を取り除きながら，無事日々を暮らしていけるようにしてくれるものであり，いまも相変わらず圧倒的に人民大衆に支持されている人文的価値基準である。

　阿城はまず『棋王（チーワン）（将棋の王様）』(1984)の中で，主人公に具体的な一つの問題について巨視的な本位文化理論を説明させている。「西洋人はやはり我々とは違う。今ひとつ隔たりがあるのだ」。そしてさらに中国と西洋の文化との違いを分析する。「中国と西洋の文化の発生と発展の過程は全く異なっており，ある意味では互いに指導などできないものである。哲学においても中国哲学は直感的であり，西洋哲学は論理的実証的である。東洋では自然を同じ仲間として容認し，人は自然の中の一種の生命を持った形式に過ぎないと考えている。西洋では人間中心の人本主義を容認して自然と対立するものと考えている。東洋芸術は壮志の自然な流露であり，書かれたもの，描かれたものはその痕跡にすぎない。西洋芸術の作品は書かれたもの，描かれたもの，すべて論理を基本としている（阿城『文化制約着人類』，「文芸報」1985年7月6日）。阿城の小説の主人公

「三王」〔『棋王(シューワン)』,『樹王(樹木の王様)(ハイズワン)』,『孩子王(子供たちの王様)(リーアル)〕,李二等々は皆,内心の平静,自由そして自然との暗黙の了解,共感を追求し,生まれつきの天性をそのまま完全に保持しつづけ,空虚静寂を尊重し,天人合一の東洋文化の精神を体現している。

鄭義の『遠村(遠い村)』(1983)と『古井(古井戸)』(1985)は太行山(タイシンシャン)地区における人々の生活の歴史を描いている。両作品のストーリーは「今日」に設定されているが,主題は「昨日」にある。どちらも伝統文化の現代的価値を肯定し,民族本位の現代の文化的意識を表現している。

80年代の門戸開放によって,日本商品が大量に流入し,民族工業は深刻な打撃をうけた。これと同時に,日本国内の少なからぬ政府の要人が折に触れ,かっての侵略戦争の評価を覆し,かっての軍国主義による侵略行為を美化した。さらに文部省は公然と小中学校の教科書の改訂を命じて,侵略の歴史を抹消,改竄しようとたくらんだ。これらは日本国内のある一部の勢力に対する,中国人民の不満を引き起こし,日本の軍国主義が息を吹き返し,新しい形の侵略が始まるのでないかという警戒の念を起こさせた。1985年の敗戦40周年記念にあたり,当時の首相,中曽根康弘及びその閣僚たちは公人の資格で,東条英機をはじめ一千余名の戦犯を祀る靖国神社に参拝し,中国人民の憤激をかった。

中国当代文学の民族主義的思潮は,このような背景のもとで発展し,第二段階へと入っていく。民族主義の文学思潮はこの段階では,題材,主題は主としてかっての抗日戦争を描くことに集中している。日本の侵略者が当時の中国で犯した罪行を暴露し,中国人民の不撓不屈の精神,感激と涙の勇ましい抗戦を描写することによって,日本国内で台頭しつつある軍国主義勢力に回答し,中国人民の心情を表現した。その主調は悲憤である。王火(ワンフオ)の『写出光輝的抗日戦争(輝ける抗日戦争を描く)』という一文は,抗日戦争を題材とする小説がここ数年書き続けられているだけではなく,質も向上し,新しいピークを作ったと書いている。「これは中国が求めているものであり,世界が求めているものでもある。なぜな

らずっと今日に至るまで，日本国内では故意に歴史を歪曲し，侵略の歴史を反省することに反対し，侵略の罪行を覆い隠す右翼が，依然のさばっているからである。政界の保守反動分子と呼応して，ある小説家は今なお歴史を改竄した，是非善悪を逆さまにした小説を書いているからである。だからこそ中国の作家は黙っていられないのだ。気骨のある正義感にあふれた，中国の愛国的作家たちは，真実を反映した，優秀かつ生命力に満ちた作品でこれに答えるにちがいない……」と書いている。
(王火『写出光輝的抗日戦争』,「文芸理論与批評」1995 年 4 期)

　老舎が40年代に書いた抗戦歴史叙事詩『四世同堂』は中国大陸で三十年あまり冷遇の憂き目にあうが，1979年はじめて百花文芸出版社，四川人民出版社，人民文学出版社などから次々と出版され，しかも北京電視制片廠によって28回の連続テレビドラマがクランクアップされ，折りからの抗日戦争40周年記念に放映されたため，広範な視聴者がこぞって鑑賞し，北京中の話題をさらった。人々は被占領地区北平の一般市民の不幸な運命，その覚醒と抵抗，そして悲憤，痛苦，憎悪，奮起という物語の進行に従って，愛国主義的情熱がしだいに燃え上がって行ったのである。

　莫言の『紅高梁（紅いコウリャン）』(1986) では「コウリャン実って紅くなり，紅くなり，鬼の日本兵がやって来た，やって来た。国はほろびる，家もなくなる。同胞たちよ，すぐ立ち上がれ。剣を手に執り，銃をかまえ，鬼をやっつけ，ふるさと守れ」という抗戦の主調が高く響き渡り，中国人民の心中の悲憤が，堰を切って流れ出している。この小説は王文義の妻が年子の男の子を三人，次々と生んだところから始まる。この三人の男の子はコウリャン飯を食べて，まるまると育った。ある日，日本の飛行機が一機，村の上空に飛んで来て，爆弾を一つ，王文義の庭に落としていった。それがちょうど中庭で遊んでいた子どもたちを直撃してこっぱみじんにした。そのため，余司令が抗日ののろしをあげるや，王文義は妻に送られて入隊する。余司令が率いる抗日ゲリラと日本侵略者との衝突は，至るところで「紅いコウリャン」と「非コウリャン」

の衝突として表現されている。「じじ」「ばば」たちが決起して守ったのは「紅いコウリャン」である。コウリャン畑はまた敵の目を欺く緑のカーテン（青紗帳）だった。「紅いコウリャンの精神」こそ，我が民族の精神であり，民族の気概である。

徐志耕(シューチーコン)（1946-）の報告文学『南京大屠殺（南京大虐殺）』(1987)は1937年12月13日から1938年1月に至る間に日本軍が起こして世界を震撼させた大惨事を記述したものである。この作品はすべて詳細な歴史資料によって構成されている。敵方，味方，友人という三方面の新聞，雑誌の記載，幸運な生存者の口述，当時南京にいた国際的友人たちの日記，南京大虐殺に参加した日本軍の供述，資料館（档案館(タンアン)）に保存されている現場報道記事や記録，法廷裁判記録等々，いずれも歴史的価値はきわめて高い。この書は南京防衛戦から始まり，都市の陥落，撤退の大混乱，無辜の民を虐殺した日本軍の血なまぐさい犯罪行為などを描き，最後に戦争犯罪人を断頭台に送るまでを書く。作者は同胞の血と涙をたっぷり筆に含ませて，詳しい資料と事実に基づいて，この世のこととは思えない凄惨なあの大虐殺をほぼ完全に記述している。日本の某勢力がまき散らす南京大虐殺「虚構」論に反駁すると同時に，わが国の人民がこの悲惨な歴史を世世代代しっかり心に刻んで忘れないようにと警告している。

この間さらに李爾重(リーアルチョン)（1914-）の『新戦争与和平（新戦争と平和）』(1988-1993)，周而復(チョウアルフー)（1914-）の『長城万里図』(1987-1994)，王火（1924-）の『戦争和人（戦争と人間）』(1993)などを代表とする一連の新抗戦小説が現れた。これらの小説はほとんどが編年体を採用し，前後数十年にわたり，数千里を駆けめぐる戦いの歳月を描写し，歴史を記録して，後世の人々に警告を発する強烈な創作意図が伝わってくる。

「新戦争与平和」はその題が示しているようにトルストイの「戦争と平和」の歴史叙事詩の品格を追求したものである。この小説は「9.18」事変後から「8.15」の日本降伏までの十四年間，中国の大地が深刻な災厄に見舞われながら，火と燃えて戦ったすさまじい歴史的場面を描いてお

り、その間のほとんどすべての重大事件、そして、この歴史的時期と重大な歴史的事件に一貫してかかわった主人公、劉本生(リウベンシェン)と川島芳子のそれぞれ異なる運命を描いている。その描写の中に戦争の本質についての思考が凝縮され、行間に中華文化の精神が滲み出ている。

『長城万里図』は周而復が『上海的早晨（上海の朝）』(1958)で表現した階級パターンを超えたことを示していて、かなり強烈に民族意識を表現している。この小説はまず主導的プロットとして八路軍、新四軍の抗日武力闘争を描き、各根拠地における輝かしい戦果を描いている。また馮玉祥(フォンユーシアン)、張学良(チャンシュエリアン)、張自忠(チャンツーチョン)ら、国民党の愛国的な将軍たちの断固とした抗日戦を再現し、汪精衛(ワンチンウェイ)、蒋介石(チアンチエシー)の「逆流」と「暗流」をも浮き彫りにした。さらに、独自の風格で日本の侵略者側の多数の代表的人物の輪郭を描き出し、かつ「アジアの安定」「大東亜共栄圏」「白人の植民地統治に反対」などもろもろの奇妙な理論によって構成される軍国主義理論を具現させている。歴史的事件を動かす内在的要因と外在的な歴史的人物をことごとく筆におさめ、「三国志演義」を師として継承する意図を表している。

『戦争和人』は西安事変から書き起こし、1947年春の国共全面内戦の勃発前夜で終わる。重大な歴史的事件の過程の中で、主人公である童霜威(トンショウワンウェイ)の曲折した人生経験を描写することによって、主人公が民族存亡の時を前に、自分の進むべき道を選択する難しさ、苦しさ及びその厳しい意味を表現し、戦争中の人の運命について考えており、『静かなるドン』の主題に近いものがある。

尤鳳偉(ユウフォンウェイ)(1943)の『五月郷戦（五月の村の戦い）』(1995)は、個人の生命が民族の運命と切り離せないことを描き、ついに抗日救国の闘いと一体化する姿を描いている。

これら新抗戦小説は、1958年前後に出版された「革命歴史小説」の類型である一連の抗戦小説よりも、そのリアリティや、独立性において大きく先を行っており、階級的思考パターンをある程度克服している。

莫言が『紅高粱』の中で創造した余占鰲(ユーチャンアオ)のような抗日英雄は、何の党

派にも属さない「草莽の英雄」であり，高密県東北郷村流の英雄であって，いわゆる非英雄的パターンの英雄である。彼らと冷連隊長を代表とする自称「英雄」との相違点は「たたかう」か「たたかわない」かにある。まさに余占鼇が言っているように「誰が土匪で，誰が土匪でないかだって？日本軍を倒せる奴，それが中国の大英雄だ。俺は去年，日本の歩哨を三人闇にまぎれて急襲し，歩兵銃を三挺ぶんどった。冷連隊が土匪でないとしても，日本兵をいったい何人殺した？日本兵の髪の毛一本引っこ抜いてねぇじゃねえか」。『紅高粱』はこのような立体的手法で，1958年前後に世に出た抗戦小説が表現した「第一の真実」を越えた（洪水『第三種真実』，「当代作家評論」1993年9期参照）。そして莫言は『豊乳肥臀』(1995)で「第一の真実」を取り消すと同時に，反対の視角から見た「第二の真実」への道を徹底して進んだのである（洪水『第三種真実』，「当代作家評論」1993年9期参照）。

葉兆言（1957－ ）の『追月楼』(1988)は，1937年南京陥落後，清代の翰林学士で現在実在の地主，丁老先生の賞賛に値する民族的気概を描いている。彼は，城破るる時こそ，自分が義に殉ずる日だと堅く心に誓っていた。日本軍が入城した後，彼は租界へ避難することを拒んで，「追月楼」に立てこもり「国敗れて山河在り，城春にして草木深し」と朗詠したり，旧友たちと亡国の人として，亡国の事を語った。そして死に臨んで彼は，残虐非道の日本軍と生きて共に天を戴くを望まず，死してまた倭寇と顔をあわすを喜ばず，よって追月楼の地下深く葬るべし，と言い残すのである。この小説が賞賛されたのは丁老先生によって体現された民族精神とその人格である。

周梅森（1956－ ）の『軍歌』(1986)，『国殤』(1988)も新しい視点で，国民党官兵の抗日戦争中の行動を全体的な意義から描写している。新抗戦小説および映画文学『血戦台児荘』（田軍利，費林軍1984），報告文学『大国之魂』(1990年，鄧賢1953－ ）等を含めて新抗戦文学は，民族の視点から国民党の抗日戦争における役割と貢献を肯定しながら客観的に描写しており，国民党の愛国的な将軍や抗日官兵を情熱をこめて歌い上

げている。当代文学に於いては、階級意識がしだいに消えて、民族主義がしきりに強まっており、同時に、日本の「国民性」の卑劣な一面に対する認識や批判もまた強くなっている。これは『四世同堂』にもある程度つながっている。そして「新文化運動」における民族的虚無主義に関してもある程度消滅した。

　中国当代文学における民族主義は90年代に大きな高まりをみせる。
　ソ連の解体にともなって、冷戦は終わりをつげ、世界は二極構造から多極構造へ転じた。しかし、アメリカ国内では逆に世界制覇をもくろむ野望が強化され、中国に対して封じ込めを行うよう主張するムードも強くなった。彼らは繰り返し中国の台湾、チベット問題、貿易、人権問題等に介入し、表向きは押さえ込み、陰では転覆を計り、中国の発展を阻み、「アメリカの将来における強敵」の出現を防止しようとした。中国の民族主義思潮は、このような「封じ込め」政策のもとで、日増しに高揚していった。それは「封じ込め」に対する「反封じ込め」現象である。
　何新(1949-)は比較的早くから、このような「反封じ込め」思想を表現していた。彼の一連のエッセイ、講演、インタビュー、論文をまとめた『為中国声辯(中国のために弁ず)』はやや主観的推論のきらいはあるものの、全篇に、民族主義のフォルテ(強音)が響きわたっている。『関于魚和鳥的故事(魚と鳥に関する物語)』(1991)の文中で、「1989年の事件〔第二次天安門事件〕および一部の外国勢力の中国におけるこの事件への介入によって、中国人の警戒心はすでに喚起され、自分の国の安全と民族の利益に対して、過去の一時期よりも一層はっきりした認識をもつようになっている。これは民族主義の覚醒だといってよい。このような民族主義は中国式にいうならば愛国主義である」(何新『為中国声辯』、山東友誼出版社　1996年版　p.61-p.62)。「封じ込め」に対して、彼は自信に満ちてこう語っている。「考えて欲しい。中国のような歴史が古く、人口の多い、広大な国土を持った国で、もしも指導者と人民が一体となって愛国主義の旗のもとに、力を結集し、さらに自国と民族の利益について冷静

な意識をもち，常に実務的精神で国家民族に最も有利な方針と路線を選択することができるならば，そのような国家民族の前には克服できない困難はなく，世界のどんな勢力も彼らを征服することはできない」（何新『為中国声辯』山東友誼出版社　1966年版　p.62）。何新は「西洋中心論」に矛を向けて，世間の人々に東洋的色彩豊かな，グローバルな視野，歴史の動向に対する感覚，および向上を求めてやまない精神を示したのである。『為中国声辯』ではいたるところで表明している，いかなる人物であれ，いかなる集団であれ，どれほど才能がありどれほど成果をあげようと，あるいはどんなに優越的地位にあろうと，祖国の利益の上にあぐらをかいていてはいけない，と。台湾大学教授顔元叔（イエンユアンシュー）は『読何新先生文章有感（何新先生の文章を読んで感あり）』（1991）の中で「彼のいわんとするところは，中国のために弁護し，中国のために無実の罪を晴らし，中国のために宣言しているのである。要するに，彼自身が言っているように，すべては「中国を愛する」ためなのである」と書いている（顔元叔『読何新先生有感』，台湾「海峡評論」1996年版　p.365）。

　チベット族の作家イシタンゾン（益希単増）（1942 −）の長編小説『雪剣残陽』（1996）には，チベット軍民がイギリスの植民地侵略に抵抗して戦った今世紀（20世紀）はじめの英雄的な戦闘が再現されており，この時すでにインドを植民地にしていたイギリス帝国主義の野望が描かれている。彼らは和平交渉の看板をかくれみのに，遠征軍を派遣してチベットに武力介入し，ほしいままに略奪，殺戮を行い，自分の足跡の及ぶ範囲を自分の縄張りだと断じた。武器に勝るイギリス軍を目の当たりにして，チベットの広範な軍民は，腐敗した清朝の代弁者の圧力に抗しながら，原始的な大砲，弓矢，はては石つぶてをたのみに，血みどろの奮戦の結果，チベットの大地に，そして中国人民の心の中に，愛国主義の碑をうちたてた。小説の最後の一章には，江孜砦（チアンツー）の上に一本の旗がひるがえっている場面がある。その黄色の絹地の旗には「蔵」（ツァン）の一字があった。江孜の人々はこの旗を見るのが好きだ。この旗はチベット（西蔵）（シーツァン）の宗族政府〔県政府にあたる〕の象徴であり，巍然としてそびえ立つチベット

軍団の象徴だからである。チベット族の人々は語る，「もしイギリス人が私たちの旗をすべて血に染めても旗を倒すことはできない。なぜならこの旗は我々の心のなかにあるのだから，チベット人の心を抉り出さない限り……」(益希単増『雪剣残陽』西蔵人民出版社　1996年版　p.385)。『雪剣残陽』は，歴史的事件を再現するにあたって，典故に基づき，古典を引用するなど強烈な歴史書の風格を具現している。

　馮小寧(フォンシアオニン)が『雪剣残陽』に基づいて脚色監督した映画『紅河谷（紅い河の谷）』(1997)は，原作の描いた歴史的事件に依拠し，その主題をくみ取った基礎の上に，芸術的な幻想を加味して，原作の主題をいっそう深めている。

　『紅河谷』は老阿婆(ラオアーポー)が神秘的なマニ車（読経巻）を回すところから始まり，パノラマのようにそびえ立つ雪山，紺碧の空，真っ青に澄んで底まで見える河，そして不思議な美しさを持つ雪国文化が繰り広げられる。

　「罹災した」二人の外部の人間が，別別の方向からこの雪国文化の中に入って来る。

　罹災者の漢族の娘，雪児(シュエアル)はある純朴なチベット人の家族に救われ，彼らと共に暮らし，老阿婆の孫，コサン（格桑）と恋に落ちる。コサンは剽悍，屈強，いちずで愛情が深く，自尊心に富んだ若者だった。気位が高く，美しい部落長の娘，タンチュ（丹珠）も身分の違いを越えて，秘かに彼を恋し，情熱的に彼にアタックすると同時に，雪児に対してお嬢さん風を吹かせた。コサンはわがままなタンチュに対しても，卑屈にならず，さりとて威張るでもなかった。雪児ダワ〔達瓦，少女に対するチベット風の親しみを込めた愛称，「ダワ」の原義は「月」〕も平民の誇りを失わなかった。雪国の高原での生活は，まばゆいばかりに輝いて，さまざまな姿態を見せる自然と共に，平和に，前に向かって進んでいた。

　イギリス人，ロックマンがチベット「探検」にやって来たが，チベットの神秘を無視したため，大自然の報復を受け，危難に落ち入る。救出された彼はコサンにライターを贈る。このライターは，作品の中では西洋文明の象徴として描かれている。

ロックマンを含むイギリスの侵略者たちは,西洋「文明」によって——つまり鉄砲や大砲で,チベットを征服しようと考えた。これは総体的意味において,再度チベットの神秘を無視したものである。静かな生活は破壊され,敬虔な感情は汚され,神聖な土地は踏みにじられて,チベット全土が怒りに燃えた。チベットの貴族から平民に至るまで,わがまま勝手なタンチュはもちろん,卑屈でもなく,高ぶるでもないコサンも,優しくプライドの高い雪儿ダワも壮大な組織に結集して,侵略者どもと壮絶な死闘をくりひろげた。タンチュは侵略者の辱めに直面して,雪国文化の本質を豊かに伝える民歌『在那草地上(あの草原の地で)』を高らかにうたい出し,彼女の青春と愛情は壮麗な輝きを加える。タンチュはチベットで生まれ,チベットで育った。彼女はチベットそのものである。彼女はこの神聖で純潔な土地を代表していた。雪儿ダワは二度助けられた。彼女は老阿婆を代表とするチベット族の人々に対する恩,コサンのまごころの愛を感知する。チベットは彼女に命を与えてくれただけではなく,魂を与えてくれた。彼女はすでにチベット族と一つに溶け合って,生死を共にする。彼女が「来世はたとえ牛や馬に生まれ変わったとしても,女には生まれたくない」という気持ちから「来世もやっぱり女に生まれたい」という気持ちへと変化したことは,人生に対する肯定と愛着を表現したものである。コサンは勇敢かつ不屈,思いっきり愛し,思いっきり憎み,より高い意味で卑屈にもならず驕りもせず,中華民族の凛然たる正気を表現している。彼は最後にライターを取りあげた。このような「文明」の利器の所有者が,恩を仇で返したことに直面して彼の美しい性格は怨りの火となって昇華した。彼はライターでガソリンに火をつけた。復讐の烈火は炎をあげて轟然と燃え上がり,爆薬に引火して爆発した。ここに彼は恩を仇で返した者と共にその身を犠牲にした。イギリスの侵略者は中華民族の懲罰を受けたのである。江孜の防衛戦は世界にむけて,この土地の人間がいかに素朴,純真であっても,「羊の囲いに飛び込んだ狼」に対しては,決して容赦しないことを表明した。狡猾で,残忍な,人の生き血をすする天性の侵略者に対して,彼らは真正面から

迎え打って痛撃を加えるにちがいない。たとえ最後の一人まで血まみれになって戦おうとも。

『紅河谷』が描いた悲壮な防衛戦が残したものは，永遠に生き続ける魂魄である。チベット族の男の子カカ（嘎嘎）は老阿婆の背中で大きくなった。彼の子守歌は老阿婆の年季の入ったあのマニ車の，心にしみいる歌だった。平穏な日々は破壊され，家屋敷は踏みにじられ，目の前で村の人々が次々に血の海の中に倒れた。カカは道案内をかってでて，顔色も変えず落ち着き払って，イギリス軍の一奇襲小隊を沼沢に誘い込んで彼らを葬った。映画のラストはやはり老阿婆がマニ車を回しながら，カカと一緒に相変わらず昔歩いた大地の上を歩いていく姿である。彼らはどこまでもねばり強く意志を貫き，世世代代絶えることなく，連綿と永久に続いていくのだ。

イギリスからチベット探検に来た新聞記者ジョーンズは作品における外部から見た視点になっている。彼は東洋文明にあこがれ，それを探しにこの地にやってきた。彼はかってそれをチベットの静謐な生活の中に探し求めていた。「さいわい」なことに，彼は戸惑いと矛盾を感じつつ，ロックマンの狡猾，残忍な行為を目の当たりにし，彼が標榜する「文明」の戦車がチベット高原を踏みつぶすのを目撃した。悲壮な江孜防衛戦，タンチュのこの世ならぬ東洋美の最期，コサンの恩仇の物語，銃口を突きつけられても，あわてず，騒ぎもしないカカ，そして敵陣に突撃する白牦牛〔ヤク牛〕，ヒマラヤの雪崩などをその目で見て，彼は両腕を振り上げ「俺は見た！」と叫んだ。彼が見届けたのは，まさに「永遠に征服できない東洋」であったのかもしれない。

『紅河谷』は作品における「時間」 ――「1904年」という時間をはるかに超越している。それは百年あまりの歳月にまたがって東洋文明をその動態のなかで表現している。『紅河谷』は東洋復興の兆しであり，中華民族精神の復興の兆しである。

中華民族精神の形而上学的表現とは，一言に集約して言えば「ノーといえる中国」である。宋強，　張蔵蔵，　喬辺，何蓓琳等著の政治雑文集

『中国可以説不 (ノーといえる中国)』(1996) は世紀の変わり目における中国人民の激しい気持ちを言い表している。

『紅河谷』は今世紀はじめの悲壮な戦いを今一度振り返り、征服することの出来ない東洋文明を描いている。『中国可以説不』は世紀の変わり目にあたり、中国がすでに決起している現実に立脚して中国人の激情を次のように表明している、「もし中国十数億の民が、さまざまな苦難の末に今のような生活が可能になったことを、一種の奇跡だというならば、中国人は同様にもう一度次の奇跡を起こす能力がある……21世紀の夜明けの薄明のなかで、経済は活気にあふれて発展し、軍事的には強大であり、しかも政治的にはますます自信を深めている大国の輪郭が、今すでに、初歩的ではあるが、はっきりと現れつつあるのだ」。作者が提起した問題は、中国人が新しい世紀の日の出前に、当然経験しなければならない困難な時期をどのような姿勢で過ごすのかということである。これに対し、『中国可以説不』の観点ははっきりしていて、「極端な民族主義をとるべきではないが、民族主義はやはり必要である。」(『中国可以説不』中華工商聯合出版社　1996年版　p.198) というものである。なぜなら「すべての人類の歴史において、民族のすべての階層が強烈な民族的抱負を強くもつ必要があることを十分認識してこそ、かつまたその民族が自覚的に決起した奔流に自覚的に身を投じてこそ、この民族ははじめて歴史の好意をうけることができるからである」(『中国可以説不』、中華工商聯合出版社 1996年版　p.201)

もしこの先に現れた新抗戦文学が、「昨日」を再現することによって日本に回答するものだとすれば、『中国可以説不』は「今日」に立脚してアメリカと対話するものである。

『中国可以説不』は、アメリカのいわゆる「封じ込め」に真っ向から対決するものである。「封じ込め」についてこの作品は、ユーモラスにこう書いている。

　　冷戦が終結してから、世界の構造は決してアメリカの考え通りには

すすまなかった。中国がただひとつの社会主義大国として繁栄し、強国になることは、アメリカにとって、見たくもないし、理解しがたいことである。とりわけ中国大陸が平穏に計画経済体制から、市場経済体制に移行する過程で、アメリカが予想したような結末が一向現れないのである。これはアメリカにとって受け入れがたいことなのだ。

しかし現実は現実である。

アメリカの戦略は非常にはっきりしている。中国を封じ込め、最終的には中国を攪乱しようとしている。アメリカが中国のために描いてくれた絵は、せいぜい自分の家の壁にかけてひとりで鑑賞できるだけである。ある程度時間をおいたら、アメリカも、彩色から透視画法に至るまで、この絵がいかに拙劣な技法で描かれたものかしだいに気がつくだろう。

『中国可以説不』の芸術は「反封じ込め」の芸術である。この作品には「情報技術の流れをリードするアメリカは、いまなお覇権主義、強権政治、及びこれに類するもろもろの代物を、ICの中にぎゅっと圧縮し、世界という複雑なマシンの中で自由に通用させるような、そんな技術はもってはいないのだ」と書かれている。アメリカ覇権主義の中国におけるさる芝居について、この作品は哲理に富んだユーモアでそのひずみと滑稽さを描き、恐るるに足りないことを明らかにしている。「アメリカのさる芝居は、追随者の分も含めて、人々はすっかり見飽きている。なんの新味もないのだ。これではアメリカが期待しているような、拍手喝采とはいくまい。もし何か聞こえてくるとしたら、それはブーイング、野次のたぐいでしかない。

すべての野次を圧倒する短かく力強い声がある。それはすなわち単音のひと文字——「不！」である（『中国可以説不』中華工商聯合出版社　1996年　p.300）。

「不!」というこの単音節の否定の副詞は,百年の恥辱をすすいで歴史が発展するにいたった現在——そして中華民族をだますことも,辱めることも不可能になった現在,十二億の中国人民がアメリカ覇権主義につきつけた声高らかな回答にほかならない。

　　中国はノーと言うことができる。
　　今こそまさにその時なのだ。(『中国可以説不』中華商工聯合出版社
　1996年版　p.301)。

この書の全篇に「ノーと言う」ことの意義がにじみでている。中国がノーと言うのは,敵対を求めているのではなく,より平等な対話のためである。これは全中国人民の平和と自主の声より発しているものだ。何蓓琳がこの本のための「前言」の中で書いているように,

　　アメリカは誰をも指導できない。せいぜい自分自身を指導できるだけである。
　　日本は誰をも指導できない。時には自分自身さえ指導するすべをもたない。
　　中国は誰をも指導しようとはおもわない。中国は自分自身を指導したいと思うだけである。

老子は言っている。「自己に勝つものは強し(自勝者強)」と(『道徳経』第33章)。屈辱の歴史が終わり,階級闘争の混乱が終わって,建設に専心尽力している中国,そして平和と自主外交政策を遂行している中国は,現在の世界の平和と発展の本流を具現している。わが国は必ずや自らの民族の文化と,民族の特色を備えつつ世界にとけこんでいくだろう。そこにこそ民族主義の意義の所在がある。『中国可以説不』は民族主義のフォルテッシモ(最強音)を発しているのである。

1999年5月7日，アメリカを首謀者とするNATO軍が無謀にもわがユーゴ駐在大使館を襲撃してわが国のユーゴ駐在記者と大使館員を死傷させた，あのミサイルの爆発音のひびきと共に，中国の民族主義はその高潮を形成しつつある。

　中国の当代文学は，40年代末の『四世同堂』，50年代初めの「建国文学」を継承しつつ，成熟に向かって歩みを進め，その50年全体の発展過程を完成させようとしている。梁暁声（リアンシアオション）の『致美国総統克林頓的公開信（アメリカ大統領クリントンに送る公開状）』（「北京青年報」1999年5月12日）は，この民族主義の高潮の先触れである。

第十二章
新現実主義

　90年代中期に湧き起った現実主義は「先鋒小説(前衛小説)」,「新写実小説」を超えて,「改革文学」につながるものである。

　劉索拉(リウスオラー)(女性　1955－)の『你別無選択(あなたに他の選択はない)』,徐星(シン)(1956－)の『無主題変奏(主題のない変奏曲)』(1985),馬原(マーユアン)(1953－)の『岡底斯的誘惑(ガンジスの誘惑)』(1985),残雪(ツァンシュエ)(女性　1953－)の『蒼老的浮雲(灰色に老いた浮雲)』(1985)などを代表とする「先鋒小説」は,社会の急激な変化を目前に,中国文化か西洋文化かの新たな論争の中で,伝統的な価値観への反逆,個人の生命の内奥の探求を表現したものである。「先鋒小説」は個人の生命を現実社会から遊離させる。現実はここでは抽象的なものとなる。そしてこの種の小説の新しい実験とは,ここでは比較的明らかに西洋現代小説の模倣であることを示している。『你別無選択』はアメリカ現代作家のジョーゼフ・ヘラーの『第二十二条軍規(Catch－22)』を色濃く模倣している。あたかもそのがんじがらめの軍の規律のように,音楽学院の芸術家のタマゴたちもそのあらゆる所に張りめぐらされた「機能主義的枠」から脱け出すことができないのである。『無主題変奏』は着想から物語の構成,人物形象,人物の言葉遣いまでも,アメリカの現代作家サリンジャー『麦田里的守望者(ライ麦畑でつかまえて　The Catcher in the Rye.)』の影響を受けている。作中の「わたし」の身の上には疑いもなくホールデン・コールフィールドの影が投影されている。かれらは同じようにみな学校を退学して社会に入り,わけもわからぬくせに一切をこんなもんだと推しはかり,しょっちゅう「ばかやろう」といった罵声を口にするようにさえなるのだ。

　1987年より,池莉(チーリー)(女性　1957－)の『煩悩人生』,方方(ファンファン)(女性　1955－)の『風景』(1987)・劉恒(リウホン)(1954－)の『伏羲伏羲』(1988),劉震雲(リウチェンユン)

(1958-)の『単位(職場)』(1989)などの「新写実」小説があいついで出版された。1989年春に,雑誌「鍾山」が行なった「新写実小説大聯合展」は,「新写実」小説創作の発展を促進した。

「新写実」小説の基本的風格は「写実を主要な特徴とするが,特に現実生活の本来の姿への回帰を重視し,誠実に現実に向き合い,人生に向き合う」(「鍾山」1989年第3期「新写実小説大聯展」巻首語)。こういった写実の風格は,現実を軽視する「先鋒小説」とは,はっきりと異なっている。「新写実」小説は,「今日」を変革し「明日」を建設する「改革文学」の後,改革開放後の社会の各種の問題,及びそういった問題に基づく社会心理と人生世相に注目する。

「新写実」小説は鋭意社会や人生の灰色の面を描写している。『煩悩人生』は人生のあらゆること,たとえば家庭の住居,子供を託児所にいれること,通勤途上の車内や船内,工場での勤務評定や表彰,親方と弟子との感情問題,世間的祝祭のつきあい…等,いずれも主人公の困惑を描き,生きる悩みを表現している。劉震雲の『単位』,『一地鶏毛(地面にいっぱい散らかった鶏の羽毛)』(1991),『官場(役所)』(1989),『官人(役人)』(1991)等からなる「官場系列小説(役所シリーズ小説)」で明らかにされているのはすべて「官人」根性の醜悪さとか官界の勢力争いのかけひきなどばかりで,その批判的意識は強烈である。「新写実」理論では「批判すること」が現実主義の特徴であると考えられ,19世紀初期の現実主義に類似した美学思想を示している。すなわち一切を批判し,いかなるものも肯定しないのだ。現実生活は「新写実」小説の中では「モノクロ」の世界であり,「新写実」の美学観の実質は「醜悪学」である。評論家たちは『風景』が「醜悪さの極致,悪の標本を描き出した」と賞賛している(蔡興水:『「風景」短評』,『新写実小説』北京師範大学出版社1992年版 p.113)。

「新写実」は本来の姿の真実を追求し,客観化する叙述方法,つまり「情感ゼロのところから著作を開始」して小説を生活の記録または実録とすることを提唱する。『煩悩人生』は日記帳のように普通の労働者印家厚(インチアホウ)の一日の生活を記録している。『単位』はまるで連環画のように単調で無味乾

燥な,生命の温かみのない役人生活の画面である。そして印家厚であれ『単位(職場)』の生活画面であれ,すべては絶えず繰り返されていることなのだ。小説の細部として,それらは相似性の累積だと言える。小説のこういった相似性の累積は,必然的に「鋭意構築し積み上げた痕跡」を作り出す(蔡興水『「煩悩人生」短評』,『新写実小説』北京師範大学出版社 1992年版 p.46)。鋭意構築した目的はと言えば,読者に作家と同じ結論を出させるためである。

つまり「新写実」小説家は,人生の旅路に身を処して人生を体験し,人生を探求しているのでなく,高い所に立って,低地における人生や世相を見下ろしているのである。たとえば方方が述べているように,

　　私はただ冷静にそして永久に,山の下の変幻極まりない最も美しい
　　風景を眺めているだけである。(『風景』)

彼らはすでに世事に通暁していることを自覚している。彼らはいかにも成算ありげに,中国人の生存環境を「楊家大院」(劉恒『伏羲伏羲』)あるいは「陳家大院」(蘇童『妻妾成群』)に変え,人生の体験を「煩悩(なやむこと)」(池莉『煩悩人生』)あるいは「活着(生きること)」(余華『活着』)に凝縮してしまう。歴史や人生はここではその豊富さと神秘性を失ってしまう。人生は作家がすでに見ぬいている。それはつまりこんなにもうすっぺらで簡単なのだ。

　　…七哥は,生命は木の葉のようだと言う。生長のすべてが死のために
　　ある。道は違っていても帰着するところは皆同じだ。七哥が言うに
　　は良い人間だろうと悪人だろうとすべて死ぬまで判別できるものでは
　　ない。そして,おまえはこの世界をその生命をも含めて,そういうも
　　のと見とおした上でどう生きるべきかがわかるのだ,と七哥は言う。
　　(『風景』)

「新写実」小説の中では人の運命を支配するのは環境であり，しかも環境はまた「物」によって占められているのだから，人は環境の支配を受け，「物」による使役を受けているのだ。『風景』の中でバラック小屋地域の住民たちは，ここでの「生存の苦境」を突き破ることができない。父親は酒好きで武芸をひけらかし，母親は下品で浮気っぽく，大哥(ターコー)は情欲が遂げられぬままに心に深い傷を受け，二哥(アルコー)は失恋のあげく早死にしたいと願う，三哥(サンコー)は女性を目の仇にし，五哥(ウーコー)と六哥(リウコー)は悪事のやりたい放題，大香(ターシアン)，小香(シアオシアン)は俗悪で鼻もちならず，七哥は父や兄の恥さらしな生き方から脱け出すために精神の分裂に耐えている。作家は意識的に環境の決定的な作用を描く。方方はこう言う，「生活環境と時代背景が人に及ぼす影響は大きく，主として人の性格，思惟方式，心のあり方に影響する。私の小説は，主として人間の運命が生存環境によって形造られることを反映している」(『新写実作家，評論家談新写実』，「小説評論」1991年第3期)。『風景』は七哥が卑しい地位から脱け出して上層社会に身を置く夢を実現するために，決然と八歳も年上の，生殖を望めない高級幹部の娘と結婚し，環境が人の運命を「形造る」のを否定しようとするのを描いている。『煩悩人生』は印家厚が本来勉強好きで，才能があり，幅広い趣味志向をもった青年なのに，現実生活は彼を苦しめた末に，一人の疲れはてて一事もなし得ないような人間にしてしまう。作品はこれを中国人の普遍的運命として書いている。池莉は慨嘆して言う，「ハムレットの悲しみは中国でどれほどの人にあるというのか？私の悲しみ，私の隣りのひとりぼっちの老婦人の悲しみ，私の多くの知人友人同級生同僚たちの悲しみは，全中国にゆきわたっているのだ」(池莉『我写「煩悩人生」』)。『単位』と『一地鶏毛』は我々にこう教えている，小林(シアオリン)が理想を放棄し情熱を失ったのは，自暴自棄からではなく，「外界が彼に変わることを強要した」からなのだと。例えば，豆腐，保母さん，子供——幼稚園，妻の配置転換，職場の送迎バス等といった些細な事から起こる生活環境の「紛糾」によるものなのだ。たとえ彼が国家公務員でありながら，私腹を肥やし，「賄賂」を受け取るなど不正の風に染まっていても，それは個人に責任があるの

ではなく、職場や社会環境にあるのであり、個人は「その中に入っている」にすぎない。「新写実」はどれもみな「環境決定論」である。「新写実」小説にあっては、人は脆弱で無力なものとなり、ただ受動的に環境によって「形造られる」のを受け入れるのみで、精神活動は中止し、「選択する」能力も失ってしまっている。そして環境は、「新写実」小説の中では、その多様性を失って単一のものに変わってしまう。それは絶えず人間に同様の情報を発し、人間に「反面教育」を提供する。こうして人間は放棄する——つまり、その価値や尊厳を放棄することしかできなくなり、人生は不可能なものとなってしまうのである。「新写実」小説の中のひとりひとりの市民、労働者、医者、機関の幹部及び教師たちの人生は、みな苦境にあり、哀れむべき存在であって、くりひろげられるのはすべて灰色の人生の風景である。「新写実」が体現しているのは19世紀の人道主義であって、20世紀の人道主義ではない。現代実存主義哲学では、人間は自分以外のものに命令されることはないし、自分以外のものから弁護されることもないと考える。人間は自己のあゆむ人生の道に対して責任を負わねばならないし、自己の存在についての責任は完全に自分が引き受けねばならない、(薩特(サルトル)『存在主義是一種人道主義』上海訳文出版社　1988年版　p.8)、「決定論などは存在しないのだ」(同上書 p.12)。　両方を比較して見ると、「新写実」の重要なテーマは社会が人間の運命を決定するというのであり、主人公が悪くなり、「堕落」する口実を外界に見つけようとする。方方が言うように、七哥のような人間はただ地位さえ変えることができれば人の上に立つ人間になるのだ、道徳とか品性など何になると言うのだ、人の人格とか気骨などがなんだ、社会の世論などがなんだ、他人の苦痛がなんだ、必要とあれば、これらのことはすべて踏みつけにしたってかまわないのだ。われわれは七哥のような奮闘の仕方についてことさら非難したり、憎んだりする必要がどこにあろうか。非難し憎むべきは、むしろ七哥たちを生み育てた土壌である (方方『僅談七哥』、『中篇小説選刊』1988年　第5期)。しかしサルトルはこう言い切る、「決定論を用いて罪から逃れようとする人間を、わたしは臆病者と呼ぶだろう」(同

上書 p.27)。サルトルは，実存主義とは「人間を物とする理論ではなく」(同上書 p.21)，「人生を可能にする学説である」(同上書 p.4) と言い，積極的な進取の楽観精神，一種の新しい人道主義を表明した。

「新写実」小説は中国の当代社会の本質や，生存状態を迫真的に描いて，読む者にたち遅れや格差を感じさせ，生存環境をできるだけ早く改善したいと要求させる。池莉は自分の描いた印家厚についてこう語っている，「わたしと彼らは同じで，みな自分たちが貧困で立ち遅れていることを知っているから，できる限り暮らしを少しでもよくしたいと思っている」。「新写実」小説はことこまかに現状を描写する。小さな職場の凡庸低俗さ，小さな家庭の困窮のさま，ささやかな日日の辛酸が，余すところなく表現され，現実感は強烈で，発達した知的思考を表している。しかしその「現実」が長い時の流れの中でどこに位置するかについては甚だ見えにくいのである。「新写実」小説は，深い宗教的悟りの思考に欠け，歴史感に乏しい。こまごまとした真実には事欠かないが，時代の趨勢に即した真実が欠けている。だから，ここでの「真実」のすべては，一つの小天地のものにしかすぎない。『一地鶏毛』の中で，家庭の雰囲気を主導するような事件とは，小林が「豆腐を冷蔵庫に入れるのを忘れた」ことなのである (劉震雲『一地鶏毛』，『1991中篇小説選』(1) 人民文学出版社 1992年版 p.1)。『活着』の主人公は彼の人生で永久に変わることのない「苦難」という体験についてこう述べる，「おれと苦しみの種とは一緒に半年間やってきたが，村は生産請負制になって暮らしもいっそうきつくなった。わが家は1ムー半の土地を分配されて，以前のように村人の中に混じって働き，疲れりゃこっそりさぼるというわけにはいかなくなってしまった。今じゃ畑仕事がひっきりなしにおれを呼ぶんだ。おれが行ってやらなきゃ誰もおれの代わりにやってはくれない」(余華『活着』南海出版公司 1998年版 p.185)。「一斤の豆腐」の「写実」は「冷蔵庫」の「現実」を無視し，「生産請負制」の現実は「活着（生きること）」の「苦難」の出発点となった。「新写実」中の現実は，作家の作り上げた「現実」なのである。

90年代中期に起った新現実主義は深く現実生活の中に根をおろし，時

代感覚は強烈である。それは現実の社会関係を描くという基礎の上に、改革中の経済問題を核心にして社会的矛盾をあばき、また現実生活の中にある醜悪さをあばくと同時に、現実生活の中にある美をも発掘している。現実はここではその固有の多重性を現し、単一の状態を表現してはいない。醜悪であるか美であるかにかかわらず、ここではすべてが動いている動態にあり、すべてが歴史の発展過程の産物である。このような現実感に富んだ真実は、「新写実」小説の自分一個人の境地の真実をはるかに凌駕している。

　何申（ホーシェン）（1951-）の中編小説『年前年後（正月前後）』（1995）の主人公李徳林（リートーリン）は正月の前に二つの願い事を持っていた。それは七家郷（チーチアシアン）の長として、来年——1995年に七家郷が小流域治水プロジェクトにあげられること、および42歳の男として、春節休暇の間に妻を妊娠させることを願っていたのである。

　「新現実主義」小説の主人公として、李徳林の願い事は——彼の郷長としての願いを含めてもはや「純潔」なものではなくなっている。李徳林の願いは徹底して現実に立ちもどっており——あるいは完全に現実から生れている。こういった小流域治水プロジェクトは国家による貧困救済事業の一つであり、国家が金を出して山間地帯の山や川、林、田畑、道路を改造することによって、山間地帯が長期に利益を得るのである。七家郷がこのプロジェクトにあげられれば、1994年に水害に遭った山村の経済をいちはやく災害前の水準に回復させ、村人たちを貧困から脱出させることができるのだ。そうすれば郷長である彼の業績があがり、県に転勤もしやすくなる。また彼は早く子供がほしかった。彼と于小梅（ユーシアオメイ）は中年で結ばれた夫婦であり、彼女はまだ若くてきれいで、子供ができれば彼女を「つなぎ止める」ことができるからである。

　『年前年後』の主なプロットは李徳林が県に帰っての年越しである。小説が切り取っている時間帯——年末年始——の社会の状況はいろいろのことが最も密集している。年末に彼は県委員会組織部へ行き、自分を県に呼び戻すことについて問い合わせをするが、県の機関が正月用の品

物を分けるのに忙しい有様を目にする。小流域治水事務所へ行くと、各郷がとっくに活動を始めていて、車から品物を運びおろしている者もいる。彼はひとに伴われてようやく人民代表大会主任の官舎の門をノックした。主任は県委員会書記などとマージャンを始めようとしていた。主任夫人が門のところで李徳林にひとかたまりの牛肉を手渡してくれた。それを受け取ったからといって、ありがたがる性質のものではない。なぜなら主任の官舎の品物を載せる棚には肉がたっぷりとあるのだから。彼はまた小流域治水プロジェクトの決定を受けるために、さらに特別に料理店で一卓を設けた。県委書記、人大主任、そして彼がここ数日来訪ねても会えなかった局長までが、招きに応じてやってきた。『年前年後』は我々のために県の役人の官舎や県委の邸宅の中を開けて見せてくれて、彼らが元来有している「光輝」、「神聖」及び「純潔」をすべて失わせる。『年前年後』はまた、それらを非現実、この世に存在しないこととして書いたのでなく、日常の現実、まるごとの現実として書いているのだ。ここにはいかなる「奇遇」もありえない。これは現実化された腐敗であり、全体にゆきわたった腐敗である。『年前年後』はまた、もはや「新写実」小説のように凝縮して現実を描いたり、単純に現実を批判したりはしない。現実はここでは多重性をそなえ、切り離すことができない生活全体として表されている。人と人にしても、もはや陣営にはっきり分かれた対立状態を呈してはいない、農民と役人でさえ互いに依存しあっている。村民は言う「李郷長はとにかくいい人だよ、金を受け取るときは容赦ないが、ここ一番のときは親身になってくれるんだ…」

『年前年後』は経済が社会生活の主導的地位にまで上昇したことと現実生活における金銭の作用を反映して、企業家兼商人である劉大肚子(リウタートゥーズ)がこの人生劇場の舞台における新しい主役となったのである。これが20世紀末の中国の新しい「現実」である。劉大肚子は二百元で家を興し大紡織工場とマーケットをやり、一年の納税額が全県のほぼ半分を占めるので、県の指導者たちはまるで福の神のように彼を敬っているのだ。李徳林が招待しても県の指導者たちが応じてくれないのに困っていたら、劉

大肚子は灰をひと吹きするほどの力も労せず呼び集めてくれた。食卓では劉大肚子と彼の婚約者である于小麗(ユーシアオリー)が県委書記の左右に坐り、まるで長年来の旧友ででもあるかのように談笑していた。言うまでもないことだが、正月二日岳父の家に年賀の挨拶に行っても、将来親戚になる劉大肚子が大きな顔をしていて、李徳林郷長の立場は肩身のせまいものだった。

『年前年後』は李徳林の視点から、劉大肚子が現実の社会関係に対して与える衝撃的態度を描写し、至るところで強烈な軽蔑の念を吐露している。

大きな衝撃的変化を前に、李徳林は自分のきわめて素朴な価値観をかたく守り、郷長としてひたすら村の農民たち皆を豊かにすることを考えていた。正月前に彼は、夏に洪水にみまわれた被災農家を気にかけて、各村に行き、援助物資の実施を見とどけてから県に帰り、年を越した。正月をはさんでその前後、彼は県でずっと小流域プロジェクトのために奔走した。李徳林の価値観は中国の当代社会の発展過程にしたがって形成され、歴史感に富んでいる。李徳林は小さいときから山奥の貧しい家庭に育ち、子供のころはとろりとした濃いかゆが食べられれば、もう太陽がどこから出るのかわからないほど幸せだった。彼は現在の暮らしに対し、意気高く誇りに思っていた。彼は定期市に所狭しと並んだ正月用品と、大きく口を開けて笑っている人々の顔を見ていた。以前はスカンピンの貧乏だった村人たちが、いくらか裕福になったのを見て心中愉快だった。李徳林の主体的意識と客観世界を観察する方法は、「新写実」小説の主人公のように知的思考だけに依拠するのとは異なり、彼は感性と理性による悟性的な思考ができ、総体感を具えている。彼には過去に対する記憶、現実に対する感知能力、そして未来に対する追求がある。李徳林の形象の真実性は歴史感のある真実である。彼と王金三(ワンチンサン)(『三里湾』)、金東水(チントンシュイ)(『許茂和他的女児們』)は同族の兄弟なのだ。彼は彼らの未来——彼らの90年代における兄弟なのだ。

肯定的な主人公として、李徳林はいかなる奇遇もない。このような現

実主義の作品は，一種の「奇遇のない作品」である。作家は彼の熟知した，身近な主人公の性格を，よりすぐりの優秀なものにはせず，「先進的」にもしていない。彼の清廉潔白さにしても，それは理想ではなく現実的な意味においてである。小説が県へ帰っての彼の年越しを描くとき，運転手は彼がジープに品物を積み込むのを手伝う。彼は贈り物を受け取らないとはいえ，牛羊肉，きのこ，くるみ，たばこに酒，といったものは，やはり少しはある，——「これらはみな隠しだてするようなものではないから，恥ずかしく思う必要もないのだ。」小説の人物のこういった実事求是の態度は，まさに「新現実主義」の人物の描き方なのである。小説はこの農民出身の郷長を本来の農民にもどし，本来の人間にもどしている。李徳林は彼が農民に対してどんな感情だとか，どんなに愛しているかなどと言う必要はないと思っている。彼が正月一日に，病院に入院している農民のところへ餃子を持って行ったとき，ちょうどテレビ局の取材にでくわし，あいにくなことだとは思ったが，別に何も言わず，ただ「幹部が大衆に関心をもつのは当然のことだ」と思うだけだった。彼はこの土地で生れ，この土地で育った。彼が郷長としてすることなすことは，すべて全く「郷土」の価値観から出ている。「まわりの人，特に農民たちに少しでもよくしてやることは，祖先の名誉を輝かせ子孫にお蔭を提供する，そういった徳を積むことなのだ…」

『年前年後』の現実主義的風格は，やはり郷長である主人公の正月をはさんだ前後の県での苦境と，時宜に適応できないことを描き出している点にある。県で流行し始めた「人間関係学」を前に，彼は自分の反応が「まったく鈍すぎる，鈍すぎる！」と感じる。彼の妻は彼が「田舎にいて馬鹿になった」と責める。だが彼の自嘲の言葉の中には，社会のある種の気風，そして流行の「官界関係学」に対する風刺が含まれている。「旧暦の暮れがなんといってもいちばん年の暮らしい。県の指導者がなんといってもいちばん指導者らしい。町の夜がなんといってもいちばん夜らしい。何ということだ。町中でおれひとりだけが馬鹿なんだ…」。

正月十五日もすでに過ぎ，小説はフィナーレに近づき，李徳林の境遇

はさらに哀れになる。劉大肚子は李徳林の家庭にまで攻撃をしかける，于小梅は事実上すでに劉大肚子のものとなり，子供を得て于小梅をつなぎとめようとした李徳林の願いは，全くふいになった。しかし，彼はもう一つの願い事にいっそう執着し，小流域プロジェクトの実現に何とかこぎつけようとした。同時に心の中では自分自身に対して，今後格別に注意して清廉潔白でなければならないと戒める。このことはこの主人公が——作品全体と同じく，県委書記や，人代主任に代表される県の幹部たちが正月前後に示したようなすでに現実化している腐敗行為に対して，いささかも妥協しない批判的態度をとっていることを意味する。

李徳林の心にある理想——「小康(中流程度の暮らし)」——も比較的身近で現実感に富む。しかしそれは私たちの国家についていえば，疑いもなく奇跡である。李徳林はつまりこのような，すでに「現実」化している，農民を率いて「小康」を目指す一人の郷鎮幹部なのである。

李徳林の形象には作家の普通の農民に対する深い関心が托されており，新現実主義文学の創作の主体が現実生活に向かって移行しただけでなく，はっきりと一般庶民へ移行し，喜んで庶民の代弁者になろうとしていることを示している。このことは新現実主義と同時代の「新状態」文学との間に鮮明な対比を作り出してしまった。90年代中期に起った「新状態」文学は一種の「個人化された創作」，「知識人による創作」であり，それはまた創作の主体による自己表現の創作でもある。

韓東(ハントン)(1961-)の『三人行』(1995)は，三人の文人の人生に対するあそびを描き，それによって90年代の知識人が文化の上でよりどころを持たない状態を表現している。北村(ベイツン)(1965-)の『最後的芸術家』(1994)は，ある芸術家の集落における集団的な零落を描き，逆に神への信仰と帰依による救いを書いている。北村の『施洗的河(洗礼の河)』(1993)は土匪の頭目である劉浪(リウラン)が，悪事の限りをつくした末に，病い膏肓に入り，最後に肉体と霊魂の二重の救いを得るという，神のあらたかな霊験を表現している。

陳染(チェンラン)(女性 1962-)，林白(リンハイ)(女性 1958-)等知識人女性たちの作

品は,「新状態」の「個人化した創作」をさらに「私人化」にまで進めた。彼女たちは精神を書き,欲望を書き,身体及び性愛心理の過程と傾向を書いた。陳染の『無処告別（別れを告げる場所がない）』(1992) は文化的伝統と社会的現実という重囲のなかで「女性主義（フェミニズムの立場）」を述べている。林白(リンパイ)の『一個人的戦争（一人きりの戦争）』(1994) は世間をあっと言わせる方式で個人の内面生活を見せる。たとえば作者は「題記（巻頭言）」でこう記している,「一人きりの戦争は,一人の女が自らを自分に嫁がせることを意味する」。

　李徳林の形象は新現実主義の「非環境決定論」の特徴を表している。その前の「新写実」が表現したのは「環境決定論」であって,そこでは環境が単一の性質を呈し,すべてが泥沼と同じで,人は汚泥の中で腹ばいになっていれば,心は安らかであり,勝手にうぬぼれて得意でさえある。『年前年後』は現実の醜悪さ,官界の腐敗を暴き,李徳林はこれに対して軽蔑を発し,断固とした批判をしている。しかし,新現実主義は,決して暴露と批判にとどまっているわけではない。それは現実の問題や矛盾を前提として示した上で,主人公がそれら新しい問題,新しい矛盾に直面し,またさまざまな苦難や誘惑にも直面しながら,いかに自己の道徳的理想をかたく守って,価値ある人生を探求するかを描写するのである。李徳林は現実の積極的な力を見つけることにもたけている,とりわけ農村の発展変化は,彼の道徳的理想に力強い支持を与えるものであった。李徳林は平地に立って,重い荷を背負い,まっすぐに前へ進んでゆく人間である。新現実主義は新しい歴史的現実を前にして人生を探求する文学なのである。

　何申の『富起来的于四（豊かになった于四(ユースー)）』(1997) では,作者は,農民たちの貧困からの脱出への関心に続き,豊かになった農民への関心,農民たちの新しい人生の価値に対する探求を表現したのである。小説は諧謔に富んだユーモラスな筆致で,豊かになった農民于四の喜び,誇り,そして気前のよさを描く。彼は商売にも道があり,郷里に福をもたらすのだと,橋を架け,道路を修復し,貧しい人を助ける……。彼は自分が

貧乏人から豊かになったのだから、考えることはどうしても貧乏人のことになるのだ、と思った。彼は言う、「おれは金持ちになったとはいえ、つまるところおれたちは貧乏人の出だ。おれたちは貧乏の味を知っている。つらいものだよ。おれはみんなが豊かになるのがうれしいのさ」。小説は変化する動態の中においてこの農民主人公の性格を描き出している。彼は貧しい山奥の谷間暮らし、視野は狭く、愚昧なところも少なくない。しかし、小説はこのことをいわゆる「国民性」として描くようなことはせず、文明の発展過程として描いている。小説は毎回一定の時間を置いては干四に出会うように描いており、その毎度がいつも刮目に値するのだ。この経済的に富裕になった農民は、視野をたえず広げ、観念をたえずあたらしくしてゆく。豊かになった干四は現代文明へと通じる道を歩いて行く。『富起来的干四』は何申の作品乃至「新現実主義」が進歩、発展によせている関心の意味を具体的に示している。「米倉がみちて礼節を知る」という聖賢の遺訓に現代的解釈を行なったのである。

　何申の『熱河大兵（熱河の兵士）』(1999) は、人生を歴史の進行過程において表現し、「現代人の運命」の意味をとらえている。兵士の老呉（ラオウー）の形象は一般の中国人の運命、「新中国人」の運命を体現している。この作品における歴史の枠組は余華の『活着』に酷似している。しかし歴史と現実はここでは多重的性質をもち、人間は価値に対して選択することができる。古い生活がこの熱河の兵士につくった「傷痕」は、福貴（フーコイ）(『活着』)のような「自らを傷つけたもの」ではなく、「他者による傷」である。たとえそうでも、何申はこの主人公の行為に対して完全に同調しているわけではない。熱河の兵士は一身のなかに美醜をあわせもち、粗野ななかに「愛らしさ」が感じられ、生活を楽しむ精神にあふれている。

　李佩甫（リーペイフー）(1953 –) の中編小説『学習微笑（微笑学習）』(1996) は、ある破産に瀕した国営食品工場を背景に、女性労働者劉小水（リウシアオシュイ）の境遇と彼女の奮闘及び選択を描く。

　「公衆便所の前に料金徴集の小机が置かれ、彼女の年老いた母親が小机のうしろに坐っている。母親のそばには乳母車があり、その中に八ヶ月

の子供が立っている。風が吹いてくると，あたり一面になまぐさい土ほこりがたち，母親の顔は汚れ，子供の顔も汚れている。彼女の母親は金を受け取りながら乳母車を揺り動かし，彼女の子供の守りをしている。子供は腹をすかしているのか，車の中でポンポン跳びはねながらワーワー泣き叫んでいる。」——この状況がつまり破産した国有企業の社員——実際に彼女はすでに失業しているのだが——劉小水の生存状況の縮図であり，中国の何千何万という失業者の生存状況の縮図である。

　小説は悲痛な筆づかいで劉小水と彼女の家庭そして親族が窮乏から受ける苦しみを描く。彼女の舅はかつて八級の機械組立工で，労働模範だった。退職して，二年前に脳血栓を患い半身不随だが，治療費をかせぐために，今は映画館のわきでサイダーを売っている。彼女の父もかって八級の旋盤工だったが，退職してから工場は給料を出せなくなったので，彼は病院で死んだ患者の死体を洗い，経帷子を着せることをしている。彼女の夫は作業現場の主任に賭博場へ行くように命じられた。同僚との団結のためだという話だったが，派出所につかまり，罪を告白すると，結局「きわめて不団結」ということで三千元の罰金を払わされる…劉小水は「これでは暮らしようがない」と思った。——これは小説の最初の部分にある彼女自身の劣悪な生存状況に対する認識である。

　作者は深い同情をもって，劉小水等8名の女子労働者が工場から引き抜かれ，工場へ投資に来た香港商人を接待するため，訓練班の「微笑み学習」に参加するさまを描く。「微笑み」を教える先生は「微笑みが表現するものは，一種の自信だ」と言う。しかし，「暮らしようがない」劉小水には自信を表現することなどできず，笑ったとたんに涙が先にこぼれてきてしまう。小説の大部分の時間，劉小水は泣いてばかりいる。つまり泣くことが彼女の生存状態なのだ。作品は劉小水のように生きるよりどころを失った「小人物（庶民）」の悲しみを描き，生存状況と大自然の恵みのコントラストを，そしてこのコントラストが生み出す心理的な傷を描写する。「陽光のもと，彼女は息子が便所のドアの前で乳母車の中に立っているのを見る。一面に明るい，ひどく臭い空気の中で，父親が車

の前にしゃがんで子供をあやしており，子供は頬を真っ赤にして笑っている…」「今，彼女は街へ出るのが一番こわかった。大通りを歩いていると，彼女は自分がねずみのような感覚になるのだった。陽光はとても明るい，だが彼女はねずみになってしまった…彼女はもう長いこと大きなマーケットに足を踏み入れたことがない。彼女には見る勇気がなかった。それら売り場の棚に並んでいる品物を見る勇気がなかった。品物は良くて，あでやかで，ひどく高価でもある。彼女はそれらの品物がこわかったのである。」

『学習微笑』は劉小水の工場の指導者から上級の管轄部門のお役人たちや副市長までも描写する。彼らは劉小水の当面の苦境の原因でもあり，また彼女が堕落する誘因でもある。彼らは幹部の中の腐敗分子である。これら腐敗分子の腐敗行為は「微笑み学習」の後の「活動」として描かれる。彼らは香港商人に先んじてやって来る。彼らは人民の汗とあぶらを浪費して，女子労働者にお相手をつとめさせて享楽する。『学習微笑』のテーマは，いかにして腐敗をとり除くか，いかにしてこの重大な社会問題に対して社会的解決をおこなうかということにあるのではない。『学習微笑』は行為の哲学を書いたものである。

劉小水を代表とする8名の女子労働者，そして『学習微笑』の作品全編は，上述の腐敗行為に対して鋭い批判を発している。8名の女子労働者はお役人たちの腐敗行為に対して恨み骨髄である。小説は彼らの「活動」の時，劉小水が舅のために尿瓶を用意するのを忘れてきたのを思いだす場面を二度も描き，「活動」への蔑視と汚れに同調しない決心とそのあかしを表現している。

『学習微笑』は「小人物」という意味においてばかりでなく，当代に生きる人間という意味において劉小水を造形しているのである。工場が破産し，失業待機中の境遇は彼女を圧迫し，環境は常に彼女に堕落するように迫り，彼女を「悪事」に誘おうとする。しかし，債務を返すには足りない工場の金がお役人たちに浪費されているのを目にして，彼女は泣いた。香港商人との共同出資の話は副市長に先を越され横取りされてふ

いになり，劉小水はまたも泣いた。だが泣くということは劉小水の境遇に対する関心の表現でもあり，環境に流されてともに汚れるようなことはしないという表現でもあるような。『学習微笑』は人間がひとたび環境に流されて汚れに加担すれば，「悪事」にそまり，自由を失うことをひそかに表現しているのだ。劉小水の夫は同僚を「団結」させようと動くやいなや，囚われの身となってしまった。劉小水はお役人たちのお相手をして「活動」したとき，権勢の凌辱に身をゆだねず，がんばって人間の尊厳を守った。生活は日々彼女に悪事を迫るが，彼女はそうはならなかった。彼女は心の中で言う，「もし悪事をするつもりだったら，とっくにやっていたわよ…」『学習微笑』は，極度に困難な境遇に置かれた人間の人生に対する選択を描き，苦難の中での人間の行為の哲学，堕落をしない哲学，悪事を拒絶する哲学を表現している。劉小水の夫は一度は世俗に流されるが，人間としての正気を失うことはなかった。劉小水の舅はなんと立ったまま死んだ。舅が死んだ後，劉小水は舅が生前いた工場の「救済」を，一家を代表してきっぱりと拒絶し，しかも口さきだけで自分が「采配をふるう」という幹部にきっぱりとこう言うのである。

　あんたにやってもらわなくても結構ですわ。

　『学習微笑』が表現しているのは，社会の急激な変化を前にした，人間の価値観の変転，現代人の価値観の形成，そして自主的な人生哲学の形成などである。このような自主的な人生哲学こそ，劉小水一家を日々暮らしてゆけるようにしたものであり，陽光のもとで劉小水が泣くことから微笑へと変わるようにしたものである。

　女子労働者劉小水は，苦境のなかで妥協を拒絶し，断固力強く立ち上がって前進するたくましい形象である。

　『学習微笑』の中の劉小水と『年前年後』の中の李徳林が堅持する人格的理想は，いずれも明らかに伝統的道徳を継承したものを具えている。彼らが探求する新しい価値観とは，伝統文化の精神が新しい歴史的条件下で放つ現代的異彩である。

劉醒龍(リウシンロン)(1956-)は『路上有雪(路上の雪)』(1997)の中で、郷鎮幹部安楽(アンロー)と高天元(カオティエンユアン)によるきわめて困難な条件下での、痛苦を正面から見据えた堅忍不抜の精神を描いている。

関仁山(コワンレンシャン)(1963-)の『大雪無郷』(1996)は、中医(漢方医)の家柄である陳家父子の新しい歴史条件下でのそれぞれの異なる人生追求の姿を描く。父親はその地方のいわゆる「郷鎮企業家」潘老五(バンラオウー)の保険医になるのを拒み、老齢を顧みず、苦労もいとわず、酷寒の雪の中で赤眼うさぎを銃で撃ち取り、秘伝の処方「立佛丹(リーフォータン)」を調合して、生活保護所帯の五保戸(ウーバオフー)、糊塗爺(フートゥイエ)の足の病気を治療する、という「医者の世直し」の精神を肯定的に描いている。彼の『九月還郷(九月の帰郷)』(1996)は農民の土地への再発見、そして土地観の新しい変遷がもたらした農村の新秩序、新矛盾を反映し、女主人公九月(チウユエ)が故郷を去ってから再び帰郷するまで、彼女が新型農場を創設し、欠点や傷痕をもちつつ一度は失った人生の価値を新たに探求する姿を描く。

王慶輝(ワンチンホイ)(1968-)の『鑰匙(かぎ)』(1997)と何頓(ホートン)の『喜馬拉雅山(ヒマラヤ山)』(1997)は現実の経済生活における人間の精神生活を描き、濃厚な人文精神を表現している。

「新現実主義」の中の人間は、もはや憐れみを垂れる対象ではない。ここでは人間の価値が実現できるのだ。これが当代における人道主義であり、当代の実存主義的意味における人道主義である。

新現実主義は改革が深化する過程で出現した各種各様の困難を前にして、その機運に応えて生れた。それは新しい歴史的条件下で、個人の生命の価値を探求すると同時に、全体的な意味で、どのように新しいタイプの社会関係、社会倫理そして道徳を再建するかを探求し、そのために苦難をともにしようというものである。それは「改革文学」につながるものであり、その発展でもある。

「新現実主義」は実質的には「探求の現実主義」である。

「新現実主義」が描く個々の郷鎮、工場はいずれも重大な経済問題に直

面している。「新現実主義」小説は九十年代の「問題小説」だと言っても
よい。しかし, その探求する領域は経済にあるのではなく, 精神にある。
それが探求し, かつ打ち建てようと努めているある種の精神は, 劉醒龍
の小説の表題に体現されている。それがすなわち「分享艱難 (苦難を分か
ちあう)」である。

　『分享艱難』(1996) には完全にまとまった物語はない。書かれている
のは西河鎮(シーホーチェン)の鎮委員会書記の孔太平(コンタイピン)がいかに苦労して全村の疲弊した状
態を支えたかということだけである。公務員には給料の支払いができな
い, 教師たちはグループや団体で請願をする, 土石流は……　小説は鎮
の重大な財政問題を解決するために, 彼がどのようにあれこれやりくり
したかを描く——教師に三ヶ月の給料を補填するために, 策略を講じ,
派出所の手中から「罰金権」を取り上げたり, 先に豊かになった企業家
や, 個人経営店から罰金として12万元を「出させ」たり, また教育事
務所の手中から鎮委員会へ四万円の支出を強行させたりしたのだが, 思
いがけず, 山に土石流が発生したため, この四万元の金は, 土石流で家
屋敷を失った被災者のために全部使うことになってしまう。彼がどのよ
うに各仕事や各商売間の「公平を計ったか」, どのように各種の矛盾をな
くし, 社会関係を調整したかを書いている。そして, この過程の中で図
らずも一種の新たな「哲学的弁証法」を明らかにするのである。

　小説の中での論争の焦点は, いかに洪塔山(ホンターシャン)に対処するかということで
ある。

　洪塔山は西河鎮の養殖場の社長で, 『年前年後』の劉大肚子のようなタイ
プの企業家である。

　『分享艱難』は, 『年前年後』が劉大肚子を軽蔑し, 否定的な視角をもっ
て彼の社会関係に対する衝撃的やり口を描いているのとは違って, 彼を
一つの「現実」として書いている。

　孔太平と洪塔山との間には一種の新しいタイプの関係がうちたてられ
ている。孔太平は西河鎮に赴任して4年になるが, 行政上の成績は二つ
ある。第一に, 資金を集めて, 初級高級両課程のそろった「完全小学校」

一つと初級中学校を一つ建てた。第二に，この養殖場を手掛けたこと。洪塔山が経営する養殖場が提供している税収は，鎮全体の財政収入の50パーセント以上を占めている。

孔太平は，新しい歴史的条件下での羅群(ルオチュン)(『天雲山傳奇』) や，谷燕山(クーイエンシャン)(『芙蓉鎮(チントンショイ)』) や，金東水(『許茂和他的女児們』) であり，彼は，実務派が90年代の現実のなかで出会った各種各様の問題，そしてそれらの問題解決のために行なった探求を具現している。

それは我々の社会生活の中心を建設へと移してから10～20年が経過し，社会が長足の進歩を遂げ，多くの問題にもぶつかっている今日，いかにしたらこれまでのように「建設」によって問題を解決し，引き続き社会を前進させることができるかを探究するのである。孔太平は誠心誠意こう言っている，「正確な路線など飯のたねにも金にもならない」(劉醒龍『分享艱難』，『'96中国中篇小説選』(下) 長江文芸出版社　p.447)，「小さな鎮では政治のことで大きな問題が起きることはない。審査評定で一番必要で大事なのは経済だ。経済が上向けば，何もかもすべてがよくなる」(同上書　p.458 - p.459)。そこで彼は洪塔山と税収を主な内容とした「経済」関係をうちたてたのである。

洪塔山が小説中で論議をまきおこしたのは，彼と彼の得意先数人がからんだ「わいせつ事件」である。彼の得意先の数人が買春をしてつかまったのだが，孔太平は「原則」を曲げず，派出所に賄賂を送る方法を取らせず，互いに感化しあう連環関係を用いた。得意客に被災地を見せて「教育」し，心を動かし，「愛の心，善の心」を起こさせ，各人に一万元を寄付させて被災者が家屋敷を立てなおす援助をさせた。こうして派出所の黄(ホワン)所長を感動させたのである。だが孔太平は洪塔山の経済問題を助けることはしなかった。かりに経済問題があったとして，彼を助けるくらいなら逮捕したほうがまだましだ，そのほうが折角のいい企業を彼にだめにされないで済むと考えたのである。黄所長はそんな孔太平を「清廉の男」だと認めた。洪塔山は孔太平の従妹田毛毛(ティエンマオマオ)を強姦したことがあり，孔太平は感情的には洪塔山を法によって死刑にしたかったが，黄所長が

洪塔山はまだ死罪には当たらないだろうと言うのを聞くと、現実にもどった。理知から言えば彼は何万もの人々の生計のために、洪塔山を擁護しないわけにはいかなかった。孔太平の苦衷に叔父一家は感動し、洪への告発を取り下げた。「彼を引き続き社長にして、鎮がいくらかでも多く儲かれば、みんなが苦しまないで済む」というわけだ。洪塔山も感化され、サンタナを売って十数万元の金をつくり、給料にあてるよう鎮に差し出した。こうして孔太平が期待したさらに大きな連環関係ができあがった。そののち洪塔山は西河鎮のためにいくつか商売をおこし、そのうえ原料を加工して製品にする数項目の仕事を鎮にまわした、鎮の経済状況はみるみる好転した。

　孔太平の身に体現された「哲学の弁証法」がすなわち「現実主義」である。彼は現実の社会関係を「理想の」関係とは見ず、「現実の」関係として見る。彼は理想の「真・善・美」によって洪塔山を「偽・悪・醜」と見なすことをしない。彼は彼らの悪行に対して恨み骨髄に徹するものがあるが、しかしまた、彼らを永久に変わることのない「悪者」と見ることはしない。彼は彼らにも良知があることを信じた。彼は彼らの良知に働きかけ、善行をさせ悪行を抑制した。彼は彼らに対して全面的に同化するのでなく、「和して同ぜず」なのである。

　孔太平が提唱して築いた社会関係は、闘争ではなく調停を重んじる。この調停を通して築いた社会関係は、一種の合作関係である。合作においては、ある個人やある部局における何らかの譲歩や犠牲が必要であり、「苦難を分かちあい（分享艱難）」、困難を共にすることによって、全体としての発展をかちとろうとするのである。

　談歌（タンコー）（1954～）の『大廠（大工場）』（1996）は作品の主要な筋立てが『分享艱難』と似ている。呂建国（リューチエンクオ）工場長が、工場の全従業員の利益のために公安局の陳（チェン）局長に対して、買春で拘留された取引先の釈放を願い出ないわけにいかなくなること、また国有企業の苦境で工場幹部と一般大衆とが困難を共にする現実を描き、二人の作家が同一の現実にたいして似かよった体験をとらえていることを示している。『大廠続編』（1996）で

は，呂建国工場長が率いる二千人余りの紅旗工場が倒産に瀕するが，章東民(チャントンミン)工場長が率いる，もとは数十人に過ぎない環宇(ホワンユー)工場は朝日の昇る勢いである。二工場の合併にさいして，章東民工場長は合併する紅旗工場にとことん譲歩し，紅旗工場のすべての従業員を受け入れるという状況が描かれる。作品は市場経済の条件下の労働者に対する配慮，「人間」に対する思いやりを表現している。

　新現実主義の提唱する調停の精神は，新しい現実に対する理解，新しい社会関係に対する理解に基づいている。それはおのずと，発展に対する肯定と，闘争哲学に対する解消を含んでいる。闘争の哲学を放棄したことにより，私たちの社会は長足の進歩を遂げた。ならば，今日の問題を解決し，当面の困難を克服するために，依然として法制を前提とした調停精神を尊重し，闘争の哲学との徹底的な決別をすることが必要である。

　新現実主義が具現する非闘争の調停精神は，伝統的な東方文化精神の当代における発展である。それは恒久的な意義を有している。劉醒龍は言う，「幸福を分かち合うことは一種の善であり，それははっきりと人たるものの無私を示している。苦難を分かち合うことは大善であり，それは生命の内なる慈しみと愛であり，寛大さと容認である。人と社会進歩に関しては，いかなる場合もその過程で，困難を分かち合うということが必ず不可欠である」(劉醒龍:『可能没説清楚的話』，『中篇小説選刊』1996年　第2期)。

　談歌の『小廠(小工場)』(1997)と『年初』(1997)は「原則」の堅持——全体の長い目でみた利益の堅持を強くうち出し，局部的譲歩がまさに全体を考慮してのことであることを一層鮮明に表現している。

　『小廠』は雪蓮(シュエリエン)缶詰工場の現実の境遇が書かれる。連続三ヶ月というもの，出荷した缶詰が次々と返品されてくる。すでに二ヶ月給料が出せず，缶詰をそれにあてている。あと数ヶ月もしたら缶詰のほか瓶詰めも出さなくてはならなくなる。このような困難に直面して，新しく選ばれた女性工場長の葉虹(イエホン)は，「商標」を変えるように要求する外国商人に譲歩しな

い。誰かれの見境なく気前のいい顔をしていたら，ひとの言いなりにされる，と彼女は考えた。この外国商人がこんな条件を持ち出して来た目的が,「我々の場所を借りて彼らの製品を売る」ことにあるのを彼女ははっきりと見抜いた。彼女は工場を救うために，さまざまな恥を忍び，重い責任を負った。人をやって心変わりした夫をたずねさせることもした。葉虹は市場経済の条件下の国際競争で，事を風まかせ人まかせにする人ではなく，またむやみにへりくだったり，人を見下したりする人でもなかった。乱に処して驚かず，相手を知っておのれを知り，全体の利益を守ろうと努力する人であった。葉虹の形象には，作者が理想とする中国の新しいタイプの企業家の姿がキラリと示されている。

『年初』は，『小廠』 を展開し，深めたものである。

『小廠』中での「競争」は，『年初』の中では「商戦」に発展している。小説の筋はいささかスリリングで，マーケットが戦場のような市場経済の現実をそのまま写している。

大陽工作機械工場の副工場長鄭一東は，現実生活でよくある不公正な待遇を受けて東風工作機械工場にくらがえし，工場長となった。国有企業の大陽工場が設計製造する数値制御工作機械ＷＴはたちまち市場を占領しそうな勢いである。郷鎮企業の東風工場は小さいが資金は豊富である。大陽工場，東風工場に代表される大陽市の13の工作機械工場は競争のなかで互いに対峙しつつ発展している。これは「正常な」競争の現実である。ドイツのある会社が競争に参入することになるが，これもまた直面しなければならない現実であり，民族の素質が必ず直面しなければならない試練である。この会社の業務代理人ハントン（漢頓）は，自分の「漢学 (Sinology)」の知識を利用して，工場の指導者と広範な労働者の間に分裂を作り出し，広範な労働者と国家間にも矛盾を作り出し，高額の給料で大陽工場の党委員会書記周天と工場長の劉志明を買収しようとする。その条件は大陽工場の現有七千名の従業員を解雇し，その矛盾を政府に押し付けることであった。ハントンは強いアメリカドルを前にして顔色を変えない者がいようとは思いもよらなかった。彼は周天と劉

志明のところで見込み違いをしてしまったが、その後、彼はまた大陽市の13の工場に故意に新しい「競争」を挑発して、漁夫の利を得ようとたくらんだ。『年初』は、ハントンの誘惑、挑戦の前に、周天を代表とする企業家たちが、個々の態度は違っても全体として当然あるべき能力と品性を示したことを描いている。彼らが前後して認識したことは、ハントンは合作の相手をさがしているのではなく、工作機械の市場を思いのままに操る機会を探しているのだということ、そして我々は蠅の頭ほどの小さな利益のために、おめおめと外資に市場をまるごと贈るようなことをしてはならないということである。個人として彼らは買収されるのを拒んだ。彼らは理性豊かな価値体系を具えていたのである。彼らが気付いたことは、「利益は一時的なものかも知れないが、ある種の感情は永遠である」ということだ。彼らは国を憂え民を憂え、我々にこのようなキーポイントとも言える大事な時に「歴史的な罪を犯してはならない」ことを警告している。

『年初』が提起している「問題」は、いっそう大きくかつ重大な問題である。そのため、「苦難を分かち合う（分享艱難）」精神もいっそう大きく深い意味を帯びて来る。

『年初』は周天、劉志明が高額の給料で買収されるのを前にして、まず第一に考慮したことは、七千名の従業員の活路だったと書いている。彼らが思ったことは「従業員の利益は、我々が考慮する一切の問題の根本である」ということだった。技師長の陳英傑（チェンインチエ）は色仕掛けにはまることなく、工場の利益を生命とし、自分が製造した製品ＷＴの国内外の市場における優位を重視した。そこで巧みに外商間の競争を利用し、ほかの外商数社と数項目の契約を結び、工場のために国境を越えて有利な条件を創りだした。鄭一東は自分の立場を心得てむしろすすんで東風工場の工場長の地位を去ったのであり、全体的な局面を考慮して東風工場と大陽工場の合作を促進し、ハントンに各個撃破される危険を避けたのである。大陽市の13の工作機械工場はついに連合して「大陽工作機械生産集団」を成立させる。当事者たちはそれぞれ考え直し、すすんで譲歩し、互い

の誤解と隔てを解き,大局を重んじ,みんなが一つの船に乗って,一つの「運命共同体」になったのである。『年初』は我々の民族の性格の優れた点を表現し,我々の民族精神が「挑戦」の中で「洗礼」に耐え,新生を獲得する姿を表現している。ハントンの誤算について,作品はこう書いている,ハントンはあまりにもうぬぼれ,中国人をあまりにも理解していなかった。彼は先ず,中国人の自尊心の学習から始めるべきだった。中国は自尊心に満ちた国家なのだから,と。

『年初』は,「苦難を分かち合う」精神を民族精神にまで高めており,改革開放の深化を背景に,ようやく始まったばかりの国際競争の中での作者の憂患意識を表現している。

畢四海(ビースーハイ)(1949－)の『最後的資本家』(1997)における「苦難を分かち合う」精神は,中国の労働者が自覚的に個人の利益と社会主義国家の利益とを結合させるという形で表現される。彼らの心の中では,国家は少数者のものではなく,みんなのものである。それゆえ,ここぞという重大な時には,彼らはすすんで自分の貯蓄を取り出し,国家のために株を買い増しして,社会主義国家に対する信頼と支持を表明するのである。

まさにあの腐敗分子たちこそ,民族の自信を喪失し,国際競争の中で,国家の利益,中国の労働者の利益を売り渡しているのだ。『最後的資本家』は,中国の労働者が国内の腐敗勢力と海外資本家とが互いに利用し合いながら工場をコントロールしているのに対し,力強い抵抗阻止の行動を進める姿を描き,中国労働者の新しい歴史的条件下での自覚と力量を表現している。広範な労働者と腐敗勢力との矛盾は,新しい現実の中における新しい矛盾である。それは鋭くかつ重大で,その解決は決して「分かち合う」精神にあるのでなく,法制の力を運用し,断固として国家と人民大衆の利益を擁護することにある。

これは新現実主義のいま一つの大きな課題である。

陸天明(ルーティエンミン)(1943－)の長編小説『蒼天在上』(1995)は,官界に存在する驚くべき腐敗現象を暴露し,変革期の現実社会の病弊に言及して,社会進歩を妨げる根深い弊害をきびしく批判し,かつ黄江北(ホワンチアンベイ)という反腐敗

の英雄を描き出したのである。『蒼天在上』はすなわち失敗した反腐敗英雄の発する，人民への血涙の呼びかけである。

　張平(チャンピン)(1954－)は邪気を追いはらい，正しい気風をもりたてる『天網』(1993)に続いて，長編小説『抉擇(チョンヤン)(選択)』(1997)を発表した。これは華北にある大型国有企業――中陽紡織集団公司のボスたちの「集団腐敗」現象と反腐敗闘争が引き起こす省と市の高級幹部たちの中の尖鋭な闘争を描いている。小説は会社社長郭中姚(クオチョンヤオ)を代表とする公司のボスたちが，いかにして反汚職局局長の呉愛珍(ウーアイチェン)，省委員会常務の副書記厳陣(イエンチェン)との「権銭交易(権力と金銭の交換関係)」を「関係網(コネのネットワーク)」へと発展させていったか，また，「集団」を「死党(悪の徒党)」へと発展させていったかを暴露している。まさにこれら腐敗分子が，輝かしい過去を有する中紡集団をだめにしてしまったのである。作品は一人一人の腐りきった生活の内幕と退廃した精神世界に深く入り込み，これら腐敗分子の悪行を描き出し，大中型国有企業がだめにされていく内情を明らかにする。作品は有力な社会分析の方法によって，その危害が改革事業の成否に及び，党と国家の運命にも関わるという重大な社会問題をまざまざと反映し，強烈な憂患意識を表現している。

　『抉擇』は腐敗分子によって公司が瓦解させられたあとの中紡公司の広範な労働者の悲惨な境遇と，彼らの腐敗分子に対する憎しみを描いている。『抉擇』は民のために憂憤を訴えた作品でもある。

　『抉擇』の主人公李高成(リーカオチョン)は反腐敗闘争のうずの中心にいる。彼は二つの困難の板ばさみに直面する。一方では彼を抜擢した厳陣と彼の愛する妻呉愛珍が次第に腐敗分子の面目を現し，手中の特殊な権力を利用して，あの手この手で中紡集団のボスどもの「集団腐敗」に対する調査を妨害し，さらには陰謀までたくらむ。呉愛珍に30万元の収賄をさせ，偽の録音テープを作って李高成にぬれぎぬを着せ，調査する側の李高成を調査の対象に陥れ，彼らの言いなりにしようとしたのである。しかし一方では広範な労働者大衆と党組織の彼に対する支持と期待がある。彼は重大な選択に臨んで，巨大な代価を払う選択をしようとする。自分の愛妻，党

組織を代表して自分を抜擢した厳陣, そして自分が選び, またかつて充分信任していた中紡集団の指導グループを断頭台に送ることになるのだ。だがそれは, 自分を破滅させる結果になるかもしれない。党と人民の利益を顧みず, 腐敗集団と同じ道を歩んでおけば, 万事安穏で, 晩年を安泰に過ごすことが出来るかもしれない。中国共産党員としての品性, 中国人としての良心は, 彼に前者を選ばせた。彼はきっぱりと言った, たとえ自分を滅ぼすことになっても, あの腐敗分子に我々の党を破壊させ, 我々の改革を破壊させ, 我々の前途を破壊させるようなことはできない！

『抉擇』は反腐敗闘争が, 実質上新しい歴史条件の下における, 社会の二つの勢力の食うか食われるかの勝負であることを描いた。これら腐敗分子は我々のすぐ近くにいる。彼ら自身がみな指導者であり, 彼らは反腐敗の地位すらも占め, 直接反腐敗の権力さえ握っているのだ。銃は彼らの手に握られている。彼らが銃口を自分自身に向けることは決してない。一つには, あなたが彼らに反抗できないとき, 二つには, 誰かが彼らに反抗しようとするのを発見したとき, 彼らはただちに銃口のねらいをぴたりとあなたに合わせる。まさに彼らは憚るところなく, 国家と人民の富を略奪し, 党のイメージを踏みにじっていながら, そのくせひとりひとりは党を代表し, 国家を代表し, 人民を代表する。『抉擇』は闘争の複雑性, 巨大な困難性, 緊迫性を反映している。「腐敗が我々を最終的に消滅させるか, または我々が腐敗を徹底的に根絶するか！」なのだ（張平『抉擇』群衆出版社　1997年版　p.489)。『抉擇』は腐敗に反対し清廉を提唱することへの強烈な呼びかけである。「我々には, 一部の人が言うように, 繁栄のためなら, それら腐敗分子にしたい放題にさせ, 腐敗行為を座視し放任しようなどということは, 決してあり得ない！その反対に, 徹底的に腐敗を除去し, きれいな政治を打ち建ててこそ, 我々の社会をさらに繁栄させ, 我々の国家をさらに安定させ, 我々の人民をさらに富強にすることができるのだ！」『抉擇』には作者の強烈な責任感の発露が見られる。

『抉擇』は広範な大衆と各級幹部が，腐敗勢力と勝負する中で示した決意と力量を描写し，この勝負の中で勝利を勝ち取ることを描いている。ここはこの作品の理想主義が所在するところである。張平はこう考えている，「作家は救世主ではない。だが，作家は決して時代と人民から遠く離れることはできない。時代と現実に関心をはらわず，理想と責任を持たない作家は，出色の作家になることはできるかも知れない。だが偉大な作家になることは決してない」(張平『永生永世為老百姓而写作』)。『抉擇』は新現実主義を代表して，社会の重大問題に対して社会的解決の探求を実行し，新現実主義が決して理想を欠いてはいないことを具体的に示している。

張平の近作『十里埋伏』(1999)は，監獄内外の社会各階層に関係するある重大事件，及びこの事件をめぐる命がけの対決を描き，当面の重大な社会問題に対する作家の並々ならぬ関心の深さを示している。

王躍文（ワンユエウェン）(1962－)の長編小説『国画』（チューホワイチン）(1999)は，主人公の朱懐鏡の官界での浮沈をストーリーの中心として，権力の中心に生きる人物を描き出し，彼らの面構えを如実に活写して，社会に醜悪と腐敗がはびこる原因を探求すると同時に，社会の正義と良心を描き，深い憂患意識を表現した。

周梅森（チョウメイセン）の長編小説『中国制造』(1999)と彼がその前に発表した『原獄』(1996)，『人間正道』(1996)，『天下財富』(1997)とが似かよっている点は，貧困，落後，血涙の物語——はては多くの血なまぐさい事件までも描いていると同時に，良知，正義，理想への呼びかけをしていることである。『中国制造』の筆は，官界の中に踏み込み，経済生活を通り越して，政治生活の中にまで深く入り込んでいる。『中国制造』の現実主義の風格は一段と濃密重厚となっている。作品は市委員会書記の任期満了にともなう交代という情報が最も盛んにとびかう時期を切り取って，下は郷鎮幹部から，上は副委員長まで，権力の中枢にいる一群の人物たちの形象と，その複雑で細かな心理の動きを目の前に繰り広げてくれる。彼らの中には，一人として「聖人」はいない。彼らは，前にも後にも気を

配らなければならず，上司の顔色を伺いながら，部下のことも考慮しなければならない。彼らは全く複雑にいりくんだ関係の中でがんじがらめになっている。1998年の洪水との闘いが熾烈だった時以外は，誰も自分の才能を発揮するすべがないありさまだ。新任の市委員会書記は得意満面だったが，任務を引き継いで以来，重大な方策は一件として出せないでいる。「反腐敗の剣」と言われる孫亜東(ソンヤートン)は大多数の人に理解されず，謀略によって傷害を受け，植物人間にされてから，やっと彼の胸中や人格が見出された。その才知が埋もれていたため，長年なにもしなかった幹部田立業(ティエンリーイエ)に，やっと県委員会代理書記をつとめる機会がめぐって来た。早速快刀乱麻で重大事件を一，二件処理したとたん，たちまち彼の「代理」の時間の終わりもやってきて，わけもわからぬうちに解任され，何の地位も割り当てられなかった。そして洪水との闘いの中で，彼は他人を救助するために，自分は生きて返らぬ身となり，死んで死体も見つからなかった。とうとうと流れる洪水の中が彼の行き先だったのである。元の県委員会書記耿子敬(コンツーチン)は前代未聞の汚職と収賄をし，県内の二つの指導グループが一緒に崩壊するという全国記録を作ったが，事件が明るみに出る前，彼は絶大な重用を受けていたのである。作者は，かなり深い生活体験と現実に対する思考によって，高層ビルの背後にうごめく黒い影，ネオンの下で流される血涙の悲劇を暴露している。そして彼は，我々中国に特有の官界生活の真実を描いたこの長編によって，この巨大かつ肥大化して，低効率の行政機構への改革の呼びかけを発したのである。

　王火(ワンフオ)の長編小説『霹靂三年』(1999)は，我々に1946年6月から1949年6月までの，腐敗の極にあった国民党政権の大敗退の歴史を復習させてくれる。まる五十年後の今日，この歴史を戒めとしているのである。『霹靂三年』と『中国制造』は異なった題材で近似したテーマを表現し，我々によく似た警告を発している。反腐敗と清廉な政治の提唱問題を，国家の生死存亡にかかわる重大事としてしっかり取り組んでこそ，はじめて中華民族は大いに盛んになり，当たるところ敵なしの勢いで新世紀に前進することができるのである。

後　記

　今日まで私がしてきたあらゆる文学関係の仕事の中で，この『中国当代文学史』の著作は，私が最も情熱を込めてとり組んだ仕事である。中国当代文学は，共和国五十年の歩みと共に歩んできた文学であり，また私たちの人生の文学的な表現形式でもある。私は自分自身の人生によってこの文学を理解したいと心掛けてきた。それだけに，この本が世に出るに際し，却ってひどく汗顔の思いがする。きっと偏りや手落ちが多々あるに違いないと思う。広く皆さまからの惜しみないご教示を賜りたく心よりお願いしたい。

　謝冕教授は私のような者をお見捨てなく，貴重な時間を割いて序文を書いて下さった。この励ましに背かぬことで，ご厚意に応えたいと思っている。

　著作と出版の過程で各方面の方々のご協力，ご支持をいただいた。ここに併せて深く感謝の意を表したい。

作　者
1999年9月

解　説

　鄭万鵬著『中国当代文学史』(北京語言文化大学出版社，1999年12月刊)は，中国の作家・作品についての体系的な文学史である。それは従来多年にわたって中国現代文学史の著作に一貫して見られた文学論争の記述を偏重する方法は採らず，文学史という視角から，文学思潮の上で意義をもつ作品に注目し，その作品が文学思潮の上で持っている意義・特徴を分析し，一つ一つの変化する動態としての文学思潮を中心に，読みごたえのある文学史を構成している。

　このような作品の体系化を特色とする文学史は，一つ一つの作品に対する正確な分析によって支えられている。この文学史の功績は，まず作品の内実に対する鋭く細やかな吟味にある。例えばこの本は，趙樹理の短編小説『登記(結婚登記)』について，「趙樹理はまるで抑制を重視した講釈師のように平然と顔色も変えず彼の物語を語る。全編どこにも新生活に対する賛辞は全くない。だが，彼の『小二黒的結婚』における目に見えぬ暗い影は，ここでは一掃され，明るく楽しい内容が叙述の中から絶えず溢れ出している」(第一章)と書いている。また，こんなことも書いている，「『登記』は一つの内包的構成になっている。それは"今年陰暦正月十五日"から説き起こし，新しい物語が旧い物語を内包している。だが，これは全体的意味では新しい物語である」。これに対し「老舎の『龍鬚溝(北京のどぶ)』は対比的な構成になっている。『登記』の新しい物語の中は衝突に満ちていて，その衝突は今日におけるものである。だが，『龍鬚溝』の演劇的衝突は，第一幕の幕が下りると消滅する。『登記』は権力によって私利を謀る幹部に対する嘲笑と罵声の中で結末を告げるが，『龍鬚溝』は"万歳"の歓声と共に幕が下りる」(第二章)。

　王蒙と張賢亮についても，この文学史はこう書いている，『布礼(ボルシェビーキの挨拶)』は王蒙の「反思(反省思索の)小説」における「信念

篇」であり、『胡蝶』はその「覚醒篇」であり、そして『相見時難（会う時が難しい）』はその「民族篇」である（第六章）。一方、張賢亮の『緑化樹』の中の馬纓花、海喜喜、謝隊長、『邢老漢和狗的故事』の中の魏隊長、魏老漢、『霊与肉』の中の郭喁子、李秀芝、『河的子孫』の中の魏天貴、郝三、韓玉梅などの人物は、豊富多彩な中国の「西部大地の世界」の人々である。そして黄香久は「西部大地」のもう一人の姉妹である。そして黄香久は馬纓花の化身なのだ。『緑化樹』で展開されるのは「霊」の聖なる純潔の姿であり、『男人的一半是女人』で展開されるのは「肉」の健康な姿である。主人公の章永璘が食の飢餓に苦しんだ時、馬纓花が現れて救った。彼が性の飢餓に苦しんだ時には黄香久が彼の世界に入って来た（第五章）。

　このように、作品の構成からアプローチして表面から内部へと、作品の形式と内容の渾然一体となった特徴を、文学的な表現で、形象的に叙述し、読者を文学のすばらしい世界に招き入れ、文学の限りない魅力を実感させ、読者の視覚の中に、一つの新鮮な生きている文学史像を形成してくれる、そんな極めてユニークな文学史である。

　この文学史は、著者個人の書いた文学史である。著者の多年にわたる学習、研究、思考を凝集し、自分自身と共に歩んだ50年の文学に対する自らの50年の人生体験に基づいた深い認識・理解を滲ませて、渾然一体の体系的文学史を作り出していると言えよう。

　一人の作家の前後にわたる創作の系譜から、その作家の全体的な創作の道を叙述することはもちろんのこと、さらに関係のある作家や作品との間について、例えば、老舎と趙樹理（第二章）とか、張承志の『黒駿馬』と路遥の『人生』（第七章）、路遥の『平凡的世界』と張賢亮の『河的子孫』（第八章）、老舎の『四世同堂』と陳忠実の『白鹿原』（第十章）、或いは周梅森の『中国製造』と王火の『霹靂三年』（第十二章）などの関係を自在に論じ、また文学思潮、文学流派の間についても、例えば、「建国文学」と「革命歴史小説」（第二章）、「新現実主義」と「新状態」文学（第十二章）、――等等についてきめ細かな比較を行い、文学動向の立体感と

文学史の多様性を際立たせている。

得難いことに，著者はこの著の前に『19世紀欧米文学史論』(中国社会科学出版社，1995年)を世に出しており，かなり広い世界文学の視野と比較文学研究の専門知識をもっていて，中国当代文学を世界に結び付け，或いはその影響関係の研究を行っている。――例えば，「中間人物」とソ連のショロホフの小説(第二章)，『平凡的世界』とロシアのトルストイの『アンナ・カレーニナ』(第九章)の関係を論じ，また内外文学の「平行的比較」として，例えば「傷痕文学」とアメリカの「失われた世代」と日本の「戦後文学」(第三章)，老鬼の『血色黄昏』とフランスのルソーの『懺悔録』(第三章)など，立体的に文学状況の特徴を明らかにし，比較文学の方法を有効に生かしている。「建国文学」についても，当時の趨勢の中でのその真実性を論ずると同時に，すかさずフランスのサルトルの現代実存主義哲学に論及し(第一、五、九章)，また張賢亮の『習慣死亡』を分析すると同時に，フロイドの精神分析理論の影響にその淵源を見出している(第五章)。また，現在中国の文壇で広く論争されている「新現実主義」という正に発展中の文学思潮を評価する所では，19世紀ヨーロッパに起こった現実主義の源流にまで遡って，その価値判断に有力な理論的根拠を提供するなど(第十二章)，比較文学の体系的知識の有効性を発揮している。

しかし，この文学史が示している体系的な価値判断は，特に各作品の主人公などを通じて表現された社会に対する憂患意識を，作家・作品の重要な風格として重視している。それ故，文学における「独立思考」を重視し「真実を書く」という原則を堅持した趙樹理(第二章)，「今日」の問題に関心を持ちつづける王蒙(第六章)，「平凡な世界」つまり黄土大地に生きる庶民の生存状況に関心を注いだ路遥(第九章)，そしてもっぱら反腐敗のテーマを書き続ける張平(第十二章)……等に対して高い肯定的評価を与えている。これは中国の伝統文化の精神と一脈相通じていると共に，当代の文化的背景とも密接な関係があると思われる。つまり当代文学は歴史的に長期にわたって多難な曲折の過程を潜り抜けて来てい

る。「文革」の災害の後はどこも満身創痍の状態で，多くの問題について研究・解決が待たれている状態だった。従って，憂患意識の強烈さは，まさに作家たちが，積極的に新時期の諸問題に関与してゆく過程の表現だと考えられるからである。

　このような価値判断から生ずる大きな傾向としては，極左的な階級闘争理論の否定ということを指摘できる。例えば趙樹理の『三里湾』が地主の打倒・破壊を書かなかったことに，真正面から肯定的評価を与えている（第二章）。古華（クーホワ）の『芙蓉鎮』が描いた王秋赦（ワンチウショー）の高床式陋屋（吊脚楼）の倒壊は，極左的な階級闘争理論の転覆を象徴するものと指摘している（第四章）。王蒙作の『胡蝶』における主人公の「反思（反省思索）」の果実は極左的な階級闘争理論の解体だとしている（第六章）。また，「新現実主義」の思潮は，極左的闘争哲学との徹底的な決別だとする（第十二章）。この文学史は，中国の伝統的な歴史書・経傳の「不虚美，不隠悪（美なるものは正当に評価し，悪は隠さない）」（漢書芸文志）という精神によって，極左的な階級闘争が流行した時代のことをズバリ「乱世」と呼び（第一，三，四章），路遥の『平凡な世界』を中国農民にとっての第二次解放の歴史叙事詩と褒め称えている（第九章）。その外，激動期をくぐり抜けてきた作家たちの「独立思考」やさまざまな登場人物の個性を描くための「多重思考」の重視，黄土大地に根付いた多様で地域性豊かな民族文化への傾倒，そして随所に見られる文学潮流や各作家・作品の問題点に対する鋭い論評など，注目すべき点は少なくない。これらのことは中国社会の価値体系についてある種の重要な再構築を導き出すものではないかとも考えられる。

　この文学史はまた，建国初期について，中国に根を下ろしたばかりの「新文化」と儒学を主体とする中華伝統文化とがまだ対立を形成せず，両者がやや微妙な合流共存関係を実現し，それによってある種の活力のある時代を現出したとする面白い考え方をしている（第一章）。そしてその後の「乱世」を作り出した極左的文化にとって致命的となったのは伝統儒学の離反だったとする（第六章）。さらに「改革文学」の基本思想につ

いて，伝統文化との関係を回復し，儒教文化と一脈相通ずる形で，深い民族文化の根底を表現しているものとしている（第八章）。また「新現実主義」に見られる非闘争の精神を，伝統と東方文化の精神の当代における発展と考えている（第十二章）。そして特に，陳忠実の『白鹿原』に対する分析の中で，儒学及び儒家の支配下にあった歴史社会に対して興味ある再評価・再構築を試みている（第十章）。まことにこの文学史は，東方文化の精神を深く体現した文学史であり，いわば体系的な「新儒学」的な文化史観による文学史と言えるのかもしれない。著者は「未来における東方文化の再度の耀きと共に，この文学史の東方文化に関する真の知見がその輝きを際立たせると思う」（鄭万鵬氏私信）とまで自負を述べておられる。

　とにかくこの文学史は，著者の痛切な半世紀にわたる歴史的体験とその強烈な個性と豊富な学識と深い思考力に裏付けられたきわめてユニークで示唆に富んだ文学史であると共に，「文革」の災害から立ち直って発展しつつある中国に鬱勃と湧き起こっている新たな民族主義的動向の文学界における現われを理解するうえでも重要な興味ある書物であると思う。皆さまに是非一読をお勧めしたい著作である。　　　　　（伊藤敬一）

翻訳・監修後記

　1999年4月のことだが，虎の門の霞山会「東亜学院」で「中国現代文学鑑賞講座」を始めるので手伝ってほしいという話が中山時子先生からあり，北京語言文化大学より外国人教師として来日中の李玉敬(リーユーチン)先生が中国語で作品の講読をされ，その新しい作品を読み始めるたびに，毎度その作家と作品について私（伊藤）が日本語で解説するという面白い授業がはじまった。

　そんなある日，たしか2000年ミレニアムの4月頃，李玉敬先生が中山先生に，「北京語言文化大学で同僚の鄭万鵬(チョンワンポン)先生が最近この『中国当代文学史』という本を出されたけど，面白いから，翻訳してみませんか」という話があり，中山先生より関西の藤井栄三郎先生と私にご相談があった。とにかく読んでから判断しようということになり，私も一冊いただいて読んだのがことの始まりであった。

　この本はなかなか大部の力作で，いささか難解な文章という感じを受けたが，私のいつもの癖で，先ず面白そうな第十章の「『白鹿原』――中国20世紀文学の総括」から読み出した。ところが読んでいるうちに，著者の独創的な文学史への構想や，作家たちに対する情熱を込めた分析や評価が面白くなって，やめられなくなった。最後まで読んで，また最初から読み出し，これはどうも，今までにない新しい中国当代文学史への大胆な挑戦的労作ではないかと感動を覚えた。また最近の新しい作家や作品についても詳しく知ることが出来て，随分勉強になった。その内容については，すでに「解説」で詳しく述べているので，ここでは繰り返さないことにする。

　そんな経過を経て，とにかく翻訳することに衆議一決した。具体的には李，中山，藤井，伊藤の四人が監修者となり，12名の方たちに依頼して，各章を分担して訳してもらうようにすれば，比較的早く訳本を完成

できるのではないか，全体の形式や文体の統一，連絡や指導や出版のことなどは監修者でやることにしよう，と話が決まり，早速動き始めた。翻訳者は中山先生が主となって依頼して下さったが，12名の訳者の方々がそれぞれ快諾して下さり，熱心に協力して下さったことは本当に有り難かった。慣れないワープロやパソコンで苦労された方もおられたが，おかげで 2001 年春頃には，各訳者から次々と訳稿が送られて来るようになった。形式や文体の統一，修正などでの往復は，藤井先生が「序」「緒論」「第一章」「第二章」を分担し，私が「第三章」～「第十二章」を分担した。だが私の場合，分担が多かったことに加え，他の仕事の忙しさと年齢のせいで，ほぼ一年間もかかり，皆さんにご迷惑をかけてしまった。この間，中山先生は出版を快諾して下さった白帝社との連絡，及び各訳者や監修者との連絡・指導をして下さり，李玉敬先生は著者との連絡や翻訳指導をして下さった。こうして 2002 年 6 月 21 日には，なんとかすべての訳稿とフロッピーを白帝社に渡すことが出来たのである。

　著者の鄭万鵬氏は，私たちからの難解な語句に関する質問に何度も回答のファックスを下さり，また私が「解説」を書くに当たっても，いろいろ資料や助言をいただいた。篤く御礼申し上げたい。最後にこのユニークな『中国当代文学史』の出版に当たり，献身的なご協力をいただいた白帝社の佐藤康夫社長，および佐藤多賀子編集長はじめ関係各方面の皆さまに深く感謝申し上げたい。　　　　　　　　　　　　　（伊藤敬一）

中国当代文学重要作品年表

作品	種類	作者	発表誌・発表年
1949			
我們最偉大的節日	抒情詩	何其芳	《人民文学》1949年10月創刊号
時間開始了・歓楽頌	抒情詩	胡風	《人民日報》1949年11月20日
1950			
登記	短篇小説	趙樹理	《説説唱唱》1950年第6期
龍鬚溝	三幕話劇	老舎	《北京文芸》1950年9月創刊号－第3期連載
1951			
風雲初記(第1集)	長篇小説	孫犁	人民文学出版社1951年
1952			
科爾沁草原的人們	短篇小説	瑪拉沁夫	《人民文学》1952年1月号
1953			
睡了的村莊這樣説	抒情詩	胡風	《人民文学》1953年12月号
風雲初記(第2集)	長篇小説	孫犁	人民文学出版社1953年
1954			
保衛延安	長篇小説	杜鵬程	《解放軍文芸》1954年1－2月号選載,《人民文学》1954年2月号選載, 人民文学出版社1954年
明朗的天	四幕話劇	曹禺	《人民文学》1954年9月号
回答	抒情詩	何其芳	《人民文学》1954年10月号
春種秋收	短篇小説	康濯	《説説唱唱》1954年第11期
鉄道遊撃隊	長篇小説	知俠	新文芸出版社1954年
五月的鉱山	長篇小説	蕭軍	作家出版社1954年
秧歌	長篇小説	張愛玲	香港今日世界社1954年
1955			
三里湾	長篇小説	趙樹理	《人民文学》1955年1－4月号, 通俗読物出版社1955年
1956			
我們播種愛情	長篇小説	徐懐中	《解放軍文芸》1956年12月－

			1957年6月連載, 中国青年出版社 1957年
在橋梁工地上	報告文学	劉賓雁	《人民文学》1956年4月号
本報内部消息	報告文学	劉賓雁	《人民文学》1956年6月号
組織部来了個年軽人	短篇小説	王蒙	《人民文学》1956年9月
在懸崖上	短篇小説	鄧友梅	《文月学刊》1956年9月号, 《文芸学習》1957年1月号
小巷深処	短篇小説	陸文夫	《萌芽》1956年10月号
小城春秋	長篇小説	高雲覧	作家出版社1956年, 人民文学出版社1957年
歓笑的金沙江(第1部)―醒了的土地	長篇小説	李喬	作家出版社1956年

1957

在茫茫的草原上(上)	長篇小説	瑪拉沁夫	《内蒙古文芸》1956年9-12月号,作家出版社1957年,《草原》1959年1-2月号選載
在茫茫的草原(上)	(上記を修正改名)		人民文学出版社1958年、1962年
並不愉快的故事	中篇小説	従維熙	《長春》1957年第7期
紅豆	短篇小説	宗璞	《人民文学》1957年7月号
茶館	三幕話劇	老舎	《収穫》1957年7月創刊号
紅日	長篇小説	呉強	中国青年出版社1957年
林海雪原	長篇小説	曲波	作家出版社1957年
紅旗譜	長篇小説	梁斌	中国青年出版社1957年

1958

鍛煉鍛煉	短篇小説	趙樹理	《火花》1958年第8期, 《人民文学》1958年9月転載
烈火金鋼	長篇小説	劉流	中国青年出版社1958年
青春之歌	長篇小説	楊沫	作家出版社1958年
敵後武工隊	長篇小説	馮志	解放軍文芸社1958年
苦菜花	長篇小説	馮徳英	解放軍文芸社1958年
山郷巨変(上篇)	長篇小説	周立波	《人民文学》1958年1-6月号, 作家出版社1958年

野火春風鬥古城	長篇小説	李英儒	《収獲》1958年第6期, 作家出版社1958年	
戦鬥的青春	長篇小説	雪克	新文芸出版社1958年	
草原烽火	長篇小説	烏蘭巴干	中国青年出版社1958年	
上海的早晨　第一部	長篇小説	周而復	《収獲》1958年第2期, 作家出版社1958年	
第二部			作家出版社1962年	
第一、二部(修正増補)			人民文学出版社1979年再版	
第三、四部			人民文学出版社1980年	

1959

三家巷	長篇小説	欧陽山	広東出版社1959年, 作家出版社1960年
創業史(第一部)	長篇小説	柳青	《延河》1959年4-11月号, 中国青年出版社1960年
望星空	抒情詩	郭小川	《人民文学》1959年11月号

1960

山郷巨変(下篇)	長篇小説	周立波	作家出版社1960年
套不住的手	短篇小説	趙樹理	《人民文学》1960年11月号
郷下奇人	短篇小説	欧陽山	《人民文学》1960年12月号

1961

実干家潘永福	短篇小説	趙樹理	《人民文学》1961年4月号
紅岩	長篇小説	羅広斌/楊益言	《中国青年報》1961年11月10日連載開始, 中国青年出版社1961年

1962

風雲初記(第3集)	長篇小説	孫犂	《新港》1962年7月連載開始
(第1-3集)			作家出版社1963年
歓笑的金沙江(第2部) 　—早来的春天	長篇小説	李喬	作家出版社1962年

1964

売煙葉	短篇小説	趙樹理	《人民文学》1964年1、3月号

1965

歓笑的金沙江(第3部) 　—呼嘯的山風	長篇小説	李喬	作家出版社1965年

1966
艶陽天　第一卷　　　　　長篇小説　　浩然　　作家出版社1964年，人民文学出
　　　　　　　　　　　　　　　　　　　　　　版社1964年
　　　　　第二卷　　　　　　　　　　　　　　人民文学出版社1966年
　　　　　第三卷　　　　　　　　　　　　　　人民文学出版社1966年
1972
金光大道　第一部　　　　　長篇小説　　浩然　　人民文学出版社1972年
1974
　　　　　第二部　　　　　　　　　　　　　　人民文学出版社1974年
1977
班主任　　　　　　　　　　短篇小説　　劉心武　《人民文学》1977年11月号
1978
醒来吧，弟弟　　　　　　　短篇小説　　劉心武　《中国青年》1978年第2期
従森林里来的孩子　　　　　短篇小説　　張潔　　《北京文芸》1978年第7期
傷痕　　　　　　　　　　　短篇小説　　盧新華　《文匯報》1978年8月11日
神聖的使命　　　　　　　　短篇小説　　王亜平　《人民文学》1978年9月号
弦上的夢　　　　　　　　　短篇小説　　宗璞　　《人民文学》1978年12月号
在浪尖上　　　　　　　　　抒情詩　　　艾青　　《詩刊》1978年12期
天安門詩抄　　　　　　　　詩集　　　　童懐周収集編選　人民文学出版社1978年
1979
天雲山伝奇　　　　　　　　中篇小説　　魯彦周　《清明》1979年1月創刊号
我応該怎麼辦　　　　　　　短篇小説　　陳国凱　《作品》1979年第2期
剪輯錯了的故事　　　　　　短篇小説　　茹志鵑　《人民文学》1979年2月号
記憶　　　　　　　　　　　短篇小説　　張弦　　《人民文学》1979年3月号
回答　　　　　　　　　　　抒情詩　　　北島　　《詩刊》1979年3月号
内奸　　　　　　　　　　　短篇小説　　方之　　《北京文芸》1979年第3期
重逢　　　　　　　　　　　短篇小説　　金河　　《上海文学》1979年第4期
月蘭　　　　　　　　　　　短篇小説　　韓少功　《人民文学》1979年4月号
致橡樹　　　　　　　　　　抒情詩　　　舒婷　　《詩刊》1979年4月号
"漏斗戸"主　　　　　　　　短篇小説　　高暁声　《鍾山》1979年第2期
大墻下的紅玉蘭　　　　　　中篇小説　　従維熙　《収獲》1979年第2期
小鎮上的将軍　　　　　　　短篇小説　　陳世旭　《十月》1979年第3期
草原上的小路　　　　　　　短篇小説　　茹志鵑　《収獲》1979年第3期
布礼　　　　　　　　　　　中篇小説　　王蒙　　《当代》1979年第3期

喬廠長上任記	短篇小説	蒋子龍	《人民文学》1979年7月号	
李順大造屋	短篇小説	高暁声	《雨花》1979年7月号	
将軍,不能這樣做	政治抒情詩	葉文福	《詩刊》1979年8月号	
悠悠寸草心	短篇小説	王蒙	《上海文学》1979年第9期	
人妖之間	報告文学	劉賓雁	《人民文学》1979年第9期	
祖国呵,我親愛的祖国	抒情詩	舒婷	《詩刊》1979年7月号	
夜的眼	短篇小説	王蒙	《光明日報》1979年10月21日	
愛,是不能忘記的	短篇小説	張潔	《北京文芸》1979年11月号	
啊!	中篇小説	馮驥才	《収獲》1979年第6期	
青春万歳	長篇小説	王蒙	人民文学出版社1979年	
生活的路	長篇小説	竹林	人民文学出版社1979年	
黄河東流去 上集	長篇小説	李准	北京出版社1979年,	
			《長篇小説》1984年総第5期	
下集			北京十月文芸出版社1984年	
上、下集			北京十月文芸出版社1987年	
許茂和他的女児們	長篇小説	周克芹	《沱江文芸》特刊,	
			《紅岩》1979年第2期,	
			百花文芸出版社1980年	

1980

被愛情遺忘的角落	短篇小説	張弦	《上海文学》1980年1月号
人到中年	中篇小説	諶容	《収獲》1980年第1期
邢老漢和狗的故事	短篇小説	張賢亮	《朔方》1980年2月号
陳奐生上城	短篇小説	高暁声	《人民文学》1980年2月号
月食	短篇小説	李国文	《人民文学》1980年3月号
一代人	抒情詩	顧城	《星星》1980年第3期
春之声	短篇小説	王蒙	《人民文学》1980年5月号
将軍吟	長篇小説	莫応豊	人民文学出版社1980年6月
蒲柳人家	中篇小説	劉紹棠	《十月》1980年第3期
蝴蝶	中篇小説	王蒙	《十月》1980年第4期
郷場上	短篇小説	何士光	《人民文学》1980年8月号
熱流	報告文学	張鍥	《当代》1980年第4期
霊与肉	短篇小説	張賢亮	《朔方》1980年9月号
受戒	短篇小説	汪曽祺	《北京文学》1980年第10期
祖国高于一切	報告文学	陳祖芬	《人民日報》1980年10月2日

紀念碑	抒情詩	江河	《詩刊》1980年10月号	
開拓者	中篇小説	蒋子龍	《十月》1980年第6期	
蹉跎歳月	長篇小説	葉辛	《收獲》1980年5、6期, 中国青年出版社1982年	

1981

相信未来	抒情詩	食指	《詩刊》1981年1月号
芙蓉鎮	長篇小説	古華	《当代》1981年第1期, 人民文学出版社1981年
土牢情話	中篇小説	張賢亮	《十月》1981年第1期
大淖記事	短篇小説	汪曽祺	《北京文学》1981年第4期
瓜棚柳巷	中篇小説	劉紹棠	《当代》1981年第3期
冬天里的春天	長篇小説	李国文	人民文学出版社1981年5月
龍種	中篇小説	張賢亮	《当代》1981年第5期
沈重的翅膀	長篇小説	張潔	《十月》1981年4、5期, 人民文学出版社1981年12月

1982

相見時難	中篇小説	王蒙	《十月》1982年第2期
人生	中篇小説	路遥	《收獲》1982年第3期
七岔犄角的公鹿	短篇小説	烏熱爾図	《民族文学》1982年第5期
這是一片神奇的土地	短篇小説	梁暁声	《北方文学》1982年第8期
改革者	長篇小説	張鍥	《当代》1982年第5期, 人民文学出版社1983年
黒駿馬	中篇小説	張承志	《十月》1982年第6期, 百花文芸出版社1983年

1983

我的遥遠的清平湾	短篇小説	史鉄生	《青年文学》1983年第1期
今夜有暴風雪	中篇小説	梁暁声	《青春》叢刊1983年第1期
河的子孫	中篇小説	張賢亮	《当代》1983年第1期
美食家	中篇小説	陸文夫	《收獲》1983年第1期
肖爾布拉克	短篇小説	張賢亮	《文匯月刊》1983年第2期
最後一個漁佬儿	短篇小説	李杭育	《当代》1983年第2期
男人的風格	長篇小説	張賢亮	《小説家》1983年第2期, 百花文芸出版社1983年
訪美散記　関于自由	散文	張潔	《羊城晩報》1983年3月15日

金斯伯格，你将怎樣呢？			《羊城晚報》1983年4月26日
從頭到尾			《北京文学》1983年第6期
諾日朗	組詩	楊煉	《上海文学》1983年第5期
花園街5号	長篇小説	李国文	《十月》1983年第4期， 北京十月文芸出版社1984年
魯班的子孫	中篇小説	王潤滋	《文匯月刊》1983年第8期
遠村	中篇小説	鄭義	《当代》1983年第4期
商州初録	筆記文学	賈平凹	《鐘山》1983年第5期
小月前本	中篇小説	賈平凹	《収獲》1983年第5期

1984

煙壺	中篇小説	鄧友梅	《収獲》1984年第1期
北方的河	中篇小説	張承志	《十月》1984年第1期
緑化樹	中篇小説	張賢亮	《十月》1984年第2期
鶏窩窪的人家	中篇小説	賈平凹	《十月》1984年第2期
神鞭	中篇小説	馮驥才	《小説家》1984年第3期
血戦台児荘	電影文学/劇本	田軍利/費林軍	《八一電影》1984年第4期
臘月・正月	中篇小説	賈平凹	《十月》1984年第4期
棋王	中篇小説	阿城	《上海文学》1984年第7期
鐘鼓楼	長篇小説	劉心武	《当代》1984年第5、6期， 人民文学出版社1984年
訪蘇心潮	報告文学	王蒙	《十月》1984年第6期

1985

老棒子酒館	短篇小説	鄭万隆	《上海文学》1985年1月号
繋在皮縄扣上的魂	短篇小説	扎西達娃	《西藏文学》1985年1月号，《民族文学》1985年9月号，《小説選刊》1985年11期転載
樹王	中篇小説	阿城	《中国作家》1985年第1期
孩子王	中篇小説	阿城	《人民文学》1985年第2期
崗底斯的誘惑	中篇小説	馬原	《上海文学》1985年第2期
你別無選択	中篇小説	劉索拉	《人民文学》1985年第3期
老井	中篇小説	鄭義	《当代》1985年第2期
透明的紅蘿蔔	中篇小説	莫言	《中国作家》1985年第2期
小鮑荘	中篇小説	王安憶	《中国作家》1985年第2期
中国農民大趨勢	報告文学	李延国	《解放軍文芸》1985年第5期

野店	短篇小説	鄭万隆	《上海文学》1985年第5期	
爸爸爸	中篇小説	韓少功	《人民文学》1985年第6期	
無主題変奏	中篇小説	徐星	《人民文学》1985年7月号	
男人的一半是女人	中篇小説	張賢亮	《収獲》1985年第5期	
蒼老的浮雲	中篇小説	残雪	《中国》1985年第5期	
活動変人形	長篇小説	王蒙	《収獲》1985年第5期節選,《当代》長篇小説 1986年第3期, 人民文学出版社1987年	

1986

紅高粱		中篇小説	莫言	《人民文学》1986年第3期
紅高粱家族		長篇小説	莫言	解放軍文芸出版社1987年
荒山之恋		中篇小説	王安憶	《十月》1986年第4期
小城之恋		中篇小説	王安憶	《上海文学》1986年第8期
隠形伴侶		長篇小説	張抗抗	《収獲》1986年第4、5期, 作家出版社1986年
古船		長篇小説	張煒	《当代》1986年第5期, 人民文学出版社1987年
合墳		短篇小説	李鋭	《上海文学》1986年第11期
軍歌		中篇小説	周梅森	《鐘山》1986年第6期
平凡的世界	第1部	長篇小説	路遙	《花城》1986年第6期, 中国文聯出版公司1986年
	第2部			中国文聯出版公司1987年
	第3部			中国文聯出版公司1988年

1987

浮躁	長篇小説	賈平凹	《収獲》1987年第1期, 作家出版社1987年
錦繍谷之恋	中篇小説	王安憶	《鐘山》1987年第1期
金牧場	長篇小説	張承志	《崑崙》1987年第2期, 作家出版社1987年
金草地	(上記を書き直し改名)		海南出版社1997年
紅蝗	中篇小説	莫言	《収獲》1987年第3期
南京大屠殺	報告文学	徐志耕	《解放軍文芸》1987年第7期, 崑崙出版社1987年
煩悩人生	中篇小説	池莉	《上海文学》1987年第8期

風景	中篇小説	方方	《当代作家》1987年第5期
厚土	短篇小説	李鋭	《青年文学》1987年第12期
血色黄昏	長篇小説	老鬼	工人出版社1987年
穆斯林的葬礼	長篇小説	霍達	《十月・長篇小説》1987年総第16、17期, 北京十月文芸出版社1988年

1988

"烏托邦"祭	報告文学	蘇暁康/羅時叙/陳政	《百花州》1988年第4期,《自由備忘録》中国社会科学出版社1988年所収
伏羲伏羲	中篇小説	劉恒	《北京文学》1988年第3期
国殤	中篇小説	周梅森	《花城》1988年第2期
追月楼	中篇小説	葉兆言	《鐘山》1988年第5期
新戦争与和平《1−8部》	長篇小説	李爾重	武漢出版社1988年−1993年

1989

単位	中篇小説	劉震雲	《北京文学》1989年第2期
官場	中篇小説	劉震雲	《人民文学》1989年第4期
習慣死亡	長篇小説	張賢亮	《文学四季》1989年第2期,《中篇小説選刊》1989年第4期, 百花文芸出版社1989年
妻妾成群	中篇小説	蘇童	《収獲》1989年第6期

1990

大国之魂	報告文学	鄧賢	《当代》1990年第6期

1991

一地鶏毛	中篇小説	劉震雲	《小説家》1991年第1期
官人	中篇小説	劉震雲	《青年文学》1991年第4期
心霊史	長篇小説	張承志	花城出版社1991年

1992

無処告別	中篇小説	陳染	《小説家》1992年第1期
預謀殺人	中篇小説	池莉	《中国作家》1992年第2期
恋愛的季節	長篇小説	王蒙	《花城》1992年第5、6期, 人民文学出版社1993年
九月寓言	長篇小説	張煒	《収獲》1992年第3期, 上海文芸出版社1993年

活着	中篇小説	余華	《収獲》1992年6期, 長江文芸出版社1993年
白鹿原	長篇小説	陳忠実	《当代》1992年第6期-1993年第1期, 人民文学出版社1993年

1993

天網	長篇紀実文学	張平	《啄木鳥》1993年第1、2期, 群衆出版社1993年
紀実与虚構	長篇小説	王安憶	《収獲》1993年第2期, 人民文学出版社1993年
施洗的河	長篇小説	北村	《花城》1993年第3期, 花城出版社1993年
戦争和人(1-3巻)	長篇小説	王火	人民文学出版社1993年

1994

長城万里図(1-6巻)	長篇小説	周而復	人民文学出版社1987-1994年
一個人的戦争	長篇小説	林白	《花城》1994年第2期, 江蘇文芸出版社1997年
廃都	長篇小説	賈平凹	《十月》1993年第4期, 北京出版社1993年
最後的芸術家	中篇小説	北村	《大家》1994年第3期
失態的季節	長篇小説	王蒙	《当代》1994年第3期, 人民文学出版社1994年

1995

五月郷戦	中篇小説	尤鳳偉	《当代》1995年第1期
三人行	中篇小説	韓東	《鐘山》1995年第1期
障礙	中篇小説	韓東	《花城》1995年第4期
年前年後	中篇小説	何申	《人民文学》1995年6月号, 百花文芸出版社1997年
豊乳肥臀	長篇小説	莫言	《大家》1995年第5期, 作家出版社1996年
蒼天在上	長篇小説	陸天明	《小説界》1995年第1期, 上海文芸出版社1995年

1996

馬橋詞典	長篇小説	韓少功	《小説界》1996年第2期, 作家出版社1997年

分享艱難	中篇小説	劉醒龍	《上海文学》1996年第1期
大廠	中篇小説	談歌	《人民文学》1996年第1期, 百花文芸出版社1997年
大廠続篇	中篇小説	談歌	《人民文学》1996年第8期
大雪無郷	中篇小説	関仁山	《中国作家》1996年第2期, 百花文芸出版社1997年
九月還郷	中篇小説	関仁山	《十月》1996年第3期
学習微笑	中篇小説	李佩甫	《青年文学》1996年第6期
中国可以説不	雑文集	宋強/張蔵蔵/喬辺/何蓓琳等	中華工商聯合出版社1996年
原獄	長篇小説	周梅森	《鐘山》1996年第4、5期, 人民文学出版社1997年
人間正道	長篇小説	周梅森	《当代》1996年第6期, 人民文学出版社1996年

1997

喜馬拉雅山	長篇小説	何頓	《十月》1997年第1期, 江蘇文芸出版社1998年
雪剣残陽	長篇小説	益希単増	西蔵人民出版社1996年
路上有雪	中篇小説	劉醒龍	《上海文学》1997年第1期
抉択	長篇小説	張平	《啄木鳥》1997年第2、3、4期 群衆出版社1997年
最後的資本家	中篇小説	畢四海	《青年文学》1997年第2期
躊躇的季節	長篇小説	王蒙	《当代》1997年第2期, 人民文学出版社1997年
鑰匙	長篇小説	王慶輝	作家出版社1997年
小廠	中篇小説	談歌	《時代文学》1997年第4期
富起来的于四	中篇小説	何申	《中国作家》1997年第5期
年初	中篇小説	談歌	《中国作家》1997年第5期
天下財富	長篇小説	周梅森	《当代》1997年第6期, 人民文学出版社1997年

1998

"三年自然災害"備忘録(節選)	報告文学	金輝	《方法》1998年第10期
第二十幕	長篇小説	周大新	人民文学出版社1998年

塵埃落定	長篇小說	阿来	《小説選刊》"増刊"1997年第2期 人民文学出版社1998年
"引蛇出洞"始末	報告文学	李慎之	《烏昼啼》,中国電影出版社1998年12月,《作家文摘》1999年1月12日

1999

霹靂三年	長篇小説	王火	《当代》1999年第1期, 人民文学出版社1999年3月
中国制造	長篇小説	周梅森	作家出版社1998年12月, 《収獲》1999年第1-2期
熱河大兵	中篇小説	何申	《中国作家》1999年第1期
致美国総統克林頓的公開信		梁暁声	《北京青年報》1999年5月12日
十面埋伏	長篇小説	張平	《啄木鳥》1999年第2期連載開始, 作家出版社1999年5月
国画	長篇小説	王躍文	《当代》1999年第1-2期, 人民文学出版社1999年5月
羊的門	長篇小説	李佩甫	《中国作家》1999年第4期, 華夏出版社1999年7月

『中国当代文学史』作家・作品索引

(作家名を中国語拼音ローマ字順に配列)

作家	作品	頁数
A		
阿城		14, 178-179, 180, 182, 288
	棋王	181, 188, 289
	樹王	181-182, 188, 289
	孩子王	182, 188, 289
阿来	塵埃落定	274
艾青	在浪尖上	105
B		
北村	最後的芸術家	313
	施洗的河	313
北島	回答	117
畢四海	最後的資本家	326
C		
残雪	蒼老的浮雲	303
曹禺	明朗的天	36, 38-39
陳国凱	我応該怎麼辨	78, 90, 93
陳染	無処告別	314
諶容	人到中年	13, 124
陳世旭	小鎮上的将軍	90, 93
陳忠実	白鹿原	15, 259-277
陳祖芬	祖国高于一切	278
池莉		303, 306
	煩悩人生	303, 305
従維熙		93

作家	作品	頁数
	並不愉快的故事	44-46
	大牆下的紅玉蘭	93-94
D		
鄧賢	大国之魂	293
鄧友梅	在懸崖上	31
	煙壺	287
杜鵬程		64, 68
	保衛延安	64-66, 68
F		
方方		303, 305
	風景	303, 304, 305, 306-308
方之	内奸	108
馮徳英	苦菜花	71
馮驥才	啊！	86-87
	神鞭	287
馮志	敵後武工隊	69-70
G		
高暁声		229
	"漏斗戸"主	228, 229, 244
	李順大造屋	107
	陳奐生上城	229
	陳奐生転業	229
	陳奐生包産	229
高雲覧		68
	小城春秋	68
古華		101
	芙蓉鎮	12, 101-107, 200

顧城	一代人	117	蔣子龍		201
関仁山	大雪無鄉	319		喬廠長上任記	201-202, 204
	九月還鄉	319		開拓者	207
郭小川	望星空	31	金河	重逢	115
H			金輝	"三年自然災害"備忘錄	105
韓東	三人行	313	**K**		
韓少功		82, 199	康濯	春種秋收	30
	月蘭	82-84, 87	**L**		
	爸爸爸	199	老鬼	血色黃昏	94-96
	馬橋詞典	199	老舍		22, 23, 48, 50-53, 274-275, 290
浩然	艷陽天	11, 58-59			
	金光大道	58			
何頓	喜馬拉雅山	319			
何其芳	我們最偉大的節日	19		龍鬚溝	21, 22, 29, 48-50
	回答	8, 31, 39		茶館	51-53
何申	年前年後	309-314, 319		四世同堂	294, 302
	富起來的于四	314-315	李爾重	新戰爭与和平	291-292
	熱河大兵	315	李国文	月食	113
何士光		208-211		冬天里的春天	113
	鄉場上	14, 208-211, 244		花園街5号	207-208
何新	為中國声辯	294-295	李杭育		199
胡風	時間開始了	19	李佩甫	学習微笑	315-318
	睡了的村莊這樣說	26		羊的門	277
霍達	穆斯林的葬礼	192	李喬	歡笑的金沙江	42
J			李銳		180, 276
賈平凹		198		厚土	199
	小月前本	233	李慎之	"引蛇出洞"始末	105
	鷄窩窪的人家	233, 250, 257	李延国	中國農民大趨勢	204
	臘月・正月	233	李英儒	野火春風鬪古城	67, 69
	浮躁	228, 250	李准	黃河東流去	108
	廢都	250	梁斌		65, 66
江河	紀念碑	118		紅旗譜	65, 66

梁曉声	這是一片神奇的土地	124			222, 225, 232-258
	今夜有暴風雪	124		黃葉在秋風中飄落	233
	致美国総統克林頓的公開信			你怎麼也想不到	233
		302		人生	120-123,
林白		314			172, 177,
	一個人的戰爭	314			200, 222,
劉賓雁	在橋梁工地上	44			233, 239,
	本報内部消息	44			246, 252
	人妖之間	114		平凡的世界	14, 122-
劉恒	伏羲伏羲	303, 305			123, 215-
劉流	烈火金鋼	69			226, 230,
劉紹棠	蒲柳人家	198			232-258
	瓜棚柳巷	198	羅広斌/楊益言		68
劉索拉	你別無選擇	303		紅岩	65-72
劉心武		94, 124	M		
	班主任	84-87, 203	瑪拉沁夫	科爾沁草原的人們	39-40
	醒来吧，弟弟	89		茫茫的草原上	39
	鐘鼓楼	203-204	馬原	岡底斯的誘惑	303
劉醒龍		318-323	莫言		179, 192,
	分享艱難	320-322			195
	路上有雪	318		透明的紅蘿蔔	192
劉震雲	単位	303, 306, 308		紅高梁	193-197, 290-291, 292-293
	一地鶏毛	304, 308			
	官場	304			
	官人	304		紅蝗	197
柳青		62		豊乳肥臀	293
	創業史	62	莫応豊		78-79
盧新華	傷痕	77-78		将軍吟	78-79
魯彦周	天雲山伝奇	12, 98-99, 125	O		
			欧陽山	三家巷	67, 74
陸天明	蒼天在上	326		郷下奇人	74
陸文夫	小巷深處	30-31	Q		
	美食家	203	曲波		67-68
路遥		122-123,		林海雪原	67

R

茹志鵑	剪輯錯了的故事	114
	草原上的小路	115

S

食指		116
	海洋三部曲	116
	相信未来	116
	熱愛生命	116
史鉄生	我的遙遠的清平湾	123
舒婷	致橡樹	117
	祖国呵,我親愛的祖国	117
宋強/張藏藏/喬辺/何蓓琳等		298
	中国可以説不	298-301
蘇童	妻妾成群	305
蘇曉康	"烏托邦"祭	105
孫犁		70
	風雲初記	70

T

談歌		322
	大廠	322
	大廠続編	322
	小廠	323
	年初	324-326
田軍利/費林軍		293
	血戦台児荘	293
童懐周	天安門詩抄	76

W

汪曾祺		198
	受戒	198
	大淖記事	198
王安憶		179-181, 183, 199, 288
	小鮑莊	183-188, 199, 276, 288
	荒山之恋	188
	小城之恋	188
	錦綉谷之恋	188
	紀実与虚構	263
王火		289
	戦争和人	291, 292
	霹靂三年	15, 330
王蒙		23, 27, 107, 150, 151, 157, 158, 159, 160, 161, 162, 164, 165, 166, 167, 279, 280, 281, 288
	青春万歳	23-24, 27, 29-30, 35-36, 38, 48, 150
	組織部来了個年軽人	44, 46
	布礼	12, 107, 150-151, 159, 162, 165-166
	悠悠寸草心	115, 160-161
	夜的眼	157-158
	春之声	159, 169-171, 282, 287
	蝴蝶	111-113, 115, 151,

			152-157, 159-160, 161, 164, 166, 200, 244	Y		
				楊煉	諾日朗	118
				楊沫	青春之歌	65, 69
				楊益言		68
		相見時難	13, 151, 162-166, 167-169, 200, 279-280, 282, 287	葉文福	将軍,不能這樣做	115
				葉辛	蹉跎歲月	80, 81, 91
				葉兆言	追月楼	293
				益希単増	雪剣残陽	295
				尤鳳偉	五月郷戦	292
				余華	活着	305, 308, 315
		訪蘇心潮	168, 280-282	Z		
				扎西達娃	繋在皮縄扣上的魂	178
		活動変人形	166-167	張愛玲		28
		恋愛的季節	166		秧歌	28-29
		失態的季節	166	張承志		172, 175, 177, 177-178
		躊躇的季節	166			
王慶輝	鑰匙		319		黒駿馬	175-177, 188
王潤茲			202-230			
		魯班的子孫	202, 203, 230		北方的河	177
王亜平	神聖的使命		79, 80, 81, 90, 93		金牧場—金草地	177-178
					心霊史	178
王躍文	国画		329	張潔		283, 284-288
烏蘭巴干	草原烽火		39			
烏熱爾図			198		従森林里来的孩子	97
呉強	紅日		64-66		愛,是不能忘記的	124
X					沈重的翅膀	207
蕭軍	五月的鉱山		43-44		訪美散記	283-287
徐懷中	我們播種愛情		40, 41, 42, 48	張抗抗	隠形伴侶	125
				張平		327
徐星	無主題変奏		303		天網	327
徐志耕	南京大屠殺		291		抉擇	16, 327-329
雪克	戰闘的青春		69-70			
					十面埋伏	16, 329

張鍥	熱流	202			288
	改革者	226-228		遠村	189-190, 289
張煒	古船	271			
	家族	271		老井	189-192, 199, 289
	柏慧	271			
張弦	記憶	109-111		趙樹理	19, 20, 34, 43, 48, 54-57, 59-60, 64, 72-75, 244
	被愛情遺忘的角落	125			
張賢亮		126-149, 204-206, 213-215, 288			
				登記	19, 20, 21, 29, 42, 43, 48-50, 56
	邢老漢和狗的故事	126-127, 128, 135-136			
				三里湾	24, 25, 26, 32, 33, 34, 35, 54-57, 60, 73, 311
	靈与肉	10, 127-130, 136, 143, 145, 282, 287			
	土牢情話	127		鍛煉鍛煉	57-59
	龍種	204-206		套不住的手	74
	河的子孫	14, 136, 211-215, 217, 287		実幹家潘永福	74
				売煙葉	55-56
				十里店	56
	肖爾布拉克	131-132, 136, 139		周立波	61
				山郷巨変	61
	男人的風格	206		知俠	鉄道遊撃隊	71
	緑化樹	119, 125, 133-139, 140, 141, 142, 144		周大新	第二十幕	277
				周而復	上海的早晨	292
					長城万里図	291-292
				周克芹	許茂和他的女兒們	64, 79, 81, 82, 90-91, 311
	男人的一半是女人	139-143			
	習慣死亡	143-149			
鄭万隆	異郷異聞	198		周梅森	軍歌	293
鄭義		179, 180, 192, 276,			国殤	293
					原獄	329

	人間正道	329	竹林	生活的路	80
	天下財富	329	宗璞	紅豆	31
	中国制造	15, 329-330		弦上的夢	88

拼音ローマ字順の作家索引を引くための
日本字音からの検索一覧

あ行

阿城	Ā Chéng
阿来	Ā Lái
益希単増	Yìxīdānzēng
烏蘭巴干	Wūlánbāgān
烏熱尓図	Wūrèěrtú
王亜平	Wáng Yàpíng
王安憶	Wáng Ānyì
王火	Wáng Huǒ
王慶輝	Wáng Qìnghuī
王潤茲	Wáng Rùnzī
汪曽祺	Wāng Céngqí
王蒙	Wáng Méng
欧陽山	Ōuyáng Shān
王躍文	Wáng Yuèwén

か行

何其芳	Hé Qífāng
何士光	Hé Shìguāng
何申	Hé Shēn
何新	Hé Xīn
何頓	Hé Dùn
何蓓琳	Hé Bèilín
	(→ S「宋強」)
賈平凹	Jiǎ Píng'āo
艾青	Ài Qīng
郭小川	Guō Xiǎochuān
霍達	Huò Dá
韓少功	Hán Shàogōng
韓東	Hán Dōng
関仁山	Guān Rénshān
喬辺	Qiáo Biān
	(→ S「宋強」)
曲波	Qū Bō
金河	Jīn Hé
金輝	Jīn Huī
古華	Gǔ Huá
顧城	Gù Chéng
胡風	Hú Fēng
呉強	Wú Qiáng
高雲覧	Gāo Yúnlǎn
江河	Jiāng Hé
高暁声	Gāo Xiǎoshēng
浩然	Hào Rán
康濯	Kāng Zhuó

さ行

扎西達娃	Zāxīdáwá
残雪	Cán Xuě
史鉄生	Shǐ Tiěshēng
周克芹	Zhōu Kèqín
周而復	Zhōu Érfù
周大新	Zhōu Dàxīn
周梅森	Zhōu Méisēn
周立波	Zhōu Lìbō
従維熙	Cóng Wéixī
徐懐中	Xū Huáizhōng
茹志鵑	Rú Zhìjuān
徐志耕	Xū Zhìgēng
徐星	Xū Xīng
舒婷	Shū Tíng
蕭軍	Xiāo Jūn
蒋子龍	Jiǎng Zǐlóng
食指	Shí Zhǐ
諶容	Chén Róng
雪克	Xuě Kè
蘇暁康	Sū Xiǎokāng
蘇童	Sū Tóng
宋強	Sòng Qiáng
曹禺	Cáo Yú
宗璞	Zōng Pú
孫犁	Sūn Lí

た行

談歌	Tán Gē
池莉	Chí Lì
知侠	Zhī Xiá
竹林	Zhú Lín
趙樹理	Zhào Shùlǐ
張愛玲	Zhāng Àilíng
張煒	Zhāng Wěi
張鍥	Zhāng Qiè
張潔	Zhāng Jié
張弦	Zhāng Xián
張賢亮	Zhāng Xiánliàng
張抗抗	Zhāng Kàngkàng
張承志	Zhāng Chéngzhì
張蔵蔵	Zhāng Cāngcāng
	(→ S「宋強」)

『中国当代文学史』作家・作品索引　359

張平	Zhāng Píng	方方	Fāng Fāng	李国文	Lǐ Guówén
陳国凱	Chén Guókǎi	北村	Běi Cūn	李慎之	Lǐ Shènzhī
陳世旭	Chén Shìxù	北島	Běi Dǎo	李尓重	Lǐ Ěrzhòng
陳染	Chén Rǎn	ま行		李准	Lǐ Zhǔn
陳祖芬	Chén Zǔfēn			李佩甫	Lǐ Pèifǔ
陳忠実	Chén Zhōngshí	瑪拉沁夫	Mǎlāqìnfū	陸天明	Lù Tiānmíng
鄭義	Zhèng Yì	や行		陸文夫	Lù Wénfū
鄭万隆	Zhèng Wànlóng			柳青	Liǔ Qīng
田軍利	Tián Jūnlì	尤鳳偉	Yóu Fèngwěi	劉恒	Liú Héng
杜鵬程	Dù Péngchéng	余華	Yú Huá	劉紹棠	Liú Shàotáng
鄧賢	Dèng Xián	楊益言	Yáng Yìyán	劉震云	Liú Zhènyún
鄧友梅	Dèng Yǒuméi	(→L「羅広斌」)		劉心武	Liú Xīnwǔ
童懐周	Tóng Huáizhōu	楊煉	Yáng Liàn	劉醒龍	Liú Xǐnglóng
は行		葉文福	Yè Wénfú	劉索拉	Liú Suǒlā
		楊沫	Yáng Mò	劉賓雁	Liú Bīnyàn
馬原	Mǎ Yuán	葉辛	Yè Xīn	劉流	Liú Liú
莫応豊	Mò Yīngfēng	葉兆言	Yè Zhàoyán	梁暁声	Liáng Xiǎoshēng
莫言	Mò Yán	ら行		梁斌	Liáng Bīn
費林軍	Fèi Línjūn			林白	Lín Bái
(→T「田軍利」)		羅広斌	Luó Guǎngbīn	魯彦周	Lǔ Yànzhōu
畢四海	Bì Sìhǎi	李鋭	Lǐ Ruì	盧新華	Lú Xīnhuá
馮驥才	Féng Jìcái	李英儒	Lǐ Yīngrú	路遥	Lù Yáo
馮志	Féng Zhì	李延国	Lǐ Yánguó	老鬼	Lǎo Guǐ
馮徳英	Féng Déyīng	李喬	Lǐ Qiáo	老舎	Lǎo Shě
方之	Fāng Zhī	李杭育	Lǐ Hángyù		

鄭万鵬

1940年12月生れ、吉林省扶余の人。
北京語言文化大学中文系教授。
1960年東北師範大学中文系に学び、卒業後
1975年まで母校で教鞭をとる。
1975年北京語言文化大学に赴任、現在に至る。

編著
『外国文学名著賞析』（主編）
主要著書
『十九世紀欧米文学史論』
『《白鹿原》研究』
訳
『雪国』（抄訳）

中国当代文学史 建国より20世紀末までの作家と作品

2002年11月1日　初版印刷
2002年11月10日　初版発行

著　　者　鄭　万　鵬
翻訳監修　中山時子・伊藤敬一
　　　　　藤井栄三郎・李玉敬
発 行 者　佐 藤 康 夫
発 行 所　白　帝　社
　　　　　〒171-0014　東京都豊島区池袋2-65-1
　　　　　電話 03-3986-3271　FAX 03-3986-3272
　　　　　http://www.hakuteisha.co.jp/

組版 柳葉コーポレーション　印刷 倉敷印刷（株）　製本 若林製本所
Printed in Japan 〈検印省略〉6914　　　ISBN4-89174-602-5